STEFANIE
ZWEIG

Der Traum vom Paradies

STEFANIE ZWEIG

Der Traum vom Paradies

ROMAN

Langen Müller

Für Angela Kiefer

1. Auflage Juli 1999
2. Auflage August 1999

Umschlag: Wolfgang Heinzel
Schutzumschlagmotiv: Arik Brauer,
»Hochzeit im Flug«, 1997
Satz: Filmsatz Schröter GmbH, München
Gesetzt aus New Caledonia 11,5/14,2 pt.
auf Macintosh in QuarkXPress
Druck: Jos. C. Huber KG, Dießen
Binden: Großbuchbinderei Monheim, Monheim
Printed in Germany
ISBN 3-7844-2741-3

*Auf Wunder sollst du hoffen. Es gibt
viele. Der Mensch muß sie nur erkennen.*

1

Die grazilen alten Damen aus Weiden saßen im festlichen Dirndl mit nachtblauem Rock und schwarzem Samtoberteil auf einer Bank unter einem blühenden Fliederbaum und registrierten jeden Blick, der ihnen galt. Mit kindlicher Freude genoß das vitale fünfundachtzigjährige Zwillingspaar, daß die Aufmerksamkeit einmal nicht nur von seiten der eigenen Familie kam. Das war seit der Konfirmation ihres jüngsten Patenkindes nicht mehr vorgekommen. Obwohl die Geschwister von jenen Menschen, die ihnen fremd waren, im verschwörerischen Ton ihrer Jugend als »die anderen« sprachen und sie mit einer Neugierde betrachteten, die Jüngere provoziert hätte, nickten sie auch ihnen wohlwollend zu.

»Eine wirklich originelle Idee, uns hierher zu laden«, sagte Charlotte soeben zum zweiten Mal. Emilie, die um zwanzig Minuten jüngere Schwester, schaute folgsam in die angewiesene Richtung; sie betrachtete versonnen eine Gruppe scharrender Hühner und einen erregten Hahn, der für einen Augenblick ein Gefühl in ihr belebte, das sie in ihrer Jugend als Wehmut erkannt hätte. »Das ist so romantisch in der heutigen Zeit«, nickte sie bestätigend, »unsere Andrea hatte eben schon als ganz kleines Mädchen Stil. Sie wollte immer nur das Besondere.«

In bezug auf die Stätte des Geschehens täuschten sich die geliebten Großtanten der Braut. In der zweiten Hälfte der siebziger Jahre war es bei jungen Paaren aus Frankfurt und Darmstadt schon lange Brauch, die Hochzeit im »Hofgut Neuhof« zu feiern. Allerdings hatten Andrea und Alfred sich mit ihrer Vorliebe für »Neuhof« nicht allein vom Trend der Zeit leiten lassen. Ihre Motive entsprachen jener Logik der Verliebten, die Außenstehende im allgemeinen vorschnell als sentimental verkennen und die dem Vater der Braut schon gar nicht einleuchteten. Er vermied indes da noch den Hinweis, daß die Familie Buchert erst von Alfreds Existenz erfahren hatte, als Konsternation und heftige Proteste nichts mehr bewirken konnten. Das junge Paar hatte sich in »Neuhof« kennengelernt, als Andrea auf einer Radtour mit einer Freundin im wahrsten Wortsinn Alfred vor die Füße gefallen war und er erste Hilfe mit der Bemerkung geleistet hatte, sie möge ihm vertrauen, er kenne sich mit Kindern aus.

»Ich bin nämlich Kinderarzt«, hatte er gesagt und darauf bestanden, nach dem kurzen Samariterdienst und einer Portion Schwarzwälder Kirschtorte seiner schönen Patientin das Radfahren für die nächsten Tage zu verbieten und sie in seinem Wagen nach Hause zu fahren.

Kurze Zeit später hatte er Andrea auf einer Wiese mit sich wiegenden Gänseblümchen zum ersten Mal geküßt. Beim sehr rasch darauf folgenden dritten Wiedersehen beschlossen beide, allen Einwänden zum Trotz, von welcher Seite sie auch kommen mochten, für immer zusammenzubleiben.

»Die werden schon sehen, daß sie mit uns nicht das Spiel von Romeo und Julia wiederholen können.«

»Thema verfehlt, Andrea! Das stand bei mir unter jedem

Aufsatz. Unsere Familien sind nicht verfeindet. Sie würden sich nur unter normalen Umständen nie kennenlernen.«
Andrea hatte sich bis dahin immer den Argumenten ihrer Eltern zugänglich gezeigt – auch wenn sie ihrer Auffassung von den Bedürfnissen, Wünschen und Hoffnungen einer jungen Frau widersprachen. Selbst nach ihrem schicksalhaften Entschluß wäre sie bestimmt noch auf finanzielle Einwände ihres sparsamen Vaters eingegangen. Über die Modalitäten ihrer Hochzeit hatte sie indes jede Diskussion verweigert. Der durch ihren sonst eher schweigsamen Bruder in Gang gesetzte Familienklatsch wußte zu berichten, Andrea hätte bereits beim ersten Anflug von Widerspruch gedroht, falls die Eltern ihr den Empfang in »Neuhof« verweigerten, ganz allein mit ihrem Mann an einer Würstchenbude Hochzeit zu feiern. Man war sich einig, daß die ungewöhnliche Wortwahl nicht von einer Tochter stammte, die ihren Eltern selbst in den schwierigen Jahren der ersten Abnabelung vom häuslichen Kreis immer besonders liebenswürdig, erstaunlich leicht lenkbar und nur selten gefühlsbetont erschienen war.
Das rustikale Ambiente von »Hofgut Neuhof«, das so stilvoll alte Eleganz und neumodische Sehnsucht nach einfachem Leben zu verbinden wußte, entsprach den Vorstellungen einer Generation, die für die altdeutsche Tugend der Bescheidenheit lieber das anspruchsvolle englische *understatement* zu setzen pflegte. Der Garten mit den alten Wirtschaftsgebäuden und geschmackvoll hergerichteten Sälen, mit Pferdestall, eigener Bäckerei und dem nahen Wald aus Birken und Buchen bot gerade im Mai eine stimmungsvolle Kulisse für die Hoffnungen und Träume der ersten Lebenswende. Da blühten die Kastanien im Hof und die Kirsch-

bäume im Garten, Entenküken dümpelten im Weiher, Schafe grasten auf der Wiese, und die vielen Wanderer fügten sich als leuchtende Farbpunkte in die sanfte Landschaft ein.

Doggen, wie man sie in der Großstadt kaum noch sah, entzückten die Männer der älteren Generation. Ohne daß sie beim Anblick der kräftigen Tiere ihre Gedanken auszusprechen brauchten, erinnerten sich die Gebildeten und Geschichtsbewußten unter ihnen mit flüchtiger Wehmut an Bismarck und an sehr viel besser überschaubare Zeiten. An Andreas Ehrentag blieben indes solche nostalgischen Exkursionen in die Historie nur ihrer Familie und nicht dem spärlichen Anhang des Bräutigams vorbehalten.

Der Brautvater war gerade dabei, sich umzusehen und jenen Teil der Gäste einzuschätzen, deren Kommen ihm trotz der sehr unmißverständlichen Aufklärung der jungen Leute nicht genehm war. Alfred, für den ihm die doch sehr intime Bezeichnung Schwiegersohn noch schwerfiel, hatte spontan und unangenehm energisch darauf bestanden, den ursprünglich als familiär konzipierten Kreis zu erweitern.

»Mit Familie«, hatte Alfred gesagt, »kann ich nicht dienen. Durch Umstände, die ich nicht zu verantworten habe, fehlt bei uns eine ganze Generation. Meine Mutter hat als einzige von vier Geschwistern überlebt. Mein verstorbener Vater war das jüngste von sechs Kindern. Außer ihm sind alle umgekommen. Von meinen Großeltern gibt es noch nicht einmal Fotos. Das ist der Grund, weshalb mir Freunde an so einem Tag wichtig sind.«

Herbert-Dietrich Buchert hatte das peinlich herausfordernde Thema nie wieder aufgegriffen. Er seufzte, als er an die ihn immer noch deprimierende Unterhaltung dachte und wie sich Alfreds sanftmütige Augen so erschreckend verändert hatten. Es war damals auch das erste Mal, daß der Vater sich von seiner Tochter belauert fühlte. Nie zuvor war sie ihm fremd gewesen, nach diesem ihn sehr aufwühlenden Erlebnis nie mehr vertraut genug, um ohne Hemmungen mit ihr von seiner Jugend und jenen Problemen zu sprechen, die die junge Generation sich zu verstehen weigerte.

Vom Urlaub in Südtirol war Herbert-Dietrich noch erholt genug, um sich als so fröhlich, stolz und zuversichtlich auszugeben, wie er es unter besseren – in seinem Sinne normalen – Umständen bestimmt am Ehrentag seiner einzigen Tochter gewesen wäre. Obwohl er seit Kriegsende sehr viel Übung hatte, seine Meinung erst den Erfordernissen der veränderten Zeit anzupassen, ehe er sie aussprach, fiel es ihm im zuverlässigen Kreis schwer, sich nicht wenigstens durch einige Andeutungen von Blessuren zu distanzieren, die ihm angetan worden waren, die er jedoch wahrlich nicht zu verantworten hatte. Er hatte sich gedulden müssen, bis er von den Seinen umgeben war. Nun griff er nach der Uhrkette, einem Erbstück seines im Ersten Weltkrieg gefallenen Großvaters, und sagte heiter und so, als wäre ihm der Satz soeben erst eingefallen: »Wie das Leben so spielt.« Herbert-Dietrich merkte, wie sehr sein Bruder konkretere Details erwartete. Mit einem Lächeln, das ihm mehr Souveränität gab als erwartet, fügte er hinzu: »Ich meine, es hätte doch alles sehr viel schlimmer kommen können.«

»Du warst«, befand Hans, »schon immer der beste Verdränger von uns allen. Was genau hätte schlimmer kommen können?«

Hans galt als der tüchtigste und erfolgreichste der drei Brüder. Seine im mittleren Lebensalter sehr markant gewordenen Züge, ein kehliges Lachen und die ganzjährig anhaltende Bräune drückten das aus. Er hatte eine schöne und aparte Frau mit einem sehr aparten Vermögen geheiratet, war Landwirt in Holstein mit florierender Wurstfabrikation und einer in ganz Westdeutschland beliebten Destillation. Durch seinen täglichen Kontakt zur Natur war er nicht so beeindruckt von der ländlichen Kulisse der Feier wie seine schwärmerischen Tanten. Mit kräftiger Hand schlug er gegen die Schnalle seines breiten Ledergürtels.

Der Brautvater empfand das Geräusch als unangebracht. Ihm ging auf, daß sein jüngerer Bruder seit der letzten Begegnung die früh entwickelte Kunst, den entscheidenden Tropfen Öl in schwelende Brände zu gießen, zur Meisterschaft entwickelt hatte. Eike, der ältere, Pensionär am Starnberger See, war nicht zur Hochzeit gekommen und hatte sein Fernbleiben injurierend ausführlich und vorwurfsvoll begründet.

Herbert-Dietrich hatte nicht vor, sich und Andrea nun auch noch vor Hans zu rechtfertigen. »Immerhin«, lachte er, »hätte meine kapriziöse Tochter fortan auch Stanislawsky oder Jakobowsky oder sonstwie gut hebräisch heißen können. Wenigstens in dieser Beziehung haben wir mächtig Schwein gehabt. Der liebe Gott, von dem es ja neuerdings heißt, es gebe nur einen und für alle, hat an der Familie Buchert ein Wunder geschehen lassen. Andrea bekommt einen ordentlichen deutschen Namen. Sie braucht noch nicht einmal die hübschen Taschentücher wegzuwerfen, die ihr meine Mutter gestickt hat. Das Monogramm stimmt ja noch. Das sollen deine beiden Töchter erst mal nach-

machen. Inge hat mir erzählt, daß Dietlinde für einen italienischen Pizzabäcker schwärmt.«
»Quatsch. Antonio ist ein Kommilitone von ihr. Aus sehr gutem Hause. Er studiert Mathematik. Und im übrigen ist das keine ernste Sache.«
Auch auf der gegenüberliegenden Seite des Weihers war von Namen die Rede, die bei ungewöhnlichen Verbindungen und mangelnder Fortune zum Ballast für die Familie wurden. Die Mutter des Bräutigams hatte das Thema aufgegriffen. Ruth Bär, in einem altmodisch geschnittenen schwarzen Kostüm, war eine früh ergraute Frau, der man trotz ihrer Schmächtigkeit die Energie einer Persönlichkeit anmerkte, die das Leben zur Selbstbehauptung gezwungen hat. Ihre trüben grauen Augen vermochten sehr plötzlich Kampfbereitschaft zu signalisieren. Sie hatte eine Zeitlang – ohne rechten Erfolg – versucht, die vielen soeben angeheirateten Verwandten ihres Sohnes einander zuzuordnen.
Während ihrer irritierenden Bestandsaufnahme hatte Ruth Bär geschwiegen und dabei mehrere Male leicht den Kopf geschüttelt, wie es Menschen tun, die Zeuge eines außergewöhnlichen Ereignisses werden, das sie noch nicht in seiner Tragweite begreifen. Schließlich aber lächelte sie und gestand ihrer besten Freundin mit einer Munterkeit, zu der sie selten neigte, daß sie zumindest in einem Punkt großes Glück gehabt hätte. Sie nannte es Massel. Ihre blonde Schwiegertochter, bemerkte Ruth Bär, hätte immerhin einen ganz hübschen Namen.
»Du meinst, sie hätte auch Christa heißen können«, interpretierte Gitta Bergmann. Sie war dafür berüchtigt, daß sie Malaisen, die anderen widerfuhren, sofort auf den Punkt brachte. Der Feststimmung wegen unterließ sie jedoch

ihren sonst bei keiner Gelegenheit fehlenden Hinweis, daß sie für ihre Person klug genug gewesen wäre, gewisse Probleme beizeiten vorauszuahnen.

Gitta Bergmann, ebenso jung verwitwet wie ihre Freundin Ruth, doch aus Sorge um das Traditionsbewußtsein ihrer künftigen Enkel bereit, notwendige Opfer zu bringen, hatte für ihren Sohn die Weichen unmittelbar nach seinem zehnten Geburtstag gestellt und ihn auf ein jüdisches Internat nach Bournemouth geschickt. Nun war Marek Bergmann nach Schulabschluß und der anschließenden, bei jungen Männern gefahrvollen Periode der persönlichen Orientierung und Partnerinsuche mit der leider ein wenig kränklichen, jedoch exzellent erzogenen Tochter eines prosperierenden Textilfabrikanten verheiratet. Der hatte noch vor der Eheschließung seinen Schwiegersohn in die Geschäftsleitung berufen. Die Trauung hatte in einer sehr schönen Synagoge in Manchester stattgefunden. Mit Gästen, die sich alle kannten.

»Du wolltest dich ja nie von Alfred trennen«, erinnerte sich Gitta.

»Ich wollte schon«, seufzte Ruth, »aber ich konnte nicht. Nach allem, was geschehen ist.«

Unabhängig von Herkunft, Vorbehalten und Konfession warteten die Gäste in größter Spannung auf Andrea, die sich unmittelbar nach der Ankunft in »Neuhof« mit ihrer Mutter, ihrer Tante aus München und einem voluminösen Koffer zurückgezogen hatte. Andrea war in einem ihre Familie enttäuschenden, schlichten dunkelblauen Kleid zur standesamtlichen Trauung erschienen; sie hatte jedoch da schon für die Feier am Abend geheimnisvolle Andeutungen gemacht, die schon deshalb für Erwartungen sorgten, weil

jedes Aufheben um ihre Person im Widerspruch zu Andreas bescheidenem Naturell stand.
Um so verblüffender war ihr Auftritt. Ein Trompetenton bat um Stille. Ein Schwarm von Schwalben segelte über die in einer leichten Brise wippenden Bäume hinweg. Langsam schritt die Braut mit einem Strauß roter Rosen die Treppe hinunter, eskortiert von ihrer Mutter mit erregt gerötetem Gesicht und dem siebzehnjährigen Bruder Rolf im dunklen Anzug, dem die zugedachte Rolle eines antiquierten Kavaliers sichtbar peinlich war.
Beim zweiten Tusch eilten die zwei Begleiter zu den übrigen Gästen. Andrea stand nun allein an der Treppe zum Garten. Im schmeichelnd sanften Gegenlicht der untergehenden Sonne erschien sie noch größer und schlanker, und doch war um sie ein Hauch von Zerbrechlichkeit. Sie vergrub das Gesicht im Schleierkraut ihres Bouquets, als fürchte sie Blicke und Urteil von Menschen, die sie nicht gut genug kannte, um ihnen zu vertrauen. Sie wirkte bekümmert, verängstigt und ungelenk. Als sie jedoch mit einer energischen, fast harten Bewegung den Kopf hob, erhellten Zufriedenheit, Glücksrausch und eine Andeutung von Triumph ihr Gesicht. In diesem Moment ähnelte sie den jungen Mädchen an der Schwelle zur Fraulichkeit, die die Maler des Jugendstils so galant als Symbol geheimnisumwobener Weiblichkeit porträtiert haben.
Das weiche helle Haar fiel als eine sich sanft kräuselnde Welle auf einen zarten Schleier, der zu einem üppigen Kragen hochgesteckt worden war. Um Kopf und Stirn war ein schmaler Kranz von Maiglöckchen und Vergißmeinnicht gewunden. Ein in Diamantensplitter gesetzter Rubin in Tropfenform leuchtete auf Andreas Brust. Das bodenlange, eng-

anliegende weiße Satinkleid hatte ein mit Pailletten besticktes Oberteil und war eine Schattierung heller als die bis zu den Ellenbogen reichenden Glacéhandschuhe, die Andreas Großmutter vor dem Altar getragen hatte. Auch die seidenen Schuhe waren die einer Braut.

Spontaner Beifall brandete auf, die Stimmen der Frauen schwollen an zum Chor entzückter Begeisterung. Die Zwillingsschwestern erhoben sich von ihrer Bank und humpelten nach vorn. Ihre schweren Röcke raschelten. Bravorufe aus heiseren Männerkehlen ertönten. Übermütige Kinder, eben noch glücklich der ernsten Feierlichkeit der Erwachsenen entronnen, hörten auf, einander um den Weiher zu jagen, kämpften sich durch eine dichte Front von Beinen und breiten Rücken und winkten johlend in Richtung der Braut.

»Andrea im Brautkleid!« jubelte der Vater und klatschte so kräftig in die Hände wie die ausgelassenen Kinder.

»Wer hätte das gedacht«, sekundierte sein Bruder.

Nur der Bräutigam schloß die Augen. Als Alfred Bär seufzte, und dieser Seufzer in ein Stöhnen überging, spürte er einen bohrenden Schmerz, der den Körper lähmte und die Sinne betäubte. So geblendet war er von einem Blitz des Entsetzens, der ihn an Zeit und Ort, an sich selbst und seiner Liebe zweifeln ließ, daß er erst erstarren mußte, ehe Abwehr und Enttäuschung in ihm abebbten und er zu begreifen vermochte, was ihm widerfahren war. Ihm war es, als hörte er Musik, berauschend und doch ernüchternd: Er spürte, wie jeder Ton ihm Gewalt antat, versuchte, sich zu befreien, erkannte Mozart. Es war Tamino, der vom bezaubernd schönen Bildnis sang, doch dem, der es nun erblickte, war es fremd und unwillkommen. Die Königin der Nacht,

mit der Alfred Bär, dem keine zauberkräftige Flöte zu seinem Schutz gegeben worden war, fortan Tisch und Bett, Leben und Schicksal teilen sollte, verhöhnte ihn.
Trotzdem konnte sich der Geblendete nicht von der strahlenden Erscheinung, der ihn gefangennehmenden Verkörperung von Jugend und Naivität losreißen. Ihm war es, als sei ein verwunschenes Gemälde auf einen Schlag lebendig geworden und würde ihm das Glück der Siegreichen verheißen. Er vergaß seinen Argwohn vor jener Sentimentalität, die sich als Romantik tarnt, und er vergaß auch, wie früh er gelernt hatte, sich vor dem Überschwang von Gefühlen zu schützen, die sich im Wissen um die Tücke der Illusionen in entmutigenden Zynismus auflösen.
In diesem Moment, da Alfred nicht auf der Hut war vor sich selbst, da er die Breite des Grabens nicht mehr ausmaß, über den er trotz Warnungen, Instinkt und Wissen gesprungen war, wurde der Traum für ihn lebendig, den er nie gewagt hatte, zu Ende zu träumen. Er stand nicht mehr am Rande des Seins, fragte nicht nach dem Gestern und fürchtete nicht die Zukunft. Andrea war ihm Morgenröte und Abendstern, Venus und Trösterin, eine Märchenprinzessin von unvergänglicher Schönheit. Einen wohltuend trügerischen Augenblick wurde der Träumende, als hätte die alte Geschichte auch für Seinesgleichen Sinn und Richtigkeit, zum Ritter im goldenen Harnisch, der mit der aus Todesnot erretteten Königstochter auf einem Schimmel davongaloppiert und die Welt der Feindseligkeit hinter sich läßt. Dann vertat der kühne Recke jedoch den Glanz und den Taumel; er schaute in Richtung seiner Mutter.
Alfred, der Entzauberte und Sehendgewordene, ließ es zu, daß sich Blicke begegneten, die einander nicht zu täuschen

vermochten. Obwohl Ruth Bärs Lippen kein einziges Wort formten, wußte der Sohn Bescheid. Betroffen empfand er die schicksalhafte Verbundenheit von zwei Menschen, die jedem Außenstehenden Zutritt zu ihrer innigen Gemeinschaft verwehren, als den Preis, den Sohnesliebe von ihm forderte. Er erwartete den Spott der Erfahrenen und Weisen, wollte widersprechen, sich wehren, Andrea und sich verteidigen, doch gegen das Mitleid, das er in den Augen der Mutter sah, war er machtlos.

Alfred hatte zu früh gelernt, dieses Mitleid zu deuten; es vereitelte die bequeme Flucht zur Lebenslüge der Einfältigen. So war der tröstliche Wahn unbarmherzig kurz, ihm wäre nichts als ein alltägliches, nicht ernst zu nehmendes, mit einigen Worten leicht zu klärendes Mißverständnis widerfahren. Noch bevor er sich dem Blick seiner Mutter entzog, erkannte er, daß Andrea ihn betrogen hatte – in den Farben der Unschuld und mit dem Lächeln einer blauäugigen Märchenfee. Dieser Betrug war am ersten Tag seiner Ehe erfolgt und, schlimmer noch, nach erschöpfenden Gesprächen, mühsamen Erklärungen und ausführlichen Diskussionen. Alle hatten sie nur dazu gedient, Andrea die Vorstellung zu nehmen, ihre Ehe könnte eine wie jede andere werden. Schon die Hochzeit durfte es nicht sein.

»Tut mir leid für dich«, hatte Alfred bedauert, als zum ersten Mal die Rede von der Hochzeitsfeier gewesen war, »aber den Traum in Weiß wirst du vergessen müssen.«

»Schon geschehen.«

Er hatte Andrea, als sie das so zärtlich und zuversichtlich versprochen hatte und ohne Widerstreben vom begehrlichen Kind zur verständnisvollen Frau geworden war, zu schnell, zu erleichtert und liebesblind umarmt. Er war, als sich ihre Körper berührten, zu sehr Mann und zu wenig logischer Skeptiker gewesen, hatte sich selbst zu sicher und mit Andrea einig gewähnt, daß ihrer beider Toleranz Gewähr für ein lebenslanges Glück sein würde.

Nun erst, da ein weißes Hochzeitskleid ihm die Binde von den Augen gerissen hatte, begriff er, daß Andrea nichts von dem verstanden und wirklich akzeptiert hatte, das er ihr hatte erklären müssen. Keine Bitte, keine Warnung hatten sie erreicht. Was ihm selbstverständlich war, würde ihr zeitlebens Rätsel und im besten Fall Pflicht bleiben. Mit der Routine des Mediziners, der nicht an fremder Pein leiden darf, wenn er helfen und heilen will, wehrte sich Alfred gegen die Demütigung, die ihn dazu verurteilte, sich am Pranger dem Spott der Wissenden zu stellen, doch sein Herz hörte nicht zu rasen auf. Der Kopf aber war klar. Er trieb die Erinnerungen zum Hirn, die Bilder und die Worte, die gesagt worden waren, zu den Anfängen zurück.

»Darf ein Mensch so unverschämt glücklich sein?« hörte er Andrea fragen.

»Glück ist eine Sache von Mut.«

»Dann kann nichts mehr schiefgehen. Ich war mein Leben lang mutig.«

»Ich war immer nur realistisch. Das macht verwundbar.«

»Dich wird niemand mehr verwunden. Das schwöre ich dir.«

Es war wieder März und Mitternacht, der Himmel verhangen von Regenwolken und doch für liebende Phantasten übersät von den Sternen der Hoffnung. Sie saßen umschlungen auf den Rücksitzen im Wagen, weil sich in der Überwältigung des Augenblicks, der ihnen für immer den

Rückweg verwehrte, keiner vom anderen trennen mochte, um nach Hause zu gehen. Noch waren Alfreds Hände kalt und unruhig, denn sein analytischer Verstand und die von Generationen von Lebensblessierten ererbte Neigung zum Pessimismus wußten um die Bürde des Ausbruchs aus Konvention und Tradition. Andreas Haut aber war warm, ihr Griff fest. Zukunft war für sie ein Wort der Verheißung, umweht von rosa Wolken und Träumen mit silberner Umrandung.

Als Alfred in dieses Gesicht blickte, das von keinem Schatten der Ahnung gezeichnet war, fragte er sich, wieviel Zeit wohl beiden vergönnt sein würde, bis Andrea erkennen, begreifen, vielleicht auch bereuen würde, was sie beide wagten. Sie erschien ihm, während sie ihn fixierte, als ob er auf jede Frage eine Antwort wisse, wie die vielen Kinder in seiner Praxis, denen es an Liebe und Fürsorglichkeit mangelte. Die wurden ganz ruhig, belastend zutraulich, so leicht zu behandeln, wenn er sich nur die Zeit nahm, lange genug mit ihnen zu reden. Das waren die Momente, in denen er an das Märchen von den gleichgestimmten Herzen glaubte, die im gleichen Takt schlugen und auf immer geschützt vor Angst und Trauer waren.

»Wenn du willst«, sagte Andrea, »können wir in deiner Synagoge heiraten. Ich werde das meinen Eltern schon beibringen. Sie müssen einfach Verständnis dafür haben, daß du nicht in einer Kirche heiraten willst.«

Er witterte Ironie und erhoffte Humor, fragte sich – noch belustigt, aber doch schon ein wenig verstört –, wie sie wohl in so zärtlicher Stimmung auf einen so ausgefallenen und abstrusen Scherz gekommen sei, doch Andrea sah ihn so erwartungsvoll und wie ein um Lob heischendes Kind an, daß er sofort seinen Irrtum erkannte. »Das kann doch nicht dein Ernst sein«, wehrte er Rührung und Konsternierung ab. »Nach allem, was ich dir erklärt habe, kannst du doch nicht auf so eine hirnrissige Idee verfallen. Um in einer Synagoge zu heiraten, müssen beide Ehepartner jüdisch sein.«

»Das weiß ich doch. Ich könnte mich taufen lassen.«

»Genau das ist ja der Haken. Du bist getauft. Um jüdisch zu werden, müßtest du übertreten.«

»Ich liebe dich noch viel mehr, wenn du so ernst und wortklauberisch bist. Was soll's? Dann trete ich über. Gleich morgen, wenn du willst. Es macht mir nichts aus, wirklich nicht, Alfred. Ich tue es gern für dich. Für uns«, verbesserte Andrea hastig, »ich bin schon lange mit der Kirche fertig. Meine Eltern wissen das auch. Die haben das akzeptiert.«

Alfred konnte lachen, als er sie an sich zog und der Eifer ihr Gesicht verbrühte; er blieb selbst dann noch entspannt und heiter, nachdem ihm aufgegangen war, daß Andrea ihm die Rolle des allwissenden Beschützers zugedacht hatte und er sie bereits spielte. Seine Stimme hatte ein verräterisch berufliches Timbre. Er sprach langsam und konzentriert, unnatürlich sanft und so, als müsse er nur endlos weiterreden, um ein krankes verängstigtes Kind zu überzeugen, daß er kein gefährlicher Riese mit Spritzen und kaltem Stethoskop wäre, sondern Supermann mit Flügeln und Zauberdegen, der mit einem einzigen Schlag jedes Weh der Welt in das Reich des Schattens verwies.

»Vergiß es, Andrea«, sagte er schließlich, »wir sind leider eine geschlossene Gesellschaft. Es ist verdammt schwer, jüdisch zu sein. Und noch viel schwerer, jüdisch zu werden. Den Formalismus tue ich dir nicht an. Jedenfalls nicht jetzt.«

»Was heißt das? Nicht jetzt.«
»Wenn wir ein Kind bekommen sollten, würde ich dich um das Opfer bitten müssen. Wir haben nicht nur die kompliziertesten Speisegesetze der Welt und mehr Gebote und Verbote, als sich ein Mensch mit durchschnittlichem Verstand merken kann, sondern auch noch die Bestimmung, daß nur die Kinder einer jüdischen Mutter jüdisch sind. Und ich würde mich nie mehr zum Grab meines Vaters trauen, wenn mein Kind nicht jüdisch wäre.«
»Ich wollte«, seufzte Andrea, »es wäre schon soweit. Ich habe das Bedürfnis, ganz zu dir zu gehören. Es hat mir vom allerersten Moment gefallen, daß du so fromm bist.«
»Um Himmels willen, wie kommst du da drauf? Frag mal unseren Rabbi, was er von mir hält. Wenn ich fromm wäre, würde ich dich nicht heiraten. Weder können noch wollen. Ich hänge nur an der Tradition.«
»Das finde ich schön.«
»Schön schwer. Der Ausdruck stammt von meiner Mutter. Eines Tages wirst du ihn auch gebrauchen.«
»Nie«, wußte Andrea.
Weil sich Alfreds Praxis nach entmutigend langsamer Anlaufzeit sehr plötzlich zu entwickeln begann, gewöhnte er sich an, sich erst am Abend mit seiner privaten Zukunft zu beschäftigen. Dann hörte er ein wenig distanziert, zunächst auch amüsiert und im besten Fall mit dem gutmütigen Interesse des Abgeklärten zu, wenn Andrea von ihren umfangreichen Hochzeitsvorbereitungen erzählte. Seine berufliche Überlastung kam seinem Hang entgegen, Entwicklungen abzuwarten und darauf zu vertrauen, daß sich Mißhelligkeiten von selbst erledigten. Angenehm lange schützte ihn sein Phlegma vor dem Geständnis, daß ihm Andreas

Schwärmerei doch lästig wurde und ihre Euphorie ihn immer mehr störte.
In klarsichtigen und pessimistischen Momenten erschien Alfred beides belastend für eine Verbindung, die im Sprachgebrauch beider Familien als »Mischehe« bezeichnet wurde; er brachte es indes nicht über sich, seine Vorbehalte auszusprechen und Andrea die Vorfreude auf die Hochzeit zu nehmen. Zudem hatte er Respekt vor ihrem Organisationstalent, bewunderte ihre Intelligenz und erwärmte sich an einem Einfühlungsvermögen, das er als eine Gabe des Schicksals empfand, mit der er nicht gerechnet hatte. Andrea erschien Alfred, der bei aller Nachdenklichkeit nicht immer frei von Sentimentalität war, als die schönst vorstellbare Synthese von Jeanne d'Arc und Mutter Courage.
Gerade im Haus seiner künftigen Schwiegereltern, in dem Alfred sich nach jedem Besuch aufs neue deplaziert und zuweilen auch attackiert fühlte, wurde für ihn beglückend deutlich, daß seine künftige Frau nicht nur ein gütiges und mitfühlendes Naturell hatte, sondern auch das für ihre Jugend erstaunliche Talent, sich abzeichnende Probleme zum genau richtigen Zeitpunkt zu wittern; sie machte es sich zur Aufgabe, sie zu lösen, ehe Alfred ihrer überhaupt gewahr wurde. Mit einer Gründlichkeit, die er allerdings zu seinem Schrecken als typisch deutsch zu empfinden begann, war sie darauf bedacht, Verlegenheiten und Verletzungen zu vermeiden. Ihre Fürsorge und ihr Takt rührten ihn sehr; sie ließ ihre Eltern so wenig wie möglich zu Wort kommen und warnte sie vor eventuellen Peinlichkeiten mit Gesten, von denen sie glaubte, Alfred würde sie nicht bemerken und deuten. Auf die Dauer indes waren seine Abneigung gegen Übertreibungen und der Argwohn vor Gefühlsüberschwang

zu ausgeprägt, um sich in der ungewohnten Rolle des Schwachen wohl zu fühlen, der allzeit des Schutzes bedarf.
»Mach dir um Himmels willen nicht so viele Sorgen um mich, Andrea, das bin ich nicht gewohnt«, flehte er schließlich nach einem Sonntag nachmittag mit einer wunderbaren Käsetorte seiner künftigen Schwiegermutter und einigen sehr vernünftigen Vorschlägen ihres Mannes. »Ich bin nicht so empfindlich, wie du denkst. Wir üben seit Abrahams Zeiten, Kränkungen hinzunehmen. Jüdische Kinder lernen das, sobald sie zwei Sätze aneinanderreihen können.«

Wie hätte Alfred da ahnen sollen, daß ausgerechnet seine kluge, so schnell begreifende und rücksichtsvolle Andrea ihn kränken würde, und dies nur, weil sie nicht von ihrem Schneewittchentraum hatte lassen können, ihre Hochzeit als schönste aller Bräute zu feiern. Um so klarsichtiger machte ihn die Botschaft, die ihm das weiße Kleid und der reizende Blumenkranz vermittelten. Andrea würde sich ihr Leben lang nach der Welt zurücksehnen, die sie um eines Mannes willen verließ, der seine Treue zur Tradition nur als eine banale Gewohnheit ausgegeben hatte.
»Wetten, daß es eine echte Überraschung für dich war«, lächelte sie.
»Eine echte«, bestätigte er.
»Und du bist kein bißchen böse?«
»Kein bißchen.«
»Ich hab's gewußt«, sagte Andrea.
Er sah sie nicht an, als er zum ersten Mal in seiner Liebe die Lüge zuließ; sie studierte zu gründlich eine Falte an ihrem Kleid und erblickte nicht die auf seiner Stirn. Alfred dachte abermals an die Mozartmusik, die nur er gehört hatte, doch

nun zärtlich und verlangend. »Dies Bildnis ist bezaubernd schön«, flüsterte er, als er die Augen schloß und Andrea küßte.

Ein befracktes Trio, von dem er nicht wußte, das es engagiert worden war und das ihm so albern bürgerlich erschien, daß sich sein Magen verkrampfte, spielte leise und schmachtend. Eine Geige holte die Klänge der Sehnsucht vom Himmel verblichenen Operettenglanzes und aus den Tiefen deutscher Volkslieder. Durch die geöffneten Fenster strömte milde Luft und der Trug vom immergrünen Frühling. Eine Rose wagte sich zu weit vor ins Leben und verlor die erste Blüte. Es duftete aus dem Garten nach Jasmin und aus der Küche nach Basilikum.

Die Tische im Festsaal mit dem dichten Teppich in Königsblau waren zum breiten, glückverheißenden Hufeisen arrangiert worden; kleine Kränze von künstlichem Efeu wanden sich um den langen Stiel der Gläser, an der Wand grüßten Papageien mit blauen Flügeln und gelber Brust aus schwarzen Rahmen. Zwei Kellner trugen noch leere Sektkübel herein und stellten sie zwischen die Töpfe mit violetten Usambaraveilchen auf das Fensterbrett. Die Gäste kauten verstohlen an den Brötchen zu ihrer Linken, studierten hungrig goldumrandete Speisekarten und nickten zufrieden. Großtante Charlotte sagte ungewöhnlich klar: »Gott sei Dank, endlich mal ein Essen ohne Schweinelendchen. Emilie kann sie auch nicht mehr vertragen.«

»Pst«, zischte eine junge Frau, »nicht so laut.« Ein langer Tisch mit voll aufgeblühten rosa Rosen in schlanken Vasen, mit dicken weißen Kerzen in fünfarmigen Silberleuchtern und einer mehrstufigen Torte, auf der ein Brautpaar aus Marzipan einander die Hand reichte, war zur Festtafel stilisiert worden. Alfred hatte die gleichen Gedanken wie vor ihm sein Schwiegervater und seine Mutter und tröstete sich mit der Gewißheit, daß im Leben nicht alle Befürchtungen Wirklichkeit werden. Die Brautleute mit Gesichtern aus rosa Zuckerguß standen wenigstens nicht vor einem Pfarrer. Zu Füßen der Braut saß eine Gruppe weißer Hasen und mümmelte lila Karotten. Unangemessen lange überlegte Alfred, wie Andrea wohl reagieren würde, wenn seine Mutter zu den hohen Feiertagen in Zucker geschmorte Möhren mit Rosinen servierte. Mit einem Mal verlangte es ihn nach süßem Karpfen mit rotem Kren; er rechnete sich aus, daß er nur noch vier Monate Frist hatte, um Andrea in die magenschweren Usancen der jüdischen Küche einzuweihen.

Neben Alfred saß seine Schwiegermutter, die auf ihn sonst immer ein wenig indigniert wirkte, nun jedoch lächelte und ihn herzlich ermunterte, sie fortan Ulrike zu nennen. Danach kostete es ihn viel Konzentration, die persönliche Anrede zu vermeiden. Er war froh, daß er beide Schwiegereltern gebeten hatte, seiner Mutter nicht das Du anzubieten.

Ruth Bär saß neben Andreas Vater, der gerade seine Hand auf ihre legte; die Gäste am fernen Hufeisen kamen wispernd überein, sie sei eine bemerkenswert gutaussehende Frau. Gewiß hätte sie doch viel erlebt. Und bestimmt nicht immer Gutes. Wer hätte gedacht, vertiefte eine scharfsinnige Beobachterin zwischen Suppe und Kalbsmedaillon das ergiebige Thema, daß sich ausgerechnet eine solche Frau so angeregt mit Herbert-Dietrich unterhalten würde?

»Ich bin überhaupt nicht darauf gekommen«, bemerkte der soeben, »daß Sie Frankfurterin sind. Das hört man ja ganz

deutlich. Ich war ganz sicher, Alfred hätte gesagt, Sie stammten aus der Tschechei. Oder hat mein alter Kopf wieder einmal alles durcheinandergebracht?«
»Nein«, erwiderte Ruth, »hat er nicht. Ich hab längere Zeit in Theresienstadt gewohnt.«
»Verzeihung, das wollte ich nicht.«
»Das wollte niemand.«
Eine brennende Eisbombe wurde hereingetragen. Der Jubel erreichte Alfred nur als ferne Klangkulisse. Er hatte soeben erfahren, sein Schwiegervater wollte nach dem Dessert eine Rede halten. Der fragte just seine Nachbarin, weshalb die guten Freunde aus Hamburg nun doch nicht gekommen seien. Alfred hätte, sagte er ein wenig gereizt, weil ihn Ruth Bärs Einsilbigkeit verdroß, gerade auf ihnen bestanden.
»Sie meinen die Goldschmidts? Die waren verhindert. Mein Sohn hätte sie nicht mit so etwas belästigen dürfen.«
Alfred hatte weder Frage noch Antwort gehört, nur den Namen. Noch nicht gelöschter Zorn und wieder aufgefrischte Enttäuschung kehrten zu ihm zurück, als ihm einfiel, daß ihm seine Mutter den Absagebrief aus Hamburg neben den Suppenteller gelegt hatte. Ohne ein Wort zu sagen. Wie damals den Brief des Erdkundelehrers, als er in der ersten Klasse des Gymnasiums drei Monate lang seinen Unterricht geschwänzt hatte. Der Lehrer hatte Alfred stets »Judenbub« genannt und gefunden, dies sei ein gelungener Scherz.
»Wir hätten sehr gern Alfreds Frau kennengelernt, doch wirst Du sicherlich auch verstehen«, hatte Irma Goldschmidt geschrieben, »daß wir nicht dabeisein können. Es ist nicht an uns, über eine Mischehe zu rechten, und wir

wünschen Dir und Alfred von Herzen alles Gute. Es macht uns jedoch immer noch Angst, mit Menschen an einem Tisch zu sitzen, von denen wir nicht wissen, was sie in der Nazizeit gemacht haben.«

Nicht nur Goldschmidts, seit drei Generationen den Bärs verbunden, hatten Alfreds Einladung ausgeschlagen. Von seinen jüdischen Freunden aus Frankfurt waren nur Rafael gekommen, von dem gemunkelt wurde, er würde bald den gleichen Entschluß treffen wie er, und Hermann. Der hatte sich im dritten Semester in eine entzückende Kommilitonin verliebt und im fünften ein Mädchen aus Israel geheiratet. Rachel hatte dicke Beine, war nicht sehr intelligent, jedoch aus frommem Haus und nun hochschwanger.

Alfred schaute die beiden an und registrierte betroffen einen Anflug von Neid. Weil er begann, die Verletzungen zu addieren und stets zu einem anderen Ergebnis kam, verpaßte er den Anfang von Herbert-Dietrichs Rede. Er leerte sein Glas in einem Zug und unmittelbar danach ein zweites. Sein Magen entspannte sich, danach der Kopf und zuletzt der Teil des Körpers, in dem er die Seele vermutete. Angenehm träge hörte er Herbert-Dietrich mit erhobener Rechter ausrufen: »Wir wollen dankbar sein, daß wir in einer Zeit leben dürfen, in der junge Menschen nicht nach dem Beifall der Eltern fragen müssen, sondern nur nach der Stimme ihres Herzens. Mach mein Kind glücklich, Alfred«, schloß er beschwörend.

Andrea begriff schneller als ihr Mann, was die Konvention von ihr erwartete. Sie umarmte ihren Vater, küßte ihre Mutter, winkte den Gästen zu und zog Alfred beherzt vom Stuhl. Stehend trank sie aus seinem und er aus ihrem Glas.

»Danke«, seufzte sie leise in seine Schulterpolster. »Lieb,

daß du die ganze Zeit so ernst geblieben bist. Manches war ja furchtbar pathetisch.«
»Fiel mir gar nicht auf. Komm, laß uns wenigstens fünf Minuten verschwinden. Ich will mal nur dich sehen. Ich brauch das.«
»Ich auch. Warte, ich bin gleich zurück.«
Der Waschraum war leer, als Andrea ihr Gesicht kühlte und einen winzigen Fleck aus ihrem Kleid rieb. Kaum hatte sie jedoch die Toilettentür verriegelt, hörte sie die glasklare Stimme ihrer Holsteiner Tante und das heisere Bayerisch von Cousine Ortrud. Die beiden klagten über ihre Bandscheiben, geizige Ehemänner und pubertierende Kinder. Ortruds Luis hatte ein Verhältnis mit seiner Sekretärin.
»Hoffentlich erlebt unsere Andrea so etwas nicht. Sie ist so ein liebes und anständiges Mädchen.«
»Ich hab mal gehört, die Juden wären besonders gut zu ihren Frauen.«
»Dein Wort in Gottes Ohr. Ich kann mir jedenfalls nicht vorstellen, daß so eine Ehe gutgeht.«
»Dito«, bestätigte Ingrid. »Wie auch? Nicht, daß ich persönlich was gegen Juden habe. Aber sie sind halt doch eine andere Rasse. Ich kann Herbert-Dietrich nicht verstehen, daß er sowas zugelassen hat.«
Andrea wehrte sich nicht gegen die Wände, die um sie kreisten. Sie fühlte keinen Schmerz, und doch war ihr, als brenne ihr Herz. Tränen, die nicht kamen, drückten wie Nadeln in den Augen. Enttäuscht, empört, entmutigt ließ sie sich auf den Toilettensitz fallen. Wie ein erschrockenes Kind hielt sie sich Ohren zu, die aus Feuer waren. So gewaltig war das Bedürfnis nach Trost und Alfreds Gelassenheit, daß sie sich nach ihm rufen hörte, obwohl sie ihre Lippen aufein-

anderpreßte. Es war Scham, die ihr das Schweigen gebot. In der ausgetrockneten Kehle spürte sie einen würgenden Reiz, und doch gelang es ihr, ohne einen Laut aus sich herauszulassen, so lange in der Toilette auszuharren, bis sie die Tür des Waschraums zuschlagen hörte.

»Was war los, ist dir schlecht?« sorgte sich Alfred. »Ich dachte schon, du kommst nie mehr wieder.«

»Nichts. Ich hab bei mir nur einen Fleck entdeckt.«

»Ich auch, Andrea.«

2

Das Haus Nummer sieben in der stillen Frankfurter Heinestraße, in das sich Andrea ebenso spontan verliebte wie in Alfred, war ein sandsteinfarbiger Altbau mit hellbraunem Stuck über den Fenstern. Von den geschlossenen Balkons hingen lila und weiße Petunien herab. Ein schmiedeeiserner Zaun schützte den großen Vorgarten, in dem ein rotdachiges Vogelhaus auf einem Birkenstamm neben einem steinernen Amor stand, dem sowohl der Bogen als auch die Zehen vom rechten Fuß fehlten. In die Haustür waren mattbraune Butzenscheiben eingelassen; die breiten Längsbalken leuchteten grün und die quer verlaufenden mimosengelb. Mit der frühlingsfrohen Pforte gab das solide Gebäude aus der Gründerzeit vor, es hätte den Anschluß von bürgerstolzen Anfängen an das Lebensgefühl der Moderne geschafft. Schon in den sechziger Jahren galten bunte Hausmauern als Ausdruck von weltoffener Nonchalance und südlichem Flair. Allerdings hatte Alfred seine Mutter erst in den Siebzigern von der zeitgemäßen Wirkung der bunten Haustür überzeugen können.

Als zum ersten Mal seit mehreren Jahrzehnten der lädierte Liebesgott wieder tätig geworden war und das junge Ehepaar Bär in den zweiten Stock des Hauses zog, wußten nur

noch betagte Bewohner der Gegend von dem wechselvollen Schicksal des Gebäudes. Gerade deshalb blickten sie, wenn sie Ruth sahen, scheu in eine andere Richtung. Das Dach und der dritte Stock waren beim letzten großen Luftangriff auf die Stadt zerstört und in der allerersten Zeit des Wiederaufbaus von einem stilbewußten Architekten nur deswegen so aufwendig hergerichtet worden, weil ihm vor dem Krieg ein unerwartet glückhafter Coup gelungen war. Nach 1945 hatte er nicht nur beste Beziehungen zu Lieferanten von Baumaterial, sondern sich seinerzeit auch als rechtmäßiger Eigentümer gewähnt.
Der Fliederbaum mit den ausladenden Ästen war wieder so hoch wie der in der Feuersbrunst verschmorte Vorgänger; unter dem hatte Ruth Bär in den von allen Zeitzeugen vergoldeten zwanziger Jahren mit ihren drei älteren Schwestern und dem kleinen Arno an sonnigen Septembernachmittagen Apfelkuchen in jenem glückhaft sättigenden Gefühl gegessen, das den Kindern von Hauswirten frühes Selbstbewußtsein vermittelt.
In dem vorwitzig heißen Mai, als Andrea und Alfred von ihrer kurzen Hochzeitsreise aus dem Tessin zurückkehrten, blühten die gelben Rosen besonders daseinsfroh im Rondell. Dort hatte im Jahr 1938 ein lebloser Körper die Aufmerksamkeit von verschreckten und betroffenen Menschen erregt, denen es die Umstände verwehrt hatten, Tod und Leben ihres langjährigen jüdischen Nachbarn anders als im Schutz des Schweigens zu registrieren.
Ruths Vater, der gemütliche und gemütvolle Medizinalrat Theodor Kahn, der vielen kleinen Frankfurtern den Weg ins Leben gewiesen hatte, war an einem späten Novembernachmittag, als ihn gleichzeitig die Mitteilung von der

Inhaftierung seines Sohns und die von der Arisierung seines Eigentums erreichte, aus dem Fenster gesprungen. Wenn Ruth im Herbst die Rosen für den Winter zurückschnitt, nahm sie sich alljährlich vor, Alfred im Detail vom Tod seines Großvaters zu erzählen, doch sie tat es nie. Dieses Kapitel ihrer Familienchronik bedrängte sie so sehr, daß sie es nicht in die unpathetische Artikulation zu bringen vermochte, die sie zum Schutz ihres Herzens nötig hatte.
Nach dem Krieg, als Ruth die einzige Überlebende der großen Familie Kahn gewesen war, hatte es noch lange Jahre gedauert, ehe ihr das elterliche Haus zurückerstattet worden war. Sie dachte noch oft an die damals zuständigen Beamten. Die waren ausnehmend freundlich gewesen, hatten ihr, während der Rechtsstreit anhängig war, sogar Mut zugesprochen und zur Beharrlichkeit geraten, sich jedoch auf das ihnen vorliegende Tatsachenmaterial und somit auf die Grundbucheintragung vom November 1938 berufen. Auch konnten sich die Beamten nur schwer vorstellen, daß Menschen auf dem Weg in die Deportation es unterlassen hatten, ausgerechnet jene Dokumente mitzunehmen, die sie im Überlebensfall problemlos als rechtmäßige Hauseigentümer hätten ausweisen können.
Ruths Mann war gestorben, ohne die für sie positive Entscheidung zu erleben. Obwohl sie Trauer nie mit Sentimentalität oder Wehmut verwechselte, gelang es ihr nicht immer, die Tränen zurückzuhalten, wenn sie an die zu lange hinausgezögerte Gerechtigkeit dachte. Siegfried Bär hatte selbst im letzten Jahr seiner schweren Krankheit immer wieder gehofft, er würde einst wieder an die Menschen glauben können, wenn er nur mit seinen Enkelkindern unter dem gleichen Fliederbaum sitzen und Apfelkuchen

essen dürfte, wie es seine Frau als kleines Mädchen mit ihren Geschwistern getan hatte.
Vor ihrem ersten Besuch in der Heinestraße hatte sich Andrea mutig ausgemalt, ihrer von so vielen Menschen geschätzten Liebenswürdigkeit und Bescheidenheit würde es vielleicht doch gelingen, sich Alfreds Mutter, die sich ja eine jüdische Schwiegertochter wünschte, wenigstens als sympathische junge Frau zu präsentieren. Zu ihrem Schrecken erwähnte Alfred aber kurz vor der Haustür, daß seine Mamme bei Enttäuschungen nicht zum stillen Duldertum neige. Weil das jiddische Wort Andrea fremd war und ihr von Alfred mit einer Absicht gewählt schien, die sie nicht auslegen mochte, war Andrea jedoch verkrampft und wortkarg.
Und doch hatte sie sich trotz ihrer Verlegenheit sofort heimisch gefühlt in der altmodischen Behaglichkeit einer Wohnung, in der die bodenlangen Gardinen aus Brokat und wuchtige plüschbezogene Möbel das Licht und die Laute der Gegenwart zu einer unbestimmbaren Vergangenheit dämpften. Andrea dachte, kaum daß sie zwischen den rosa Seidenkissen auf einem mit dunkelgrauem Velours bezogenen Sofa saß, an die idyllischen Bilder in den Märchenbüchern des Biedermeier. Ihre eigene Wirklichkeit wurde zu einer Palette sanfter, verwaschener Farben.
Aus einem Mahagonirahmen blickte ein alter Mann in die Ferne; Andrea konnte seinen trauervollen Augen nicht entkommen, nicht diesem Ausdruck von Wissen und Erfahrung. Obwohl sie noch nie den weißen, an den Rändern mit einem breiten schwarzen Streifen versehenen Gebetsmantel der Juden gesehen hatte und auch die Bedeutung des rituellen Widderhorns, das der Greis in der Hand hielt, nicht als ein religiöses Symbol der Mahnung kannte, emp-

fand sie den Mann als weise, gütig, fromm und demütig. Sie stellte sich vor, er hätte geheime Kräfte, um ihr endlich jene Wünsche der Kindheit zu erfüllen, die sie nie zu äußern gewagt hatte. Nur im ersten Moment erschienen Andrea solche Abschweifungen absurd; sie war kein phantasievolles Kind gewesen, doch nun, da sie ihre Träume von Glanz und Glück nachholte, vertraute sie sich ergriffen der Illusion an, die Hauptrolle in einem schönen Märchen zu spielen. Es war die Erinnerung an eine klare, mokante Stimme, die sie in die Realität zurückrief.

Mit der Ironie, die einem liebenden Sohn Distanz gestattet, ohne illoyal zu werden, hatte Alfred erst eine halbe Stunde zuvor versucht, Andrea auf die überladene Einrichtung in der Parterrewohnung der Heinestraße einzustimmen. Die genierte ihn zwar nur dann, wenn die Besucher in seinem eigenen Alter waren und sich nicht vorzustellen vermochten, welchen Nachholbedarf an Trost von Pomp und Luxus Menschen wie seine Mutter hatten. »Am besten, du vergißt, daß du Geschmack hast«, hatte er geraten, »bei uns sieht es aus wie in einem Antiquitätenladen der unteren Preisklasse. Andere Leute tragen ihren Plunder zum Flohmarkt. Mein Vater hat ihn aufgekauft.«

Alfred erkannte sehr schnell und ebenso belustigt, daß er sich die Warnung hätte sparen können. Seine kluge, stilbewußte Andrea, die jedes Detail ihrer Kleidung so sorgfältig aufeinander abstimmte, daß sie noch im billigsten T-Shirt elegant wirkte, und die er vor Kitsch gefeit und für so unsentimental hielt wie sich selbst, verliebte sich mit einer Intensität in das Bildnis des betenden Mannes über dem künstlichen Kamin, als sei sie ihr Leben lang auf der Suche nach der Frömmigkeit fremder Väter gewesen.

Andrea war auch von den galoppierenden Pferden aus Bronze und den verliebten Schäferinnen aus Porzellan fasziniert und noch mehr von den mächtigen Silberleuchtern geblendet, die auf kleinen Glastischen standen und die Siegfried Bär im Glauben zusammengetragen hatte, er könne sich nach der Zeit der Verfolgung und Todesnot die Atmosphäre seines Elternhaus neu erschaffen. Jeder schweifende Blick vermittelte Andrea das Gefühl, sie hätte endlich die Welt betreten dürfen, in der die starken Wurzeln einer ewig gültigen Vergangenheit den Menschen Schutz gewährten vor der Zeit, in der sie selbst leben mußte und die sie als roh und oberflächlich empfand.
Ein kleines silbernes Ölkännchen mit einem goldenen Griff stand neben einem großen achtarmigen Leuchter. Andrea überlegte, ob das imposante Stück wohl eine religiöse Bedeutung habe. Sie wollte Alfred danach fragen und ihm auch sagen, wie sehr sie die außergewöhnliche künstlerische Arbeit bewunderte. Mit einem Mal gab sie jedoch dem Bedürfnis nach, seiner Mutter ein Kompliment zu machen und diese wissen zu lassen, daß gerade sie nicht oberflächlich und unsensibel sei, sondern, anders als viele in ihrem Alter, noch ein waches Empfinden für zeitlose, harmonische Schönheit habe.
»So wie Sie möchte ich auch einmal wohnen«, erklärte Andrea feierlich, beugte sich zu Ruth vor und ergriff ihre Hand, »ich kann gar nicht richtig ausdrücken, wie gerührt ich bin, daß es Menschen gibt, die in der heutigen Zeit noch ihre alten Familienerbstücke so ehren wie Sie und Ihr Sohn.«
Andrea hörte Alfred hüsteln; sie sah, daß sein Gesicht rot wurde und er sich mit einem Finger über die Stirn fuhr, als wolle er eine Falte glätten. Die war ihr zuvor nie aufgefal-

len. Die Arglose bemerkte auch, wie Mutter und Sohn sich kurz anschauten und dann mit einer raschen Bewegung von Kopf und abwehrender Hand, die in ihrer Gleichzeitigkeit perfekt einstudiert schien, zum Fenster hinaus starrten. Die Schwere des Schweigens begriff Andrea nicht.
Es war eine erschrockene Verblüffung, die Ruth und Alfred erstarren ließ. Sie konnten es nicht fassen, daß es in Deutschland tatsächlich Menschen gab, die naiv genug waren, ausgerechnet mit Überlebenden des Holocaust von Familienerbstücken zu reden und nicht zu bedenken, daß ihnen von ihrer Vergangenheit nichts geblieben war als die Erinnerung an die Ermordeten.
»Das haben Sie schrecklich schön gesagt«, murmelte Ruth schließlich. Sie preßte ihre Lippen fest aufeinander, um die Abwehr, die in ihr brodelte, zu unterdrücken, ehe aus ihr Verbitterung und Entsetzen wurden. Sie war selbst verblüfft, daß es ihr gelang, Andrea ermunternd zuzulächeln. Nur als die Mutter feststellte, wie verlegen ihr Sohn war, gestattete sie sich einen Wimpernschlag lang die Andeutung von Triumph. Danach beschäftigte sie allein der Himmelsstreifen, der sich ihr bot.
Die Fähigkeit, sich ausschließlich auf die gebotenen Möglichkeiten einer unverhofft aufgetauchten Chance zu konzentrieren und dann auch keine Emotionen mehr zuzulassen, die den Überlebenswillen töteten, hatte Ruth im Lager Theresienstadt und im Konzentrationslager Auschwitz davor bewahrt, sich aufzugeben. Seitdem hatte sich nichts geändert. Noch immer konnte Ruth denken, ohne zu fühlen. So sicher wie in der Zeit des täglichen Todes wußte sie, daß es Rettung bedeuten konnte, wenn der Bedrohte die Kraft hatte, sich nicht selbst nachzugeben.

Ruth brauchte das schwärmerische Mädchen, das vor ihr saß und außer ihrem Sohn auch noch Einlaß in die Welt begehrte, in der er lebte, nur anzusehen, um die Sicherheit zu haben, nach der es einer Mutter verlangte, die nichts mehr in ihrem Leben zu fürchten hatte, außer noch einmal den Schmerz einer Trennung erleben zu müssen. Sie hielt Andrea ihre Hand hin, als sie erkannte, daß sie in ihr eine unerwartete Verbündete gefunden hatte. Mit jener List, die sie vor der Reue schützte, daß ihre Liebe eine mit unlösbaren Fesseln war, registrierte Ruth, wie leicht es ihr wurde, Besorgnis, Vorbehalt und Widerstand gegen eine Ehe zu unterdrücken, die sie nicht guthieß. Nur eins war der Mutter in der Seligkeit des Begreifens wichtig: Wenn ihr Alfred diese romantische, sentimentale, naive Frau heiratete, würde sie selbst sich keinen Tag von ihm trennen müssen.

»Danke, Andrea«, sagte sie und betonte den Namen mit singender Stimme. »Ich finde es sehr schön, daß Sie hier wohnen wollen.«

»Schrecklich schön«, befand Alfred. Sein Lachen war ohne Heiterkeit. Eine Zeitlang fixierte er Ruth, wie er es als empörtes Kind getan hatte, wenn er sich nicht gegen ihren überrumpelnden Egoismus wehren konnte, der sich so geschmeidig in Lebensklugheit, Fürsorge und Herzlichkeit zu gewanden wußte. Und Ruth erwiderte seinen Blick mit jener erheiterten Raffinesse, die er immer bewundert hatte, und so, als wisse sie nicht, was er denke. Auch dieser Teil des stummen Spiels hatte Tradition.

Alfred nahm sich vor, eines Tages Andrea im Detail die alte, ewig junge Geschichte zu erzählen. Er wurde, als er den Anfang fand, wieder vier Jahre alt und konnte nichts essen, weil er sich zu sehr um einen Teddybären mit einem abgetrennten Bein sorgte. Mit dem Patienten rannte er aufgeregt durch die Wohnung, die Mutter hetzte mit der weißblauen Suppenschüssel in der Hand jammernd hinter ihm her. Sie drohte, ihr einziger Sohn wolle sie umbringen, und sie würde auf der Stelle sterben, wenn er ihr solchen Kummer mache.

Die zu deutlichen Konturen der Vergangenheit, ein zu intensiver Duft von ausgekochtem Suppenfleisch mit Lauch und Linsen ließen es danach nicht mehr zu, daß Alfred sich rechtzeitig von den Bildern seiner beschwerten Jugend lösen konnte. Der längst überwunden gewähnte Schock wurde zum frischen Schmerz, als er sich mit der Trotzigkeit des rebellierenden Kindes, das er nie hatte sein dürfen, sagen hörte: »Ich hasse Linsensuppe.«

»Was soll das schon wieder heißen? Linsensuppe hat es seit Jahren nicht mehr bei uns gegeben«, warf ihm Ruth vor. »Dabei hat sie dein Vater seligen Andenkens so gern gegessen.«

»Und Esau«, lächelte Alfred. »Der hat sogar sein Erstgeburtsrecht für Linsen verkauft. Das hast du mir jedes Mal vorgehalten, wenn ich nicht essen wollte.«

»Stimmt«, zwinkerte Ruth in Andreas Richtung, »aber dann hat er immer gesagt, er hätte keinen Bruder, der ihm die Linsen wegessen würde. Alfred war nämlich schon als Kind zu schlau für mich. Immer hab ich mir eine Tochter gewünscht, die zu mir hält.«

»Ich esse sehr gern Linsensuppe«, stammelte Andrea. Sie nahm sich vor, sowohl ihre Abneigung gegen Hülsenfrüchte zu überwinden als auch die Geschichte von Esau und seinem Erstgeburtsrecht nachzulesen.

Die Fünfzimmerwohnung im zweiten Stock war einen Monat vor der Hochzeit frei und bereits zwei Wochen danach total renoviert worden. Es schmeichelte Andrea immens, wie bereitwillig und mit welchem Ausdruck von ungläubigem Staunen ihre künftige Schwiegermutter auf alle ihre Vorschläge einging, wie anerkennend und warmherzig sie den praktischen Sinn einer so jungen Frau lobte und daß Ruth, so anders als die eigenen Eltern, trotz der Kosten der aufwendigen Modernisierung kein einziges Mal von Geld und sehr oft vom exquisiten Geschmack ihrer Schwiegertochter sprach. Als Andrea kurz vor Beendigung der Arbeiten auch noch vorschlug, den hinteren Balkon zu einem Wintergarten auszubauen, gelang es Ruth in Minutenschnelle, gleichzeitig die erheblichen Kosten für eine Idee auszurechnen, die sie als ebenso überflüssig wie dreist empfand, mit kleiner, verzückter Geste Andreas Wange zu streicheln und sie mit einem Ausdruck anerkennender Verblüffung anzuschauen.

»Darauf wäre ich in Jahren nicht gekommen«, lobte sie.

In solchen Momenten von Kalkül und seelischem Kasteien verdrängte Ruth nie, daß es ihre Vergangenheit war, die sie zu der umklammernden Liebe trieb, die sie zeitlebens bei anderen jüdischen Müttern verachtet hatte. Bei Tag erdrückten sie oft Einsicht, Klugheit, Scham und Reue. Da rief sie sich in wacher Wut zur Räson, schalt sich eine egoistische alte Närrin, die ohne Kraft und Anstand war. Wenn sie jedoch nachts aufwachte, auf die laut tickende Uhr in der Diele lauschte und erlebte, wie aus den alten Narben frische Wunden wurden, erkannte Ruth, daß weder ihre Disziplin noch die Fähigkeit zum Verdrängen des Geschehenen sie zurückhalten würden, weiter einen Weg zu gehen, den sie verachtete. Sie kannte nur das Ziel.

Nachts wurden Bilder vor ihre Augen gepeitscht, aus denen nie Worte geworden waren. Da erlebte Ruth so grauenerstickt, als würde sie immer noch auf der lichtlosen Straße von Theresienstadt stehen, wie ihr erster Mann, Salo, ein Juwelier mit feingliedrigen Händen, nicht mehr hoffend, mit immer noch sanften Augen, auf den Lastwagen gestoßen und weggebracht wurde. Einen Monat später hatten die Mordgehilfen Ruth nach Auschwitz verschleppt und ihr bei der Ankunft ihre beiden Kinder entrissen. Paul war vier Jahre alt gewesen und Eva sechs. Wenn Eva mit der Stimme schrie, die nicht mehr die eines Kindes war und die für ihre Mutter nie verstummen würde, stand Ruth auf, stellte sich ans offene Fenster und starrte in die Dunkelheit hinaus. Im Sommer roch sie die Rosen. Während sie ihr Gesicht trocknete, langsam und sehr bedächtig, als könnte sie wenigstens ein einziges Mal den Abschied nachholen, empfand sie nichts mehr von der Bürde des Gewissens, das ihre Tage zerfraß. Sie spürte nur die erlösende Dankbarkeit, daß sie in ihrem zweiten Leben geschützt war vor einer Trennung, die erst die Mütter vernichtete und sie danach zum Weiterleben verurteilte.

Alfred, die Gnade ihres zweiten Lebens, hatte sich für eine Frau entschieden, die von jüdischer Vergangenheit nichts wußte und nach seiner Welt drängte. Er würde ihr bleiben. Auch nach seiner Hochzeit und für immer.

Geduldig und ausführlich und danach drängend, zwei Welten miteinander zu vereinen, die ihrer Erfahrung nach nie zueinander finden würden, erklärte Ruth der Schwiegertochter aus der Fremde die Bedeutung der jüdischen Feiertage und Kultgegenstände. Sie sprach die hebräischen Worte wie Beschwörungen aus, referierte über Rituale, Tra-

dition und Orthodoxie, schenkte Andrea ein mit phantasievollen alten Illustrationen neu aufgelegtes Kochbuch der jüdischen Küche und verriet mit einem Jungmädchenlächeln, das sie um Jahre verjüngte, die Rezepte, die sie von ihrer Mutter übernommen hatte.
»Ich bin erst zufrieden, wenn ich den gefüllten Fisch hinkriege«, lachte Andrea. »Alfred hat mir davon erzählt.«
»Gefilte Fisch«, verbesserte Ruth. »Du mußt ihn erst essen lernen ohne zusammenzuzucken. Alfred und ich sind dir da um ein paar Jahrhunderte voraus.«
Kurz vor der Hochzeit ließ sie an einem Freitag Andrea zusehen, wie sie das Essen für den Sabbat bereitete, den Andrea von da an nur noch als »Schabbes« bezeichnete. Ruth lächelte gutmütig, wenn sie dies hörte, Alfred atmete zu tief ein, denn seine eifernde Braut betonte das Wort auf eine Weise, die er zunächst nur als zu hart, mit der Zeit jedoch als irritierend preußisch empfand.
»Sie ist so großzügig«, staunte Andrea, »genau so habe ich mir immer eine jüdische Mama vorgestellt.«
»Eine jiddische Mamme«, grinste Alfred, »das ist etwas ganz anderes, mein Schatz.«
»Den Unterschied mußt du mir schon erklären, wenn ich mitlachen soll.«
»Kann man keinem erklären, der keine Mamme hat. Sie ist eine Mischung aus Löwin, Engel, Mutter Courage und gewissenloser Depotin.«
Alfred unterließ es, seine Mutter zu fragen, weshalb sie dazu übergegangen war, wieder den Freitagabend festlich zu gestalten; sie hatte es seit dem Tod ihres Mannes nicht mehr getan. Er fragte auch nicht, wie Ruth es zuwege gebracht hatte, daß die langjährigen Mieter binnen Monats-

frist ausgezogen waren – er wußte ohnehin, daß deren plötzlich geäußerter Wunsch nach der gesunden Luft im Taunus in unmittelbarem Zusammenhang mit einem abgegriffenen Zigarrenkästchen im Wäscheschrank stand. In dem hatte Ruth schon in Alfreds Kindheit ihr Geld bündelweise gehortet; über die Höhe ihres ruhenden Vermögens hatte sie seinem Vater bis zu seinem Tod jede Auskunft verweigert und danach ebenso konsequent ihm.

»Weiß man, ob man nicht noch einmal wieder plötzlich auf die Flucht muß?« entgegnete Ruth jedes Mal, wenn ihr Sohn es doch einmal wagte, von totem Kapital oder dem Verhalten von Versicherungsgesellschaften bei Wohnungseinbrüchen zu sprechen.

Ebensowenig wie nach dem übereilten Auszug der Mieter erkundigte sich Alfred, weshalb seine Mutter sich schließlich doch entschlossen hatte, unmittelbar nach seiner Hochzeit die mehrwöchige Kur in Bad Nauheim anzutreten. Zu der hatte er ihr seit Jahren geraten, ohne daß sie auf seinen bekümmerten Vorschlag eingegangen war. Zu Recht vermutete er, daß Ruth ihren dominanten Beschützerinstinkt wenigstens so lange zu zügeln gedachte, bis Andrea sich in der neuen Wohnung eingelebt hatte.

In den ersten Wochen ihrer Ehe realisierte Andrea tatsächlich nicht, wie eng sie künftig mit ihrer Schwiegermutter zusammenleben und was das für sie bedeuten würde. Sie wollte auch nicht grübeln, denn es befreite sie von Zwang und seelischer Not, sich nur noch mit der Gegenwart zu begnügen und nicht mehr nach vorn zu sehen. Bis Alfred als Retter gekommen war, hatte Andrea sich für jeden Schritt in die Unabhängigkeit rechtfertigen müssen. Schon das Wort Zukunft erweckte bei ihr die Aversion der Unterdrückten, denen elterlicher Ehrgeiz die Kindheit tötet. Nun, da sie den väterlichen Mahnungen und den niederdrückenden Warnungen einer wehleidigen Mutter entronnen war, empfand sie jeden Tag als ein Geschenk von wohlwollenden Göttern. Aus dem Olymp der Liebenden riefen diese einer Auserwählten zu, sie hätte mit begnadeter Hand in Fortunas Füllhorn gegriffen und den Hauptgewinn gezogen.

Der Sturm der Liebe wurde zum Taifun. Andrea sah in dem Mann, der sie für alle Zeiten vor der Banalität eines Lebens nach den Normen ihres Vaters schützte, die Trophäe, die sie sich, von Feinden umzingelt, erkämpft hatte. Alfred war der Lohn für den Mut einer Unbeirrbaren. Er war ihr Ideal und Idol, ein Held aus einer Welt ohne Risse, ein Sieger, der es nie dulden würde, daß jemand auch nur an der Festung rüttelte, die sich zwei Glückskinder erschaffen hatten.

Sie eiferte diesem strahlenden Bezwinger des Mittelmaßes nach, kopierte seine Sprache, Gestik und Mimik, machte seine Ansichten zu den ihren und wurde sich keinen Tag bewußt, wie leicht ihr dies fiel und daß sie immer süchtiger wurde, sich um Alfreds willen zu häuten. Sie liebte seine Geduld und Gelassenheit, bewunderte seine Klugheit und Bildung, den Charme, der ihr schmeichelte, und einen melancholischen Humor, der ihr, weil sie ihn nie auf Anhieb verstand, als typisch jüdisch erschien. Es begeisterte Andrea, wie ihr Mann über unbedeutende Ärgernisse spotten und wirkliche Probleme souverän lösen konnte und daß er von ihrer Schönheit und Eleganz sprach, ohne daß seine Komplimente Routine wurden. Nachts konnte sie es nicht fassen, daß dieser phantasievolle Ritter all ihre Träume von Zärtlichkeit, Sehnsucht, Erfüllung, Erotik und Liebe zu

einem Rausch vereinte, der so erregend und einmalig war.
Alfred, dem zu früh Harmonie und Fürsorglichkeit zur Pflicht geworden waren, weil er instinktiv das Leid seiner Eltern spürte, ihre Unruhe und eine ständige Angst um ihr nachgeborenes Kind, umhüllte Andrea in einer Woge von Aufmerksamkeit, die alle Hoffnungen übertraf, die sie in die Ehe gesetzt hatte. Er war der Pygmalion, der seinem Geschöpf Leben eingehaucht hatte.
»Mir ist so«, flüsterte sie, »als hätte ich schon immer hier gewohnt. Ich habe alles vergessen, was vorher war. Alles.«
Sie saß, als sie das sagte, in einem altmodischen Ohrensessel, den sie in einem Auktionshaus aufgespürt hatte und auf den sie sehr stolz war. Auch äußerlich entsprach Andrea in nichts dem Bild ihrer Generation, der es im Leben um die Befreiung von Zwängen, in der Mode um die saloppe Nonchalance derer ging, denen es reichte, sich selbst zu gefallen. Der lange hellblaue Samtrock paßte zum königsblauen Bezug des Sessels; die silberne Bürste, mit der sie Funken aus ihrem Haar schlug, wirkte wie ein sorgsam gewähltes Requisit in einem Film, der die Grandezza einer italienischen Adelsfamilie zur Jahrhundertwende porträtiert.
»Hast du auch dein Examen vergessen, Loreley?«
»Wie kommst du ausgerechnet in diesem Moment auf mein Examen? Bist du ein Spießer oder ein Spielverderber?«
»Beides. Mir ist's ganz egal, ob du künftig mißratenen Bälgern Französisch beibringst oder nicht. Mir langt's, daß du beim Schmollen wie Brigitte Bardot aussiehst. Ich habe jedoch Angst vor deinem Vater. Wenn du kein Einserexamen machst und nächstes Jahr den Doktor, bin ich schuld.«
»Ich dachte, ich bin selbst für mich verantwortlich?«

»Im Prinzip, ja. In realiter sind die Juden an allem schuld. Und die Radfahrer.«
»Kannst meinen Vater vergessen. Er hat mich nie verstanden. Ich glaube, er war ein Nazi.«
»Nicht, Andrea. Ein bißchen Antisemit reicht mir. Du mußt ihn nicht um meinetwegen auch noch zum Nazi machen. Und besuchen solltest du deine Eltern auch mal.«
Obwohl Andrea Freude an ihrem Romanistikstudium hatte und kurz vor dem Ersten Staatsexamen stand, ging sie seit der Hochzeit nur noch widerwillig zur Universität. Zu sehr beschäftigte sie die Einrichtung der Wohnung, was sie abends für Alfred kochte und für ihn anzog, vor allem wie sie ihm immer wieder demonstrieren konnte, wie perfekt und mit welcher Freude sie die Pflichten erfüllte, die sie sich selbst auferlegte. Um Alfred ihre Loyalität zu beweisen, ließ sie keine Gelegenheit aus, sich von ihrer Vergangenheit zu distanzieren.
Allerdings vermißte Andrea in dieser Zeit von Lösung und Suche öfters Ruth. Ihr fehlten die vertraulichen Gespräche und nützlichen Ratschläge, vor allem die wohltuenden Komplimente für ihre hausfrauliche Begabung. Gerade die hatten Andrea bestätigt, daß jede ihrer Ideen durchdacht und originell sei. Wenn sie den achtarmigen Leuchter, Ruths Hochzeitsgeschenk, so blank putzte, daß sie sich in seinem Sockel spiegeln konnte, blickte sie in unruhige Augen, denen Ehrgeiz die Unschuld genommen hatte. Dann irrte sie in einem Nebel von Unsicherheit und Selbstzweifel umher und haderte auch mit Alfred, weil er ihre aufopfernden Bemühungen, ihm die gleiche Atmosphäre wie im eigenen Elternhaus zu schaffen, nicht aufmerksam genug registrierte.

Ruth telefonierte täglich aus Bad Nauheim mit Alfred. Andrea erfuhr das durch die abends übermittelten Grüße. Am Anfang wunderte es sie nur, daß Mutter und Sohn stets in der Praxis und nie zu Hause miteinander sprachen, mit der Zeit war sie jedoch gekränkt. Andrea fühlte sich übergangen und bewußt ausgeschlossen, zögerte indes lange, mit Alfred über Emotionen zu sprechen, die sie belasteten. Als sie sich endlich vorgenommen hatte, wenigstens eine Andeutung zu versuchen, traf aus Bad Nauheim ein an Andrea adressiertes Päckchen ein: In Watte verpackt lag eine kleine, längliche Rolle in geschlagenem Silber.

»Das ist eine Mesusa«, schrieb Ruth am Ende eines langen, besonders herzlichen Briefes, »ich habe sie in Basel für Euch bestellt und mir hierher schicken lassen. Sieh zu, daß Alfred sie sofort anmacht. Das gehört sich so.«

Obwohl sie keine Ahnung hatte, was sie in der Hand hielt, war Andrea zufrieden und auch bewegt, daß Ruth ihr und nicht Alfred geschrieben hatte. Wie ein Kind, das Vokabeln in einer Fremdsprache einübt, sagte sie das fremde Wort, das ihr reizvoll und faszinierend exotisch erschien, mehrmals laut vor sich hin, suchte es indes vergeblich in drei Lexika. Erst im vierten fand sie den Hinweis, daß die kleine Kapsel eine biblische Schrift enthält und traditionell am Türpfosten jüdischer Häuser angeschlagen wird.

»Ich habe«, seufzte sie, als sie abends Alfred von Ruths Auftrag und ihrem eigenen Eifer erzählte, »nicht herausbekommen, was drinsteht. Das mußt du mir genau erklären.«

»Das weiß ich wirklich nicht, mein Schatz. Hab auf der Jeschiwa zu oft geschwänzt.«

»Auf der was?«

»War nur ein blöder Scherz. Vergiß ihn, sonst sitzen wir

morgen früh noch hier, und du stellst die Gretchenfrage: ›Sag mal Alfred, wie hast du's mit der Religion?‹ Gib mir lieber einen Kuß und bohr einem müden alten Juden nicht das Hirn auf.«

Alfred legte die Mesusa so unsanft in einen leeren Aschenbecher, daß der fordernde Laut, als Silber und Glas aufeinandertrafen, ihn zusammenzucken ließ. Es dauerte einen beschämenden Moment, ehe er Andrea mit dem Verlangen, das ihn seit dem Aufstehen nicht verlassen hatte, umarmen konnte. Zärtlich zog er die Grübchen auf ihrem Kinn nach. Er spürte die Sehnsucht nach Illusion, Wärme und Liebe als einen Schmerz, der ihn erregte, wollte ihr zuflüstern, daß er sein Leben lang für weibliche Rabbis geschwärmt habe, doch der Ausdruck von lauernder Wißbegier in den Augen seiner Frau ernüchterte ihn. Wiederum brauchte er Zeit, sein Unbehagen zu unterdrücken. Ihm fiel auf, daß Andreas Stimme zu laut war, zu deutlich, sehr fremd.

»Das gibt's doch nicht, daß du nicht weißt, was in einer Mesusa steht, wenn sie an euren Haustüren hängt.«

»Gibt's doch. Hauptsache, das Ding hängt.«

»Sofort, hat deine Mutter geschrieben.«

»Bei meiner Mutter muß immer alles sofort geschehen, aber unser Gott hetzt seine Schafe nicht. Der hat Verständnis dafür, daß sich ein Mann erst den richtigen Nagel kaufen muß, um eine Mesusa anzubringen, und daß er lieber mit seiner Frau schläft als sich den Daumen mit einem Hammer plattzuschlagen. Kannst mir ruhig vertrauen, Loreley, ich kenn mich aus.«

»Ich find's wunderbar, wie selbstverständlich du mit den Dingen umgehst«, sagte Andrea, »bei uns ist alles so stur und verkrampft.«

Sie merkte bereits, während sie sprach, daß sie verwirrt war und sich selbst beruhigen wollte. Es machte sie befangen, daß Alfred jene Fragen, die sie lange beschäftigten, ehe sie sie stellte, nicht ernst nahm. Groß war ihre Abscheu vor Oberflächlichkeit, verzehrend das Verlangen nach einer Ehe, in der nichts Trennendes zwischen Frau und Mann stand.

Als die Mesusa drei Tage später immer noch im Aschenbecher lag, kaufte Andrea die passenden Nägel, polierte die kleine Kapsel, bis sie glänzte, und schlug sie im Hausflur an die Wohnungstür. Während sie die Nägel durch die winzigen Löcher trieb und ängstlich hämmerte, um die antike, zerbrechliche Handarbeit nicht zu beschädigen, wurde es ihr auf eine sie sehr beglückende Weise feierlich zumute. Sie war sich bewußt, daß sie soeben eine religiöse Handlung verrichtete. Die erste. Ihre Augen wurden feucht.

Beim letzten Schlag stellte sich Andrea vor, Alfred würde hinter ihr stehen. Sie verliebte sich in jedes Detail ihrer Phantasie, spürte Alfreds Atem im Nacken, drehte sich um und sah sein Gesicht. Es war dankbar, gerührt und rührend wie das Bildnis des frommen Beters in Ruths Wohnzimmer. Alfred lobte Andreas taktvolles Empfinden für seinen Glauben, raunte ihr zu, nie habe er solche Sensibilität erwartet, sie sei für ihn das Glück seiner Ehe. Seine Stimme war ein wenig heiser und sehr erotisch.

Trotzdem wurde Andrea, als sie zwei Schritte zurücktrat, weil sie ihre Arbeit kritisch begutachten wollte, um die Größe des Augenblicks betrogen. Die silberne Rolle, in der Hand so dekorativ und symbolschwer, wirkte an der Wand winzig und ärmlich. Enttäuscht wischte sich Andrea den Schweiß von der Stirn und setzte sich auf die Treppe, stand jedoch sofort wieder auf, rannte in den Wintergarten und zupfte aus einem Topf mit weißen Usambaraveilchen einige Blüten heraus. Eine Weile hielt sie die Blumen unschlüssig in der Hand und legte sie dann, weil der spontane Einfall ihr immer noch gefiel, kranzförmig um die Mesusa. Später pflückte Andrea im Garten noch zwei rote Rosen und befestigte sie mit einem blauen Band über den Veilchen.

Sie wurde ein wenig sentimental, als ihr aufging, wie schnell ihr Herz schlug, als sie das Tor des Vorgartens quietschen hörte und sich ausrechnete, wann Alfred auf den Klingelknopf drücken würde. Sie begann, ihr Haar zu bürsten, zog eine kleine widerspenstige Strähne in die Stirn, sah in einem Spiegel, der silberne Blitze von Bewunderung aufleuchten ließ, ein Lächeln zur fröhlichen Grimasse werden, pinselte hastig, weil ihr nun nicht mehr viel Zeit blieb, die Konturen ihrer Lippen nach und fuhr sich mit einem Finger über die Zähne. Zu spät fiel ihr auf, daß Alfred nicht, wie üblich, drei Mal geklingelt hatte.

Ungeduldig riß sie die Tür auf, hielt dem Erwarteten beide Hände entgegen, lächelte ihm zu mit jener Mischung aus Scheu und Koketterie, der er nicht widerstehen konnte, und doch merkte sie, daß sein Atmen einen Hauch zu kräftig war, sah die kleine Furche auf der Stirn zum Graben werden. Da schon ahnte Andrea das Mißverständnis; sie wehrte verbissen scharfzahnige Enttäuschung ab, wurde wütend und wagte es doch nicht, sich von der Gewalt zu befreien, die sie sich selbst antun mußte, um die Tränen zurückzuhalten. Alfred stand, die Arme vor dem Bauch verschränkt, im Hausflur. Er hatte einen großen Blumenstrauß auf das Fensterbrett gelegt und starrte verstört die dekorierte Mesusa an.

»Gefällt sie dir nicht?« fragte Andrea.
»Was soll dieser alberne Altar? Bist du total meschugge geworden?«
Sie hatte das Wort noch nie gehört und wollte nicht in einem so ungünstigen Moment danach fragen, witterte Spott, begriff, daß es nicht freundliche Amüsiertheit war, wie sie zunächst gehofft hatte, sondern Ablehnung und Verdrossenheit, die ein Gesicht entstellten, das sie nur als gütig und verständnisvoll kannte.
»Kein Grund zur Aufregung, meine kleine Streberin«, hörte sie Alfred sagen. »Mußt mir nur eine Zange und einen Hammer holen. Und meinen Hut.«
»Wozu?«
»In drei Teufels Namen, steh nicht herum wie ein Opferlamm, und inszeniere bloß keine Religionskrise.«
Als Andrea den Handwerkskasten durchwühlte, wurden erst ihre Hände klamm und dann ihr Kopf. Sie hörte sich schluchzen, ehe ihr aufging, daß sie weinte. Ihr war übel, als sie mit dem Werkzeug und dem Hut in den Hausflur zurückkehrte. Die Usambaraveilchen und Rosen lagen neben dem Blumenstrauß auf dem Fensterbrett.
»Danke«, sagte Alfred. Er riß die kleinen Nägel vom Türpfosten, steckte die kleine silberne Kapsel in seine Jackentasche und setzte den schwarzen Hut auf.
Andrea hörte ihn murmeln, während er die Mesusa in die Wand schlug, und wußte nicht, daß es ein Gebet war, das der Fremdgewordene sprach. Jedes einzelne hebräische Wort war leise und zärtlich, nur ein Raunen an der Wand und doch laut genug, um Andreas Stolz zu zerschmettern.
Einige Sekunden noch hielt Alfred den Kopf gesenkt, die Augen geschlossen. Dann nahm er den Hut ab, drückte ihn

lachend auf Andreas Kopf, holte den Blumenstrauß vom Fensterbrett und sagte: »Ich hab heute soviel an dich gedacht. Ich mußte dir einfach Blumen mitbringen.«
»Aber, die Mesusa, Alfred. Ich hab doch alles falsch gemacht. Ich hab dich gekränkt.«
»Du weißt doch überhaupt nicht, wie man einen Menschen kränkt. Du nicht. Woher sollst du wissen, daß bei den Juden die Frauen das Sagen haben und die Männer die Mesusa an die Tür schlagen? Tut mir leid, daß ich dir das nicht vorher erklärt habe. Ich wäre im Traum nicht darauf gekommen, daß du dir deinen Kopf über eine Mesusa zerbrichst.«
Um Mitternacht schrie ein Martinshorn. Blaues Licht drang durch die Vorhänge. Alfred wollte Andreas Schulter streicheln, ihre Brust berühren, doch er löste sich nicht schnell genug von seinen Traumbildern und zog seine Hand mitten in der Bewegung zurück. Er schlief sofort wieder ein und sah zum zweiten Mal in dieser langen Nacht seinen Vater eine Mesusa anschlagen, die sich beim letzten Nagel in ein mit Dornen bestücktes Kreuz verwandelte.
»Siehst du, mein Sohn«, erklärte der Vater, »das kommt davon, wenn man die falsche Frau heiratet.«
»Du hast heute nacht im Schlaf gesprochen«, sagte Andrea, als sie Alfred morgens weckte. »Hast du wenigstens gut geträumt?«
»Ich glaube, ich habe von dir geträumt.«

3

Lea hatte schwarzes Haar, das die Lockenfülle einer künftigen Schönheit versprach, und nachtdunkle Augen mit dem violetten Schimmer noch nicht getrockneter Tränen. Sie saß nackt und strampelnd auf Alfreds Schoß, weil er ihr das kalte Laken auf dem Untersuchungstisch hatte ersparen wollen, bohrte die winzige Spitze ihres ersten Zahns in seinen Daumen und gurgelte Frohsinn mit der Lebenszuversicht von sechs Monate alten Babys.

»Einen schwarzen Humor hast du auch«, diagnostizierte Alfred. »Den hast du von deinem mißratenen Vater. Glaub mir, ich kenne ihn länger als du. Er ist nämlich mein bester Freund.«

»Nebbich«, sagte Hermann. »Gewesen. Wir sind ja noch nicht mal mehr miteinander bekannt.«

»Und ihr seid trotzdem gekommen?«

»Warum sollten wir uns einen anderen Arzt suchen? Meine Tochter stört es ja nicht, daß du plötzlich meschugge geworden bist.«

Obwohl nur vom ersten Schnupfen ihres Lebens irritiert, hatte Lea mit dem Machtbewußtsein von Babys überbesorgter Eltern die ganze Nacht mißbraucht, um ihnen durch die brüllenden Unkenrufe einer sadistischen Kassandra weiszumachen, Erkältungen in ihrem Alter würden sich zur doppelseitigen Lungenentzündung ausweiten und wären noch vor Tagesanbruch tödlich. Als Alfred den erschöpften Vater mit dem wachstuchweißen Teint und den geröteten Augen der Schlaflosen beruhigt und die Mutter sich so gut erholt hatte, daß sie den für verschreckte kleine Patienten immer einsatzbereiten Teddybären energisch in die Tragetasche ihrer Tochter packte, wurde Alfred zweierlei bewußt. Sein erster Gedanke galt dem Umstand, daß er tatsächlich seit seiner Hochzeit Hermann gemieden hatte und daß ihn dies nun mit der Scham erfüllte, die ihn von Anfang an hätte zur Räson rufen müssen. Seine zweite Überlegung ließ er, was er umgehend bereute, laut werden, denn er beugte sich mit einem verräterischen Seufzer über Lea, streichelte versonnen ihre Fußsohlen und murmelte, als würden ihn derartige Gedanken nicht ständig beschäftigen: »Falls wir mal wirklich Kinder haben sollten, würde ich mir nur Töchter wünschen.«

Verärgert und erschrocken erkannte Alfred, daß gerade Hermann keine Begründung für den ungewöhnlichen Männerwunsch verlangen würde. Der hatte in der Tat nur ein Bruchstück seiner überscharfen Erinnerungen bemühen müssen, um im Bild zu sein. Zu gut kannte er sich mit der Gewohnheit seines Freundes aus, Zuflucht und Tarnung in gespreizten Sprachkonstruktionen zu suchen, wenn ihn ein Problem von essentieller Bedeutung belastete.

»Du redest wie ein alter Mann. Wie ein alter deutscher Mann«, hatte Hermann festgestellt, als dies zum ersten Mal geschehen war.

Die beiden Jungen waren, als Hermann mit seinen sprachlichen Studien begonnen hatte, neun Jahre alt gewesen. Sie hatten beschlossen, vor der dritten Stunde – passenderweise Deutsch bei einem Lehrer, der braune Lederjacken trug und den sie beide als Nazi verdächtigten, weil er auch einen Schäferhund hatte – die Schule zu verlassen, um im Suezkrieg mitzukämpfen.

»Wie könnten wir es wirklich fertigbringen, nach Israel durchzukommen, ohne daß wir auffallen, wenn wir nur deutsche Schulbücher und zwei Äpfel im Ranzen haben?« hatte Alfred nägelkauend eingewandt und so mit der unlustvollen Logik des Zauderers beider verheißungsvolle Soldatenkarriere noch vor ihrem Beginn beendet.

Der dominante Hermann hatte dem sonst immer angenehm diskussionsscheuen Alfred nur deshalb den Verrat so rasch verziehen, weil der Suezkrieg ohnehin enttäuschend kurz gedauert und sich also jeder patriotische Einsatz erübrigt hatte. Auf dem Schulhof war ihm der umständliche Sprachduktus seines einzigen Freundes in einer nicht überschaubaren Situation nur als angeberisch und typisch für einen Feigling erschienen. Später hatte er Alfreds gelegentliche Demonstrationen ausgezeichneter Grammatikkenntnisse als Angst vor der eigenen Courage interpretieren gelernt. Erst Jahre danach hatten sie zusammen über eine Gewohnheit lachen können, die sich auffällig während des Studiums verstärkte und dann erst recht, als Alfred ein Mädchen kennenlernte und Hermann, bis er die Einladungskarte zur Hochzeit erhielt, nicht glauben mochte, daß der Freund wirklich einen solchen Schritt wagen würde.

Während Hermann vorgab, mit seiner Tochter zu flirten und sich zu kränken, weil die sich ihrerseits nur für Alfreds Schnurrbart begeisterte, bemerkte er in einer Mischung aus Beklemmung, Begreifen und Mitleid das ratlose Gesicht seines Freundes. Hermann war bewegt und voller Anteil-

nahme für das Problem, dessen Tragweite ihm soeben aufgegangen war. Wie sollte sein sanfter Freund, der permissive Rebell gegen Tradition, Erfahrung und Vernunft, ohne entwürdigende, am Fundament der Ehe rüttelnden Diskussionen seiner nichtjüdischen Frau beibringen, daß die Beschneidung der Söhne seit Abrahams Zeiten ein unumstößliches Gebot des jüdischen Glaubens war? Selbst jüdische Mütter pressen in der Stunde der Beschneidung ihre acht Tage alten Söhne schreiend an die Brust und müssen vom Ort des Geschehens von den älteren Frauen weggeführt werden, denen es beim Anblick des Messers einst ebenso ergangen ist.
»Also nur Töchter«, wiederholte Hermann trotzdem und suchte vertrauten Unterschlupf bei der Ironie, die ihrer Freundschaft Würze gegeben hatte, als ihnen noch nicht einmal das Wort begegnet war. »Du meinst«, sagte er, »der Buckel der Mutter vererbt sich nur auf die Söhne.«
Es gehörte zum alten Spiel, daß Alfred vorgab, er würde Hermanns Sarkasmus ernst nehmen. Seine Lippen zuckten, als er sich an die Anfänge erinnerte. Befreit vom Druck des Schweigens, der felsschwer auf der Innigkeit und Sehnsucht seiner Nächte lag, konterte er mit dem von Hermann erwarteten Ausdruck ungläubiger Gekränktheit: »Wie in aller Welt kommst du bloß auf die Idee, daß Andrea einen Buckel hat? Du hast sie doch bei der Hochzeit gesehen.«
»Vielleicht hat sie sich in der Ehe mit dir einen Buckel zugelegt. So was gibt's. Denk an die alte Frau Silowski. Die war auch mal schön. Komm, Alfred«, lächelte Hermann, »laß gut sein. Dein jüdischer Kopf funktioniert noch. Du hast genau kapiert, was ich dir sagen will und längst gesagt hätte. Nur hast du mir keine Gelegenheit dazu gegeben.

Seitdem du mit Andrea verheiratet bist, hast du dich nirgends mehr blicken lassen. Am Anfang haben wir dich, nein euch noch eingeladen, aber du hast immer wieder Ausflüchte gesucht. Dabei fresse ich keine Gojim. Rachel übrigens auch nicht. Sie sieht nur so aus. In Israel hat man ihr eingeredet, Ruppigkeit wäre charmant.«

»Ich kann es nicht haben, wenn du von Gojim redest«, erwiderte Alfred. Er kam sich töricht und wehleidig vor, als er merkte, daß er errötete und wie gekünstelt seine Stimme in einer Stille klang, die ihm ebenso unnatürlich erschien.

»Na wenigstens weißt du noch, wie man das Wort ausspricht. Früher hast du es sogar benutzt. Vor deiner Andrea würde ich selbstredend ganz manierlich von Nichtjuden sprechen. Ich bin auch bei deiner Hochzeit in keinen Fettnapf gestampft. Vielleicht erinnerst du dich, daß ich im Gegensatz zu manchen Leuten sogar gekommen bin. Und jetzt rück endlich meine Tochter raus und überleg dir, ob ihr nicht nächsten Freitag Rachels gefilte Fisch kosten wollt. Falls du keine Hemmungen hast, ihn deiner Frau zuzumuten.«

»Quatsch! Andrea ißt ihn besonders gern.«

»Das ist ja alles noch viel schlimmer, als ich dachte«, befand Hermann und hob die rechte Hand seiner krähenden Lea zum Salut, »Gott schütze uns vor den Philosemiten, die so verklemmt sind, daß sie noch nicht einmal ihrer Zunge Meinungsfreiheit gestatten. Mir ist bisher noch kein Goi begegnet, der für Fisch mit Zucker und Rosinen schwärmt.«

»Mach, daß du rauskommst. Mein Wartezimmer ist voll von goischen Müttern, die auf ein Wort von mir sofort ihre Kinder damit zustopfen würden.«

»Danke«, sagte Hermann, »das war das Gescheiteste, das heute aus deinem Mund kam.«

Es gab keinen Grund, den sich Alfred befriedigend erklären konnte, ausgerechnet an diesem freien Mittwoch nachmittag den Wagen vor der Praxis stehen zu lassen, und erst recht keinen, nicht direkt zum Mittagessen nach Hause zu fahren. Er wußte, wie ungeduldig Andrea ihn erwartete, und rief sie an. Eine verräterische Spur zu ausführlich, wie ihm sofort aufging, setzte er ihr auseinander, daß er sich endlich an die fälligen Abrechnungen und vielleicht noch ein paar Hausbesuche machen müßte; er tröstete sie etwas zerstreut, als ihm ihre Enttäuschung wie ein peitschender Regenguß entgegenschlug. Gerade mittwochs nahm sich Andrea nie etwas vor. Der Tag war, wie sie sich zu sagen angewöhnt hatte, »unser ganz eigener Schabbes«. Neuerdings sprach sie auch von der geschenkten Zeit, und daß sie dieses Geschenk gestalten müsse – der Ausdruck irritierte Alfred von Mal zu Mal mehr, doch er vermochte es ihr nicht zu sagen.
»Es dauert nicht allzu lange«, versprach er mit einer reuigen kleinen Grimasse, aus der zu seiner Verwunderung im Spiegel über dem Waschbecken eine Fratze von Ärger und Ablehnung wurde. »Vielleicht geh ich dann zu Fuß nach Hause«, fuhr er mit einer überhasteten Munterkeit fort, als wäre ihm der Einfall soeben erst gekommen. »Es war heute Hektik hoch drei. Ich muß einfach mal wieder richtig an die Luft.« Beunruhigt vom Verlauf der einseitigen Unterhaltung suchte Alfred nach dem passenden Kosewort für eine Situation, die ihn unangenehm an seine Fluchten vor mütterlicher Klarsichtigkeit und Hellhörigkeit erinnerte, doch fand er keine Zärtlichkeit, die ihm angemessen erschien. So beendete er das Gespräch zu abrupt, aber wenigstens mit dem »Ciao«, das Andrea immer dann gebrauchte, wenn sie besonders gute Laune hatte. Mechanisch, als würde er täg-

lich den weiten Weg vom Reuterweg zur Heinestraße zurücklegen, verstaute er die Autoschlüssel in die Schublade seines Schreibtisches.
Erst nach einigen hundert Metern, die er in einem Tempo zurücklegte, für das er nicht mehr trainiert genug war, vermochte Alfred sein atypisches Verhalten zu diagnostizieren. Zwischen einem Seufzer der Erleichterung und einer pfeifenden Andeutung von Atemnot erkannte er, daß er aus einem Gefühl der inneren Not den Moment hatte hinauszögern wollen, da ihn seine Frau arglos nach den Erlebnissen des Tages befragen würde und er sich auf die Suche nach unverfänglichen Banalitäten begeben müßte. Der unmittelbaren Gefahr entronnen, malte er sich sehr detailliert aus, wie gründlich sich Andrea gerade mit der Hektik beschäftigen würde, die er unklugerweise, wie ihm nun dämmerte, als Alibi für sein Abweichen von der Norm bemüht hatte. Noch klarer war ihm, daß er allein sein mußte, wollte er sich aufrichtig dem Gefühlssturm stellen, der seit dem Gespräch mit Hermann in ihm tobte.
Alfred lief weiterhin so rasch, daß seine Kniegelenke zu schmerzen begannen und er am windstillen Tag eine angenehm lindernde Brise zu spüren glaubte. Noch erkannte er sein übersteigertes Tempo nicht als die alte Gewohnheit, ein Ritual fast, den im Kopf explodierenden Druck in die Beine zu verbannen. Erst als er auf einer Bank am Roßmarkt saß, dort noch erschöpfter von der Wucht einer entmutigend schonungslosen Selbstanalyse als von der körperlichen Anstrengung der zu großen Schritte und zu flacher Atmung, ließ er die ganze Palette lange verdrängter Emotionen zu.
Zum ersten Mal seit seinem Entschluß zu heiraten, gab es

Alfred auf, sich vorzumachen, Romantik, das Glück einer Liebesheirat statt der von seiner Mutter ersehnten und vergebens inszenierten, nur vom Kalkül der Vernunft geschmiedeten Ehe mit einer jüdischen Frau würden ihm für alle Zeiten das Bedürfnis ersetzen, so zu leben, wie er es gewohnt war und auch wollte – mit den Bekannten und Freunden, die die gleiche Sprache redeten wie er, die gleichen Witze machten und auch die gleichen Vorurteile hatten. Erst nur beklommen, dann jedoch betroffen vom Ausmaß seiner Illusionen im vergangenen halben Jahr erkannte er, wie er sich um Andreas willen radikal vom jüdischen Teil seines Lebens zurückgezogen hatte und wider Instinkt und Neigung im Schneckenhaus eines Mannes untergekrochen war, der die Lebenslügen, die er sich Tag für Tag aufs neue suggerieren muß, auch glaubt.

»Schöner Schlamassel«, erklärte er ganz ernsthaft einem Taubenpaar zu seinen Füßen und beneidete es, auch dies im Ernst, um die Ahnungslosigkeit, mit der es sich an seine Familienplanung machte.

Um an den Roßmarkt zu gelangen, hatte Alfred einen gewaltigen Umweg gemacht; an Tagen von Gleichmut und Stabilität hätte er ihn als geradezu irrsinnig empfunden, doch er hatte sein Ziel mit Bedacht gewählt. Der Platz, an dem er nun saß, war ihm seit jeher freundlich gesonnen und stimmte ihn romantisch, schien ihm wenigstens noch ein kleiner Teil von der heilen Welt, gegen die seine Generation so lustvoll heftig opponierte. Obwohl Alfred nie an Deutschland als sein Vaterland denken mochte, war er im Lauf der Jahre immer wieder am Roßmarkt für Gedanken empfänglich geworden, die ihn Frankfurt als seine Vaterstadt empfinden ließen.

Als frühreifer Vierzehnjähriger hatte er am Roßmarkt gesessen und interessiert die wenigen Häuser betrachtet, die den Bombenkrieg überlebt hatten; beim Anblick ihrer überholten Pracht hatte er sich oft gewünscht, er wäre ein solches Haus und könnte auch in eine andere, tröstliche, von ihm nichts fordernde Welt abtauchen – damals freilich, ohne zu begreifen, weshalb er ein solches Refugium der Phantasie brauchte, um dem Bedürfnis nachzugeben, eine Vergangenheit heraufzubeschwören, die nicht die dunkle seiner Eltern war. In den Jahren der Bewußtwerdung hatte er es dann immer stärker genossen, wie er an dieser beschaulichen Stätte aus einem lähmenden Zustand von Zweifel herausfand und den Selbstvorwürfen entkam, daß er nur mit halber Kraft imstande war, an der Bürde zu tragen, die ihm den Vater vor der Zeit und seiner Mutter den Trost von willkommenen Erinnerungen genommen hatte.

Der Roßmarkt war einst ein geschäftiger Mittelpunkt der Stadt gewesen und war seiner Bedeutung und Bestimmung beraubt worden, als es keine Pferde mehr gab, die dort getränkt werden mußten. Wenn Alfred gelegentlich aufbegehrte, weil ihm der Graben zwischen seinem Leben und dem von unbeschwerten Gleichaltrigen ungerecht tief erschien, versah er den altmodischen Platz mit menschlichen Attributen. Da malte er sich aus, er und der Roßmarkt seien wesens- und schicksalsverwandt und könnten Biographie und Erfahrungen austauschen; er fand, die Geschichte hatte ihnen beiden ein zu kompliziertes Pensum auf-oktroyiert, weil die Vergangenheit so sehr viel mehr Aufmerksamkeit als die Gegenwart beanspruchte.

Obwohl die Novembertristesse die Stadt schon mit dem

langsamen Sterben bedrohte, haftete an diesem Tag, der Alfred melancholisch stimmte, weil die Stunden bleischwer von der Rekapitulation verpaßter Gelegenheiten geworden waren, dem Roßmarkt die Ahnung von einem Sommer der großen Fülle an. Die Bäume nährten sich noch vom Saft der Hoffnung, ihr kräftiges Laub hatte sich zu vergoldeten Bouquets verfärbt. Blumen mit auffallend zarten Stengeln und fragilen Köpfen verweigerten mit dem eigensinnigen Mut der Unwissenden dem Nebelgrau sein gleichmacherisches Recht. Sie blühten in einem hellen Blau, das der Leichtigkeit der eilenden Wolken entsprach. Die trieben nun an einem Himmel mit einer mattgelben Sonne, die noch Wärme hatte und Trost für die Genügsamen.

Verlangend sah Alfred den Tauben nach, die um das wuchtige Gutenbergdenkmal flogen und sich viel Zeit nahmen, ehe sie sich für einen Rastplatz entschieden. Das Bild, eine altmodischen Idylle mitten in der Großstadt, stimmte ihn wehmütig, weil die Geschichten seiner Kindheit ohne den Trost von Frieden bringenden Tauben hatten auskommen müssen. Bald war er bei den suchenden Jahren, als er die Farben von Emil Nolde und die Lyrik von Gottfried Benn entdeckt und versucht hatte, im Stil von Stefan George zu dichten. Von dieser überhitzten Periode war lange der Wunsch zurückgeblieben, Germanistik zu studieren, doch das hatte er nur ein einziges Mal erwähnt.

»Germanistik«, hatte seine Mutter befunden, »ist nichts für ein jüdisches Kind. Dein Vater und ich haben die Germanen lange genug studieren müssen. Unser Sohn hat das nicht nötig.«

Die Mutter hatte ihm auch die langen Haare und die saloppe Kleidung verwehrt, die für seine Generation Synony-

me waren für die Befreiung von der Konvention und für den Wunsch, anders zu leben als die Eltern.
Es verdroß Alfred, daß er sich seufzen hörte; noch mehr verärgerte es ihn, als ihm aufging, wie weit er seine Gedanken zurückgespult hatte. Er schloß seine Augen, bis sich die zu scharfen Bilder in die erträglich undeutlichen Negative zurückverwandelten, die er gewohnt war. Als er die Augen wieder öffnete, zwang er seine Schultern in die Höhe und den Blick in die Ferne. Da allerdings wurde in Sekundenschnelle aus dem peniblen Chronisten der verpaßten Gelegenheiten und nicht rechtzeitig gegebenen Antworten ein Mann, der zunächst nur an der Beschleunigung seines Pulses wahrnahm, was mit ihm geschah. Mit einem Schlag war die Vergangenheit nicht mehr nur eine lästige Summe von Erinnerungen, die sich auf keinen sinnvollen Nenner bringen ließen. Sie war Gegenwart, Fleischeslust, ein Blitz, gespickt mit den Stacheln eines unbarmherzigen Gedächtnisses.
Über die Kaiserstraße schlenderte eine junge Frau in einem so kurzen Minirock aus grasgrünem Leder, daß er bloß wie ein breiter Gürtel wirkte, und redete mit vielen Gesten und heftigem Kopfschütteln auf eine ältere Dame ein. Die temperamentvolle Junge war klein und ein wenig üppig, doch sie wirkte nicht dick. Ihr wiegender Gang fiel auf. Ein Mann pfiff von einer Leiter herunter, doch sie schaute nicht hoch. Sie hatte breite Hüften und ihre Figur ebenso markant betonende Brüste, die schlanke Taille eines Mannequins, kräftige Oberschenkel, die in quittegelben Strumpfhosen steckten, und winzige Füße in hochhackigen Stiefeln. Vor allem hatte sie das dichte kupferfarbene Haar, das sich im Wind wie eine Federboa um den Nacken bauschte und das Alfred trotz aller Reverenz an seine Vernunft der frühen Jahre nie

hatte vergessen können. Er wußte noch sehr gut, wie sich Finger und Sinne in dieser flammenden Verführung verirrten, und er hatte sofort den Duft von einem betäubenden Rosenparfüm in der Nase.
Einen Wimpernschlag lang weidete er sich noch an der Ungestümheit, mit der die rothaarige Pandora stampfend einen Haufen von buntem Laub aufwirbelte. Er sah die Blätter steigen und fortwehen, als hätte die mythische Unheilbringerin abermals ihre Büchse geöffnet. Das Laub wurde zu einem Ballett in Jugendgrün und Goldrausch. Dann hörte er ein Lachen, von dem er jede Schwingung kannte, und sich selbst mit einer Fröhlichkeit, von der er nicht ahnen konnte, daß sie die Jahre des rationalen Abwägens überlebt hatte: »Halina, warte doch, ich bin's«, rufen.
Alfred wollte, als seine Stimme auf ihn niederkam, nicht aufstehen und tat es doch. Er wollte, als er merkte, welchem Drang er nachgab, wenigstens schlendern und sich vormachen, er hätte die ganze Zeit nichts anderes im Sinn gehabt, als gemächlich die Kaiserstraße entlang zu spazieren, doch da hetzte er bereits zum verschütteten Ufer. Er nahm den Verkehr nicht wahr, schob seinen brennenden Körper zwischen zwei Wagen mit kreischenden Bremsen hindurch, stolperte über den Bordstein und hielt sich, erschöpft wie ein Trunkener, an dem Pfahl einer Laterne fest. Der Augenblick, in dem er wenigstens seine Stimme zur Mäßigung treiben wollte, ehe er noch einmal ihren Namen rief und diesmal ohne Erregung und Zärtlichkeit, war jedoch zu lang. Alfred sah aus einer Entfernung von nur wenigen Metern die geöffnete Taxitür, hörte, daß sie zugeschlagen und der Motor angelassen wurde. Von Halina erblickte er nur noch die gepolsterten Schultern, die er immer erst von den

Hüllen der Verführung hatte befreien müssen, ehe er sie küssen durfte. An der Art, wie diese Schultern vibrierten, erkannte er, daß Halina noch so spontan, so ansteckend und bestimmt so grundlos kicherte wie in ihrer Jugend.
Alfred bemerkte seine ausgestreckten Arme. Er fand, als er sie sinken ließ und sich einen närrischen Masochisten schalt, daß Hände, die ins Leere griffen, genau die passende Geste für eine Begegnung mit Halina waren. Beschämt, weil er nach all der Zeit immer noch Wirklichkeit und Wunsch verwechselt hatte, verschränkte er die Arme, bohrte Nägel in dampfende Haut, kühlte mit der Zunge die Lippen, wie es ein Fiebernder tut, der Linderung von seinen gierigen Tagträumen sucht, und doch ließ er es zu, daß der Mund Halinas Namen laut wiederholte. Mit der gleichen Lust und der gleichen Unruhe seines Körpers, die ihn zwei Tage vor seinem neunzehnten Geburtstag Halina ausgeliefert hatten, ergab sich Alfred seiner Vergangenheit. In einer einzigen Nacht hatte sie ihn erst zu einem Mann und in den vielen Nächten danach zu einem gemacht, der nicht würde vergessen können, was in den drei Jahren geschehen war, in denen er so liebte und so litt wie später nie mehr in seinem Leben.
Als Alfred seinen Kopf an einer Schaufensterscheibe abzukühlen versuchte und noch nicht einmal die Gegenstände richtig ausmachen konnte, die in dem Geschäft lagen, zerschmolzen die sechsunddreißig Monate, fünf Tage und zwei Stunden seiner ersten und, wie er später begreifen sollte, größten Leidenschaft in einem Krater von Sehnsucht, der seine Augen blendete und seine Ohren ertauben ließ.
Er hatte vom ersten Tage an Halina heiraten wollen und sie ihn auf keiner Strecke ihres gemeinsamen Sturmweges. In

den hitzigen Gesprächen ohne Anfang und Sinn, die sie noch mehr genoß als den Rausch der Liebe, weil sie den Begriff »ausdiskutieren« gerade von einem Therapeuten aufgeschnappt hatte, den sie verehrte, und ihn seitdem lebenswichtig für ihre »Entwicklung zum eigenen Ich« fand, schmetterte Alfred, wie ein Trompeter an den Mauern von Jericho, seine Vorstellungen von Familie, Tradition und Harmonie heraus. Doch sie war ein Schmetterling, der Bindungen, Treue und Ehe auf die gleiche überholte Spießerstufe stellte wie den Lebensernst, der sie anekelte, und die Kompromißbereitschaft, die sie ihrer nicht würdig fand.

Geboren war Halina am blauen Meer und unter dem Sonnenhimmel von Tel Aviv. Nach Frankfurt war sie gekommen, um entweder Dolmetscherin oder Malerin zu werden, interessierte sich jedoch weder für Sprachen noch für Bilder. Die ganze Zeit, da Alfred sein Sehnen und seine Zukunft ihren lockenden Sternen anvertraute und bereit war, nur um diesen ungeschliffenen Diamanten nicht zu verlieren, mit ihr in die Wüste oder an den Nordpol zu ziehen, war sie eine jubelnde Pendlerin zwischen zwei Welten und Kulturen gewesen.

Halina hatte sich immer nur dort heimisch gewähnt, wo sie gerade nicht war, und sie hatte Alfred mit ihrer Jagd nach einem Glück zu infizieren versucht, das flüchtig sein sollte und nichts von der Schwere der Gewohnheit wußte. Halina gestand keinem Mann das Recht zu, sie zu besitzen. Nie sprach sie, wie die Frauen ihrer Generation, von Emanzipation. Sie konnte das Wort in keiner ihr bekannten Sprache buchstabieren, doch Tag für Tag mobilisierte dieser lebensberstende Vulkan seine eruptive Begabung, um sich von der Bürde der Bürgerlichkeit und vor allem von dem Verdacht zu befreien, für sie könnte es irgendeine Pflicht geben außer der, nach den eigenen unterhaltsamen Maßstäben zu leben. Halina ergriff keinen Beruf und fand doch jederzeit eine Arbeit, die ihren Vorstellungen von Spaß entsprach.

Sie wünschte sich sechs Kinder; einen Ehemann fand sie für eine moderne Frau jedoch als unzumutbare Einschränkung und Väter für Kinder als überflüssig. Sie wollte permanent die Welt verändern, sich selbst nie. Ehe es Alfred gelang, sich nur an ihren Charme und ihre sinnliche Heiterkeit zu erinnern, und dies nur noch mit einem Hauch von Schmerz, stritten sich beide mit einer animalischen Wildheit. Für ihn machte sie Halina noch begehrenswerter und unerreichbarer, als sie war, und nahm ihm jegliche Kraft, sich zu seiner Sanftheit und seinen Idealen von einem Leben in Angstlosigkeit und Harmonie zu bekennen.

Vielleicht wäre Alfreds Hirn noch leidlich rasch von dieser sexvollen Mischung aus Lulu und Lucrezia Borgia losgekommen, doch sein Körper machte ihn willenlos gegen die Einsicht, daß Halina und er auf immer die Königskinder bleiben würden, die nicht zueinander finden durften. In den funkensprühenden Nächten in ihrer Einzimmerwohnung mit lila gestrichenen Wänden und einer Matratze auf dem Boden als Liebeslager, das er trotz ihrer belustigten Häme um seiner Mutter willen stets vor Tagesanbruch verließ, stellte sich Alfred die Ehe mit Halina als ein in der Menschheitsgeschichte einmaliges Mirakel vor. Die Tage hingegen, die er mit Halina verbrachte, waren ihm eine Qual, denn er genierte sich vor seinen Freunden und seiner Mutter wegen ihrer schlechten Manieren, ihrer auffälligen Kleidung, ihrer Frivolität und ihrer Dominanz, die ihn in Gegenwart anderer zu einem Toren degradierte. In den we-

nigen selbstkritischen Augenblicken von nüchterner Skepsis hielt er Halina für eine Nymphomanin und verbrannte an einer Eifersucht, von der er noch nicht mal wußte, welchem Mann sie zu gelten hatte.
»Such dir ein ordentliches jüdisches Mädel«, sagte seine Mutter, wenn er nach dem Zusammensein mit Halina erschöpft und grübelnd im Sessel saß, die Hände zu Fäusten ballte und rotäugig zum Fenster hinausstarrte, »meinetwegen mit krummen Beinen und einem Buckel. Alles ist besser als dieses schlampige Flittchen.«
»Du vergißt, daß Halina jüdisch ist«, erwiderte Alfred dann jedes Mal, rebellisch wie der Junge, der die Linsensuppe nicht hatte essen wollen, obwohl er genau wußte, daß er ihr nicht entgehen würde.
An einem Herbsttag, kurz vor den hohen Feiertagen, die Hände noch im Kuchenteig, die Gedanken schon auf die Tage der Besinnung und Einkehr gerichtet, sagte die Mutter: »Jüdisch allein reicht auch nicht.«
Es war dieser Satz, ohne Emotionen gesprochen, ohne bestimmten Anlaß gesagt, nur mit dem Mitleid der Sehenden und Sorgenvollen geäußert, der traf. Zwar überzeugte er Alfred nicht auf der Stelle, doch die Worte blieben haften; sie kehrten immer wieder zu ihm zurück und machten den nachdenklich Gewordenen schließlich doch empfänglich für eine Realität, von der er die ganze Zeit gespürt hatte, daß sie ihn einholen würde. Zudem war es genau der richtige Zeitpunkt für die simple mütterliche Feststellung gewesen.
Halina war nach einem der vielen Zerwürfnisse mit Alfred ohne ein Abschiedswort abgereist. Zu der unausbleiblichen, ihn dann noch fester bindenden Versöhnung war es nicht

mehr gekommen. Sie habe beschlossen, teilte sie mit, erst in London Englisch zu lernen und dann nach New York zu ziehen und dort Psychologie zu studieren, um sich selbst kennenzulernen. »Ich hoffe«, schrieb sie in einen rosa Luftballon, den ein akribisch gemalter Zwerg mit einem Davidsstern auf der blauen Zipfelmütze in der Hand hielt, »daß wir immer so gute Freunde bleiben werden wie jetzt. Du wirst immer der Anker in meinem Leben sein.«

»Nebbich«, kommentierte Alfreds Mutter, als sie den Brief fand, »jetzt hält sich die Meschuggene auch noch für Kolumbus.« Hätte Ruth nur ein einziges Mal erwogen, daß die erste Liebe ihres Sohnes auf solch gängige Art enden könnte, hätte sie bestimmt nicht angedeutet, die Frage der Konfession sei belanglos für das Wohl einer Ehe. Als Alfred ihr nämlich Jahre später zwischen Graupensuppe und Kalbssülze mitteilte, er würde Andrea auch gegen ihren Willen heiraten, wiederholte er die mütterlichen Mahnworte mit dem Triumph eines Mannes, der seinen Angriff lange geplant und den Gegner mit dessen eigenen Waffen bezwungen hat.

»Jüdisch allein reicht auch nicht«, murmelte Alfred in seinen Mantelkragen hinein, als er die Taxitür öffnete. Ihm war es, als wäre er durch eine Wüste geirrt, doch mit einer Phantasie, über deren animierende Detailfreudigkeit er sich wunderte, malte er sich aus, wie sein Schutzengel ihn zu einer Oase führte; das Wasser hatte die Farbe von Andreas Augen, und Andrea hielt eine Fackel in der Hand. Er trank sich satt an Behaglichkeit und an einem Rausch, den er nicht deuten konnte. Auf der Fahrt lachte er einmal auf; er merkte, daß der Fahrer ihn erstaunt musterte, doch er selbst fand es nur logisch, daß der Rückblick auf die mit Halina zurückgelegte Leidenstour ihn alle anderen Grübeleien hatte vergessen lassen.

»Das war vielleicht ein Tag«, seufzte er an der Wohnungstür, »ich bin noch ganz wirr im Kopf.«

Einen Moment dachte er belustigt über die intime Beziehung zwischen Wahrheit und Lüge nach. Dann drückte er die Frau, die ihn noch keinen Tag wissentlich verletzt hatte, mit einem Gefühl der Erlösung und Dankbarkeit an sich. Andreas Parfüm war so leicht, so frisch und verführerisch für einen Wanderer, der vom Weg abgekommen war. Ihr Gesicht erschien Alfred durchsichtig in seiner Unschuld; die Augen waren klar wie die von Kindern, die noch nichts vom Fluch des Mißtrauens wissen. Er genierte sich, den Blick zu erwidern, und flüsterte: »Du hast so schöne schlanke Beine und so wunderbares Haar, Loreley. Wenn es nicht so verdammt kitschig wäre, würde ich sagen, ich habe mich soeben in dich verliebt.«

Sie blieben so lange im Bett, bis der Hunger sie in die Küche trieb. Selbst dann konnten sie die Glut nicht löschen und schon gar nicht die Sehnsucht, nicht älter zu werden, nicht sehend, nie verletzlich. Andrea hatte schwarze Strümpfe mit Naht an und darüber eine weiße Schürze, wie sie ältere Kellnerinnen in altmodischen Cafés trugen. Alfred knabberte an ihrem Ohr und erzählte, als er es freigab, von der Einladung bei seinem Freund Hermann.

»Rachel wird dir gefallen«, machte er sich Mut, »sie ist eine richtige Sabre.«

»Ist das was zu essen?«

»Kommt drauf an. Man nennt die jungen Israelis Sabres, weil sie wie die Kakteenfeigen sind, außen stachelig und innen süß.«

»Und wenn ich mich gerade vor Stacheln fürchte?«
»Brauchst du nicht, Alfred der Große wird dich beschützen.«
Er mußte nicht. Rachel mit ihrer Gastfreundlichkeit, die noch überwältigender war als ihre Aufrichtigkeit, preßte schon in der Diele Andrea so fest an ihre große Brust, daß sich die Knöpfe von deren Bluse in einem Gewühl von Rachels dicken grünen Perlen verfingen. Dann drückte sie ihr eine nach Honig duftende Lea in die Arme und entführte sie in die Küche. Dort hockte Andrea auf einem Stuhl, an dem Butter klebte, überließ dem jubelnden Baby ihr Haar als Versteck für feuchte Zwiebackbrocken und staunte, daß eine Frau ebenso flink die Hände bewegen konnte wie den Mund.
Rachel vermißte ihre Freundinnen in Israel, war beglückt, endlich mit einer gleichaltrigen Frau reden zu können, und vertat die Zeit nicht mit Höflichkeitsfloskeln. Sie bewunderte Andreas Schönheit und sagte es auch, verriet ihr ein Rezept für gefilten Fisch und mehrere für den richtigen Umgang mit Avocados und Männern. Ihren Hermann nannte sie einen »Jecke«, weil er glaubte, man müsse pünktlich sein, sparen und sich selbst dann richtig anziehen und das Waschbecken putzen, wenn man keinen Besuch erwartete. »Ich schufte lieber an einem neuen Baby«, teilte sie mit. In ihrem singenden Tonfall erschien Andrea das Wort passend und sehr zärtlich. Sie lächelte, obwohl ihr gerade aufgegangen war, daß auch sie seit ihrer Hochzeit keinen Kontakt mehr zu ihren Freundinnen hatte.
Als Rachel Andrea genauer anschaute, witterte sie eine ihr bekannte Geschichte. Sie unterbrach die dramatische Schilderung von der Hochzeitsnacht ihrer Lieblingscousine in

Jerusalem mitten im Satz und beschloß, das Problem ohne die lästigen Verzögerungen, die Europas Konvention geboten, umgehend in ihre fettriefenden Hände zu nehmen.
»Was ist los mit dir?« fragte sie.
»Was soll mit mir los sein?«
»Was nicht?« erwiderte Rachel. »Komm, wir trinken den Sekt schon jetzt. Der wird deine Zunge locker machen. Eigentlich soll ich ihn erst nach dem Essen bringen. Sagt Hermann.«
Sie konnte die Flasche nicht schnell genug öffnen und dann nicht mehr den Korken festhalten, ehe er an die Decke flog und in den Suppentopf fiel. Rachel schüttelte Gelächter aus sich heraus, Lea schrie und wurde von einem mütterlichen Daumen beruhigt, der zuvor in Sekt getaucht worden war. Andrea rieb die Hühnersuppe aus ihrem Kleid und wehrte den Vorschlag ab, die von der Fischfüllung übriggeblieben süßen Karotten aufzuessen. Zur Sühne sang sie das berauschte Baby mit »Der Mond ist aufgegangen« in den Schlaf.
»Eine jeckische Nachtigall«, lobte Rachel.
»Was heißt jeckisch? Das hast du eben schon gesagt.«
»In Israel nennt man die Juden aus Deutschland Jeckes. Glaubst du, in Israel kommt einer auf die Idee, sich an einer neuen Jacke die Knöpfe nachnähen zu lassen oder für ein Baby von sechs Monaten ein Sparbuch anzulegen? Deinen Alfred nennt Hermann einen Oberjecke. Wetten, daß er keine Kinder will, weil du nicht jüdisch bist?«
»Woher weißt du?«
»Weil mein Onkel auch eine Goite geheiratet hat. Verdammt«, schlug sich Rachel auf den Mund. »Jetzt hab ich das Wort doch gesagt. Das wollte ich nicht. Wirklich nicht.«

»Macht nichts«, beruhigte Andrea, »ich kenne es. Mein Vater hat es mir erklärt. Doch bei dir klingt es ganz anders.«
»Du gefällst mir«, entschied Rachel. »Du bist klug, und ich komme mir trotzdem nicht dumm vor, wenn ich mit dir rede. Doch von einer jüdischen Ehe verstehst du nichts. Da bestimmen wir und lassen es die Männer nicht merken. Also hör endlich auf mit der Pille und bekomm so viele Kinder, wie du willst. Komm, jetzt fangen wir endlich mit dem Schabbes an. Sonst merken die draußen, daß ich meinen Mund nicht halten konnte. Du trägst Lea rein und ich den Fisch.«
Andrea beobachtete Rachel, während sie ihre Hände vor ihrem Gesicht faltete, einen Segensspruch flüsterte und die Kerzen anzündete. Sie schaute zu Alfred hinüber, erlebte, daß seine Augen verträumt und innig wurden; sie beneidete Rachel, weil die nichts von fremden Pfaden und verschlossenen Welten wußte, und machte einen Seufzer zum Hüsteln. Zwischen dem Fisch und der Suppe sah Andrea zu Rachel hinüber. Sie wollte sie wissen lassen, daß sie sich verstanden und geborgen fühlte, obwohl sie so schweigsam war. Mit dem Blick von kleinen Mädchen, die sich ewige Freundschaft geschworen haben, nickte ihr Rachel zu. Dann stand sie langsam auf, so, als sei jede ihrer feierlich anmutenden Bewegungen Teil des vorgeschriebenen Freitagabend-Rituals. Lachend nahm sie Lea aus Hermanns Armen und setzte sie schwungvoll auf Alfreds Schoß.
»Kannst schon mal üben«, sagte sie, »du hast nicht mehr viel Zeit.«

4

Warum mußt du auch ausgerechnet bei klirrendem Frost die Riesenfenster putzen?« fluchte Herbert-Dietrich Buchert, als er, beladen mit Tüten und Päckchen in Weihnachtspapier, an einem Samstag nachmittag nach Hause kam, über einen Eimer im Wohnzimmer stolperte und seine Frau von der Leiter herunterstöhnen hörte. »Hat sich der Kaiser von China angesagt?«

»Ich habe mein Lebtag die Fenster vor dem ersten Advent geputzt und die Gardinen gewaschen. Das hat nichts damit zu tun, daß uns morgen Andreas Schwiegermutter besucht.«

»Du bist ein Glückskind und kannst dich noch an Prinzipien halten. Und ich bin ein alter verkalkter Esel, der mit der Zeit nicht mehr mitkommt, die Sonntage durcheinanderbringt und total verdrängt hat, daß die Königin von Judäa sich zum ersten Mal bereit erklärt hat, uns zu beehren.«

»Ich weiß nicht«, sinnierte Ulrike beim Abendessen, »ob wir so von ihr reden sollten. Wir machen es uns doch nur selbst schwer. Sie scheint Andrea wirklich gern zu haben. Ich glaube, daß sie auch um Andreas willen meine Einladung angenommen hat. Irgendwie zeigt das doch, daß sie unsere Tochter akzeptiert.«

Mit ähnlichen Einwänden hatte Ruth ihrem frappierten

Sohn ihren ungewöhnlichen Entschluß erklärt, die regelmäßige Sonntagnachmittagseinladung und die gewohnte Herzenserleichterung bei ihrer Freundin Gitta Bergmann einem Besuch in Bad Homburg zu opfern. »Du kannst nicht die Tochter heiraten und dann den Eltern einen Tritt geben«, hatte sie gesagt, »dir würde das auch nicht passen, wenn deine Frau das mit mir machen würde.«

»Mama, du wirst dich bei den Leuten nicht wohl fühlen. Ich tue es ja auch nicht. Ich habe es nie getan, wenn du es genau wissen willst. Ich habe immer das Gefühl, als hätte der Herr des Hauses Angst, ich würde jeden Moment die Bombe hochgehen lassen und ihn nach seiner Vergangenheit befragen.«

»Das hast du nötig gehabt! Habe ich behauptet, daß ich mich wohl fühlen will? Oder habe ich gesagt, daß ich deine Frau nicht vor den Kopf stoßen kann?«

»Andrea erwartet das nicht von dir. Ich glaube, sie erzählt noch nicht einmal mir von jeder Einladung ihrer Eltern. Sie sagt einfach für uns beide ab.«

»Und was findest gerade du daran einfach? Eltern sind Eltern. Die heiratet man mit. Schade, daß du dir nicht vor der Hochzeit überlegt hast, ob dir die Mischpoche deiner Frau paßt.«

»Hab ich, Mama«, zwinkerte Alfred, »mein Schwager gefällt mir glänzend.«

»Auch ein Gewinn! Der ist erst siebzehn und sagt wahrscheinlich nie ein Wort.«

»Weiß ich nicht. Er ist nie zu Hause, wenn wir dort sind.«

Bucherts wohnten in einer stillen Gegend am Rande von Bad Homburg, die sich erst nach dem Krieg zu einer Siedlung für den prosperierenden Mittelstand entwickelt hatte.

Die bescheiden wirkenden Einfamilienhäuser waren alle hellgelb gestrichen, dicht aneinander gebaut, hatten Eingangstüren mit braunem Glas zwischen dem dunklen Holzwerk und Eigentümer, die nur ihre Initialen auf den Briefkästen anbrachten. Die von schwarzen Metallzäunen geschützten Vorgärten waren klein und gepflegt, ihr Rasen akkurat gemäht; in ihrer Mitte hatten sie ein von Winterstiefmütterchen umsäumtes Rundbeet, in dem entweder ein großes Vogelhaus stand oder eine kleine Edeltanne angepflanzt war. Unmittelbar nach dem Totensonntag wurden Kugeln in die Bäume gehängt und elektrische Kerzen angezündet.
Noch während Alfred den Wagen einparkte, registrierten er und seine Mutter mit einem Gefühl von plötzlich begreifendem Unbehagen, daß an Bucherts Haustür ein großer, mit roten Bändern geschmückter Tannenkranz hing. Darunter war ein Tannengesteck mit drei silbernen Kugeln befestigt. Ein leuchtendes Transparentbild von einem lachenden Weihnachtsmann, der peitschenschwingend in einem von vier Rentieren gezogenen Schlitten saß, bedeckte die gesamte Fensterfront des Wohnzimmers.
»Auch das noch«, seufzte Andrea. »Tut mir leid«, raunte sie Alfred zu und steckte ihre Hand schutzsuchend in seine Manteltasche, »ich habe total vergessen, daß heute der erste Advent ist.«
»Komisch, daß mir nie so etwas passiert. Ich grübele die ganze Woche, wie ich dir Peinlichkeiten ersparen kann. Oder glaubst du, ich würde auf die Schnapsidee kommen, deine Eltern zu jüdischen Feiertagen einzuladen?«
»Unsere Andrea hätte mir nie verziehen, wenn ich gerade dieses Jahr ihren Weihnachtsmann vergessen hätte«, erzählte Ulrike, als sie Kaffee einschenkte und den Blick ihres

schweigsamen Schwiegersohns als Verständnis für mütterliche Nostalgie und den angespannten Gesichtsausdruck ihrer Tochter als Zeichen von jahreszeitlich bedingter Erwartungsfreude mißdeutete. »Der hat ihre ganze Kindheit begleitet. Mein Meinachtswann hat sie gejubelt, als ich ihn das erste Mal hinhing. Da war sie gerade drei geworden und mußte auf einem Stuhl stehen, wenn sie eines der Rentiere streicheln wollte. Kannst du dich noch erinnern, Andrea, wie Omi und Opi damals gelacht haben?«

»Laß das, Mutti«, bat Andrea leise, »das sind doch wirklich olle Kamellen, die keinen mehr interessieren.«

»Achtung, Frau Bär«, warnte auch Herbert-Dietrich mit einem Lächeln, dem anzumerken war, daß er den Satz nicht zum ersten Mal sagte, »wenn Sie jetzt auf die bemerkenswerten Sprachschöpfungen der jungen Andrea eingehen, müssen Sie in einer Stunde alle ihre Kinderbilder bestaunen. Das erspart meine Frau weder Freund noch Feind. Vier Alben sind das Minimum. Vom Eisbärfell bis zum Brautkleid.«

»Ich gehe nicht drauf ein«, versicherte Ruth, »bis Sie mich wissen lassen, ob ich Freund oder Feind bin.« Sie fragte sich, während sie an einem Anisplätzchen kaute und zu verbergen versuchte, daß sie das Gewürz als ungewohnt, den Keks als zu hart und sich selbst als lächerlich in der ihr zugedachten Rolle als willkommener Gast empfand, ob sie nicht einmal im Leben doch auf ihren Sohn hätte hören und zu ihrer Freundin Gitta hätte fahren sollen. Sie spürte, daß ihre Stirn feucht war, doch hatte sie Hemmungen, ihr Taschentuch aus der Handtasche zu holen.

Als sich der Anflug von Irritation legte, ohne daß sie ausmachen konnte, wem er galt, nahm sich Ruth vor, vielleicht doch nach den Kinderfotos zu fragen. Entschlossen schob sie die Kaffeekanne ein Stück zur Seite, um Andrea zuzunicken, und bemerkte erst da, daß ihre Schwiegertochter durch Gesten und Grimassen versuchte, die Aufmerksamkeit ihrer Mutter auf sich zu lenken. Ulrike fielen die Gebärden ihrer Tochter auf; sie schüttelte den Kopf mit einer Bewegung des Unverständnisses und erzählte weiter von einem überaus gelungenen Weihnachtstreffen der Familie in einem Schwarzwalddorf.

»Ganz eingeschneit und entzückend romantisch«, schwärmte sie, »wir mußten mit dem Schlitten zur Kirche gebracht werden. Onkel Hans hatte da schon einen im Tee und hat die ganze Zeit ›Es ist ein Roß entsprungen‹ gesungen. Was haben wir gelacht!«

»Ja«, sagte Ruth. Sie erschrak über die ungewohnte Höhe ihrer Stimme und zum zweiten Mal, als ihr aufging, daß eine von Herbert-Dietrich gestellte Frage, die sie bereits beantwortete, nicht ihr gegolten hatte. Trotzdem wiederholte sie ihr »Ja«, diesmal sehr leise, und kam sich wie ein Kind vor, das am Schlüsselloch vom elterlichen Schlafzimmer ertappt wird. Um dem belastenden Bild zu entgehen, in dem ihr kleiner neugieriger Bruder in einem wollenen Matrosenanzug und mit rutschender Mütze schmerzhaft klare Konturen gewann, versuchte Ruth abermals, ihre Lippen zu einem Lächeln zu formen und Andrea zu signalisieren, daß sie sich keine Sorgen machen sollte.

Der Trost erreichte Andrea nicht mehr. Als ihr Vater die Rolle des Chronisten übernahm und sie seine Munterkeit sofort als jene Verkrampftheit erkannte, die ihn seit der ersten Begegnung mit Alfred immer unmittelbar überkam wie seine Migräneanfälle, stand sie mit einer so heftigen Bewe-

gung auf, daß ihr Stuhl umkippte und mit der Lehne gegen die Anrichte schlug. »Tut mir leid«, stammelte sie, »ich gehe mal in die Küche und fülle die Kanne auf.«
»Die ist doch noch halb voll«, monierte Ulrike. »Warum machst du es heute nur so ungemütlich, Kind?«
»Das Kind zappelt erst, seitdem wir hier sind«, stellte Alfred fest. Er trommelte mit zwei Fingern auf den Tisch. »Zuhause war die Kleine noch ganz brav.«
»Alle Jahre wieder«, summte Herbert-Dietrich. Er deutete auf eine Kohlezeichnung – Andrea als pausbackiges Zopfmädchen mit einer Puppe im Arm. »Kannst du dich noch erinnern, wie Tante Charlotte dich gemalt hat? Ich glaube, es war genau um diese Jahreszeit.«
»Nein«, erwiderte Andrea und hielt die silberne Plätzchenschale so hoch, daß sie Nase und Stirn verdeckte, »ich kann mich nicht erinnern. Das ist doch Ewigkeiten her.«
Ruth klaubte zerstreut einen Zimtstern aus der Schale, die Ulrike ihr hinhielt. Sehr konzentriert überlegte sie, ob es nur eine einfältige Idee oder vielleicht doch eine beabsichtigte Provokation von Bucherts gewesen war, Menschen zu einem Adventskaffee zu bitten, die Weihnachten nicht feierten, und somit die eigene Tochter in die Lage zu versetzen, sich der Eltern zu genieren. Andreas Gesicht war noch blasser als zuvor. Rote Flecken zeichneten sich auf Wangen und Hals ab, und sie schaute ihren Mann, der zum Fenster hinausstarrte und mit den Zähnen knirschte, wie eine verängstigte, um Verzeihung heischende Fünfjährige an.
Eine Weile spürte Ruth nichts als das Verlangen, ihre Schwiegertochter in den Arm zu nehmen, danach das seit Jahren nicht mehr empfundene Bedürfnis, ihren Sohn durchzuschütteln und ihn einen vertrottelten Träumer zu

nennen. Alfred erkannte Ruths Blick im genau richtigen Augenblick als Vorwurf und begann, sehr überlegen und weitschweifig über eine zu erwartende Grippewelle zu dozieren. Erst nach einer Zeit, die Andrea am Abend als eine Viertelstunde deklarieren sollte, fielen ihm seine vielen Fachausdrücke und das Schweigen am Tisch auf; er hörte so unvermittelt zu reden auf, wie er begonnen hatte.
»Sorry«, hüstelte er.
»Du bist der Größte«, sagte Andrea schmallippig.
Es waren indes die stummen Gegenstände noch mehr als die Fetzen der verlegenen und abrupt abgebrochenen Gespräche, die Ruth verunsicherten – die mit weihnachtlichen Motiven bestickte Tischdecke, die Glasplatte mit Tannenzweigen und dem aufgeschnittenen Stollen, das bunte Staniolpapier der kleinen Weihnachtsmänner aus Schokolade. Am meisten beunruhigte sie der Adventskranz mit den vier dicken roten Kerzen, der neben zwei großen Engeln mit Wachsgesichtern und Roben aus bordeauxrotem Samt auf dem Flügel stand. Das zunächst noch unbestimmte Gefühl, sie hätte die gleiche Szene schon einmal erlebt, wurde stärker, verlangte von ihr Entscheidungen, die sie überforderten. Sie begann zu fürchten, daß sie bald den gleichen Fehler begehen würde wie schon einmal. Noch vermochte sie weder Ort noch Zeit zu bestimmen.
Es erschien Ruth wichtig, wenigstens die äußeren Umstände zu rekapitulieren, ehe ihr Gedächtnis den gesamten Weg zurücklegte. Da hatte sie jedoch bereits begonnen, mit einer Besessenheit, die ihr ebenso gefährdend wie absurd erschien, nach den Namen von zwei nichtjüdischen Mitschülerinnen zu forschen. Sie hatte die zwei zuletzt in der Schulaula bei der Abschiedsfeier von der vierten Klasse ge-

sehen. Als ihr schließlich einfiel, daß das hübschere der beiden stupsnasigen Kinder Ilse geheißen und am Marbachweg gewohnt hatte, konnte sie nur mit Anstrengung den Drang unterdrücken, den Namen laut auszusprechen.
Von diesem Augenblick an erinnerte sich Ruth in allen Einzelheiten an eine Begebenheit, die ihr seit dem Moment des Geschehens nie wieder ins Gedächtnis gekommen war. Sie war wieder zehn Jahre alt, steckte in einem kratzigen braunen Wollkleid, und zwei Tage vor Weihnachten besuchte sie Ilse, obwohl es der Vater verboten hatte; in einem mit schweren Ledermöbeln eingerichteten Wohnzimmer stand sie vor einem geschmückten Tannenbaum und wünschte sich nichts sehnlicher als eine Kugel, die für sie so verführerisch glänzte wie der Apfel für Eva im Garten Eden. Ruth sagte den Satz, den sie nicht sagen durfte. Bittend hielt sie Ilse die Hand hin, doch die kaute an ihren blonden Zöpfen und steckte ihre Hände hinter den Rücken.
»Wenn du mir diese Kugel schenkst«, versprach ihr Ruth immer wieder, »kriegst du mein Armband aus roten Glasperlen. Eine gute Fee hat es mit geschenkt.«
»Warum?« fragte Ilse
»Weil sie eine gute Fee war. Jede Perle erfüllt einen Wunsch. Du mußt dir nur wünschen, daß du eine Eins im Diktat schreibst, und schon machst du nie mehr einen Fehler. Du siehst ja, bei mir klappt das immer.« Der Kampf war hart und lang, doch Ilse war weder der raffinierten Phantasie ihrer Freundin noch der Verheißung eines sorgenfreien Schulleben gewachsen. »Na, gut«, gab sie endlich nach und machte kichernd die Kugel vom Baum ab. Einen beängstigend langen Moment hielt sie den Schatz noch über ihren Kopf.

Die Kugel hatte in ihrer Mitte ein silbern glänzendes Medaillon, in dem ein winziger Engel Posaune blies, war apfelrot und für alle Zeiten verboten für ein jüdisches Mädchen aus orthodoxem Haus. Ruth wußte das. Sie hatte indes keine Sekunde gezweifelt, daß sie für eine solche Herrlichkeit einmal in ihrem Leben lügen durfte, und sie war auch sicher gewesen, daß sie ihren Vater dazu bringen würde, ihr eine Ausnahme zu gestatten. Der Vater hatte jedoch verärgert am weißen Spitzenkragen der Tochter gezupft und darauf bestanden, daß sie noch vor dem Abendessen ihr Armband wieder abholte und Ilse die Kugel zurückbrachte.

»Man muß wissen«, hörte Ruth ihn sagen, und sie konnte den Duft seines Pfeifentabaks riechen und seine weißen Haare und seine goldene Uhrkette sehen, denn sie saß wieder auf seinem Schoß, »wohin man gehört. Hast du die Geschichte vom goldenen Kalb vergessen? Für uns brennen keine Kerzen am Baum. Juden feiern nicht Weihnachten. Für uns gibt es nur Chanukka, und da zünden wir unseren Leuchter an und danken dem Allmächtigen, daß er an uns ein Wunder geschehen ließ. Wir dürfen unsere Wurzeln nicht abschneiden.«

Die Bürde, wie ihr Vater in den Tod gesprungen war, nahm Ruth die Sprache und die Kraft, ruhig zu atmen. Um der Pein des Grauens zu entkommen, flüchtete sie zur Gegenwart. Sie beschäftigte sich mit der Frage, weshalb ein verwehter Duft und eine bis dahin nur in den tiefsten Schwingungen noch hörbare Stimme schon für die Vorwürfe reichten, die sie sich stets aufs neue machte. Ruth seufzte, weil ihr nicht die väterliche Stärke gegeben war; sie hatte zu spät begonnen, ihren Sohn von der Notwendigkeit und Sicherheit des eigenen Ufers zu überzeugen.

Immer tiefer tauchte Ruth in die Vergangenheit ein; die Menschen, von denen nichts geblieben war außer deren Namen, umzingelten sie dicht und ohne Erbarmen. Die Gegenwart löste sich in diffuse Klänge auf, die Worte wurden Laute ohne Sinn, und die Menschen am Tisch verschwanden in einem schwarzen Nebel, der zu intensiv den Tod beschwor, um die Gesichter des Lebens zu unterscheiden. Zwar sah Ruth, daß Andrea aufstand und das Geschirr in die Küche trug, doch ihre Augen waren feucht und konnten das Bild nicht lange genug halten, ehe die Konturen sich auflösten. Hinter einem Schleier von Tränen beobachtete sie, wie Ulrike das Tischtuch zusammenfaltete, den Adventskranz vom Flügel holte und eine Spieluhr anstellte. Das Lied von den grünen Blättern des Tannenbaums erklang. Jede einzelne Wahrnehmung verdichtete das Chaos. Es erhellte sich erst, als Ruth gewahr wurde, daß Ulrike sie ansah und offenbar eine Frage gestellt hatte. Die Welle von Panik, die sie überflutete, wurde zu einem Block aus schwarzem Marmor. Unter dem Tisch zerriß Ruth eine Papierserviette, verkrallte sich in die Fetzen. Ihr war es, als müßte sie auf der Stelle Antwort geben oder den Raum verlassen.
»Pardon«, sagte sie vage.
»Wir zünden immer am ersten Advent gleich alle vier Kerzen an. Wie halten Sie das?« wiederholte Ulrike. Sie stand auf, strich ihren Rock glatt, holte ein Streichholz aus einer grünen Schachtel und hielt es hoch. Ihr Gesicht war erhitzt. Ruth fand es sympathisch mütterlich und freundlich. Auch sie wollte lächeln.
Da kam Andrea aus der Küche und rief »Mutti!« in einem langgezogenen, weinerlichen Ton. Da erst begriff Ruth, was

Ulrike sie gefragt hatte, wurde wach, sehend und fühlend, spürte Abwehr und entschlüpfte den umklammernden Armen der Toten, als hätte sie sich nie in die Unendlichkeit ihrer Erinnerungen fallen lassen.
»Wir haben keinen Adventskranz«, antwortete sie ruhig, war nur erstaunt, daß sie eine solche Selbstverständlichkeit aussprechen mußte.
»Ach, das wußte ich nicht«, erwiderte Ulrike unglücklich. »Ich meine, darauf konnte ich ja nicht kommen. Andrea hat uns das nicht gesagt. Ich wollte Sie mit meiner Frage nicht in Verlegenheit bringen. Wahrhaftig nicht. Das müssen Sie mir glauben.«
»Machen Sie sich keine Gedanken. Gerade um die Weihnachtszeit scheinen die meisten Menschen zu vergessen, daß die Juden nicht Christi Geburt feiern. Wir warten ja noch auf unseren Messias.«
»Ein Adventskranz ist doch überhaupt kein christliches Symbol. Der ist eher germanischen Ursprungs«, widersprach Herbert-Dietrich, »den zünden wir an, ohne uns etwas dabei zu denken. Ist halt ein Stück Tradition. Das verstehen Sie doch bestimmt, gnädige Frau.«
»Ja«, erwiderte Ruth, »bestimmt.« Sie blickte zu Alfred hinüber, der die Augen halb geschlossen hatte, beneidete ihn wehmütig um sein schützendes Phlegma und fragte sich danach mit noch mehr Verärgerung, ob ihr konfliktscheuer Sohn vor dem Aufbruch überhaupt noch ein Wort äußern würde.
»Außerdem«, fuhr Herbert-Dietrich eifrig fort, »muß das früher anders gewesen sein. Wir hatten in Berlin jüdische Nachbarn. Die haben kein Jahr auf ihren Weihnachtsbaum verzichtet. Ich sehe noch, wie Herr Weinberg mit dem

Dienstmädchen immer am dritten Adventssonntag eine riesige Edeltanne nach Hause brachte. War wirklich ein ordentlicher Mann, der Herr Weinberg. Irgendwie hatten wir alle Respekt vor ihm.«

»Irgendwie«, murmelte Alfred.

Noch ehe Herbert-Dietrich zu Ende gesprochen hatte, riß er mit der Verstörung eines Mannes, der am Abgrund steht und nicht faßt, wie er dahin gekommen ist, die Augen weit auf. Es dauerte zwar nur wenige Schläge seines erregten Herzens, bis er erkannte, daß er es gewesen war, der Weinbergs Namen erwähnt hatte, doch da bebten bereits seine Hände. Sie erschienen ihm feucht, jeder einzelne Finger zu schwer. Er spürte Klopfen im Hals und einen Druck im Kopf, der ihn benommen machte. Es war ihm, als hätte er auf nüchternen Magen einen doppelten Cognac geleert.

»Einen hinter die Binde«, lachte er, »das hilft immer.«

»Vati, laß das doch.«

Weshalb war Andrea heiser? Ihre gequetschte Stimme klang wie ein falscher Ton auf der Geige. Herbert-Dietrich fiel ein, daß seine Tochter nie hatte üben wollen, daß sie schon als Kind eine Meisterin der falschen Töne gewesen war und er ihr vorgeworfen hatte, ihr fehle der Blick für das Wesentliche. Er schaute sie mit Widerwillen an und nahm sich vor, endlich zu klären, weshalb sie nie Bescheid wußte, wenn es um seine Belange und Empfindungen ging; er war es seiner Würde schuldig, Andrea Unbelehrbarkeit und mangelnde Aufrichtigkeit vorzuwerfen. Die vor allem störte ihn schon seit Monaten. Ehe er seine Anklage jedoch befriedigend formuliert hatte, fiel ihm ein, daß er seinen Kindern nie von den Weinbergs erzählt hatte.

»Natürlich nicht«, sagte Herbert-Dietrich. Er fand seine

Stimme überdeutlich und mußte trotzdem abermals überlegen, ob er laut gesprochen hatte.
Welcher Vater konnte denn nach dem Krieg noch offen mit seinen Kindern reden, ohne sich albern aufgerissene Augen und die törichten Vorwürfe der ahnungslosen Spätgeborenen einzuhandeln? Er war, als das mit den Weinbergs passierte, ja selbst noch ein Kind gewesen. Ein Halbwüchsiger, berichtigte Herbert-Dietrich widerstrebend sein Gedächtnis, wohl eher ein halber Erwachsener, doch noch mit ganz anderen Dingen beschäftigt als mit der furchtbaren Tagespolitik. Das Brennen im Nacken, das ihn seit dem nicht zustande gekommenen Dialog mit Andrea gequält hatte, wurde im Schädel zu einem Feuer, das sich nicht mehr löschen ließ und immer deutlichere Eindrücke an eine Zeit entflammte, in der Häuser zu Asche brannten und Ideale zu Illusionen verkohlten. Oder waren es Tote, die ihn verfolgten? Sie hatten nicht das Recht, ausgerechnet ihn nach so langer Gnadenfrist zu derangieren. Beklommen riß Herbert-Dietrich an seinem Kragen; er fand nicht sofort den obersten Hemdknopf, machte eine fahrige Bewegung, die ihm verräterisch und nicht passend für einen Mann erschien, der im Feld doch viel seltener ein Gewehr als die Kamera des Kriegsberichterstatters in der Hand gehabt hatte. Diesen Einsatz in Polen konnte er beweisen.
»Mach doch endlich das Fenster auf. Hier erstickt man ja.«
»Dann brennen doch alle Kerzen schief.«
Weshalb war dauernd von diesen verfluchten Kerzen die Rede? Und von Kränzen? Für Weinberg hatte es keine Kränze gegeben. Sollte er das alles nun erzählen, an der Kaffeetafel vor seinem unwillkommenen Schwiegersohn, der ihm die Tochter genommen hatten, Zeugnis ablegen,

daß er sehr wohl wußte, daß die einen schuldig und die anderen zu Opfern geworden waren? Hatte er in seinem zweiten Leben als angesehener Prokurist einer gut beleumundeten Textilfirma nur deshalb Gewissensruhe und Respekt verspielt, weil er nie mehr an die Weinbergs gedacht hatte? Verdrängt hatte er jede Erinnerung an den immer eleganten, stets freundlichen Bankier, sein Bildnis ausgelöscht. Warum mußte ihm nun einfallen, daß Weinberg schon damals ein Auto gehabt hatte und eine rassige, kapriziöse Frau mit teueren Pelzkragen und auffallenden Hüten und wie sie im Nachthemd auf der Straße ausgesehen hatte? Bedroht, schreiend, vernichtet, um Barmherzigkeit flehend und verspottet.

Entsetzt, weil er nicht zurückfand aus einer Vergangenheit, die ihm das Blut aus dem Körper saugte, als wäre allein das Gewesene Teil seines Seins, preßte Herbert-Dietrich den Kopf mit beiden Händen zusammen, doch immer mehr Schatten entschlüpften der Schraube. Sie wurden zu einem Strom, der ihn zerriß und in einem einzigen Augenblick seinen Stolz und die Sicherheit von Jahren hinwegtrieb. Durfte ein Mann denn nicht seinen Kindern ohne Scham in die Augen sehen? Die zwei Jungen der Weinbergs fielen ihm ein und daß sie beide blaue Tretroller gehabt hatten und entzückende kleine Kerle gewesen waren, ein Zwillingspaar. Auch die Buben waren nach dieser Nacht verschwunden, die Tretroller erst eine Woche später.

»Komisch«, monierte Ulrike mit einer Stimme, in der er die Ungeduld der Gekränkten heraushörte, »daß du heute andauernd von Charlotte redest. Andrea hat dir doch vorhin schon gesagt, daß sie sich nicht mehr erinnern kann, wie sie gemalt wurde.«

»Gut, daß du immer weißt, was ich denke.«
Nichts wußte Ulrike von seinen Peinigern. Sie hatte ja ihre Kindheit in einem Dorf verbracht, das immer schon judenrein gewesen war. Herbert-Dietrich schlug sich erschrocken auf den Mund, als er das Wort formulierte, war erst erlöst, als er merkte, daß er diesmal geschwiegen hatte. Was wußte denn seine nach kritikloser Toleranz eifernde Tochter, dieser arrogante Schwiegersohn mit dem inquisitorischen Blick schon von den Gespenstern, die einen Mann seines Alters bedrängten, wenn er sein Gedächtnis nicht schützte, nicht sein von der selbstgerechten Generation diskreditiertes Gewissen und moralisches Ansehen? Was wußte diese fremde, selbstgerechte Frau an seinem Tisch von den Schreien in der Nacht, die er gehört hatte und die in Momenten wie diesem auch die Ohren derjenigen marterten, denen die Geschichte die Rolle der Täter aufoktroyiert hatte?
Die verlorenen Bilder, der gnädig früh verstummte Klang einer zerberstenden Welt, die bereits im Moment des Geschehens unterdrückte Ahnung vom Unheil und später das Wissen um die Sünde der Teilnahmslosigkeit, die das ewige Schweigen geboten, waren zu Herbert-Dietrich zurückgekehrt, weil er durch einen Zufall, den er sich schon nicht mehr zu erklären vermochte, einen einzigen Namen erwähnt hatte. Erschöpft ließ er seine Augen durch die Nacht irren, in der im Nachbarhaus die Fenster zersprungen waren und Weinbergs kleiner Foxterrier blutend auf der Straße gewinselt hatte. Das Schaudern nahm Maß, zielte und traf einen Mann, der aus Klugheit freiwillig erblindet und nun durch ein furchtbares Versehen wieder sehend geworden war.

Der uniformierte Pöbel hatte auf Weinberg eingeschlagen, ihn wie einen entlaufenen Sträfling vor sich hergetrieben. Wohin? Hans-Dietrich hatte es nie erfahren, nichts wissen wollen, später auch das versiegelte Haus nicht zur Kenntnis genommen. Er war ja damals auch schon in Uniform gewesen, mußte sich selbst vor dem Mitleid mit den Falschen schützen. Er war ja nur ein Rädchen in der Geschichte gewesen, durfte nicht mehr nachdenken, nicht fragen, mußte an die Ideale der Zeit glauben und hatte dies auch gewollt.

»Ist was mit dir?« fragte Ulrike. »Du bist auf einmal so komisch. Soll ich dir mal eine Magentablette holen?«

»Du mit deinen ewigen Tabletten. Bring lieber den Köter draußen zum Schweigen. Ich hasse Foxterrier.«

»Um Gottes willen, was ist bloß los mit dir, Herbert-Dietrich? Ich habe den ganzen Tag noch keinen Hund gehört.«

»Nie hört einer was. Höchstens, wenn ich mal was sage, was anderen Leuten nicht in den Kram paßt. Oder warum starrt mich mein Herr Schwiegersohn so an?«

»Weil ich schon die ganze Zeit mit dir rede«, erwiderte Alfred. »Ist so eine Angewohnheit von mir, einem Menschen dabei ins Gesicht zu sehen. Ich war gerade dabei, dir zu erklären, weshalb wir nicht Weihnachten feiern und weshalb es in meinem Haus weder einen Adventskranz noch einen Baum geben wird und noch nicht einmal einen Tannenzweig. Mit dem Messias hat das nichts zu tun. Meine Mutter wollte nur höflich sein. Sie hat von der Zukunft geredet, aber die Vergangenheit gemeint.«

»Es langt, Alfred. Bist du Moses?«

»Laß mich ein einziges Mal im Leben ausreden, Mama. Dein Herr Weinberg, Herbert-Dietrich, war auf dem Holzweg. Er war ein hirnverbrannter Narr, der sich mit bunten Kugeln und Lametta den alten Kindertraum der deutschen Juden von der Assimilation in ihrem Vaterland erfüllen wollte. Das Vaterland hat seinen Juden jedoch einen Tritt verpaßt. Es hat ihnen nichts genutzt, daß sie ihre Kinder Wilhelm und Siegfried genannt und unter dem Weihnachtsbaum gehockt und geglaubt haben, sie wären tatsächlich Deutsche wie alle anderen. Hitler hat sie alle eingeholt. Er hat die guten patriotischen Dummköpfe genauso vergast wie die Frommen, die sich nie ihrer Wurzeln schämten. Und ich bin es den Ermordeten schuldig, daß ich nicht wieder den gleichen Fehler mache, unter einem Weihnachtsbaum sitze und vergesse, was geschehen ist.«

»Wir konnten das nicht wissen. Ich wollte dich nicht kränken, Alfred.«

»Hast du nicht. Manche Dinge muß man nur aussprechen, ehe die Mißverständnisse zur Lawine werden und uns überrollen. Ich erwarte auch nicht, daß du mich verstehst. Mir langt es, wenn Andrea es tut. Eines Tages wird sie begreifen«, fügte Alfred hinzu, als er die Betroffenheit seiner fremden Familie und die Verblüffung seiner Mutter wahrnahm. In Ruths Zustimmung loderte Stolz. Er sah es und war zufrieden.

Sie reichten sich die Hand zum Abschied, sogar ein wenig heiter im Gefühl einer Befreiung und so, als hätte keiner von ihnen die Steine einer trennenden Mauer aufeinandergeschichtet, die sich nie mehr einreißen lassen würde. Andrea, immer noch blaß und mit geröteten Augen, trug einen Napfkuchen, der von ihrer Mutter in der Küche hastig gegen den ihr zugedachten Stollen ausgetauscht worden war.

»Gib acht«, scherzte Herbert-Dietrich an der Haustür, »daß

du dir nicht auf den Saum trittst. Gefallen deinem Mann deine kurzen Röcke?«

»Ja.«

»Schön, daß wenigstens ihr euch einig seid.«

Alfred umklammerte eine Schüssel mit der Minestrone, die er bei seinem ersten Besuch in Bad Homburg gelobt hatte und der er seitdem nicht mehr entgehen konnte, obwohl er von weißen Bohnen Sodbrennen bekam. Die Knöchel seiner Hände leuchteten grau im Schein der Straßenlaterne. Seiner Mutter fiel ein, daß er immer seinen Zorn hatte verleugnen können und nie die Beunruhigung des Zweifels.

Ulrike und Ruth schauten einander einen zu langen Augenblick an und mit der gleichen beschämten Hilflosigkeit, die sie zu Verbündeten machte. So gelang es beiden nicht, voreinander zu verbergen, wie bewußt sie sich waren, daß ihnen das gleiche Mütterschicksal widerfahren war. Jede von ihnen hatte ein Kind für den alten Trugschluß der Jugend hergeben müssen, daß Liebe haltbarere Fundamente setze als die Erfahrungen der Eltern.

»Hör endlich auf zu weinen, Loreley«, bat Alfred, als er die Wohnung aufschloß. »Du machst mich noch ganz melancholisch. Es ist nichts geschehen, was uns beide tangiert. Oder hast du gestern in der Blumenhandlung einen Tannenbaum bestellt und traust dich morgen nicht zu sagen, daß dein Mann beschnitten ist? Sag einfach, du hättest das eben erst entdeckt.«

»Quatsch, nur mir ist das alles so entsetzlich peinlich. Ich hätte diesen verdammten Besuch verhindern müssen. Ich kenne doch das Adventsbrimborium meiner Eltern. Wir sind es doch, die nun die Bescherung haben.«

»Vorsicht, mein Schatz. Wenn du noch einmal Bescherung

sagst, geht der ganze Schlamassel von vorn los. Das Wort gehört für mich zu Weihnachten wie Gabe, Lichterglanz und strahlende Kinderaugen.«
»Siehst du, auch ich stampfe in jedes Fettnäpfchen.«
»Mit wunderschönen Beinen. Lern einfach, über dich selbst zu lachen. Das halten die meisten Leute für jüdischen Witz. Ist aber nur Galgenhumor. Er macht widerstandsfähig und schützt uns. Und jetzt machen wir endlich den Wein auf, den mir eine Patientin als Entschädigung dafür geschenkt hat, daß mir ihr verdammter, antiautoritär erzogener Balg den Daumen abbeißen wollte. Dieser Beaujolais ist der letzte Schrei bei Weinkennern. Und wenn wir besoffen genug sind, kaufen wir uns rote Zipfelmützen, kleben uns weiße Bärte an, fahren im Schlitten nach Bad Homburg und sagen, wir hätten es nicht so gemeint und würden doch lieber den Stollen haben. Der war wirklich wunderbar. Soll ich dir ein ganz großes Geheimnis verraten? Du mußt allerdings schwören, daß du es bis zum Jüngsten Tag für dich behältst.«
»Mach schon.«
»Ich liebe dich und hasse Napfkuchen.«
»Ich kann nicht so schnell zur Tagesordnung übergehen. Das habe ich nicht gelernt«, sträubte sich Andrea vor dem ersten Glas.
»Mußt du aber, meine süße kleine Preußin. Sonst kriegst du Komplexe und Magengeschwüre. Wirf dein Taschentuch an die Wand und zieh endlich diese alberne hochgeknöpfte Bluse aus. Du siehst aus wie eine höhere Tochter, die sich als Gouvernante bei einem adligen Witwer bewirbt.«
Vor dem zweiten Glas lernte Andrea das Wort »Chaim« als Trinkspruch der Juden und sprach es so hart aus, daß es sich

auf Keim reimte. Alfred machte geübt aus einem Anflug von Schaudern versöhnliches Gelächter; er referierte über die hebräischen Kehlkopflaute und lockerte die Lektion mit Küssen auf. Beim dritten Glas, als sie bereits perfekt die Kunst des Gutturalen beherrschte, war er schon benommen und fragte stirnrunzelnd: »Weshalb schwärmen plötzlich alle Leute für dieses bittere Zeug?«

»Weil die Gojim alle doof sind,« erwiderte Andrea.

»Du bist die schönste Frau der Welt. Auch wenn du beim Lachen quietschst. Brigitte Bardot ist ein Feudel gegen dich. Woher kennst du eigentlich das Wort? Vom bösen Alfred bestimmt nicht.«

»Nein. Von der guten Rachel.«

»Gelobt sei Rachel.«

Als die Flasche sich neigte, goß Alfred sie mit süßem Carmel-Wein auf und seufzte zufrieden: »Das ist doch was ganz anderes.« Er sang »A Spoonful of Sugar makes the Medicine go down« und zog Andrea den Rock aus.

»Rachel hat recht«, sagte sie, als sie ihre schwarze Strumpfhose um den gelben Schirm der Stehlampe wickelte und eine Rose in die Schleife steckte.

»So besoffen bin ich noch nicht. Anständige Menschen sprechen nicht von Gojim.«

»Mach ich nie wieder, wenn du so verdammt empfindlich bist. Aber ich verlasse dich auf der Stelle.«

»Und heiratest einen Weihnachtsmann.«

»Nein, ich gehe jetzt meine Pille ins Klo werfen. Hat Rachel mir geraten.«

»Du lieber Himmel, du siehst aus wie meine Mutter. Total entschlossen, dem kleinen Alfred klarzumachen, daß er von nichts eine Ahnung hat und davon jede Menge.«

Sie waren, als sie die kleinen Tabletten in der Toilette versenkten, nicht mehr nüchtern. Bei Alfred war es der Wein, der ihm die Klugheit der Nacht raubte und die Furcht vor der Zukunft nahm. Andrea empfand nur Triumph. Sie hatte ihren Entschluß gefaßt, als die erste Adventskerze angezündet wurde.

»Wirst sehen«, flüsterte sie, »ich werde eine richtige jüdische Mamme wie deine Mutter.«

»Jüdisch reicht, mein Unschuldsengel. Du ahnst nicht, was uns bevorsteht.«

5

Wie das weiße Kaninchen aus Boston«, keuchte Andrea, als ihr aufging, in welchem Tempo sie die Treppen hochhetzte und dabei »keine Zeit, keine Zeit« vor sich hinbrabbelte. Der Gedanke, daß sie ausgerechnet an einem so glückhaften Tag, wie sie ihn gerade erlebte, an »Alice im Wunderland« dachte, faszinierte sie, weil sie als Kind das Buch nicht gemocht hatte und das übernervöse Kaninchen mit der riesigen goldenen Uhr in der Westentasche schon gar nicht. Sie lachte unvermittelt los; ihre Stimme schallte zu laut durch den Hausflur. Besorgt, daß Ruth sie bereits gehört haben könnte und unweigerlich ihren Kopf zur Tür herausstrekken würde, schloß sie die Wohnungstür so leise wie möglich auf und stellte, noch im Mantel, den Küchenwecker ein.
Sollte Alfred zur gewohnten Zeit nach Hause kommen, blieb Andrea nämlich nur eine knappe Stunde, um ihren großen Auftritt so zu inszenieren, wie sie ihn seit Wochen geplant und erträumt hatte. Sie nahm sich vor, jede der dreiundfünfzig Minuten in der gleichen Seligkeit zu genießen wie jenen beglückenden Augenblick, der aus Hoffen und Ahnung die endgültige Gewißheit gemacht hatte. Als sie das Wasser aufdrehte und sich, ehe die Wanne nur halbvoll war, in den warmen Strahl legte, beschwingte die Lust eines noch nie empfundenen Triumphes ihren Körper.

Wann immer Andrea die Augen schloß und dann so weit öffnete, daß sich das kalte blaue Licht im Badezimmer in einen Dunst von farbschweren Punkten auflöste, erblickte sie ein Rad aus Feuer, das ihre Sinne taumeln ließ. Sie sah die rotgrüngestreiften Handtücher an der Stange sich zum Ballett formieren, hörte die Melodie von »Freude, schöner Götterfunken« zum Jubelchor anschwellen und wunderte sich, als sie zu singen begann, wie klar ihre Stimme war. Sie tauchte in einer Wärme unter, die sie als die Unendlichkeit des Seins empfand, machte einen betäubend süßen Duft als Göttergunst aus und kehrte erst zu sich selbst zurück, als sie sich »Er stand auf seines Daches Zinnen und schaute mit vergnügten Sinnen auf das beherrschte Samos hin« deklamieren hörte. Lange überlegte sie, woher sie die Geschichte kannte und wie sie geendet hatte.
Später entschlüpfte sie mit einem wehmütigen Seufzer der Kostbarkeit des Augenblicks, stieg zögernd aus der Wanne, erblickte ihr Gesicht im Spiegel und konnte sich nicht sattsehen an diesem neuen Strahlen der Erwartung. Wie in Trance stampfte sie auf dem kleinen weißen Teppich herum. Im Bademantel verteilte sie die eilig gekauften Delikatessen auf böhmische Glasschälchen, die sich von den blauen Lichtsternen des Kristalleuchters ihres unbekannten Schwiegervaters nährten: Sie fühlte sich ihm auf eine wundersame Art verbunden.
Von den vorgesehenen zehn Minuten für ihr Make-up brauchte Andrea nur deren acht; sie nutzte die eingesparte Zeit, um ihr Haar zu fönen und gleichzeitig die vielen Papiere zusammenzuraffen, die sich auf ihrem Schreibtisch zu einem Berg türmten. Lachend brachte sie den aufgeschlagenen Terminkalender in Sicherheit.

»Das möchte dir so passen«, flüsterte sie zärtlich dem abgegriffenen Büchlein mit dem roten Ledereinband zu, »meinem schlauen Mann vorzeitig das große Geheimnis zu verraten.«
Die Inspektion ihrer Garderobe verlief unbefriedigend. Es erschien Andrea, je mehr sie sich auf diesen einen Punkt konzentrierte, stimmungsvoll und für die Gelegenheit absolut geboten, auch durch ihre äußere Aufmachung die Veränderungen zu betonen, die dabei waren, ihre Zukunft in eine neue Form zu gießen. Schließlich entschied sie sich für das schottische Plaid, das Großtante Charlotte ihr zu Ostern geschickt hatte.
»Du lieber Himmel«, hatte Alfred gespottet, als das Paket eingetroffen war, »ich hab eine Frau geheiratet, die Ostern Geschenke bekommt.«
»Nicht mehr lange«, hatte sie geantwortet.
Die Szene erschien ihr nun wie ein geheimnisvolles Omen. Abermals Beethoven schmetternd, holte sie die Decke aus den Tiefen des Wäscheschranks heraus, wickelte geschickt den rot-schwarz karierten Wollstoff zu einem langen Rock und schlüpfte in eine weiße Seidenbluse, die ihr der Romantik der Stunde angemessen erschien. Mit angehaltenem Atem schnürte sie eine breite schwarze Samtschärpe zu, die ihre schlanke Taille betonte.
»Wie lange noch?« raunte Andrea beglückt ihrem Spiegelbild zu und nahm sich vor, genau diese drei Worte und kein einziges mehr zu sagen, sobald Alfred ihr das erste Kompliment zu ihrer Figur machte. Mit zwei Fingern befühlte sie ihren Bauch, stellte sich Alfreds ahnungsloses Gesicht vor, wenn sie ihn schweigend fixierte, und versuchte, sich auszumalen, wie sich die geliebten Züge im Augenblick des Be-

greifens verändern würden. An dieser Stelle ihrer Tagträume gerieten die Bilder ins Wanken. Sie grinste, als sie zugeben mußte, daß Alfred nicht der verliebte Märchenprinz war, der um seiner Angebeteten willen auszog, geheimnisvolle Rätsel zu lösen.
»Die Sphinx hätte dich mit Haut und Haaren gefressen«, drohte sie seinem Hut, »da hätte dir dein kluger jüdischer Kopf, auf den du so stolz bist, keinen Deut genutzt.« Sie stülpte den Hut über die Haare, roch einen Hauch von Haarwasser und glaubte, bereits Alfreds Hände im Nacken zu spüren.
Als sie die Wagentür schlagen und sofort danach das Hoftor quietschen hörte, stellte sie die Musik zu »My Fair Lady« an. Julie Andrews sang: »I could have danced all night.« Andrea tanzte mit ihr und dachte an die Königin der Nacht. Mit der stürmischen Kraft einer Frau, die nicht mehr mit der Heimkehr ihres Mannes gerechnet hat, umarmte sie den Ersehnten, legte ihre Hände auf seine Augen und führte ihn ins Eßzimmer. Im fünfarmigen Leuchter brannten gelbe Kerzen. In einem gläsernen Kübel stand eine Sektflasche mit umgewickelter Serviette. Er setzte die Brille ab und begann, sie umständlich zu putzen, blinzelte kurzsichtig und überlegte befangen, ob er so töricht aussah, wie er sich fühlte.
»Sie hat's geschafft«, summte Andrea.
Einen Moment standen sich beide gegenüber und versuchten, Botschaften zu senden. Sie wurden verlegen, ohne daß sie sich wehren konnten, verloren ihre Heiterkeit und Natürlichkeit.
»Bist du krank oder beschickert?« versuchte es Alfred.
»Weder noch.«

»Was hat Madame dann geschafft? Sag nur, du hast den Knopf an meinem Blazer angenäht! Das war wirklich nicht nötig. Die anderen werden ohnehin auch bald abplatzen, wenn du mich weiter so überfütterst.«
»Quatsch. Moderne Frauen nähen ihren Männern keine Knöpfe mehr an! Die verwirklichen sich selbst.«
»Wer? Die Knöpfe?«
»Die Frauen.«
»Das hast du nicht nötig, meine Süße. Mir bist du verwirklich genug. Ich zwick' mich jeden Tag ins Ohr und frage mich, wieso gerade ich dich bekommen habe. Komm, machen wir Schluß mit dem Firlefanz. Setz erst mal meinen Hut ab. Der ist für die Synagoge und für Beerdigungen.«
»Und für ganz besondere Tage. Hat er mir gesagt.«
»Es langt, Andrea. Für heute habe ich genug von Kindern. Außerdem bin ich nicht so vertrottelt, wie ich aussehe. Ich weiß genau Bescheid.«
»Nichts weiß du.«
»Doch, alles. Du hattest heute dein Mündliches. Glaubst du wirklich, daß ein Arzt nicht mitbekommt, wenn seine Frau seit Tagen jeden Morgen zum Gotterbarmen herumwürgt? Ich hab nur nichts gesagt, um dich nicht noch nervöser zu machen. Findest du es aber fair, so mit einem alten Mann umzugehen? Vielleicht sagst du mir endlich, wie's gelaufen ist. Ich habe den ganzen Tag auf deinen Anruf gelauert.«
»Rat mal«, flüsterte Andrea und hielt einen Finger hoch.
»War doch klar. Glaubst du denn wirklich, ich hätte bei einer mickerigen Zwei echten russischen Kaviar gekauft?«
»Gratuliere, gratuliere, gratuliere. Ich weiß gar nicht, was ich sagen soll. Das ist eine echte Sensation. Und meine

superkluge Frau erzählt von ihrem Erfolg, als hätte sie einen Dreier im Lotto! Weiß denn deine Familie schon Bescheid?«
»Ich bin erst vor einer Stunde nach Hause gekommen. Wann hätte ich da in Bad Homburg anrufen sollen? Außerdem solltest du es als erster erfahren.«
»Du bist ein herzloses kleines Biest, ein ekelhafter Vampir, der seinen Eltern den letzten Blutstropfen aussaugt. Das war mein letzter Kuß. Seitdem ich deinen Vater kenne, redet er von nichts anderem als von deinem Examen. Ich esse keinen Bissen von dem teuren Quatsch, wenn du nicht auf der Stelle anrufst und ihn wissen läßt, daß der böse Judenlümmel dich nicht daran gehindert hat, dieses verdammte Examen zu machen.«
»Erst einen Schluck Sekt«, bettelte Andrea. »Warum darf ich nicht in aller Ruhe mit dem Menschen feiern, dem ich mein Glück verdanke?«
Ihre Hand war nicht ganz ruhig, als sie die Gläser vollschenkte, sie atmete zu heftig und hatte rote Flecken auf der Stirn und den Wangen. Alfred merkte es, doch er schaute sie an, als fände er es selbstverständlich, daß sie so erregt und fiebrig aussah. »Wie«, fragte er, »geht es jetzt mit dir weiter? Ich meine, bei dem Examen werden sich die Schulen um die Referendarin Bär reißen.«
»Für heute habe ich genug gedacht. Mein Hirn hat keinen Platz mehr für Kinder, die aus Referendarinnen Hackfleisch machen. Ich will nur noch über den Wolken schweben. Wie Mary Poppins. Kaufst du mir einen Regenschirm?«
»Deine Phantasie und dem Rothschild sein Geld möcht ich haben. Verrätst du mir wenigstens, weshalb du dich wie ein schottisches Schloßgespenst kostümiert hast. Trägt man

neuerdings solche Lumpen in Akademikerkreisen, um nicht den Neid der Dummen zu erregen?«
»Ich wollte dir nur meine schlanke Taille noch einmal vorführen.«
»Ist dir gelungen, Loreley. Du siehst bezaubernd aus. Elegant und schön. So was habe ich mir immer gewünscht. Du bist das Kontrastprogramm zu unserer Zeit, die Häßlichkeit für eine Tugend hält.«
»Ich sagte noch einmal, Alfred.«
»Was noch einmal?«
»Ich wollte dir noch einmal vorführen, wie schlank ich bin. Du hast wieder einmal nicht richtig zugehört und noch weniger kapiert.«
»Was soll das heißen?«
Sie kletterte auf seinen Schoß, wurde noch einmal ein kleines Mädchen und war es doch schon nicht mehr, zupfte an seiner Krawatte, bettete ihren Kopf im groben Tweedstoff der Jacke, spürte das Verlangen, die Zeit festzuhalten und durch das geöffnete Fenster nach den Sternen zu greifen. Einen Atemzug lang hielt sie tatsächlich einen in der heißen Hand und wünschte ihren Wunsch, doch es traf sie der scharfe Schnitt der Vergänglichkeit, und sie begriff, daß nichts mehr werden würde, wie es gewesen war.
»Ich bin so schrecklich glücklich«, wisperte sie trotzdem.
»Ich auch«, echote Alfred. »Es war an der Zeit.«
Einen Moment lang lockte Andrea die alte Kinderlust, das Spiel noch einmal von vorn zu beginnen, sich in Worte und Andeutungen zu hüllen, die sie schön machten, zufrieden, siegessicher und auf immer dem Mann überlegen. Ihr Herz fing an zu rasen, pochte fordernd in den Rippen, und jedes Beben entriß dem Zaubergewand aus Illusion

einen goldenen Faden des Triumphes, der sanft zu Boden fiel und verglühte. Mit einem Mal verlangte es die gereifte Seherin nach der Überschaubarkeit der Realität, nach den sorgsam gezogenen Grenzen zwischen Nüchternheit und Trance.

»Ich habe«, erzählte sie, »heute nicht nur mein Examen gemacht. Ich war nachmittags beim Arzt. Deshalb bin ich auch so spät nach Hause gekommen. Und dreimal darf mein kluger Alfred jetzt raten, weshalb ich an so einem Tag zu einem fremden Arzt ging statt zu meinem Bärchen in die Praxis.«

Er begriff sofort. Seit Tagen hatte er befürchtet, daß sie sich nicht jeden Morgen wegen Examensängsten im Badezimmer einschloß und beim Frühstück an einem trockenen Toast würgte, doch er mochte ihr nicht vor der Zeit die Freude nehmen. Grüblerisch sah er sie an – so brütend und überrascht, wie Andrea es sich erträumt hatte, so gespannt und unsicher in Geste und Mimik, wie es eigentlich nur ein Mann konnte, der nicht Arzt war.

Als er sich auf diesen letzten Akt des uralten Schauspiels einließ und seine Augen mit der Maske der Ahnungslosigkeit schützte, übernahm die Niedergeschlagenheit die Regie. Zu spontan wurde Alfred klar, daß er Zeit brauchte, um zunächst die Muskeln in seinem Gesicht zu entkrampfen und danach jene fassungslose Begeisterung vorzutäuschen, die seine Liebe ihm befahl. Er versuchte zu lächeln, wollte laut lachen, in kindischem Jubel die Arme hochwerfen und Andrea ausgelassen durch die Wohnung tragen wie der Bräutigam die Braut; ihm war bewußt, daß dies alles spontan wirken müßte und er so beseligt und aufgeregt, wie sie es war, wollte er nicht für immer die Unschuld der Träume von der ewig jungen Liebe zerstören und aus dem Balsam der Einvernehmlichkeit einen nicht mehr zu überschreitenden Graben ausstechen. Zu stark war das Unbehagen, daß nicht er selbst die Entscheidung getroffen hatte, und er verwünschte Rachel und ihre vorwitzige Einmischung in sein Leben. Er sah die Pille in der Toilette schwimmen, schmeckte den Zorn, verfluchte Andreas Beharrlichkeit und ihre Frauenlist in dem romantischen Augenblick, der ihn so wehrlos gegen Vernunft und Einsicht gemacht hatte.

»Alfred, ich bin schwanger.«

Er war ein gehorsamer Mime in einem Vexierspiel, das ihn genierte und wider seine Natur war; mit der Routine eines Menschen, der sich, ehe er reagiert, immer Zeit hatte nehmen müssen, um sich nicht als Außenseiter der Neugierde der Menge preiszugeben, tat er, als hätte er den Satz nicht verstanden, könnte ihn nur langsam entschlüsseln und müßte ihn auf jene trügerischen Zwischentöne abhorchen, die der Saat der Hoffnung das Keimen verwehren. Ungeschickt rieb er auf starren Augenlidern herum, fuhr sich theatralisch durch das Haar, machte den Mund auf und wieder zu, erkannte bestürzt, daß er einen zweitklassigen Komödianten in einem drittklassigen Schwank abgab, der dabei war, die einzig wirklich gute Pointe des kruden Stücks zu verspielen. Und trotzdem blätterte der Geübte weiter im Drehbuch der Lebenslüge. Er spielte Fortunas verwirrten Günstling und inszenierte – sogar mit eitler Freude an der gelungenen Schau – die von Andrea erwartete Verblüffung und die staunende Faszination eines Siegreichen, der nicht zu realisieren vermag, daß ausgerechnet er für das große Männerglück auserwählt worden ist.

Um seiner Ehe willen und der eigenen gefährdeten Illusionen vom dauerhaften Seelenfrieden suggerierte Alfred auch sich selbst, dieses Glück hätte ihn mit Stummheit geschlagen, und der Stolz und die Seligkeit würden seinen Körper versengen. Der wurde tatsächlich fieberheiß, als er im Flammenmeer der Angst zerschmolz. Es waren die ungebetenen Bilder von einer seit dem ersten Tag seiner Ehe gefürchteten Situation, die ihn verbrannten.

In peinigender Deutlichkeit sah sich der Gejagte vor einem Kreissaal stehen und den Barmherzigen um eine Tochter anflehen. Schon ließen sich die lodernden Alpträume nicht mehr löschen. Ein rotgesichtiger, feister Arzt stieß die Tür auf und gratulierte dem unglücklichen Vater zu einem Sohn. Der Arzt zog eine graue Uniform an, wobei er ein Schwert mit Runen hochhielt und mit schnarrender Stimme befahl, daß Alfred Bärs Sohn nicht beschnitten werden dürfte. Der Junge hatte Andreas blonde Haare und ein silbernes Kreuz an einer goldenen Kette um den Hals, und er konnte das Wort Barmitzwa nicht aussprechen. Er hielt das Neue Testament in der Hand. Bevor jedoch die Welle von Panik zur Todesflut wurde, gelang es dem Vater dieses falschen Sohns, auf dem Höhepunkt der Herausforderung das Mißverständnis aufzuklären. Mutig breitete er seine Arme aus, zog den Jungen an sich und zeigte ihm, wohin er gehörte.

Alfred duckte sich, wie er es als Kind gelernt hatte, um in einer gespaltenen Welt nicht den Überblick zu verlieren. Dann hörte er einen Mann seine Kehle, den Körper, das Herz befreien, hörte ihn sehr laut lachen. Endlich erlöst und unendlich demütig begriff er, daß er es gewesen war, den die Pflicht zur Tarnung und schonenden Lüge errettet hatte. So zärtlich umarmte der um seine Sicherheit geprellte Betrüger seine Frau, daß sie die Zweifel und die Verzweiflung ihres Mannes nicht wahrnahm. Sie mißdeutete die Waffen des Klarsichtigen als den gleichen Rausch, der dabei war, von ihrem Körper, ihrem Kopf, ihrem Leben Besitz zu nehmen.

»Mir tut bei allem die evangelische Kirche so schrecklich leid«, sagte der Muntere später am Eßtisch und spießte mit der Gabel die Heiterkeit auf, die er brauchte, um wie gewohnt zu sprechen, »für die bist du jetzt endgültig verloren. Dafür wird es zwei neue Juden auf der Welt geben.«

»Ich darf mich also endlich taufen lassen?«

»Nicht taufen, meine Süße, übertreten.«

»Du weißt doch genau, was ich meine.«

»Weiß ich. Also beginnen wir ganz von vorn. Du darfst nicht übertreten. Du mußt.«

Sie merkte nicht ihre falsche Wortwahl in einem Augenblick, der ihr soviel bedeutete, horchte nicht der Ironie in Alfreds Stimme nach, sah nicht die rasche Bewegung seiner Augenbrauen. Schon gar nicht witterte Andrea die Erschrockenheit eines Skeptikers, der am Graben stand und soeben begriffen hatte, daß der sich nie zuschütten lassen würde.

»Alfred«, schwor die Gutgläubige, »ich habe mir nie etwas anderes gewünscht. Von dem Tag an nicht, an dem ich dich kennenlernte. Das mußt du mir glauben. Das sage ich nicht, um dich noch glücklicher zu machen, als du bist. Unser Kind wird dafür sorgen, daß wir ganz eins werden.«

»Alles glaube ich dir, mein ahnungsloser Engel, alles. Nur hast du keinen blassen Schimmer, was uns bevorsteht. Vor allem dir. Für den Fall, daß du meine zarte Andeutung nicht verstanden hast, als wir uns kennenlernten, sag ich's noch einmal. Jüdisch zu sein ist schon kein reines Vergnügen, jüdisch zu werden eine Zumutung. Den Juden geht es nicht um errettete Seelen. Wir kennen den Begriff überhaupt nicht.«

»Was heißt das für mich?«

»Wer übertreten will, wird nicht mit offenen Armen empfangen. Im Gegenteil. Er wird abgewiesen und muß beweisen, daß er es ernst meint. Er muß Hebräisch lernen, die Speisegesetze und tausend Dinge, die kaum ein einziger von uns weiß. Und es ist einer der vielen Irrtümer auf der Welt, daß wir nur zehn Gebote haben. Ich habe mal gelesen, daß es sechshundertdreizehn Extra-Paragraphen gibt. Jedenfalls ist ein Staatsexamen eine Lappalie im Vergleich zum bestandenen Aufnahmeverfahren in eine verachtete Minderheit.«

»Ich fürchte mich nicht. Ich kann lernen. Ich bin eine ganz große Nummer bei Prüfungen. Frag meinen Professor.«

»Wonach? Weiß er, daß zwei Juden drei Meinungen haben und was das bedeutet? Und bei der sogenannten Prüfung bekommst du es mit mehr als zweien zu tun. Die werden sich nur in einem einzigen Punkt einig sein. Nämlich, daß du etwas Falsches gelernt hast und noch nicht übertreten kannst.«

»Du willst mir Angst machen, aber das wird dir nicht gelingen. Ich weiß, daß ich es schaffen werde, weil ich weiß, wie schrecklich es für dich wäre, wenn unser Kind nicht jüdisch sein könnte.«

»Schon für diesen einen Satz werde ich dich mein Leben lang lieben«, sagte Alfred.

Er belauschte ungeduldig jeden Atemzug der Träumerin und wog die Schwere, die ihn erdrückte, an Zeitmaßen, die weder Anfang noch Ende und schon gar nicht die Verheißung einer Zukunft hatten. So wurde es Mitternacht, ehe er sicher war, daß Andrea tief genug schlief, um ihn von der Bürde zu erlösen, von einem Glück zu sprechen, das ihm den Frieden nahm.

Niedergedrückt wehrte er sich noch eine Viertelstunde gegen seine Hilflosigkeit, die lähmende Furcht und den Kleinmut derjenigen, die einen Weg einschlagen, ohne das Ziel zu bedenken. Dann schlich er doch aus dem Schlafzimmer in die Diele. Einige Minuten später zog er schuldbewußt die Wohnungstür von außen zu. Als er im Hausflur stand und – er hielt es für Zufall – die Mesusa berührte, die ihn an den Glauben der Väter band, nahm er beschämt das Urteil an. Zum ersten Mal begriff Alfred in voller Tragweite, wie es seine Ehe beschwerte, daß er in den Stunden der Entscheidung zeit seines Lebens seiner Mutter näher sein würde als seiner Frau. Er war erleichtert, als er sah, daß in Ruths Wohnung das Licht noch brannte. Der Mann, der Vater werden sollte, machte sich seufzend auf, um nur noch Sohn zu sein.

»Das hast du nötig gehabt«, schimpfte Ruth, ohne daß es ihr gelang, ihre Augen von Anteilnahme und Bekümmerung frei zu halten, »bekommst ein Kind und jammerst wie ein Schnorrer, dem Rothschild eine alte Hose geschenkt hat statt Geld. Iß wenigstens die gute Hühnerbrühe. Die wird dir guttun. Ich muß was geahnt haben. Sonst koche ich die Suppe nie mitten in der Woche.«

»Mama, ich bin nicht krank. Außerdem ist Hühnersuppe kein Allheilmittel. Wenn du es genau wissen willst, sie hilft noch nicht einmal bei einem grippalen Infekt. Ich habe es dir nur nie verraten.«

»Grippaler Infekt! Wie redest du mit mir? Haben wir dich dazu studieren lassen? Da sieht man doch, daß du kein guter jüdischer Sohn bist. So was einer Mutter zu sagen, die sich halb tot geschuftet hat, um aus dir einen anständigen, gesunden und klugen Menschen zu machen.«
»Es hat nicht gelangt. Ich bin nur anständig und gesund geworden.«
»Berufe es nur, du Schlemihl! Als hätten wir nicht schon genug Zores. Hast du dir den Fluch der Unfruchtbarkeit ausgebeten? Zürnst du nun dem Allmächtigen, daß er dich nicht erhört hat? Gott schützt die Dummen, nicht die Sünder.«
»Nein, ich wollte ja immer Kinder. Nur wie soll denn Andrea in der kurzen Zeit, die uns bleibt, den Übertritt schaffen?«
»Ich denk, sie ist so klug.«
»Aber das Ganze ist so eine Belastung für eine Schwangere. Und sie ist so sensibel. Ich darf dabei nicht nur an mich denken. Ich bin doch Arzt.«
»Ein schöner Arzt, der nicht weiß, wie man keine Kinder bekommt. Jetzt iß endlich, das hilft. Und kleckere mir nicht das Tischtuch voll. Hat mir dein seliger Vater noch gekauft. Andere haben es auch geschafft, jüdisch zu werden. Abraham war neunundneunzig, als er beschnitten wurde. Muß auch eine ganz schöne Belastung gewesen sein. Glaubst du, der alte Mann war nicht sensibel. Vielleicht war sogar in unserer Familie mal eine, die übergetreten ist. Warum heiße ich sonst Ruth? Den Namen bekommen ja die Übergetretenen.«
»Hast du denn auf alles eine Antwort?«
»Das ist besser als auf nichts. Jedenfalls habe ich gelernt, mir selbst zu helfen und nicht die Zeit mit Jammern zu ver-

geuden. Schon gar nicht, wenn mir nicht viel bleibt, um das Richtige zu tun. Sonst wärst du nicht auf der Welt, mein Sohn. Geh schon morgen zum Rebbe und sprich mit ihm. Mischehen sind wahrscheinlich sein täglich Brot geworden, seitdem ihr Jungen nicht davon abzubringen seid, daß nur die Liebe den Menschen auf immer glücklich macht. Als ob man was davon hätte, immer glücklich zu sein. Und sag dem Rebbe, daß du kein armer Mann bist.«
»Was hat denn Geld mit einem Übertritt zu tun?«
»Mit was hat Geld nichts zu tun im Leben? Es hat noch nie geschadet, an der richtigen Stelle zu erwähnen, daß man welches hat.«
Alfred war für vier Uhr nachmittags in Rabbiner Blaus Büro verabredet, doch er war schon am frühen Morgen so nervös und unkonzentriert, daß er bei den beiden letzten Patienten aus einem plötzlichen Impuls heraus einen Notfall mit umgehend nötigem Hausbesuch vorschob, die beiden murrenden Mütter für den nächsten Tag umbestellte und sich bereits um zwei Uhr auf den Weg machte. Eine ganze Weile stand er mißmutig und mit dem Schicksal hadernd vor seiner Praxis, schalt sich einen labilen Trottel und überlegte mit einem Zorn, der sehr bald abstruse Ausmaße annahm, was er mit der gewonnenen Zeit hatte anfangen wollen. Als er jedoch immer intensiver die Kälte auf der Haut spürte und sie ihn auf eine Art belebte, die einen Strom von Erinnerungen in Gang setzte, wurde ihm doch klar, daß er sehr wohl das Ziel kannte.
Es verlangte den plötzlich Entschlossenen auf zunächst nur nostalgisch anmutende, dann auch schmerzhafte Weise danach, mit den weit ausholenden Schritten des Beladenen das Mainufer abzuschreiten – wie er es häufig als Junge an

den Tagen der Reue getan hatte, wenn er das Heimkommen hinausschieben, dem spontan durchschauenden Blick seiner Mutter nicht begegnen wollte und schon gar nicht den getrübten, verletzten Augen des Vaters. Damals hatte es den Bußfertigen vor einer unausweichlichen Konfrontation nur nach der raschen Bewegung gedrängt, um durch die eigene Kraft zu spüren, daß in Stunden der Not die Furcht zum ärgsten Feind eines Menschen wird, der sich zu rechtfertigen hat.

Nun wollte Alfred bewußt die barmherzige Frist erleben, ehe er sich dem Druck beugen mußte, sich auf ein Gespräch einzulassen, dessen Modalitäten ihm unbekannt waren und von denen er vermutete, daß sie ihm wie ein anatomischer Eingriff in sein Intimleben vorkommen würden. Das Gespräch erschien ihm schon deshalb so unangenehm und heikel, weil er sich keine Illusionen gestattete. Bittsteller und der, dem die Bitte angetragen werden mußte, hatten wenig Chancen, zueinander zu finden. Zu konträr waren ihre Biographien, Jahrtausende voneinander entfernt ihre Vorstellungen von Glauben, Toleranz, Pflicht und Erfüllung. Sie lebten in Welten, die keine Berührungspunkte miteinander hatten.

Rabbi Blau stammte aus Budapest; er hatte lange in Israel gearbeitet und war vor einem Jahr nach Frankfurt gekommen. Nicht gern, wie man sich erzählte. Er galt, was Alfred nun in der speziellen Bedeutung für seinen Fall bedrückend konkret einzuschätzen wußte, als sehr orthodox. Es hieß, er sei Witwer, habe sechs Kinder gehabt, und wollte man ihn überhaupt in ein Gespräch ziehen, müsse man den allzeit Verschlossenen nach seinem einzigen Enkel fragen. Alfred hatte dies alles an den hohen Feiertagen bei dem üblichen

Austausch von Neuigkeiten und Klatsch in der Synagoge erfahren, doch nicht weiter über die spärlichen Fixpunkte eines ihm fremden Lebens nachgedacht. Bei der anschließenden Predigt von Rabbi Blau hatte er sich allerdings gewundert, weshalb ein Ungar ein so gutes, fast akzentfreies Deutsch sprach.

Alfred griff sich, als er gerade den Eisernen Steg erreichte und aus der Fülle seiner Rekapitulationen die Quintessenz herauszulösen versuchte, an die Stirn, wie es ein Mensch tut, der nicht verstehen kann, weshalb er zuvor die Zusammenhänge einer alltäglichen Geschichte nicht auf Anhieb durchschaut hat. Mit einem Mal erschien ihm jedes der damals kaum beachteten Details wie die Steine eines Mosaiks, und nun gelang es ihm mühelos, aus jedem dieser Steine Leben herauszulesen; er spürte, daß Rabbi Blau sein Deutsch in einem Konzentrationslager gelernt hatte. Wahrscheinlich war der größte Teil seiner Familie ermordet worden. Ein einziger Enkel aus einer orthodoxen Familie mit sechs Kindern erschien Alfred als sehr schlüssiger Hinweis für seine Vermutungen. Nur eines konnte er sich nicht vorstellen – daß ein Mann wie Rabbi Blau Verständnis für einen aus der Nachkriegsgeneration aufbringen würde, der der Liebe wegen eine Frau aus genau dem Volk geheiratet hatte, das für den Entkommenen auf immer das der Mörder bleiben würde.

Auf einer Bank unter einer stämmigen Platane grübelte Alfred fröstelnd, ob in der Welt des Rabbi Blau das Wort Liebe überhaupt eine Bedeutung hatte, wenn diese Liebe einem Menschen und nicht Gott gegeben wurde. Es war ein kalter Tag Ende Februar mit einem stahlblauen Himmel und einer blendenden, für den Frankfurter Winter atypi-

schen Sonne. Die Silhouette der Stadt mit der entstehenden Synthese aus Alt und Neu war reizvoll scharf geschnitten, das üppige Gebüsch zu beiden Seiten des Mains dicht und grün, auch die Bäume schon nicht mehr winterwelk. Ein weißes Ausflugsschiff, von kreischenden Möwen umschwärmt, ankerte am Frankfurter Ufer der Stadt. Durch graues Wasser quälte sich ein mit Kohle beladener Schlepper. Rote Hemden und lange weiße Unterhosen blähten sich im schneidenden Wind. Die alten Ufervillen in Sachsenhausen speicherten die Helligkeit des Lichts. Für Alfred, der seine Gedanken schweifen ließ, um nicht zu denken, hatten sie die Ausstrahlung von heimatlos gewordener Behäbigkeit und Geschichte.
In der Ferne erblickte er die Umrisse des Städels; zunächst dachte er nur vage an die Bilder des Museums, in dem er als Schüler oft gewesen war. Bald löste sich der wohltuende Schleier seiner Erinnerungen, und danach trennte ihn nur noch ein erregter Schlag des Herzens von Erlebnissen, an die er seit Jahren nicht mehr gedacht hatte.
Der Kunstlehrer in der Quarta hatte seine Schüler immer am letzten Dienstag im Monat ins Städel geführt. Köhler hieß der Mann, und er schwärmte für die Gotik. »Den Bildern der frühen Meister muß man früh begegnen«, hörte ihn Alfred sagen und wurde wieder zwölf Jahre alt. Er hörte die Mädchen auf der breiten Treppe des Museums kichern, sah die Jungen einander schieben und boxen, begegnete sich selbst mit gesenktem Kopf, ein Verschüchterter, der immer nur ein Gleicher unter Gleichen hatte sein wollen. Schon stand er feuchthändig, verlegen, entsetzt, die Augen geschlossen, in dem Saal mit den goldleuchtenden Bildern. Der Zwölfjährige wollte die Augen abwenden von den ge-

peinigten Heiligen im Feuer, den gemarterten Jüngern, dem gekreuzigten Christus mit seiner Dornenkrone. Er konnte es nicht.

»Bei dem war der Tate nie zu Hause, wenn ihn sein Sohn brauchte«, flüsterte Hermann der Zungenflinke. Er stieß den Freund in die Rippen, zwinkerte ihm Einverständnis zu.

Alfred hatte sich nie durch Lachen befreien können. Jedes der grauenvollen Bilder hatte ihm signalisiert, er müsse entweder aufs neue die Ursünde begehen, die fremden Götter anzubeten, oder man würde ihn ausstoßen aus der Gemeinschaft der Klasse, ihn verhöhnen, auf immer als den Fremden mit dem falschen Glauben abstempeln. Einmal hatte das aufgewühlte Kind Hilfe bei der Mutter gesucht, wollte ihr seine Panik vor einer Welt erklären, die ihn mit Gottes gequältem Sohn bedrohte.

»Wirst doch wegen ein paar goischer Bildern keinen Aufstand machen, du Dummer. Wir leben nun mal in Deutschland. Brauchst ja nicht hinzuschauen. Das wird dem Allmächtigen bestimmt gefallen.«

Noch immer ließ es Alfred zu, daß Ruths energischer Verstand ihn davor bewahrte, sich selbst zu verlieren. Er lächelte, als er daran dachte, daß ihm alle Weisheit des Lebens in der Küche zuteil geworden war. Seine Mutter hatte dabei nie aufgehört, in den Töpfen zu rühren. Auf dem Weg zurück sinnierte er zwar noch, ob ein Vater, der es in der Hand hatte, sein Kind ohne die Bürde des Judentums aufwachsen zu lassen, im zwanzigsten Jahrhundert überhaupt noch ein Recht auf Glaubenstreue und Tradition hatte. Als er jedoch den Kopf schüttelte, zweifelte er keinen Moment, für welche der beiden Möglichkeiten sich sein Herz entschieden hatte.

Er fand, als er in dessen Büro saß, Rabbi Blau sympathisch und aufmerksam und registrierte dankbar, daß der alte Mann keine Fragen stellte, nichts kommentierte, nicht rechtete. Erst, als er alles erfahren hatte, hob er den Kopf und sah Alfred mit den ermüdeten Augen eines Menschen an, dem nichts mehr neu ist.
»Es tut mir leid«, sagte er, »daß es die junge Frau an den Beinen hat.«
»Meine Frau ist ganz gesund.«
»Dann«, erwiderte Rabbi Blau, »braucht sie ja nicht ihren Mann zu schicken, wenn sie was von mir will.«

6

Moische Teitelbaum aus Krakau war seit seiner Kindheit an plötzliche und einschneidende Veränderungen des Lebens gewöhnt. Er akzeptierte alle ihm zugedachten Prüfungen, ohne sich gegen sie aufzulehnen. Bei den wenigen Menschen, mit denen er im Alter über sich selbst sprach, galt er als ein Mann, der seinen Frieden gefunden hatte und seine Ruhe wahrlich verdiente. Manche sagten ihm dies.

»Ich verdiene ja sonst nichts«, pflegte er einzuschränken, meinte er doch, auch die Besitzlosen dürften keinen Neid erregen.

Als Sohn eines Kantors hatte Moische mit vier Jahren die hebräischen Buchstaben unterscheiden gelernt und mit sechs im Gebetbuch zu lesen, keine Fragen nach der Logik des Glaubens zu stellen und schon gar nicht, über Ursache und Wirkung zu grübeln.

»Auf Wunder sollst du hoffen«, hatte der Vater das Kind immer wider gelehrt. »Es gibt viele. Der Mensch muß sie nur erkennen. Nur wenn du schläfst, darfst du deine Augen zumachen.«

Die väterliche Fügsamkeit in Unabwendbares hatte den melancholischen Jungen davor bewahrt, je an Gottes Gerechtigkeit zu zweifeln. Er tat es selbst dann nicht, als beide Eltern im gleichen Jahr starben und er als Zehnjähriger in die Obhut eines Onkels nach Wien abgeschoben wurde, der Kinder nicht mochte und eine übellaunige Frau hatte, die ihren Mann nicht mochte und seine Verwandten aus dem Osten schon gar nicht. Jahre später, als Teitelbaum Uhrmacher geworden war, wurde es ihm mit den früh erworbenen Fähigkeiten der Anpassung möglich, sich trotz der für ihn allzeit spürbaren Feindseligkeit seiner Umwelt in der Stadt seines erzwungenen Exils wohl zu fühlen. Daß er zudem dort seinen Mördern entkommen würde, hätte indes auch der mit den kuriosen Umwegen von Wundern vertraute Teitelbaum nie zu hoffen gewagt.

Der schmächtige Mann hatte die Jahre von Ende 1939 bis 1945 in einem Kellerverschlag zugebracht und dies durchaus als eines jener Mirakel empfunden, an die das Kind hatte glauben gelernt. Der Lebensretter nämlich, der siebenundsechzig Monate und drei Tage lang den Vogelfreien mit Essen, Mut und der Zuversicht versorgt hatte, er wäre ebensowenig von seinem Gott verlassen worden wie einst Hiob, war ausgerechnet Teitelbaums Hauswirt Karl Prohaska gewesen. Dies war eines der Rätsel, von dem der Errettete wußte, er würde es vor seinem Tod nicht mehr lösen.

Moische Teitelbaum hatte in Zeiten, da es ausschließlich um die pünktliche Begleichung der allmonatlichen Fälligkeiten gegangen war, seinen grobschlächtigen Hauswirt im Verdacht gehabt, Kommunist und Antisemit zu sein. Beides stimmte. Lebensentscheidend für Teitelbaum war indes, daß Prohaska ein noch überzeugterer Kommunist als Antisemit und deshalb entschlossen gewesen war, den Deutschen jedmöglichen Widerstand zu leisten. Dazu zählte er die Rettung von Todgeweihten, die er in ordentlich genormten Zeiten selbst dann nicht grüßte, wenn er sie täglich sah.

In der langen, lichtlosen Abgeschiedenheit, als Teitelbaum an keinem Tag sichergehen konnte, ob er den Abend noch erleben durfte, dankte er dem Allmächtigen für einen doppelten Gunstbeweis. Der Ewige hatte in seiner Weisheit dafür gesorgt, daß der zu klein gewachsene und zu kurz gekommene Teitelbaum so häßlich war und so wenig verdiente, daß er nicht die passende Frau gefunden hatte. Im Keller empfand es der vom Tod Zurückgestellte als eine besondere Gnade, daß er sich nicht auch noch um eine Mutter mit Kindern zu sorgen brauchte, die ja Karl Prohaska nicht alle in seinem Haus vor der Deportation hätte schützen können.

Als ebenso großen Segen und einen sehr unerwarteten dazu machte Teitelbaum eine Feinfühligkeit seines Gönners aus, über die er auch nach der Befreiung nicht mit dem Mutigen zu sprechen wagte. Obwohl Prohaska zwei Menschen von einer einzigen Lebensmittelkarte hatte durchbringen müssen und in den Jahren vor dem Krieg absolut nicht wie ein Mann wirkte, der sich Gedanken über die jüdischen Speisegesetze machte, hatte er Teitelbaum niemals Schinken, Speck oder gar Schweinefleisch auf den Blechteller gelegt, den er mißmutig in den Kellerverschlag schob.

Nur dreimal in sechs Jahren hatte es Fische ohne Schuppen und Rückgrat gegeben, die in der koscheren Küche als Gewürm verboten sind. Daß sie dem Hungernden überhaupt mundeten, belastete ihn immer noch; andererseits hatte die stets fehlende Butter unter der Wurst und damit die im Judentum vorgeschriebene Trennung von Fleischigem und Milchigem es ihm ermöglicht, die Sünde in einem überschaubaren Maß zu halten. Nicht nur das. Durch Prohaska, der übrigens zwei Wochen nach der Befreiung Wiens seinem Schützling mit der Begründung die Tür gewiesen hatte, daß er seinen Keller nunmehr wieder zur Einlagerung von Kartoffeln brauchte, hatte Teitelbaum eine bleibende Erfahrung gemacht. Sie lag jenseits seines frommen Horizonts. Er wußte fortan, daß es ihm nicht mehr zustand, das Gewissen mit Vorurteilen zu beschweren und Menschen nur deshalb als Feinde auszumachen, weil sie nicht als Freunde erkennbar waren.

Selbst als sein Leben nicht mehr von der Toleranz der anderen abhing, empfand er die eigene keineswegs nur als die Konsequenz seines Schicksals. Moische Teitelbaums außergewöhnliche Duldsamkeit war auch ein väterliches Erbe und machte ihn aufgeschlossen für Menschen, die er weder durchschaute noch verstand. Bangte er doch einmal, er könnte vergessen, was ihm Gutes im Leben widerfahren war, hörte er Gott mit Donnerstimme auf ihn einreden und Karl Prohaskas Namen ausrufen.

Durch die ihm einleuchtenden Bedürfnisse von Prohaskas Kartoffeln war er heimatlos in Wien geworden, und bald darauf hatte es ihn nach Frankfurt verschlagen. Weil er von einem Leidensbruder erfahren hatte, dort sei wieder eine Gemeinde, die sich um Arme kümmere, war Teitelbaum sogar eine Gnade widerfahren, für die er fortan Gott täglich dankte. Ein Jahr nach seiner Ankunft in Frankfurt hatte er geheiratet – eine Frau, die genau seinen Vorstellungen von der Geruhsamkeit einer späten Ehe entsprach. Sara hatte den Tod ihrer gesamten Familie zu beklagen und das Konzentrationslager Ravensbrück überlebt. Wie er selbst hatte sie nur den einen Wunsch, ihre Verlassenheit mit einem Menschen zu teilen, der ebenso bindungslos und ohne Hoffnung war wie sie selbst.

Moische und Sara Teitelbaum, die zu alt waren, um Kinder zu bekommen, und nicht mehr jung genug, um an Liebe zu denken, führten eine Ehe, von der ein jeder wußte, daß sie so und nicht anders sein durfte. Sie begehrten weder Besitz noch Zukunft, kannten weder Philemon noch Baucis und teilten mit ihnen doch den Wunsch, daß keiner von beiden den anderen überleben mußte. Ihnen reichte das Dach über dem Kopf, zwei kleine Renten und die große Zufriedenheit, daß täglich und nach Wunsch gefüllte Teller mehr waren, als sie bei der Rückkehr ins Leben hatten erwarten dürfen.

Die Möglichkeit, daß Moische Teitelbaum noch einmal für irgendwelche Aufträge oder Bitten mit etwas anderem außer der Wärme eines Händedrucks entlohnt werden würde, hätte er als gotteslästerlich und seine Frau als Chuzpe abgetan. Selbst ein deutscher Amtsarzt mit bekannt dubioser Vergangenheit hatte dem »Opfer der Verfolgung aus rassischen Gründen Moses Teitelbaum« 1947 attestiert, daß dessen Augenleiden zu weit fortgeschritten sei, um in seinem Beruf als Uhrmacher zu arbeiten.

Knapp dreißig Jahre später trat in Teitelbaums Leben eine abermalige Wende ein und zum ersten Mal keine unangenehme – er wurde regelmäßig von Rabbi Blau angerufen, auf dessen Drängen er sich sogar einen Telefonanschluß hatte legen lassen müssen, den die sparsame Sara schon deswegen als hochstaplerische Verschwendung empfand, weil sie sich in einer Aufwallung von Stolz, den sie nicht zugeben mochte, ein weiches Tuch gekauft hatte, um den Apparat zu putzen. Er war weiß und, wie ihr ihre einzige Freundin neidisch bestätigte, sehr modern. Jedesmal wenn es in der Wohnstube klingelte, seufzte Sara: »Schon wieder der

Rebbe!« und dankte, ehe sie den Hörer abhob, dem Gütigen, daß er bei der erneuten Verteilung seiner Wunder ihren Moische erwählt hatte.

Der Rabbiner war bei dem im Anschluß an den Gottesdienst am Sabbatmorgen stattfindenden Kiddusch mit kleinen Speisen, Getränken und der großen Freude an der Gemeinsamkeit nur deshalb mit Teitelbaum ins Gespräch gekommen, weil sie beim Leeren eines Glases mit Wodka beide und zu gleicher Zeit den Kopf geschüttelt hatten. Dies war nach Altmännerart mit der Einverständlichkeit der Blicke geschehen, und so waren sie sich, ebenfalls ohne viele Worte, einig geworden waren, daß weder der Wodka noch der Hering so schmeckten wie in ihrer Jugend. Bei einem längeren Gespräch in der darauffolgenden Woche hatte Rabbi Blau festgestellt, daß der schüchterne Teitelbaum nicht nur ein frommer, sondern auch ein sehr belesener Mann und wahrscheinlich doch viel klüger war, als seine angestrengten Augen vermuten ließen. Die vermittelten nämlich den Eindruck einer Naivität, die die Jugend mehr schmückt als das Alter.

Abermals zwei Monate später hatte sich der Rabbi beim zweiten Glas Wodka und einem Hering, der ausnahmsweise keine kulinarischen Vergleiche zu scheuen brauchte, gezielt erkundigt, ob Moische und vielleicht auch seine Sara im Bedarfsfall junge Frauen unterweisen wollten. Teitelbaum, geschmeichelt, weil ein so weiser und wichtiger Mann wie der Rebbe überhaupt von ihm Notiz jenseits des menschenfreundlichen Austausches von Höflichkeiten genommen hatte, war mit einer bejahenden Bewegung von Kopf und Händen auf den ungewöhnlichen Vorschlag eingegangen. Allerdings hatte er angenommen, das Ansinnen aus dem

Rabbinat würde Frauen gelten, die durch die Umstände der Emigration und Verfolgung nicht zu ausreichenden Kenntnissen über das Judentum gelangt wären, und diese gesegneten Wissensdurstenden wollten nun ihre Versäumnisse nachholen.

»Nein«, hatte der Rabbi erklärt, »das wäre schön, wenn es so wäre. Aber wir sind ja hier in Deutschland. Ich rede von den Goiten, die übertreten wollen.«

»Wollen die das wirklich?«

»Wissen die, was Wirklichkeit ist?« hatte Rabbi Blau zurückgefragt und seine Arme mit weit geöffneten Händen ausgestreckt, denn er wußte nun mit Bestimmtheit, daß er zu einem Mann sprach, dem er mehr nicht zu sagen brauchte.

So erfuhr Teitelbaum, daß er seit Jahren in einem Land wohnte, in dem hauptsächlich junge jüdische Männer Ehen mit nichtjüdischen Frauen schlossen und sich dabei auf die Liebe in veränderten Zeiten beriefen. Er konnte schon bei diesem ersten Gespräch den Kummer und auch die Verdrossenheit eines Ehrenwerten nachempfinden, der seine Aufgaben ernst nahm, denn Rabbi Blau scherzte in einem für ihn ungewöhnlichen, weil mokanten Ton, die Frauen der Beschnittenen hätten sich leider auch beschneiden lassen.

»Ihren Verstand«, präzisierte der Rabbiner. »Sie glauben alle, ein Übertritt bei uns ist wie eine Taufe bei ihnen und geht so problemlos wie beim Allmächtigen mit seinem Herrn Sohn.«

Seit ihn Rabbiner Blau in solch heiklen Angelegenheiten zu seinem Vertrauten gemacht hatte, war Teitelbaum nie mehr ohne Beschäftigung. Im letzten Jahr hatte er zwei jungen, »sehr willigen und schlauen Damen«, wie er seinem Protek-

tor berichtete, um nicht ausgerechnet ihm als eitel zu erscheinen, nach Kräften und gelegentlich sogar mit einiger Freude bei ihren Vorbereitungen zum Übertritt zu helfen versucht. Der eine Fall hatte allerdings ein ungewöhnliches Ende gefunden – durch die überstürzte Flucht der jungen Frau zu einem Guru nach Indien und danach durch die postalisch vollzogene Trennung von dem Mann, dem sie vorschnell Treue und Glaubenseinigkeit geschworen hatte. Bei der zweiten Lernenden war ein guter Abschluß zumindestens irgendwann denkbar. Teitelbaum hatte gewisse Vorbehalte gegen sie, neigte sie doch zu einem Eifer, den er bei aller Bemühung um Verständnis für fremde Denkweisen als typisch deutsch einstufte. Zusätzlich zu seinen Unterrichtsstunden und Saras Lektionen hatte sich die ehrgeizige Archäologiestudentin einen Fernkurs in Jiddisch kommen lassen und vertat enorm viel Zeit mit Fragen nach der korrekten Aussprache und ihrer neu entwickelten Manie, in ihren Sätzen möglichst oft das typische »Nu« und ein wehleidiges »Oi« unterzubringen.
Glücklicherweise hatte der weitsichtige Rabbiner ausgemacht, daß Teitelbaum seinen Lohn immer am Tag der geleisteten Arbeit zu erhalten hätte. Das Geld hatte nicht nur für die neuen hellblauen Gardinen im Schlafzimmer und einen Toaster mit einem in vielen Zeitungen angepriesenen Brötchenaufsatz gereicht, sondern auch für einen schmalen Goldring mit einem mittelgroßen Granat. Der Stein war für Sara mehr als ein Schmuckstück. Ihr erster Mann hatte ihr einen solchen Ring zur Hochzeit geschenkt, doch war er ihr bereits auf dem Transport nach Ravensbrück abgenommen worden. Von einem jungen blonden Soldaten, der ihr Sohn hätte sein können, wie sie nie zu erwähnen versäumte.

Seitdem war Sara Teitelbaum, was ihren Mann trübe stimmte, weil er über die törichte Sünde der Verallgemeinerung ja viel besser Bescheid wußte als sie, nicht davon abzubringen, daß blonde Menschen willige Gehilfen des Bösen waren. Selbst Moisches immer wiederkehrende Hinweise auf seinen blonden Lebensretter Karl Prohaska vermochten da nichts auszurichten.
Weil nun die junge Arztfrau, um derentwillen er an einem sonnigen Apriltag in das Büro von Rabbi Blau bestellt worden war, ihm noch sehr viel blonder erschien als Prohaska, zögerte Teitelbaum länger, als ihm geziemte, mit einer positiven Antwort auf die übliche Bitte um seine Mithilfe bei der religiösen Unterweisung. Er dachte, als er Andrea sah und vor allem ihr schönes langes Haar, das unglücklicherweise auch noch von der Sonne bestrahlt wurde, sofort an Sara und den Soldaten, und er grübelte unsicher, ob ein guter Ehemann überhaupt das Recht hätte, in der eigenen Wohnstube nur des Geldes wegen bei seiner Frau die Wunden von todbringenden Erinnerungen aufzureißen.
»Muß sie nicht«, fragte er schließlich, befremdet von seiner eigenen Frivolität, die ja anklingen ließ, auch ein Rabbiner könnte mal eine seiner Pflichten übersehen, »erst weggeschickt werden?«
»Muß sie und ist sie«, erwiderte Blau.
»Mehr als einmal?«
»Dreimal, wie jede andere vor ihr und nach ihr. Zählen habe ich gelernt. Die inzwischen auch.«
Um Saras Ruhe willen wehrte sich Teitelbaum weiter. Er suchte seine Hände ungewöhnlich lange in den Taschen seines abgetragenen Mantels. Um seiner selbst willen genierte er sich jedoch so sehr seines Zauderns, daß er auch die

übliche Feuchtigkeit unter seinem Hut als einen mahnenden Hinweis zur Mäßigung auffaßte. Er beschloß, wie jene Bedächtigen aus dem Fenster zu schauen, die sich ihre Antworten auf einen diffizilen Vorschlag in Ruhe überlegen, doch sein Körper und vor allem der Kopf und, wie er seufzend feststellte, wohl auch jener Teil seines beunruhigten Herzens, in dem er die Seele vermutete, verweigerten ihm den Gehorsam.

Mochte Teitelbaum noch so sehr an Sara denken und an seine Pflicht, sie nicht mehr als vermeidbar in das Inferno zu treiben, dem sie ohnehin nie entkam, konnte er sich doch nicht so von der jungen Frau abwenden, wie ihm Klugheit und Erfahrung nahelegten. Ihm kam es vor, als versuchte die schöne Unbekannte, die Tiefen seines rumorenden Gewissens mit ihren Augen zu bezwingen. Er schloß die seinen und murmelte einige Worte, von denen er selbst nicht sofort sicher war, welcher Sprache sie entstammten.

Andrea, die mit steifem Rücken auf einem unbequemen Holzstuhl saß und ihre Hände gefaltet ineinander verkrampfte, hielt das Geraune des alten Mannes für ein Gebet. Sie erschrak, weil sie ja nur mit einem eher unverbindlichen Gespräch und nicht mit einer rituellen Handlung gerechnet hatte. Verwirrt überlegte sie, ob sie vielleicht »Omen« sagen sollte, wie es in Ruths Wohnzimmer am Sabbat Brauch war, wenn Alfred die Segenssprüche für das Brot und den Wein sprach, doch sie sagte nichts und starrte den bärtigen Alten verängstigt an. Flehentlich und hilflos und auch auf eine geradezu magische Weise ihn rührend, wie Teitelbaum später seiner Sara schilderte. Er habe, was ihm seit Jahrzehnten nicht widerfahren sei, an das Lämmchen seines früh verstorbenen Lieblingsonkels denken müssen.

Der hatte in einem ostpolnischen Dorf gewohnt und sich von den Tränen seines weichherzigen Neffen erweichen lassen.
»Zwei Mal«, erinnerte sich Moische, »hat das Lämmchen Pessach überlebt und ein eigenes Lämmchen geboren.«
»Nu«, fragte Sara, »wirst du mir jetzt von der ganzen Herde erzählen?«
»Ein Lämmchen steht für alle.«
»Sprichst du von Schafen oder blonden deutschen Frauen?«
»Von Gottes Kindern«, lächelte Teitelbaum.
»Du hast einen Herzschaden«, diagnostizierte Sara. Sie lächelte nicht.
Als Andrea abends Alfred von ihren Erlebnissen berichtete, bemühte auch sie ihre Phantasie. Sie fand gar eine Pointe, die ihr optimal für einen ungewöhnlichen Tag erschien. »Ich war so beschäftigt mit der Überlegung«, erzählte sie und glaubte erheitert, daß es tatsächlich so gewesen sei, »wie der gute Mann das Eigelb aus seinem langen Bart herausbekommt, daß ich kein Wort gesagt habe. Ich saß immer nur stumm da und fragte mich, in welche Welt ich geraten war.«
»Meine tüchtige kleine Preußin hat wieder mal eine Schlacht gewonnen«, bestätigte Alfred, doch nahm er dem doppeldeutigen Lob auch noch die freundliche Würze. »Ich dachte«, fuhr er fort, während er sich verräterisch gründlich die Stirn glättete, »daß du zumindest das mit den beiden Welten geklärt hast. Falls nicht, kannst du jederzeit zurück. Du mußt es mir nur sagen.«
Es waren diese beiden Sätze, harscher und sehr viel lauter gesprochen als die vor ihnen, die Andrea einfielen, als sie sich eine Woche später zum ersten Mal zu Moische Teitel-

baum aufmachte. Er wohnte in einem ihr unbekannten Stadtviertel – in der Nähe des Ostparks in der Maximilianstraße. Die führte zum jüdischen Altersheim, von dessen Existenz sie nichts wußte und schon gar nicht von seiner Vergangenheit als ein berühmtes jüdisches Krankenhaus in einer Stadt und Zeit, die auf ihre Liberalität stolz gewesen waren und das Wort Verfolgung bis zum tödlichen Beweis des Gegenteils dem frühen Mittelalter zugeordnet hatten.

Die Maximilianstraße war nach der Vernarbung der städtischen Wunden und noch vor dem großen Verdrängen seiner Bewohner, die ein Stück Stadtgeschichte hatten sterben sehen und anschaulicher als andere um den Tod der Juden wußten, wieder in ihre behäbige Stille und ursprünglichen Provinzialismus abgetaucht. Es gab auffallend wenig Verkehr auf der Straße, auf beiden Bürgersteigen Kreidezeichnungen von Kindern, die noch das aus der Mode gekommene Hüpfspiel »Himmel und Hölle« kannten. Eine alte Frau im schwarzen Strickschal blieb schwer atmend stehen und stützte sich auf eine Krücke, an der eine leichte Einkaufstasche hing. Ein junger Mann zerrte an seinem Dackel. Zwei erhitzte Jungen spielten Fußball. Andrea, die noch nicht aufmerksam genug registrierte, daß ihr übel zu werden begann, freute sich, daß sie sofort einen Parkplatz fand. Weil die Überpünktliche zu früh aufgebrochen war, blieb sie in ihrem Wagen sitzen, genoß ein Lied ihrer Lieblingssängerin Milva und beschloß, nach der Stunde bei Teitelbaum noch in die Stadt zu fahren und ihrem Vater, der im Gegensatz zu ihrem Mann ihren musikalischen Geschmack teilte, eine Schallplatte zu kaufen.

Sie mußte, länger als erwartet, nach der angegebenen Hausnummer suchen, ehe sie vor einem schmalen Gebäude mit abbröckelndem Putz und verbogenen Blechbriefkästen stand, an denen entweder die Namen fehlten oder mit Tinte auf primitive Schilder aus Pappe geschrieben waren. Einige Male las sie nervös den Zettel, auf den Teitelbaum in steilen Blockbuchstaben seinen Namen und die Adresse geschrieben hatte. Endlich identifizierte sie durch ein gekritzeltes »M. T.« auf der Klingel am zweiten Stock ihr Ziel. Erst da wurde Andrea gewahr, daß aus einer zunächst geringfügigen und eher vagen Irritation ein Ärger wurde, der sie in seiner Heftigkeit erstaunte und sehr bald deprimierte. Sie konnte nicht mehr analysieren, mit wem sie leise fluchend in Ausdrücken rechtete, die weder zu ihrem Naturell noch ihrem Sprachgebrauch gehörten. Zunächst war sie überzeugt, daß diese überraschende Attacke des Zorns dem Rabbiner galt, denn sie blickte in Augen, die sie als mitleidslos empfand, hörte zeitgleich die eigene verzagte Stimme, erlebte aufs neue die abweisende Art und die knappen Antworten eines Mannes, den sie fürchtete.

In einem irreführenden Zeitlupentempo fiel ihr auf, daß der so lange aufgestaute Zorn dabei war, sich übergangslos von Rabbi Blau auf Alfred zu verlagern. Je methodischer sie die eigenen Blessuren pflegte, um so mehr verübelte sie ihrem Mann sein Phlegma und noch mehr jene Nonchalance, der sie bei der ersten Begegnung nicht hatte widerstehen können. Die Erkenntnis bekümmerte sie, daß ihr Alfreds Witz wohl schon seit einiger Zeit sarkastisch erschien, zuweilen wohl auch gefühllos und arrogant.

»Dreist«, hatte Andreas Vater einmal gesagt.

»Kein Grund zum Vatermord«, hatte Alfred seine damals enragierte Frau beschwichtigt. »Ist doch besser, als wenn er

dir auf den Kopf zusagt, daß er mich für einen frechen Judenlümmel hält.«
Die Unbarmherzigkeit ihres Gedächtnisses schürte Andreas Rage zur Glutröte. Es war, erinnerte sie sich, noch keinen Tag her, daß sie versucht hatte, von ihren Hemmungen zu reden, sich bei Teitelbaum vorzustellen. Alfred der Lässige hatte seine Pfeife so sorgsam gestopft, als hinge das Glück von Jahren vom Funktionieren eines quittegelben Pfeifenreinigers ab. Er hatte Andrea dabei sehr wohlwollend angeschaut, doch für ihr Empfinden zu amüsiert und auf alle Fälle absolut mehr auf seinen Tabak als auf eine schwangere Ehefrau konzentriert, die sich ihm anzuvertrauen versuchte.
»Weißt du, was der meschuggene Alte zu mir gesagt hat, als er mich in seine Wohnung befahl?« hatte sie erzählt. »Sie müssen nur einen guten Kopf mitbringen«, ahmte Andrea Teitelbaums sanft singende Stimme nach. »Eine gute Uhr werden sie nicht brauchen.«
»Massel tow!« hatte Alfred erwidert. »Der wollte dir wahrscheinlich klarmachen, daß einem frommen Mann keine Stunde schlägt. Wenn der Zinnober zu lange dauert, meine Süße, mußt du ihm halt erklären, daß in Deutschland werdende Mütter einen gesetzlichen Anspruch auf regelmäßige Fütterung haben.«
»Alfred, komm wenigstens beim ersten Mal mit. Mir ist das Ganze so schrecklich peinlich.«
»Das würde ich sofort für dich tun, Andrea, doch wäre es nicht gut. So einer versteht das am Ende falsch und glaubt, ich traue ihm nicht, wenn er mit meiner schönen Frau allein ist. Lach lieber noch einmal. Ich höre dich so gern lachen. Deshalb habe ich dich ja geheiratet.«

Sie hatte nicht lachen können, nun vor Teitelbaums Haustür konnte sie es. Ein verkrampftes, aufheulendes Gelächter, das in einem würgenden Schluchzen endete, ehe ihre Zähne energisch auf die Lippen beißen konnten, zerschnitt scharfklingig Andreas Körper. Sie ballte noch ihre Finger zur Faust und hob auch im trotzenden Stolz ihren Kopf, doch es war zu spät. Unaufhaltsam raste das Kopfsteinpflaster im Hof auf sie zu, Mauern umklammerten sie mit den eisenfesten Fangarmen der Häme. Verzweifelt, da die Ohnmächtigkeit nun nicht mehr den Willen, sondern eine physische Ohnmacht den Körper bedrohte, erflehte sie Hilfe und drückte, leise vor sich hinjammernd, zu lange und zu kräftig auf den Klingelkopf. Bald hörte sie den Türsummer und sofort danach eine keifende Stimme.

Weil Andrea ihr bleiches Gesicht nicht sehen konnte, nicht die verzeichnenden Furchen um Mund und Nase, und sie nicht merkte, wie sie keuchte, daß die Kehle verdorrt und die Füße gefühllos waren, gelang es ihr, ohne zu straucheln die Treppen zur zweiten Etage hinaufzusteigen. Zwar war sie nun ohne Angst um ihr rasendes Herz, doch sie war sicher, daß ihr Kopf zersplittern würde, sobald sie das erste Wort mit Teitelbaum sprechen müßte. Die Ausgebrannte streckte ihre rechte Hand vor und wurde gewahr, wie sich jeder einzelne Finger entflammte. Durch Tränen, die nicht imstande waren, Feuer zu löschen, sah sie das fremde Gesicht. Es war das Gesicht einer Verdrossenen. In grauen Augen schimmerten die Eiskristalle der Ablehnung.

»Ich bin Frau Bär«, stammelte Andrea, und als die Abweisende nur einen Fuß vorschob, wiederholte sie ihren Namen.

»Das blonde Lämmchen«, erkannte Sara Teitelbaum, »das blonde Lämmchen, das sich mein Mann in seine Wohnung holen will. Ist nicht da, der freundliche Hirte. Wenn Sie nicht wieder weggehen wollen, setzen Sie sich hin, und warten Sie auf ihn.«

Sie trocknete mächtige gerötete Hände an einer dunkelblauen Kittelschürze ab, trieb sie durch ein Nest von widerspenstigem grauen Haar, grub sie murrend in tiefe Taschen. Mit der Rundung eines karierten Filzpantoffels drückte die Mürrische die Wohnungstür zu und schlurfte zurück in die Küche. Andrea stand erstarrt in dem winzigen, nach Weißkohl, Zwiebeln und Bohnerwachs riechenden Flur. Zitternd riß sie am obersten Knopf ihres Mantels; erschrocken überlegte sie, ob sie ihn überhaupt ausziehen dürfte, ob sie der Frau folgen sollte und wohin. Sie beschloß, sich auf den dreibeinigen Hocker neben einer Papptonne zu setzen, in der ein schwarzer Regenschirm stand. Als Andrea leise zu stöhnen anfing, und die Schwere in Sekundenschnelle zu einem Felsbrocken wurde, den sie schweißüberströmt zurück in die Brust zu drücken versuchte, kehrte Sara zurück. Schweigend stand sie im Türrahmen und hielt einen verbeulten Blechlöffel, von dem weißes Fett tropfte, in der Hand. Er schlug gegen einen Spiegel und fiel auf das Linoleum.

»Oi«, brüllte Sara. »Oi, Oi,« wiederholte sie leise.

Andrea erkannte auch die leisen Laute als die des Entsetzens. Sie riß die Lippen auseinander, um Verzeihung zu erbitten. Bevor weitere Mißverständnisse entstanden, wollte sie der grotesken, bösartigen Fremden, die von blonden Lämmchen faselte, ihre Augen mit Gift tränkte und gelbverfärbte Zähne zeigte, genau erklären, weshalb sie gekom-

men und daß sie von ihrem Mann bestellt worden war. Kein einziges Wort löste sich von der Zunge, denn lange, fleischige Arme, die stumm machten und wehrlos, kamen immer dichter auf Andrea zu. Um ihnen auszuweichen, senkte sie den Kopf und tat einen Schritt in Richtung der kreisenden Wand. Den glutroten Krallenhänden war kein Entkommen. Sie griffen nach der Taumelnden, umklammerten sie von hinten und stießen sie auf ein schwankendes Sofa, das sein Opfer immer weiter in die Tiefe zog, doch im Moment der größten Not wurde der Sturz von einer großen Sprungfeder abgefangen. Die schrecklichen Hände häuteten sich auf eine wundersame Weise. Sie wurden weiß und weich und beschützend. Sie öffneten langsam die Knöpfe des Mantels, rasch die von der Bluse und zogen Schuhe mit wirbelnden Schnürsenkeln von kalten Füßen, die mit einem herbstbraunen Wollschal umwickelt wurden, der nach dem altmodischen Lavendel von Andreas Großtante Charlotte roch.
Es war eine märchenverwunschene, einschläfernde Zärtlichkeit, die dieser zaubernden Regentin entströmte. Sie legte zwei hart gepolsterte Kissen unter einen schmerzenden Rücken und hüllte einen bebenden Körper in eine dunkelrote Decke ein, doch Andrea ließ sich nicht von dem übertölpelnden Schlaf der Naiven um das Wunder der Verwandlung bringen. Staunend erlebte sie, wie das Eis in den grauen Augen schmolz und daß aus jedem Tropfen eine Perle wurde, die zu beruhigen und trösten wußte.
»So ein meschuggenes Schaf«, schimpfte Sara, doch sie schnalzte dabei mit der Zunge, »kriegt ein Baby und geht auf Besuch, wenn sie sich nicht wohl fühlt. Wo ist denn der Mann, der dir den ganzen Schlamassel eingebrockt hat?

Eine fremde alte Frau mit schlechter Laune und eine neue Konfession, die auch nicht fröhlich ist.«

»Woher wußten Sie, daß ich schwanger bin?« fragte Andrea, als sie endlich die zweite Tasse fettige Fleischbrühe ausgetrunken hatte, die Sara ihr immer wieder gebieterisch an die Lippen drückte. »Man sieht doch noch nichts.«

»Bin ich ein Känguruh? Muß ich einen dicken Bauch sehen, um Leben zu spüren? Es sind die Augen, die sprechen.«

»Das haben Sie schön gesagt«, lächelte Andrea, »wunderschön.«

»Ach, Lämmchen, wenn du wüßtest, wie viele Kinder Sara Teitelbaum auf die Welt geholt hat. Erst die gesunden im Bett der Mutter und später die auf den faulenden Säcken, die nicht leben durften. Auch das Kind von Sara Teitelbaum habe ich geholt. Ein Junge. Er war leider nicht tot. Sie mußten ihn mir erst wegnehmen, ehe er sterben durfte.«

So kam es, daß Sara ihre Vorurteile, die sie so lange und so gründlich vor den vernichtenden Begegnungen mit ihrer Vergangenheit geschützt hatten, wegen einer noch nicht einmal gründlich durchgekochten Fleischbrühe, die sie ja doch aus barmherziger Pflicht und lebenslanger Gewohnheit einer Schwangeren einflößen mußte, nicht aufrechterhalten konnte. Ausgerechnet für eine Frau mit Haar von der Farbe reifen Weizens und aus dem Land des Soldaten, der ihr den Ring vom Finger gerissen hatte, entblätterte sie jenes Kapitel ihres Lebens, über das sie noch nicht einmal mit ihrem Moische sprach. Denn er war ein Mann und redete lieber mit dem Allmächtigen als mit seiner Frau. Er wußte besser Bescheid über Ratten in einem Wiener Keller als über Babys, die sich ins Leben strampeln wollten.

»Ich koch uns Kaffee«, sagte sie, nachdem aus ihren Wunden wieder nur der gewohnte Schmerz der Narben geworden war. »Dann hat Lämmchen für heute genug gelernt. Der Kaffee wird bitter sein wie das Leben. Auf Fleisch dürfen wir keine Milch trinken.«
»Wo ist das mit ihrem Kind geschehen?« fragte Andrea.
»In Ravensbrück. Zieh die Bluse noch nicht an. Die Brust braucht genauso Luft wie der Kopf.«
»Ich glaube, mein Vater war Ende des Kriegs in Ravensburg in einem Lazarett. Das hat er mir mal erzählt, aber wie konnte ich wissen, was dort geschehen ist. Davon hat er nichts gesagt.«
»Ravensbrück«, verbesserte Sara. »Das war etwas ganz anderes, Kind.«
»Oh, Verzeihung. Das wollte ich nicht. So dumm bin ich sonst nicht.«
»Mußt dich nicht schämen. Menschen können sich ihre Väter nicht aussuchen und das, was sie vom Leben erfahren.«
Moische Teitelbaum kam gebeugter als sonst und ein wenig bedrückt nach Hause. Rabbi Blau hatte ja schließlich einen Mann aufgehalten, der als Uhrmacher die Zeit anderer in Ehren hielt. Schon während des langen Gesprächs hatte der sich in nachtschwarzen Farben ausgemalt, wie ungastlich Sara zu der aparten, blonden Arztgattin sein würde. Zu seiner Verblüffung saßen die beiden Frauen jedoch zusammen auf dem Sofa, obwohl es doch im Zimmer noch zwei Sessel und einen Stuhl gab. Ihre Körper waren dicht aneinandergedrängt, und seine Sara hatte ein Leuchten im Gesicht, wie er es noch nie gesehen hatte. Moische mußte sich erst das Mißtrauen aus seinen Augen reiben, ehe er fragte: »Hast du ihr erzählt, was sie wird lernen müssen?«

»Kochst du meine Suppe? Warum soll ich deine Arbeit tun?« erwiderte Sara. »Wir haben vom Lämmchen deines seligen Onkels gesprochen. Und jetzt rufst du den feinen Herrn Doktor an und sagst ihm, er soll seine Frau abholen. Sie darf heute kein Auto mehr fahren. Es ist immer gut, wenn ein Schlemihl mit dem anderen redet.«

7

Nur weiter so, meine tüchtige kleine Preußin«, sagte Alfred. »Dann komme ich in die Klapsmühle und du ins Guinness-Buch der Rekorde.« Andrea hatte ihm nach dem Mittagessen einen Becher schwarzen Kaffee hingestellt, er sich vorwurfsvoll das Milchkännchen aus der Küche geholt und sie es ihm mit spitzem Schrei entrissen. Er wollte seinen Spott umgehend mit einem versöhnlichen Lachen mildern und nahm sich vor, Andrea an ihrem Pferdeschwanz zu zupfen, sobald sie in seine Reichweite kam, sagte jedoch: »Es wird dir noch gelingen, aus mir einen Antisemiten zu machen.«

»Was habe ich denn jetzt schon wieder falsch gemacht?«

»Nichts. Das ist es ja. Du machst nie etwas falsch. Ich bin der garstige Spielverderber, aber ich kann nichts dafür. Offenbar leide ich an einer von meinen Urvätern ererbten Überempfindlichkeit gegen Übertreibungen. Komm Andrea, schau mich nicht so böse an. Das macht alt und häßlich. Ich finde es ja auch richtig, daß du deinen Übertritt ernst nimmst, aber deswegen muß ich doch in meiner Wohnung nicht schwarzen Kaffee, den ich verabscheue, in mich reinschütten. Noch dazu, wenn ich vorher ein Schnitzel vom falschen Metzger gegessen habe. Ein bißchen koscher gibt es ebensowenig wie ein bißchen schwanger.«

»Irgendwo muß man ja anfangen. Weißt du eigentlich, daß der Rabbiner nachsehen kommt, ob der Haushalt koscher geführt wird, wenn es soweit ist?«
»Nein, weiß ich nicht. Ich bin ja noch nie übergetreten. Außerdem ist es noch längst nicht soweit, und der Rabbiner kann mich mal.«
»Moische und Sara sagen auch, ich soll die Dinge von Anfang an ernst nehmen. Sonst würde ich keine Herzensfreude empfinden. Mir gefällt das Wort. Und die Vorstellung.«
»Moische und Sara können mich auch. Mich wundert's, daß die nicht schon längst eine chronische Gastritis haben, wenn sie immerzu schwarzen Kaffee saufen.«
»Tun sie ja nur«, schniefte Andrea, »wenn sie fleischig gegessen haben. Als ob du das nicht wüßtest!«
Andrea war, als diese Auseinandersetzung stattfand, im fünften Monat ihrer Schwangerschaft; zwei Wochen zuvor hatte sie wissen lassen, sie werde auch nach der Geburt nicht ihr Referendariat in der Schule anfangen. Alfred war einen Augenblick sprachlos gewesen und dann, was Andrea immer noch verdrießlich stimmte, überraschend diskussionsfreudig geworden. »Soll ich denn eine dieser frustrierten berufstätigen Mütter werden«, hatte sie sich verteidigt, »die ihr Kind anderen überlassen müssen und sich dann auch noch wundern, wenn alles schiefläuft?«
»Ich bin kein Freund einsamer Entschlüsse, wenn es die Alternativlösung gibt, die Dinge vernünftig zu besprechen. Übrigens wären die anderen meine Mutter gewesen. Sie hat es dir angeboten.«
Zum ersten Mal in seiner Ehe war sich Alfred mit seinen Schwiegereltern einig, wenn auch aus sehr unterschied-

lichen Gründen. Die Bucherts hatten ihre Tochter im Verdacht, sie müßte auf Befehl ihres Mannes, den sie ja von Anfang an als einen dominanten Geizhals ausgemacht hatten, in der Praxis helfen. Andrea, deren Studium ausschließlich das väterliche Budget belastet hatte, hielten sie für undankbar, ihre Entscheidung für kindisch, impulsiv und kurzsichtig.

»Sie ist vollkommen hirnrissig in einer Zeit«, wetterte Herbert-Dietrich, »in der Scheidungen an der Tagesordnung sind. Und selbst, wenn Sir Alfred und seine exzentrische Gattin – Gott behüte! – ein Leben lang zusammenbleiben sollten, braucht sie doch einen Beruf. Heutzutage darf sich eine Frau nicht mehr von ihrem Mann abhängig machen.«

»Wem sagst du das«, stimmte ihm Ulrike zu. »Meine Generation hat nie die Chancen gehabt, die unsere Tochter jetzt mit Füßen tritt. Wir stehen am Herd und träumen von eigenem Geld und daß wir, ohne zu fragen, uns mal einen Rock und unseren Enkelchen einen Strampelanzug kaufen können.«

»Ich würde wenigstens den Strampelanzug vertagen, bis das Enkelchen da ist. Vielleicht sind nur welche mit einem Davidstern genehm. Manchmal habe ich nämlich das Gefühl, da ist etwas im Busch, von dem wir noch nichts wissen.«

Alfred hatte keine zukunftsorientierten, sondern sehr gegenwartsbezogene und, worüber er sich im klaren war, hauptsächlich egoistische Motive, sich eine angehende Lehrerin an seiner Seite zu wünschen statt einer übereifrigen Schülerin mit einem immer prononcierter werdenden Hang zu jenem religiösen Fanatismus, den er nur Phantasten zugestand. Andreas Entschlossenheit, ihr Leben und seines von Grund auf zu ändern, schien ihm nach jedem ihrer Besuche in der Maximilianstraße aufs neue entflammt. Häufig ertappte er sich dabei, daß er auch dann mit Andrea stritt, wenn sie nicht zu Hause war.

Zwar rührte den Unzufriedenen der fromme Ernst, mit dem die Teitelbaums ihre Aufgaben wahr- und sich seiner Frau annahmen, doch das Ergebnis der dreifachen Bemühungen stimmte ihn trübsinnig und ließ ihn im Verlauf der Zeit immer mehr zweifeln, ob sein Wunsch nach einem jüdischen Kind bei dessen künftigen Eltern den Verlust an Harmonie und Heiterkeit aufwog. Oft fragte sich Alfred, und dies stets ohne befriedigende Antwort, wie er je zu den erwärmenden, jungen Hoffnungen zurückfinden sollte, die ihn zum Wagnis einer Ehe getrieben hatten, die er, zumindestens im Moment, als ebenso kompliziert wie belastend empfand. Kaum ein Tag verging, an dem Andrea ihren Mann nicht über das Judentum belehrte, ihre und seine Pflichten neu festlegen oder mit ihm über religiöse Fragen diskutieren wollte, von denen er nie geahnt hatte, er würde sich je über sie Gedanken machen müssen.

»Ursprünglich wollte ich nur ein jüdisches Kind, nicht eine neue Frau«, beschwerte er sich bei Hermann, »und schon gar nicht so eine meschuggene.«

»Wird sich legen, das Getue«, prophezeite Rachel. »Ich war auch mal fromm und wollte nur einen Rebbe heiraten. Da war ich elf und total verknallt.«

»Meine schlaue Rachel bringt wieder einmal alles durcheinander«, sagte Hermann, »ich setze mich auf einen heißen Ofen, wenn Andrea sich scheiden läßt, um Rabbi Blau zu heiraten.«

»Unser Sohn wird schon mit vier Jahren Hebräisch lesen können«, schwärmte Andrea nach dem Sabbat-Essen bei

ihrer Schwiegermutter, »das verspreche ich euch. Moische Teitelbaum konnte das auch.«
»Sein Vater war Kantor in einer orthodoxen Gemeinde. Der Vater von unserem Kind ist hingegen ein liberaler, assimilierter, stinknormaler Arzt. Der will in Sachsenhausen ein Rippchen essen, wenn ihm danach ist, und er geht hauptsächlich deswegen in die Synagoge, weil er mal ein paar andere Juden als Hermann und Rachel sehen möchte. Außerdem wünscht sich dieses abartige atheistische Monster um nichts in der Welt einen Sohn.«
»Mit deinem Humor komme ich einfach nicht mehr mit.«
»Mußt du nicht, meine Süße. Auch die guten Teitelbaums können dir keinen jüdischen Kopf verpassen.«
Dieses Gespräch kränkte Andrea noch mehr als die vorhergehenden. Sie fand ihren Mann zynisch, seine Witze zweideutig und geschmacklos und sprach den ganzen Abend nicht mehr mit ihm – trotz Alfreds zerknirschten Beteuerungen, er beginne sich für Milva zu erwärmen, und sie sollte doch mal eine schöne Platte auflegen. Schmollend arrangierte sie statt dessen ihr Bettzeug auf der Couch im Wohnzimmer. Zwar kehrte sie ins Schlafzimmer zurück, um den Versöhnungskuß des Reuigen noch vor Mitternacht in Empfang zu nehmen, mußte sich jedoch am Tag darauf, als sie die Krise Satz für Satz und mit allen Untertönen rekonstruiert hatte und sie immer noch als einen Schwelbrand ausmachte, ihrerseits Trost bei Rachel holen.
Die drückte ihrer ungewöhnlich mitteilsamen Freundin einen Stoß Windeln zum Üben und die zahnende Lea zum Verwöhnen in die Hand und entspannte sich derweil selbst, indem sie die Geschichte von der entgangenen Partie mit dem Rabbiner zu einer Groteske ausschmückte, an der die

Trösterin sehr viel mehr Freude hatte als die Sorgenbeladene. Die zwingend folgende Anekdote brach Rachel allerdings noch vor der Pointe ab, umarmte Andrea mit noch mehr Herzlichkeit als sonst und riet ihr besorgt und energisch, sich mehr Zeit bei ihrem Übertritt zu lassen. »Dein Körper weiß besser Bescheid als dein Alfred«, sagte sie. Die überraschende Warnung erfolgte keineswegs aus Unkenntnis, sondern der weiblichen Solidarität wegen und in der instinktsicheren richtigen Annahme, daß Sara Teitelbaum bisher einen sehr entscheidenden Schritt der Prozedur noch nicht zur Sprache gebracht hatte.
»Oder willst du mit deinem dicken Bauch in die Mikwe?« fragte Rachel.
Das war das erste Mal, daß Andrea das Wort hörte. Rachel definierte es etwas vage und für Andrea beunruhigend grinsend als einen »Swimmingpool für die Frommen«, Ruths Lexikon wiederum zu knapp als »rituelles jüdisches Bad«. Schließlich war es doch Sara, die das Versäumte nachholte. Sie erklärte der verunsicherten Andrea, daß sie vor ihrem Übertritt unter Aufsicht des Rabbiners in der Mikwe würde untertauchen müssen. »Der monatliche Besuch in der Mikwe gehört zu den Pflichten einer Frau«, erläuterte sie. »Du mußt keine Angst haben, Lämmchen, und auch nicht wie eine Ente schwimmen. Das Bassin ist nicht groß.«
»Wenn du erst übergetreten bist«, beruhigte Ruth, »brauchst du nie wieder hin. Ich war mein Lebtag noch in keiner Mikwe. Alfred natürlich auch nicht.«
»Wieso Alfred?«
»Männer sollen auch. Doch du willst ja nicht fromm werden. Jüdisch ist mehr als genug.«
Andrea fand die Mikwe als solche und erst recht die Vor-

stellung, sie müßte sich vor einem fremden Mann und dazu noch vor Rabbi Blau nackt zeigen, so anachronistisch wie entwürdigend und beängstigend. Sie vermochte sich kaum noch mit etwas anderem zu beschäftigen und wurde ein unaufhörlich rebellierendes Opfer ihrer überhitzten Phantasie, war bei Teitelbaums gehemmt und zu Hause verschlossen.

»Schlecht gelaunt und überempfindlich«, beschwerte sich Alfred bei seiner Mutter.

Als Andrea dann doch versuchte, mit ihrem Mann über ihren Kummer zu sprechen, wählte die Unglückliche einen unpassenden Moment. Alfred fühlte sich gestört, konnte dies nicht gründlich genug verbergen und runzelte seine Stirn in der rügenden Art von Geistesheroen, die mit Kleinigkeiten behelligt werden, die ihrem Niveau nicht entsprechen. Er war gerade dabei, wegen eines neurotischen siebenjährigen Mädchens, das er seit einiger Zeit erfolglos behandelte, in einer medizinischen Fachzeitschrift über die späten Auswirkungen von frühmütterlichen Schwangerschaftspsychosen auf sensible Kinder nachzulesen.

»Ich kann mir nicht denken«, diagnostizierte er, als er zumindestens die Fakten begriffen hatte, »daß Rabbi Blau überhaupt hinschaut, wenn du dich nackt ausziehst. So vergnügungssüchtig wird er nicht sein. Außerdem ist der alte Knabe verdammt kurzsichtig. Das fiel mir damals gleich in seinem Büro auf.«

Als Andrea am Ende des siebten Monats war und eine Woche lang wegen anhaltender Rückenschmerzen ein verfrühtes Einsetzen der Wehen befürchtete, rief Ruth ihren Sohn in der Praxis an. Auch sie kränkelte seit einigen Tagen. Statt aber von ihrer fiebrigen Erkältung zu sprechen und ihm ihre Temperatur zu melden, wie er ihr am Abend zuvor ärztlich befohlen hatte, verzichtete Ruth sowohl auf ihre üblichen mütterlichen Mahnungen und morgendlichen Vorhaltungen als auch auf die von Alfred erwarteten Einzelheiten zu ihrem Befinden.

»Sie war«, berichtete Ruth mit sich überschlagender Stimme, »heute beim Arzt. Wegen ihrer Schmerzen. Bist du noch dran? Warum sagst du nichts? Ist nichts Schlimmes. Du brauchst dir keine Sorgen zu machen. Aber er hat ihr das Baden verboten.«

»Auch ein Gewinn. Was soll das? Hat der Kerl ein Hotel in den Bergen?«

»In der Wanne«, betonte Ruth.

»Und deshalb störst du mich bei der Arbeit? Um mir zu sagen, daß meine Frau nicht in einer Wanne baden soll? Offenbar habe ich es nur noch mit Bekloppten zu tun.«

»Schaust du gerade in den Spiegel?«

»Mir ist heute nicht nach deinen Witzen, Mama. Als nächstes wirst du mir mitteilen, daß du bei uns über Nacht das Waschbecken hast ausbauen lassen und daß ich meine Frau bis zu ihrer Niederkunft mit der Zahnbürste abschrubben muß.«

»Gratuliere, das war ein Volltreffer, mein Sohn. Du bist noch begriffsstutziger, als es dein seliger Vater in meiner Schwangerschaft war. Wenn sie noch nicht mal zu Hause in einer Wanne baden soll, kann sie auch nicht in die Mikwe, du Trottel. Falls du jetzt immer noch nicht kapiert hast, was das für uns bedeutet, dann solltest du zu Moische Teitelbaum gehen und ihm nicht deine Frau schicken.«

Er fing an, weil er nicht einen einzigen Augenblick verkannt hatte, was ihm seine Mutter hatte beibringen wollen, und er

auch Zeit brauchte, um sich seine Enttäuschung nicht anmerken zu lassen, mit der rechten Hand auf dem Schreibtisch zu trommeln, doch sein Zorn holte ihn bereits ein, als er sich mit der Linken an den Kragen griff und feststellte, daß sein Hemd durchgeschwitzt war. Wütend trat Alfred gegen das Tischbein; er warf, weil sein Stuhl dabei zu sehr schwankte und er Halt suchte, die Vase um, die Andrea montags und donnerstags mit Tulpen füllte. In einem Anflug von Schadenfreude nahm er sich vor, seine Frau aufzuklären. Er fand Tulpen steril und steif und unpassend für das Behandlungszimmer eines Kinderarztes.
Die große Rage schmolz zur dumpfen Verdrossenheit. Sie irritierte Alfred noch mehr als der unerwartete Ausbruch zuvor. Als er eine rotgelb flammende Tulpe vom Teppich klaubte und sie in einzelne Stücke zerriß, kehrte der Zorn zurück. Hastig trocknete er die Wasserlache mit dem Ärmel seines Kittels und rieb, nun ganz in Anspruch genommen von der Sisyphus-Aufgabe perfekter Spurentilgung, besessen im Kreis auf einem bräunlichen Fleck herum.
»Rennst du schon«, fragte seine Mutter, »oder bist du erwachsen geworden?«
»Wohin soll ich rennen?« brüllte Alfred, »und warum? Ich habe keine Probleme. Dein Kleiner hat alles im Griff. Sobald man mich hier meine Arbeit fertigmachen läßt, marschiere ich in die Kirche um die Ecke und laß mich taufen. Dann gibt's endlich Ruhe.«
»Sogar die ewige, wenn ich mich richtig erinnere. Vor dieser Kirche wurde am 9. November 1938 der alte Rosenberg von der SA totgeschlagen«, sagte Ruth und legte auf.
Er lief zum Waschbecken und war entsetzt, als ihm sein Gesicht im Spiegel begegnete, denn er konnte nicht zweifels-

frei klären, ob er einen infantilen Schwächling sah oder einen kalkweißen Berserker, dessen Lippen zuckten, weil er sich nicht nur für seine Unbeherrschtheit entschuldigen mußte, sondern für den Umstand, daß er sich als tumber Tor hatte tarnen wollen. Ruth war sofort am Telefon, meldete sich aber nicht, wie üblich, mit ihrem Namen, nur mit einem langgezogenen »Nu?«. Ihr hüstelnder Sohn hielt den Atem an und hängte ein.

Selten mit Drohungen, immer mit der Ironie der Überlegenen hatte die Mutter bereits in einem sehr frühen Stadium ihrer Erziehung Alfred dazu gebracht, sich keine Illusionen über sich selbst und seinen Hang zu machen, Schwierigkeiten so lange wie möglich auszuweichen und die eigenen Fehler zu beschönigen. Auch nun fruchtete der wortkarge mütterliche Hinweis auf die Gewohnheit der bequemen Flucht. Trotzdem brauchte Alfred Zeit, ehe er sich eingestand, weshalb es ihm so schwerfiel, Andrea anzurufen und ihr seine Solidarität zu bekunden.

Zu unangenehm war ihm die Einsicht, daß sich der Ton in seiner Ehe in den letzten Wochen allein durch sein Verhalten verändert hatte. Ebenso klar wurde ihm, daß er dennoch mit seiner Frau die neue Entwicklung nicht mit dem Verständnis würde diskutieren können, das ihm Anstand und Einsicht geboten. »Noch nicht«, murmelte er vor sich hin. Von seinem Sinn für das Rationale dennoch zum Handeln motiviert, beschloß er, erst einmal mit Andreas Arzt zu reden, ihm das Dilemma zu erklären und vom medizinischen Standpunkt aus nochmals zu erörtern, ob eine einzige Ausnahme wirklich Mutter und Kind gefährden würde.

Noch ehe Alfred die Nummer des Arztes im Telefonbuch fand, ahnte er die Unlösbarkeit des Problems. Als eine aberwitzige Zumutung erschien ihm die Vorstellung, er müßte einem nichtjüdischen Kollegen die Bedeutung einer Mikwe erklären. Mit der Gründlichkeit des geübten Pessimisten wurde er gleichzeitig Regisseur und Zuschauer eines Films, der ihn empörte und anwiderte. Deutlich malte er sich aus, wie der Arzt, ein feister Glatzkopf mit wässerig grünen Augen hinter einer Nickelbrille, mit dem Finger an seine Stirn tippte und mit welcher Farbigkeit er die Geschichte ausschmücken würde, wenn er sie am Stammtisch erzählte. Alfred hörte ihn feixend über das »auserwählte Volk« dozieren, das »tatsächlich noch im finstersten Mittelalter steckt«. Beklommen wartete der Gedemütigte auf den erlösenden Moment, da der Sturm von johlendem Gelächter verstummte und das Feuer in ihm zu einem überschaubaren Haufen von Asche abbrannte. Er machte aus einer Faust wieder fünf einzelne Finger und rief Andrea an. Sie war nicht zu Hause.

Als er sie auch beim zweiten Versuch nicht erreichte – nach drei zu flüchtig behandelten Geschwistern mit Röteln und Pistolen, die sie während der Untersuchung auf ihre überforderte Mutter richteten –, trieb ihn endlich sein Gewissen an den Pranger. Die Selbstanalyse war schonungslos. Dem Ernüchterten tat seine zu lange zurückgehaltene Reue die Gewalt jener Scham an, die keine Selbstachtung mehr zuläßt; ihr folgte ein lähmender, mit Vernichtung drohender Schmerz. Verzweifelt schwor Alfred, seiner Frau jede Verfehlung, vor allem die vielen nur aus seinem Unverständnis resultierenden, zu verzeihen und sich selbst nie mehr den Verrat an seiner Liebe, seinen Egoismus und die Sünde der Arroganz zu vergeben.

»Nebbich«, parodierte er das Sticheln seiner Mutter, doch

der Geläuterte verwies die Unsichtbare des Raums, und sie fügte sich, verständnisvoll nickend.
Kürzer und sehr viel weniger steil als der Pfad der Einkehr wurde Alfred der Weg zur Umkehr. Obwohl sein Herz noch stolperte, spürte er befreit, wie es mit jedem Schlag die Stacheln der Selbstgefälligkeit abstieß. Er wurde wehmütig und sentimental, denn er konnte nun wieder mit Rührung an Andreas Eifer denken, die ja nur für ihn und um ihrer Liebe willen das Opfer des Übertritts auf sich nahm. Ihm fiel das Milchkännchen ein, das sie ihm entrissen hatte, und er lächelte wohlgefällig; er sah, wie sie sich mit den hebräischen Buchstaben abquälte, legte die Zeitung aus der Hand, las mit seiner Frau im vergilbten Gebetbuch seines Vaters und küßte es ehrfurchtsvoll, als es zu Boden fiel. Seine Augen wurden feucht.
Die Zukunftsvision einer neuen Harmonie trieb Alfred dazu, seine Gedanken in Ausdrücken zu formulieren, die er als kitschig und pubertär empfand, aber er konnte nicht von den Traumbildern lassen. Schon drängte es ihn, durch den Hintereingang der Praxis zu verschwinden und Andrea zu umarmen; gesegnet nannte er den Leib, der ihm eine schwarzhaarige Tochter gebären würde. Jeden Tag, morgens und abends, würde er ihrer Mutter versichern, es sei ohne Bedeutung für seine Seele, daß sie vor der Geburt des Kindes nicht jüdisch geworden war.
»Wir haben alle Zeit der Welt, Loreley«, flüsterte der Jungverliebte.
In der Trance seiner eigenen Güte erblickte er Andreas Gesicht. Es war so vertrauensvoll in seiner Unschuld, daß er sich sündenbüßend an die Brust schlug wie die frommen Alten am Jom Kippur. Der Allmächtige reichte ihm die Hand.

Zärtlich zeichnete der verlorene Sohn, der sich wiedergefunden hatte, die Grübchen auf Andreas Kinn nach. Sie zwinkerte ihm zu, weil nur sie einen Mann hatte, der so klug war und charmant und stets die rechten Worte des Trostes fand. Als sein Finger ihre heiße Haut berührte, lachte sie wie ein Kind, das ungerecht gescholten worden ist und endlich wieder an die Liebe und Güte derjenigen glauben darf, die es beschützen.
»Hauptsache wir sind uns einig, meine Süße«, stieß Alfred entzückt aus den Tiefen seines gereinigten Gewissens hervor. Seine Stimme war wohltuend kehlig. Er wunderte sich nur, daß diese weiche, erotikschwere Stimme plötzlich laut wurde und sehr erheitert fragte: »Was kommt denn da herein? Ein ganz ganz großer Blumenstrauß auf zwei Beinen. Und so ein lieber Teddy. Ist der etwa krank?«
Selbst als Alfred aufstand und mit ausgebreiteten Armen auf die Tür zuging, sah er nur die mit Bändern verzierten gelben Rosen und einen himmelblauen Stoffbären, dem eines seiner Glasaugen fehlte. Er wurde wieder Arzt und Praktiker, machte sich klein, wie er es bei den Ängstlichsten seiner Patienten tat, um nicht wie ein furchteinflößender Riese auf sie niederzukommen. Da sah er das Kind, das unter dem schwankenden Strauß steckte – ein etwa vierjähriger Junge mit schwarzem krausen Haar, Augen wie Kohlen und einer Haut in der Farbe von Milchkaffee. Auf dem Kopf trug der Kleine eine aus Goldfolie geflochtene Krone, die mit blauen Glitzersternen verziert war. Alfred schwante sofort, er habe solche Sterne früher schon einmal gesehen, und er ahnte nichts Gutes, doch noch ersparte ihm sein Gedächtnis Beunruhigung und Argwohn.
Es waren schließlich seine Nase und Ohren, die bereits

während des Prologs die Geschichte zu ihren Anfängen zurückspulten. Der Mann witterte lange vor dem Arzt, daß der strahlende Kindkönig, der mit offenem Mund vor ihm stand und ihm gelbe Rosen entgegenhielt, die seinen dunklen Teint wie Bronze aufleuchten ließen, nicht zu ihm gekommen war, weil in den Frankfurter Kindergärten eine Darmgrippe grassierte.
Obwohl der Rosenkavalier noch immer allein im Behandlungszimmer war, strömte Alfred ein betäubendes, herausforderndes Parfüm entgegen. Als sei er in seinem Leben nach der finalen Explosion nie einem anderen Duft begegnet, wußte er noch, daß jeder Tropfen dieser nie vergessenen Süße zu einer Fessel wurde, die Mannesmut allein nicht zu lösen vermochte. Alfred wagte nicht zu atmen, doch er hörte – da schon mit dem Entsetzen des Übertölpelten – die lockenden, kichernden Laute, die bis zum Jüngsten Tag aller Heimsuchungen süchtig machten. Durch den kleinen Türspalt schlängelte sich das Feuerhaar von der gefährlichsten aller Schlangen.
»Siehst du, Marco«, sagte Halina mit der Zunge, die immer noch nicht zu sprechen, nur mit Sirenes Stimme zu singen vermochte, »ich hab dir doch schon so viel vom lieben Onkel Alfred erzählt. Er ist der allerbeste Doktor auf der ganzen Welt für deinen armen Brummel. Er macht ihm ein neues Auge.«
»Der liebe Onkel Alfred ist kein Puppendoktor.«
»Ist er ja«, jubelte Marco, »ist er ja.« Er lachte wie Halina mit einem Körper, der auf jeden Strudel der Heiterkeit reagierte. Seine Schultern hoben und senkten sich, als er die Rosen auf den Boden warf. Immer noch lachend, kletterte er auf Alfreds Stuhl, krabbelte auf den Schreibtisch mit dem

Bären unter dem Arm, küßte ihn auf die schwarze Nase und boxte ihn in den Bauch. Der einäugige Knecht aus blauem Plüsch brummte, der Herr baumelte mit den Beinen. Er hatte die gleichen Beine wie die Mutter, zu kurz und sehr kräftig. Die Füße steckten in grasgrünen Kniestrümpfen und gelben Sandalen. Alfred hatte die Farbkombination immer als typisch für Halinas vulgären Geschmack empfunden und knirschte mit den Zähnen.
»Ist das dein Sohn?« fragte er so barsch, daß er sich nicht mehr zu fragen wagte, ob er wohl so aussah, wie er sich fühlte.
»Marco«, flötete Halina, »bist du mein Sohn? Nein, er schüttelt den Kopf, denn er ist nicht mein Sohn. Marco ist mein Prinz. Erzähl mal dem Onkel Alfred, wie du noch ein ganz ganz kleiner grüner Frosch in dem großen Teich warst.«
»Dann ist Halinamama gekommen und hat mir einen Kuß gegeben. Und ich bin ein Prinz gewest. Ein ganz toll großer.«
Es lächelte nur der Arzt, der Kindern nicht widerstehen konnte und schon gar nicht einem, das aussah, als sei es Murillos Porträt von den Trauben essenden Knaben entsprungen. Alfred hatte das Bild, so sanft in seinen Farben und doch brennend von der Glut unbeschwerten südlichen Lebens, als zwölfjähriger Schüler in einer Kunstzeitschrift entdeckt und, als die Passion für das Bild auch nach Wochen nicht von ihm gewichen war, seinen Vater überredet, mit ihm in die Alte Pinakothek nach München zu fahren.
»Der Junge ist meschugge, und du hilfst ihm noch dabei«, hatte Ruth geschimpft, »sind wir ein einziges Mal im Leben für einen goischen Maler um die halbe Welt gereist?«

»Von Frankfurt nach München ist nicht die halbe Welt«, hatte der Vater seinen frühreifen Sohn verteidigt, »und wer weiß, ob nicht Bilder glücklich machen. Wir sind nie dazu gekommen, es auszuprobieren. Hitler hat uns nicht gelassen. Soll er es nicht besser haben als seine Eltern? Selbst Juden dürfen heute wieder träumen.«
Energisch verbannte Alfred das wehmütige Gedenken an Murillo und einen Vater, der in der Ehe auch nie so glücklich werden durfte, wie es seine Milde verdient hatte. Als ihm aufging, wie vielsagend das Wort »auch« war, duckte er sich. Zu sehr fürchtete er das Netz, das soeben von einer Frau nach ihm ausgeworfen wurde, die er nie mehr hatte sehen wollen.
Seine Augen konnten jedoch ebensowenig von Halina lassen wie einst die des melancholischen Kindes von Murillos barfüßigen Jungen, denen er sich auf eine verwirrende, bezwingende Weise verbunden fühlte. Mit Händen, die brannten, bohrte Alfred Löcher in die Taschen seines Kittels; er deutete das Geräusch von reißendem Stoff als ein böses Omen und ärgerte sich, daß er es tat. Von dem barmherzigen Gott, der dem Abergläubischen soeben all seine Sünden verziehen hatte, erflehte er ein beschütztes Herz und die Kraft zum Widerstand.
»Halina, was soll das? Um zu erfahren, daß dieses ganz ganz große Kind kerngesund ist, brauchst du noch nicht einmal einen ganz ganz kleinen Arzt, sondern nur zwei Augen.«
»Stimmt. Aber Marcos Teddy hat nur ein Auge, und das macht meinen Sohn krank. Seine Mutter will dich verführen. Mir ist schon Ewigkeiten danach.«
»Sagst du immer solche Dinge vor dem Kind? Der Junge ist doch höchstens vier Jahre alt.«

»Ist er. Und seine Mama ist ja so glücklich, daß sich nichts zwischen uns geändert hat. Die Zeit ist einfach stehengeblieben. Du bist immer noch der gleiche Spießer wie damals. Du mußt«, ahmte Halina Ruths Stimme nach, »artig auf dem Weg bleiben, Bubi. Mamas schwaches Herz verträgt keine Aufregungen.«
Die Laszivität ihrer Bewegungen, erkannte Alfred belustigt, die Begabung für das Theatralische und ihr dreister Humor waren auch noch die gleichen wie einst. Es fiel ihm schwer, seine Augen zu vereisen und der Stimme den Donner des Zorns zu befehlen, doch er schaffte beides.
»Ich bin nicht nur Sohn, du mieses kleines Luder. Ich bin verheiratet. Und das verdammt glücklich.«
Halina preßte erst ihren kleinen Finger auf ihre vollen Lippen, dann auf Alfreds schmale. »Das weiß ich doch alles. Da mußt du doch nicht gleich wie ein Stier losbrüllen. Deine Frau bekommt ein Kind und strampelt sich ab, um vorher jüdisch zu werden.«
»Woher weißt du das? Bist du etwa wieder ganz in Frankfurt?«
»Ganz ganz. Jedenfalls zur Zeit. Du hast Pech mit den Frauen, bel ami. Unser Lied, Alfred. Hörst du es manchmal noch?«
»Gleich erwürg ich dich. Das schwör ich dir. Woher weißt du?«
»Ich wohne im selben Haus wie Sara Teitelbaum. Sie ist so schön, Alfred, so elegant und so blond. Am Ende ist sie auch noch klug. Mach sie nicht so unglücklich, wie du mich gemacht hast.«
»Wen? Sara Teitelbaum?«
Er hätte, und dies hatte er schon gewußt, als er sich für die

Antwort räusperte, den albernen Scherz nicht machen dürfen, nicht bei einer, deren Augen mondgroß wurden, sobald sie sich mit dem Jungbrunnen der Fröhlichkeit füllten. Halina mußte sich erschöpft setzen und sich keuchend in Alfreds Kittel verkrallen, weil das Gelächter ihre Brust sprengte. Auch die Brüste waren so aufreizend wie in den Tagen der Jugend, da er gewähnt hatte, ein Paradiesvogel ließe sich mit Liebe zähmen und könnte Treue erlernen. Alfred stürmte in die Falle, die er selbst ausgelegt hatte. Er lachte mit. Halina trocknete seine Tränen mit ihrem mit Parfüm getränkten Taschentuch.

Marco sprang vom Schreibtisch herunter und scharrte mit den Füßen. Gebieterisch berührte er einen Glitzerstern seiner güldenen Krone. Der Unerbittliche gebot seinen Untertanen zu schweigen und streckte Alfred seinen Teddybären entgegen.

»Meine Mama hat mir versprochen, daß er ein neues Auge kriegt.«

»Später, Majestät, später. Mein Wartezimmer ist voll von kranken Kindern. Die muß ich doch erst gesund machen. Ich habe sie schon zu lange warten lassen. Das siehst du doch ein.«

»Natürlich sieht er das ein«, sagte Halina und drückte erst Marco, der lächelte, und dann den Teddy, der mahnend brummte. »Komm Marco, wir beide gehen jetzt auf den Spielplatz, und wenn wir zurückkommen, kann Brummel wieder sehen. Das verspricht dir Onkel Alfred. Du kannst ihm glauben. Der hält immer seine Versprechen.«

Sie sah nicht mehr aus wie Lulu, hatte auch nicht mehr Pandoras fluchbringende Büchse in der Hand, war nur noch eine liebreizende Muttersklavin, als sie mit dem kleinen Kö-

nig an der Hand zur Tür ging. Sie zögerte sogar ungeduldig, als sie Alfreds Frage hörte, kam nur widerstrebend zurück, um sie zu beantworten.
»Nein. Ich bin nicht mit Marcos Vater verheiratet. Wir kennen ihn gar nicht, und wir brauchen ihn auch nicht. Mein Sohn ist ein wunderschönes Urlaubssouvenir.«
»Aus Israel, nehme ich an. Da bist du ja immer von deiner Langeweile genesen.«
»Aus Tunesien. Ich wußte gar nicht, daß du neugierig bist. Ich dachte immer, nur Eifersucht macht dir zu schaffen.«
Frau Wegener, die früh verwelkte Sprechstundenhilfe in Gesundheitssandalen, trampelte ins Zimmer. Übellaunig verkündete sie, zwei Mütter hätten nicht warten wollen und sich auch keine neuen Termine geben lassen. Mit knochigen Fingern stieß sie Löcher in die Luft und ging den nächsten Patienten holen. Alfred hatte noch zwei Fälle von leichtem Durchfall und ein Baby mit einer beginnenden Mittelohrentzündung zu behandeln. Allen drei Müttern erzählte er von einem unerwarteten Notfall und entschuldigte sich mit einem Charme, von dem er sich wünschte, Halina würde ihn erleben. Keinen Augenblick kam es ihm in den Sinn, noch einmal zu versuchen, Andrea anzurufen.
Er machte die Tür auf, setzte sich zurück an den Schreibtisch und rief: »Bringen Sie mir ein Glasauge für einen Teddybären. Dies ist ein Notfall.«
»Auf den Arm nehmen kann ich mich selbst«, rief Frau Wegener zurück.
Als der himmelblaue Patient abgeholt wurde, hatte er zwei zu seinem Fell passende Augen aus Lapislazuli. Dem Chirurgen fehlten beide Manschettenknöpfe. Sein Lohn war ein nasser Kuß von Marco und einer von der ebenso beglückten

Mutter, der sehr viel länger dauerte. Sie hatte ihrem Sohn auf dem Spielplatz zugesagt, mit ihm und Brummel Eis essen zu gehen. Onkel Alfred ließ sich zum Mitkommen überreden.

»Kauf dir ein neues Hemd, ehe du nach Hause gehst«, riet Halina im Café. »Ich weiß nicht, was mich als Ehefrau mißtrauischer machen würde – wenn ein Arzt gleich beide Manschettenknöpfe verliert, oder wenn er sein Hemd von oben bis unten mit Leim bekleckert hat.«

Als er die Fürsorgliche nach Hause fuhr, setzte Alfred sie, der Teitelbaums wegen, in einer Parallelstraße ab.

»Halina«, bat er, »dräng dich nicht in mein Leben. Ich bin zu alt, um nur zu spielen, zu jung, um ohne Wunsch zu sein.«

»Für diesen Satz werde ich dich mein Leben lang lieben.«

»Er ist von Goethe. Extra für mich geschrieben. Wenn Marco mal krank ist, hol dir einen anderen Arzt. Tu mir den Gefallen. Es ist besser so. Für uns alle drei.«

»Viel besser«, stimmte Halina zu, doch ihr Gekicher nahm Alfred jede Hoffnung.

8

Das Sonntagskind drängte schon nach acht Monaten ins Leben, zögerte aber dann doch mehr als vierundzwanzig Stunden mit seinem ersten Schrei. Unmittelbar bevor das um vier Uhr morgens geschah, war der künftige Vater emotional unstabil geworden und mußte vom Arzt energisch aus dem Kreissaal hinaus und ein wenig mitleidig in die starken Arme seiner Mutter gedrängt werden. Der Arzt hatte nicht nur große Erfahrung mit schwierigen Geburten, sondern einen durch lange Leidenszeit geschärften Instinkt für die geringe Belastbarkeit der männlicher Psyche auf dem Kulminationspunkt des Geschehens. So erfuhren Alfred und Ruth in derselben Minute, daß ihre Gebete erhört worden waren.

»Eine gesunde Tochter«, gratulierte Doktor Frischmann. »Es geht auch der Mutter wieder gut. Die Kleine hat es uns ja ungebührlich schwergemacht.«

Er hatte weder eine Glatze und wässerige Augen noch eine altmodische Nickelbrille oder einen einschüchternd herrischen Ton. Auch sonst entsprach der weißhaarige Verkünder froher Botschaft in seiner sympathischen Art in nichts den Horrorvisionen, die den Vater ein paar Wochen zuvor um seine Räson und das Vertrauen in den eigenen Berufsstand gebracht hatten. Selbst im Rausch der Erlösung ver-

säumte es Alfred nicht, sich an jene Details zu erinnern, die ihn daran gehindert hatten, seinen nun unübersehbar teilnahmsvollen Kollegen anzurufen und ihn über die Bedeutung einer Mikwe aufzuklären.
Ohne daß der von der Realität belehrte Pessimist es je erfahren sollte, bewahrheitete sich allerdings ein Teil seines schockierenden Tagtraums an einem Stammtisch in Sachsenhausen. Nur ließ Doktor Frischmann in der beliebten Wirtschaft »Zum Grauen Bock« zwischen Rippchen mit Kraut und Handkäse mit Musik ein sehr konträres Bild zu dem entflammten Gemälde entstehen, das Alfred als die unmißverständliche Handschrift an der Wand ausgemacht hatte. Sein damals von ihm voreilig als ein ewiggestriger Brandstifter vorverurteilter Kollege Frischmann war durchaus imstande, über den eigenen Horizont zu blicken. Er tat es ebenso häufig wie passioniert.
Weil Andrea um ihren Hals einen Davidstern an einer goldenen Kette trug, von dem sie sich bei keiner Gelegenheit trennen mochte und bei der ersten Konsultation noch eigens mit verlegenem Charme auf diese Gewohnheit hingewiesen hatte, waren Arzt und Patientin schon beim Kennenlernen durch das Schmuckstück und dessen Bedeutung ins Gespräch gekommen. Danach hatte Doktor Frischmann nicht mehr gezweifelt, daß die werdende Mutter unter seiner Obhut jüdisch war. »Obgleich sie wirklich nicht so aussieht«, wie er einige Male zu seiner Sprechstundenhilfe bemerkte.
»Von den Juden«, sollte er am Freitag nach der Geburt der kleinen Bär vier Ärzte aufklären, obgleich sie übereingekommen waren, möglichst keine beruflichen Themen anzuschneiden, »können wir eine ganze Menge lernen. Ich habe

in meiner ganzen Laufbahn noch nie einen Vater gesehen, der sich so über eine Tochter gefreut hat. Der junge Mann war total aus dem Häuschen, und seine Mutter hatte sogar Tränen in den Augen. Offenbar«, befand der Narrator in einer für ihn atypisch schwärmerischen Weise, »haben diese alten Kulturvölker einen ganz anderen Sinn für die heute mit Recht geforderte Gleichberechtigung von Mann und Frau als wir in der Konvention erstarrten Deutschen. Mir jedenfalls hat es ungeheuer imponiert, wie der Kollege Bär so demütig und irgendwie gottesfürchtig sagte: ›Ich habe mir immer nur eine Tochter gewünscht.‹«

Tatsächlich wiederholte Alfred im dämmerig beleuchteten Flur des Krankenhauses eben diesen Satz immer wieder mit so großem Jubel und einer so kindlichen Begeisterung, daß auch seine Mutter bewegt war. Sie umarmte ihren Sohn schweigend, fand es doch die Skeptikerin klüger und für den freudigen Anlaß geboten taktvoll, über die Gedanken, die ihr in der langen Nacht gekommen waren, erst mit ihrer Freundin Gitta zu sprechen. Ruth erschien es nämlich mehr als einer der üblichen sarkastischen Hinweise des Schicksals und am Ende gar ein in die Zukunft weisendes Menetekel, daß ihre Enkeltochter in einem Krankenhaus geboren worden war, das ausgerechnet »Hospital zum Heiligen Geist« hieß.

»Wenn ich mich recht erinnere«, sagte die Rücksichtsvolle mit einer nur zarten Andeutung von Ironie, »freut sich eine junge Frau im Wochenbett, wenn sie den Mann umarmen kann, der ihr den ganzen Schlamassel eingebrockt hat. Dein seliger Vater hat mich zwar auch zehn Minuten warten lassen, aber wenigstens hat er die Zeit genutzt, um ein Gebet zu sprechen, obwohl er ja wirklich nicht fromm war.«

»Hab ich auch getan, Mama.«
»Das hätte ich nicht gedacht. Wie wenig man doch seine Kinder kennt. Welches Gebet ist dir denn eingefallen?«
»Leider kein passendes. Nur der Segensspruch fürs Brot.«
»Das hat sogar Tradition«, erwiderte Ruth das Lächeln; sie segnete das fahle Licht, weil es ihr die Tränen ermöglichte, ohne daß der Sohn, dem sie galten, sie bemerkte. »Deinem seligen Vater fiel auch kein passender Dank für den Allmächtigen ein, als er von dir erfahren hat. Übrigens hast du dir nicht so lange Zeit mit deiner Geburt gelassen. Saumselig bist du erst später geworden. Papa hat immer erzählt, er hätte bei deiner Geburt die Bracha für Wein gesprochen. Die für Brot eignet sich aber besser für ein Mädchen. Los, mach schon. Wie lange willst du noch warten, bis du dir deine Tochter ansiehst?«
»Du kommst doch mit. Was hätte ich die ganze Nacht ohne dich gemacht? Die ganzen acht Monate, um genau zu sein.«
»Nein, ich nehme mir ein Taxi und fahre endlich nach Hause. Muß denn dieses unschuldige Wesen heute schon mitbekommen, daß sein Schlemihl von Vater besser mit seiner Mutter steht als mit seiner Frau?«
»Das hast du noch nie gesagt.«
»Weiß ich's deswegen auch nicht?«
»Siehst du, wegen solcher Bemerkungen werde ich es nie schaffen, mit einer anderen Frau so offen zu reden wie mit dir.«
Das Baby war bereits genesen von den Schrecknissen der beunruhigend hellen und lauten Welt, für die es sich entschieden hatte. Gewaschen, weiß angezogen, mit einem rosa Namensband um das zarte Handgelenk lag es in einem Körbchen – wie einst das zu seiner Rettung ausgesetzte

Kind Moses im Schilf. Der Vergleich kam nur Alfred und polsterte sein Herz mit einer atavistischen Frömmigkeit, die ihn betroffen machte. Das Mädchen hatte die blauen Augen der Mutter, ihre auffallend helle Haut, einen Ansatz von blondem Haarflaum und, wie der hohlwangige Vater mit sehr viel mehr Befriedigung registrierte, nicht die Neigung zu seiner Nase, der er frühe Vertrautheit mit dem Begriff Häme verdankte.

Obwohl es ihm noch immer bei dem Gedanken schwindelte, er hätte bei weniger Fortune vor seinem Sohn stehen müssen und ihn nicht rituell beschneiden lassen können, war er bereits wieder fähig, die Kräfte zu remobilisieren, die er dem Anlaß angemessen fand. Trotz seines in der Ehe gestählten Sinnes für die Komik traditionell erwarteter Mechanismen grübelte er angestrengt, welche Worte von bleibendem Wert ein Mann an seine glücksglühende Frau zu richten hatte. Er drückte Andreas Hand, legte seine Stirn auf ihre, ging verlegen zum Körbchen zurück, nestelte an der Decke und entdeckte doch, daß seine Tochter bereits in ihrer ersten Lebensstunde über die gleichen verzaubernden Kräfte der Unschuld verfügte wie ihre Mutter. Er erinnerte sich, daß gerade die ihn zum Ehemann gemacht hatten.

Noch nicht mit Liebe, doch schon verliebt zählte er die winzigen Finger, belauschte Atemzüge, um derentwillen er den Kopf tief senken mußte, und erfühlte die Temperatur der Haut. Diese eine Berührung war es, die die Berauschtheit aller Väter freisetzte, die nie wieder so gewaltig die Brust sprengt wie in dem Moment von überbordendem Männerstolz. Überwältigt vom Vertrauen in die eigene Kraft, schwor Alfred, dieses einmalig schöne, namenlose, leider noch konfessionslose Geschöpf zu beschützen und ihm, sollte es wirklich noch jüdisch werden, alle Konfrontationen zu ersparen, denen er sich als Junge hatte stellen müssen. Zwar kam dem edelsten aller Ritter an diesem Punkt seiner altruistischen Abschweifungen die unangenehm logische Einsicht, daß er sich wieder einmal von seinen Illusionen zu einem dubiosen Versprechen hatte hinreißen lassen. Alfred war klar, daß er, wollte er seine Tochter vor den selbst erlittenen Kränkungen schützen, ihr auch die Last des Judentums ersparen müßte. Kleinmütig flüchtete er zu den Träumen von der Gunst fremder Götter zurück.

»Ich schenke dir mein Herz, pflücke dir silberne Sterne vom Himmel und kaufe dir eine goldene Kutsche.«

»Ein Kinderwagen reicht vorerst«, lachte Andrea.

»Mein Gott, was haben sie dir denn eingeträufelt? Du hast ja plötzlich Humor.«

»Muß ich doch. Ich bin doch jetzt Mutter. Schau dir deine an.«

»Oder deine.«

»Hoffentlich erbt unsere Tochter deinen Witz, Bärchen. Und deinen Charme, deine Sanftmut und Klugheit.«

»Was muß sie klug sein, wenn sie so schön ist wie du? Meinst du, sie bleibt so blond?«

»Du hättest lieber ein Mädchen mit schwarzen Haaren gehabt, nicht wahr? Wie Lea.«

»Wie kommst du denn darauf? Was sollten wir mit einem so verwöhnten Balg wie Lea?«

»Es ging um die Haarfarbe«, erkannte Andrea, »auch die Schlauen verraten sich manchmal, Alfred. Vergiß nicht, meine Eltern anzurufen. Wo ist eigentlich deine Mutter? Will sie denn nicht ihr erstes Enkelkind sehen? Ich dachte, sie war die ganze Zeit bei dir.«

»War sie auch, aber ich hab sie nach Hause geschickt«, flüsterte Alfred, staunend, wie sich die Lüge mit Zärtlichkeit zu tarnen wußte. »Dieser Moment gehört nur uns beiden.«
»Uns dreien.«
»Das hab ich kommen sehen. Kaum ist diese blonde Fee da, drängt sie sich schon zwischen uns. Sie wird aus uns beiden Sklaven machen, und mich wirst du bis zu ihrer Hochzeit links liegen lassen.«
»Nie, das schwöre ich dir.«
Sie sprachen von der Liebe und glaubten, was sie sagten, weil jedes Wort und erst recht die ungesprochenen sie zu den Anfängen vertuschender Romantik zurückgeleiteten. Sie wurden wieder Amors Auserwählte, denen die Blätter der Hoffnung nicht verwelkten, und sie klammerten sich aneinander wie vom Tode Errettete. Aus den Sekunden pochender Harmonie machten sie herzklopfende Ewigkeiten. Sie stürmten in ein Paradies, in dem es nur der Wind war, der den Apfel der Erkenntnis vom Baum stieß und die Menschen nicht zu Sündern in der Verdammnis der Wissenden machte.
»Deine Mutter hat nie etwas gesagt, aber ich glaube, sie würde sich riesig freuen, wenn wir unsere Tochter Ruth nennen«, schlug Andrea vor.
»Sie wäre entsetzt und würde bis an ihr Lebensende grübeln, ob ihr Sohn nur meschugge ist oder auch kränkend geschmacklos. Wir geben Kindern nicht die Namen der Lebenden. Wir halten das Gedächtnis an die Toten wach. Schau mich nicht so gekränkt an, meine Süße. Woher sollst du wissen, daß wir unser täglich Brot mit Tradition bestreichen?«
Alfreds Körper hatte die Schwere, die er ergrimmt seiner Zunge wünschte. Als er aber kurz darauf Andrea zum Ab-

schied küßte, merkte er jedoch erleichtert, daß sie wohl zu erschöpft gewesen war, um die Veränderung seines Tones zu bemerken und erst recht nicht seine Angewohnheit, an Kreuzwegen »wir« zu sagen und dabei seine Mutter und sich selbst zu meinen. Schuldbewußt zog er die Tür hinter sich zu.

Der nächste Tag war ein für Frankfurt typischer, mit Tropenglut getränkter Sommertag, der binnen Stunden den Keim der Hoffnung zur Ernte trieb. Die hohen Bäume um das »Hospital zum Heiligen Geist« wurden schon am frühen Morgen von einer Sonne bestrahlt, die den Tau der Nacht zur dampfenden Hitze einschmolz. Laubvolle Äste bogen sich unter der Last von zwitschernden Vögeln. Auf müden Pfoten kehrte ein Kater heim von der Jagd. Ein roter Luftballon hatte auf seiner Höhentour die Reise in einem fruchtschweren Kastanienbaum aufgegeben. Die Schwalben dachten noch nicht an winterliche Katastrophen und strebten in Wolken aus weißem Tüll. Auf dem Weiher dümpelten Erpel mit glänzend grünem Kopfgefieder und ein von seinem Kapitän verlassenes Schiffchen mit einem Bug aus blauem Plastik und zerfetztem Segel.

»Ein Tag zum Kinderkriegen«, jubelte eine junge Schwester und lehnte sich weit zum offenen Fenster hinaus.

»Das hab ich bereits besorgt«, gluckste Andrea.

»Das weiß ich doch«, nickte die Muntere. »Ihres ist doch das schönste Baby auf der ganzen Station.« Dies erklärte die fröhliche Menschenkennerin mit dem kirschroten Mund allen jungen Müttern – jede glaubte ihr.

»Das muß ich sofort meinem Mann erzählen«, freute sich auch Andrea.

Von ihm hatte sie noch vor dem Frühstück einen Strauß

bunter Gerbera bekommen, abgegeben von einer verlegenen Berufsanfängerin, die zum ersten Mal einen Botengang ausführte und bei der Entgegennahme des Trinkgelds »Na, so was!« ausrief.

Alfred war durch das Auftauchen des kleinen Marco und dessen Mutter in seiner Praxis und erst recht durch die ablenkenden Folgen dieses Besuchs nicht dazu gekommen, seiner Frau persönlich zu offenbaren, wie er über Flora ohne Duft und Grazie dachte. Er mochte Gerbera ebensowenig wie Tulpen. Gerührt streichelte Andrea indes ein starres Blatt ihrer Lieblingsblumen. Die vertrauenstärkende Annahme beglückte sie noch mehr als sonst, daß sie stets den Geschmack ihres Mannes teilte.

Sie fühlte sich so geborgen in dieser Einverständlichkeit, so entspannt, gesund und auch wieder so anziehend wie seit Monaten nicht mehr, daß es ihr mühelos gelang, den einzigen Schatten zu erhellen, der auf ihrem neuen Glück lastete. Auch wenn Andrea nun wieder baden und also in die Mikwe gehen konnte, würde es noch lange dauern, ehe sie zum Judentum übertreten durfte. »Der Rebbe sagt, du hast noch nicht genug gelernt«, hatte Sara ihr vor einer Woche ausgerichtet. »Er glaubt nicht, daß du verstehst, was es heißt, jüdisch zu sein. Du mußt nicht traurig sein. Er weiß es besser als wir beide.«

»Kommt Zeit, kommt Rebbe«, kicherte Andrea mit beglückender Leichtigkeit vor sich hin.

Sie frühstückte an einem kleinen Tisch am offenen Fenster, roch die Idylle und schmeckte Zufriedenheit, erbat von der schmeichelkundigen Schwester ein zweites Brötchen und webte, als sie wieder im Bett lag, am brüchigsten Traum aller jungen Mütter.

In der Überzeugung, keine Frau vor ihr hätte sich nach der Niederkunft sechs Söhne und sechs Töchter gewünscht, nahm sich die Euphorische vor, Alfred anzurufen und ihm das gesegnete Dutzend anzukündigen, das sie ihm gebären wollte.

Sie tat es dann doch nicht, denn beim Wählen der zweiten Nummer fiel ihr ein, daß der junge Kindesvater auch Kinderarzt war und in dieser Eigenschaft nur von seiner Mutter Anrufe akzeptierte, ohne injurierend einsilbig zu werden. Verständnisvoll lächelnd, was ihr bei diesem Thema zum ersten Mal gelang, entwarf die weise Architektin der Luftschlösser gemütliche Stübchen und wolkenkratzende Türme.

Von einem mit Gänseblümchen umkränzten Liegestuhl aus, der im Schatten einer wuchernden Rosenhecke stand, sah Andrea ihre vielen Kinder auf einem Rasen aus grünem Velours Krokett spielen. Das Jüngste hatte schwarze Locken wie Lea und wurde von Alfred vergöttert. Die Tochter der soeben vergangenen Nacht, die für die Mutter bereits eine Zeitlosigkeit ohne Schmerzen und nur noch die Verheißung von Zukunft war, hatte dicke blonde Zöpfe und spielte mit der rotbeschuhten Puppe, die einst ihrer Mutter gehört hatte.

So sorgte eine längst zu Staub zerfallene Schönheit aus Stoff dafür, daß Andrea wieder zu einem Kind wurde. Als sie die Jahre immer dichter zu einer besonnten Vergangenheit zusammendrängte, glaubte sich Andrea gar zu erinnern, sie habe im Kreissaal einmal nach der Mutter gerufen; auf alle Fälle hatte sie sich, und dies wußte sie auch am Tag danach sehr wohl, zwischen zwei Wehen enorm geängstigt, die Hebamme würde Ruth zu ihr hereinholen. Immer präziser

und gefälliger wurden die Erinnerungen. Andrea öffnete sich ihnen mit jenem Seufzer, den das Wissen um die Unwiederbringlichkeit des behüteten Seins aus der Kehle stößt. Ihr fielen die Masern, Windpocken und der Keuchhusten ihrer Kinderzeit ein, der zweifach gebrochene Arm, und daß die Mutter nicht mit ihr gescholten hatte, obwohl sie trotz Verbot auf das Dach geklettert war.
Andrea war es, als hätte sie zum ersten Mal ins Herz dieser famosen Mutter geblickt. Der gütige, allzeit gutfrisierte Engel saß lächelnd am Bett, legte feuchte Wickel um heiße Waden, preßte Milch mit Honig an fiebernde Lippen, nähte der Puppe zum Trost der siechen Puppenmutter ein neues Kleid. Jedes Bild war ein kostbares Unikat. Und doch folgte der erwärmenden Nostalgie unerwartet rasch mahnende Ernüchterung. Zu klar erkannte die liebebedürftige Tochter, wie weit sie sich mit ihrer zielversessenen Energie von den Eltern entfernt hatte.
Trotz Alfreds spöttischen Einwänden war Andrea immer noch stolz auf ihre Gründlichkeit. Um der gebotenen Ehrlichkeit willen hielt sie nun auch besonders akribisch Rückschau; auf die Suche nach mildernden Umständen begab sie sich indes bereits mit Bangen. Als ihr Gewissen keine einzige Entschuldigung zutage förderte, wurde sie mutlos, und schließlich verlor sie jedes Vertrauen in die eigene Redlichkeit. Vernichtend war die Scham, daß sie bei ihrem Aufbruch in Alfreds Welt die Ihren häufig absichtlich mißverstanden, Vater und Mutter verletzt, sie mit dem phantasievollen Sadismus antiker Rachegöttinnen von sich gewiesen hatte.
»Verstoßen«, stieß Andrea hervor.
Sie fand das Wort zu theatralisch, den Vergleich kindisch,

ihren Aufschrei albern dramatisch und die plötzliche Bußbereitschaft ihrer Liebe zu Alfred unwürdig, aber sie spürte sehr intensiv, daß sie sich von Zwängen befreit hatte, die ihr zu lange Persönlichkeit und Identität geraubt hatten. Ihr war es, als hätte sie in masochistischer Gier ihr Herz vertrocknen lassen. Fröstelnd streckte sie ihre Arme aus, schrak zurück vor der Leere und war da schon nicht mehr die Frau, die sie so lange gewesen war. So sehr sehnte sich die Verwandelte nach der Mutter, daß sie einige Male wähnte, sie hätte das vertraute Klopfen an der Tür gehört – zwei Mal lang und ein Mal kurz. Als eine Stunde später der Lockruf ertönte, mußte sich Andrea zwingen, sich nicht nach Kinderart unter der Bettdecke zu verstecken.

»Hallo«, sagte sie und winkte.

»Hallo«, erwiderte Ulrike mit der gleichen Verkrampftheit; doch die nach Worten, Erklärungen, Entschuldigungen Durstende vertat keine Zeit.

»Es tut mir alles so schrecklich leid, Mutti. Ich hab mich wie ein Schaf benommen, aber mir ging es in letzter Zeit nicht gut.«

»Du mußt dich für nichts entschuldigen, Kind. Mir ist nur wichtig, daß du alles überstanden hast. Mütter sind so.«

Während Ulrike das Kissen aufschüttelte, die Decke glattstrich, die frühen Astern aus dem eigenen Garten in der Vase arrangierte, fingen die Bilder aufs neue an, wie in einem Stummfilm zu rasen, doch diesmal las Andrea aufmerksam im Drehbuch mit und fand die entscheidende Szene. Ihre Haut brannte, die Stirn wurde feucht, als sie der Zeit gedachte, da sie beschlossen hatte, Alfred zu heiraten und ihren Eltern von da ab mit verderbter Lust, wie ihr nun aufging, die Borniertheit und die Intoleranz einer Genera-

tion vorgeworfen hatte, die nicht gewillt war, sich den Vorstellungen der aufgeschlossenen Jugend anzupassen.
Der kurze sentimentale Rückblick und die Weichherzigkeit der Wöchnerin hatten Andrea nun gereicht, ihre Kindheit als eine gesegnete und ihre Eltern als ewig treue Verbündete in einem kompliziert gewordenen Leben zu empfinden. Es beflügelte sie so, die Mutter zu sehen, als hätte sie seit Jahren jeden Kontakt zu ihr abgebrochen, und sie dürfte ihr endlich durch eine unerwartete Schicksalsgnade die Friedenshand reichen.
Das altmodische grüne Kleid, das Ulrike immer bei feierlichen Anlässen trug, rührte sie. Bei der Konfirmation ihres Bruders hatte sie es noch als spießig verschmäht. Für die neue töchterliche Sensibilität symbolisierte das grüne Leinen die allzeitige Bereitschaft einer Mutter zum Verzicht.
Aus der Bewegtheit der Reue erwuchs ein Dimensionen sprengendes Bewußtsein um die versäumte Dankbarkeit. Immer lebensvoller entrollten sich die golden eingefärbten Szenen der Vergangenheit. Verlangend befahl Andrea jede gute Erinnerung zurück. Sie lächelte, als die Illusionen sie blendeten, dachte an weihnachtliche Gabentische, an die prallgefüllte Schultüte, an ausgelassene Kindergeburtstage mit Himbeersaft und dem Kirschkuchen, der nie wieder so schmecken würde wie unter der Platane im eigenen Garten. Wie gastfreundlich war diese liebevolle Mutter gewesen, wie hatte sie bei ihren Freundinnen und der Verwandtschaft mit jenen banalen Erfolgen der Tochter geprahlt, die nur Mütter zu würdigen wissen. Die kleinen Zerwürfnisse, der große Streit um Nichtigkeiten, die Rivalitäten um die Liebe des Mannes, den die eine geheiratet hatte und dem die andere Herzenskind war, setzten in der Sterilität eines

Krankenzimmers für beide so beruhigend und so rasch die gnädige Patina des Vergessens an, daß nur der Irrtum des Augenblicks noch zählte. Es war die uralte Geschichte von der auf immer verloren gewähnten, wiedergefundenen Verbundenheit zwischen Mutter und Tochter, vom wundersamen Zusammenwachsen der Frauenherzen. Ulrike hatte sie bei Andreas Geburt erlebt, ihre Tochter hielt das Mirakel für neu.

»Ich bin ja so froh, daß du da bist«, sagte sie.

»Ach, Kind, ich wäre so gern die ganze Zeit bei dir gewesen, aber ich habe gedacht, daß du mich nicht willst. Vati hat das auch gesagt. Wir konnten ja gar nicht mehr miteinander reden.«

»Ich weiß. Wir holen alles nach. Das verspreche ich dir.«

»Ich hatte solche Angst um dich.«

»Warum?« fragte Andrea und konnte gar zwinkern. »Jede Frau kann ein Kind bekommen. Ich dachte, das wüßtest du. Du hast es doch zwei Mal getan.«

»Irgendwie ist bei dir alles anders.«

»Manchmal glaube ich das auch. Irgendwie.«

Es war der stöhnende Laut, so leise und mit dem Schuldbewußtsein der Ehefrau verschluckt, die ihren Mann und ihre Liebe verraten hat, der Ulrike wissen ließ, daß Erfahrung und Instinkt sie nicht getäuscht hatten. Sie empfand keinen Triumph, nur den Schmerz des Begreifens, daß es einer Mutter verwehrt ist, die Tochter vor den selbst erlittenen Demütigungen und Enttäuschungen zu schützen. Bedrückt goß sie in der eben erst gefüllten Vase das Wasser nach, schüttelte abermals das Kissen auf und setzte sich, als ihr keine Handreichung mehr einfiel, auf einen Hocker am Bett – steif und verlegen wie eine unsichere Angestellte, die ihre Vorgesetzte im Krankenhaus besucht und nicht weiß, was sie mit ihr reden soll. Sie war froh, als sie sich an die zwei Stück Zwetschenkuchen in der Einkaufstasche erinnerte.

»Er schmeckt wunderbar!« lobte Andrea. Die zu wenig gezuckerte Schlagsahne war ihr schon als Kind zuwider gewesen, doch wie süß schmeckte nun die Lüge der neuen Rücksicht. »Ach, wie mir das guttut. Ich wußte gar nicht, daß du so gerne Sahne ißt. Eine Mutter weiß eben nie genug von ihren Kindern.«

Es sind die gewissenlosen Magier, die Idyllen ohne Fundamente schaffen. Auch die vom »Hospital zum Heiligen Geist« war ein zu flüchtig konzipiertes Zauberwerk mit den gefälligen Pastellfarben des Selbstbetrugs. Der Traum vom ewigen Familienfrieden hielt nur so lange der Realität stand, bis die Großmutter ihr erstes Enkelkind in ihre nach den Freuden der Jugend verlangenden Arme nahm. Da vergaß sie Takt und die Klugheit der Vorsicht, vor allem den schützenden Argwohn vor dem eigenen Wort. So entzückt war Ulrike, in die blauen Augen der Unschuld zu blicken, sich lange blonde Haare auszumalen, die sie zu akkuraten Zöpfchen mit hellblauen Schleifen flechten wollte, so selbstvergessen streichelte sie ein winziges Kinn, das ihr bereits die aparten Grübchen der Tochter verhieß, daß sie nicht nur dem Freiheitsdrang ihrer geheimsten Wünsche, sondern auch dem der Zunge nachgab. Allein mit dieser Entrücktheit des Augenblicks vermochte sich Ulrike später die unselige Äußerung zu erklären, die sie – der Folgen wegen – noch nicht einmal ihrem Mann zu wiederholen wagte, obwohl sie sehr wohl wußte, daß er, hätte sie sich ihm offenbart, ihr ein rächender Tröster geworden wäre.

»Zum Glück hat unser Kindchen auch nicht die jüdische Nase vom Vater«, rief sie mit der Stimmkraft aus, die die Erlösung von der am gründlichsten verschwiegenen Angst aller Ängste verkündet.
Ihr Schwiegersohn hörte jedes Wort. Alfred hatte seine Frau, die ihn schon wegen der so früh angelieferten Gerbera seiner chevaleresken Kalkulation nach nicht vor dem Mittagessen erwartete, überraschen wollen. Er war, weil die einen Spalt offenstehende Tür ihn auch noch zum letzten Akt seines biedermeierlichen Coups animiert hatte, auf Zehenspitzen ins Zimmer geschlichen. Nur einen erregten Herzschlag lang lehnte sich der getroffene Lauscher an die Wand, wie Lots Weib zur Säule erstarrt. Dann beanspruchte auch er das Recht der freien Rede. Er sprach sehr langsam, überdeutlich und mit der kalten Rage, die auch seine Gesichtszüge verzerrte.
»Wir haben«, sagte Alfred, »uns in christlich-jüdischer Zusammenarbeit geeinigt, daß meine Tochter von mir nur den Kopf bekommt. Der wird allerdings dafür sorgen, daß sie die schöne arische Nase ihrer Mutter ganz fest zuhält, sobald sie einen Satansbraten riecht.«
»Mußte das sein und ausgerechnet heute?« schluchzte Andrea in Richtung der geschlossenen Tür. »Diesmal bist du wirklich zu weit gegangen. Meine Mutter sah aus wie ein geprügelter Hund, als sie sich von mir verabschiedet hat. Und falls es dich interessiert, so fühlt sich auch deine Frau.«
»Weine nicht, Andrea. Dein langnasiges Ekel von Mann geht sofort Sack und Asche kaufen. Oder soll er sich ans Kreuz schlagen lassen? Du hast ja goldrecht. Das war eine der überflüssigsten Bemerkungen, die ich je in meinem Le-

ben gemacht habe. Und sie tut mir in der Seele leid. Deine Mutter und ich sind doch sonst immer einer Meinung. Ihr wird schlecht, wenn sie mich sieht. Und mir wird speiübel, wenn ich nur an sie denke.«

Als sie erschöpft von den Anschuldigungen waren, die sie nicht auszusprechen wagten, und von den Fragen, die sie einander nicht stellten, suggerierte ihnen schließlich doch noch der Glaube der Jugend an die Heilkraft der Liebe, sie hätten sich wiedergefunden. Sorgsam teilten sie das Mittagessen in zwei Portionen. In ihrem Wunschdenken vereint, beteuerten sie nach einem gutmütigen Streit um die letzte Kartoffel, daß gerade sie zum Glück auserkoren und im übrigen zu tolerant seien, um an der Dummheit der anderen zu leiden. Sie vergewaltigten ihren Intellekt und ihre Psyche, forderten von ihnen Verständnis für das, was nicht zu fassen war, und scheuten derweil den Austausch der Blicke, die Wärme der körperlichen Berührung und den lindernden Kuß der Versöhnung. Ihre Gesichter waren weiß wie die Wände, die sie anstarrten, und fahrig wurden die Bewegungen, wenn sie sich unbeobachtet wähnten. Für den als Kind Gezeichneten war am entscheidensten das Begreifen, daß Wunden, die einem Menschen aus der Tradition des Antisemitismus zugefügt werden, sich nicht in einer Ehe heilen ließen, in der es nötig war, der Partnerin die Heimtücke der Angreifer zu erklären.

Andrea hatte nicht Alfreds Erfahrungen im Umgang mit seelischen Brüchen. Noch wußte sie nicht, daß sie nach dem Balsam des Verdrängens zu greifen hatte, ehe sie mit dem Kopf gegen die Mauern anrennen durfte, die Herzen trennen. Weil sie auch noch nicht gelernt hatte, dem Schweigen zu vertrauen, lief sie zu rasch auf ihr Ziel zu. Sie setzte sich auf den Bettrand, kämmte ihr Haar und erzählte im versöhnlichen Plauderton, ihr Vater hätte einen Namen für das Baby gefunden.

»Ausgerechnet der«, wunderte sich die Couragierte. Sie grinste gar, um ihrem Mann, den sie diesmal ungewöhnlich schwerfällig fand, zu signalisieren, daß sie – ausnahmsweise vor ihm – schon wieder eine Empfinden für jene Ironie hatte, die das Leben der Kenner würzte. Nur weil Alfreds Reaktion irritierend lange auf sich warten ließ, und Andrea auch nicht gewahr wurde, daß er nach einem Zipfel des Bettlakens griff, um seine Stirn zu trocknen, fügte sie schneller als beabsichtigt hinzu: »Ich mußte an mich halten, um nicht vor Lachen zu platzen, als Vati mich heute morgen anrief. Der weiß doch überhaupt nichts von den Teitelbaums.«

»Jetzt sag nur noch, er ist auf die Idee gekommen, daß wir unser Kind Sara nennen sollen.«

»Genau. Und je länger ich darüber nachdenke, um so mehr spüre ich, daß der Blinde das genau richtige Korn gefunden hat. Weißt du, Alfred, Sara Teitelbaum bedeutet mir sehr viel. Sie ist wie eine Mutter zu mir.«

»Schenk mir deine Vergangenheit. Und falls das nicht schon zu viel verlangt ist, ein bißchen Ruhe, um nachzudenken.«

Alfred scheute keine Mühe, seiner Frau auseinanderzusetzen, weshalb ein Vater bei der Namensgebung seiner erstgeborenen Tochter Bedenkzeit brauchte. Für diese Lüge bemühte der Bedrängte religiöse Vorschriften, von denen er wußte, daß es sie nicht gab. Um die Plötzlichkeit von neuralgischen Kopfschmerzen bei einem jungen Mann glaubhaft zu erklären, der noch nicht einmal ein wirksames Medikament für das Leiden kannte, half ihm sein medizini-

sches Wissen und eine weitschweifige Lektion über die Auslöser von schweren Migränen.
Andrea war nicht nur verständnisvoll und besorgt. Sie verirrte sich so sehr im Nebel von Alfreds Ausflüchten, daß sie tatsächlich annahm, er wäre von seinen Schmerzen so benommen, daß ihm das Sprechen schwerfiel. Zumindestens da war sie auf der richtigen Fährte. Alfred fiel kein einziges Wort ein, um seiner Frau klarzumachen, daß ein Jude im Nachkriegsdeutschland ein geschichtsloser Tor sein müßte, wenn er seine Tochter Sara nannte. Der Zwangsname würde für die, die ihn hatten tragen müssen, auf immer das Stigma der Ausgrenzung bleiben.
»Wenn ich du wäre«, rügte Ruth am Abend, »würde ich nicht alles Moische Teitelbaum überlassen. Ein Mann wie er kennt sich nur mit den Wegen des Allmächtigen aus, aber nicht mit der Erblast, die deutsche Juden nach Hitler angetreten haben. Dafür bist du zuständig, mein Sohn. Dein Vater und ich haben dir früh genug Bescheid gesagt.«
Es war dann doch Ruth, die Andrea aufklärte. Zwar bestätigte sie ihrer Schwiegertochter, daß Sara ein alter und verehrter jüdischer Name sei, doch sie erzählte ihr auch, wie er von den Nazis mißbraucht und jeder jüdischen Frau aufgezwungen worden war.
»Ruth Sara Bär«, erinnerte sie sich, »ich sehe mich heute noch, wie ich das unter jedes Schriftstück schreiben mußte. Der Name Sara war der direkte Weg zum gelben Stern und in die Deportation.«
»Das hat Papi bestimmt nicht gewußt.«
»Bestimmt nicht«, nickte Ruth, »woher auch?«
Nach einer Nacht ohne Trost schlug sie vor, ihre Enkeltochter Eva zu nennen. Andrea fand den Namen »genau pas-

send und wunderbar« für ein Kind, dessen Eltern in der Nacht seiner Geburt gemeinsam das Paradies der Seligen betreten hatten.

»Mich wundert, daß wir nicht von selbst darauf gekommen sind«, lachte sie.

»Mich auch«, erwiderte Alfred. Auch diese Lüge war notwendig, denn im Gegensatz zu seiner Frau wußte er, daß Eva Bär zwei Tage nach ihrem sechsten Geburtstag an der Rampe von Auschwitz angekommen war.

9

Jeden Abend galt der letzte Blick der kleinen, fast dreijährigen Eva Bär einer Fee im Sommerkleid, die unermüdlich und versonnen lächelnd neu geschlüpften Junikäfern schwarze Glückspunkte auf rotschillernde Rücken klebte. Das selbstlose Geschöpf wohnte in einer Mohnblume und trug eine von ihrer Mutter aus Sternenglanz geschneiderte Bluse, die mit Knöpfen aus kräftigem Löwenzahn geschlossen wurde. Die Königin des Waldes hatte die schönsten rosa Blüten einer wilden Rose zu einem weiten Röckchen für die fleißige Fee hergegeben. Zum Schutz vor Wind und Regen trug sie eine umgestülpte Glockenblume auf dem Kopf.

Evas beständige Zwiesprache mit dem faszinierenden Blumenkind war nicht nur ein liebenswürdiges Beispiel für die Haltbarkeit der Liebe auf den ersten Blick, sondern auch psychologisch aufschlußreich. Hatte Eva auch noch nicht gelernt, wie Schneewittchens Stiefmutter das Spieglein an der Wand nach dem ewig Weiblichen zu befragen, so war sie doch schon durch die Reaktion ihrer Umwelt auf ihre Person eitel genug, sich ihrer Schönheit bewußt zu sein. Eva sah ihrer Lieblingsfee sehr ähnlich. Dies machte nicht nur ihr Freude. In Erfüllung gegangen waren nämlich die unbescheidenen Wunschträume, die ihre Eltern an einem frühen Augustmorgen vor drei Jahren im Krankenhaus ausgesprochen hatten.

Das zierliche Mädchen hatte die blonden Haare der Mutter, deren meerblaue Augen und auch ihre zierliche Nase, Andreas grazile Statur mit den langen Beinen und beim Lachen auch deren Grübchen. Es war indes, zumindestens der Vater hegte da keinen Zweifel, auch ein mütterliches Erbteil, daß Eva sich selten von jener überschäumenden Lebensfreude überwältigen ließ, die Kinder in ihrem Alter zur spontanen Heiterkeit drängt. Eva lachte nicht über banale Kinderfreuden und wollte auch nicht wissen, was die Welt zusammenhält. Die entzückenden Grübchen belebten am markantesten das niedliche Gesicht, wenn das Kind laut und anhaltend gelobt wurde. Weil die Tochter ebenso ehrgeizig war wie die Mutter und auch deren Hang zum Perfektionismus hatte, reichte es ihr allerdings auch zu wohlklingendem Jubel, wenn einer der dienstbereiten Riesen, die allzeit um sie waren, mit dem gespielten und übertriebenen Erstaunen, das Erwachsenen im Umgang mit Kindern zu eigen ist, darauf hinwies, daß Eva schon größer und sehr viel geschickter war als ihre Freundin Lea.

Lea hatte immer noch die schwarzen Locken, mit denen sie als verschnupftes Baby von sechs Monaten Alfreds Herzmuskulatur zu Butter eingeschmolzen hatte. Bei dem wiederum war die Gewohnheit geblieben, mit der Rechten in Leas Haare zu greifen und dies mit dem schuldgetönten Ausdruck und dem verhaltenen Seufzer eines Mannes zu tun, der sich wundert, weshalb er nicht ein einziges Mal die Einsicht hat, seine Fehler wenigstens nicht in Anwesenheit seiner feinfühligen Ehefrau zu wiederholen.

Die beiden kleinen Mädchen trafen einander fast täglich

und bestanden mit der Dominanz von nicht kündbaren Tyranninnen auf die strikte Einhaltung ihrer selbst abgesprochenen Termine – sie hätten verschiedener nicht sein können. Weil Lea nicht nur für ihre Mutter schwärmte, sondern mindestens ebensosehr auch für deren nahrhafte Küche, war sie ein wenig übergewichtig und zuweilen träge. Mit ihren kurzen Beinen hatte sie auch weniger Neigung zu jenen körperlichen Hochleistungen, die der geschmeidigen Eva ein Bedürfnis waren. Lea verdankte ihr Phlegma Rachels beruhigendem Beispiel und deren offen zugänglichen Vorrat an Butterplätzchen. Ihre frappierende Gutmütigkeit war die Folge eines menschenfreundlichen Gedächtnisses, das sich nur kurz die Ursache für Zwistigkeiten merken konnte.

So kam es bei dem ungleichen Duo nur selten zu den Rivalitäten, die später im Leben Freundschaften zwischen Frauen zu umschatten pflegen. Ein kleiner Streit bei einem zu Leas Ungunsten verlaufenden Duell um das Bilderbuch mit der inspirierenden Fee war eine Ausnahme gewesen und ohne Folgen geblieben. Während der kurzen Auseinandersetzung hatte Lea sehr fröhlich, aber doch unmißverständlich endgültig geschworen: »Mit dir spiele ich nie mehr. Du bist geizig und dumm.«

Die kleine Lea wußte zwar schon, weshalb und wann Babys aus dem kuscheligen runden Mutterbauch schlüpften, denn sie hatte einen sechs Wochen alten Bruder. Auch sonst hatte die rundliche Regentin profundere Einblicke in die menschliche Natur als ihre dreijährige Hofdame. In dem aus einer momentanen Rage gefällten Urteil hatte sie sich jedoch gründlich geirrt. Eva war nicht geizig, sondern lediglich durch Erfahrungen mit Leas sorglosem Umgang mit

fremder Habe sehr früh besitzbewußt geworden. Vor allem mangelte es ihr keineswegs an Intelligenz. Es war ihre Nachdenklichkeit, die ihre vermeintlich überlegene Gegnerin zu falschen Schlüssen verleitet hatte.
Eva hatte nicht nur das sanfte und somit als zu nachgiebig verkannte Naturell des Vaters, sondern neigte bei Differenzen zu der gleichen irreführenden Wortkargheit wie er. Die wiederum verlockte gerade eine gleichaltrige Verfechterin des offenen Wortes, wie es Lea war, zum öffentlich ausgesprochenen Vorwurf der Dummheit. Obwohl sich Eva noch keine Gedanken über das mißliche Verhältnis von Furcht und Wehrlosigkeit machte, hatte sie bereits den Instinkt ihrer väterlichen Familie, sich im Falle eines Angriffs aus Vorsatz und Heimtücke nicht eher zu äußern, bis ihr mehr als nur das Wutgeschrei von zu schnell entflammten Emotionen einfiel. Zudem schien die kleine kluge Schweigerin prekäre Situationen so rechtzeitig zu wittern, daß sie nicht mehr als nötig kulminierten.
Alfred schrieb diese bei einer Dreijährigen sonst nicht entwickelten Fähigkeiten jenem jüdischen Kopf zu, den er seiner Tochter – ohne die von ihm geschätzte Selbstironie – in der Nacht ihrer Geburt gewünscht hatte. Er fand den Gedanken anmaßend, doch solche Selbsterkenntnis schützte ihn nicht vor seinem Stolz. Das Bewußtsein um den gleichen Seelenklang zwischen Vater und Tochter zu einem so frühen Zeitpunkt mußte ihn häufig über sein Unbehagen und die immer größer werdenden Zweifel in bezug auf Evas religiöse Zukunft hinwegtrösten. In einem Alter, da Moische Teitelbaum erste Bekanntschaft mit den Buchstaben des hebräischen Alphabets gemacht hatte, war sie noch immer konfessionslos.

Andrea erwähnte das Beispiel von der frühen Hinwendung zum Glauben der Urväter, das sie ja einst hatte wiederholen wollen, schon lange nicht mehr. Zwar besuchte sie Moische und Sara ebenso regelmäßig und mit dem gleichen Lerneifer wie vor Evas Geburt, doch hatte sich ihr angespanntes Verhältnis zu Rabbi Blau nur insoweit gebessert, daß der sie nicht mehr mit einer anderen jungen Frau zu verwechseln pflegte, die auch schlank, blond und mit einem Arzt verheiratet war. Als Eva im jüdischen Kindergarten angemeldet wurde, war der Zeitpunkt für den Übertritt ihrer Mutter noch nicht absehbar.
In gedrückter Stimmung neigte Alfred zur Ungerechtigkeit und dann dazu, die verzögerte Konvertierung eher seiner Frau als der ihm bekannten Langsamkeit der Prozedur anzulasten. Das war auch der Grund, weshalb er bei ehelichen Auseinandersetzungen seinen jüdischen Kopf nicht mehr auf ganz so liebenswürdige Art wie früher ins Gespräch brachte. Zu Andreas Mißfallen tat er dies oft in Gegenwart des Kindes, und das ließ bald keinen Zweifel an der Bandbreite seines Wissensschatzes. Eva entwickelte die ihre Mutter kränkende Gewohnheit, auf dem Zenit von elterlichen Wortwechseln sowohl sich als auch ihrem Vater an die Stirn zu tippen.
Ihre größte geistige Leistung in dieser Zeit des Begreifens und Ahnens fiel indes zunächst keinem Mitglied der Familie auf. Sie war flexibel genug, um sich Abend für Abend auf die ständig variierenden Rituale der Menschen einzustellen, die sie zu Bett brachen und mit ihr das Nachtgebet sprachen. Die hebräischen Worte ihres Vaters und der im Hause wohnenden Großmutter, deren Rhythmus und kehlige Laute Eva so schläfrig machten, daß sie danach nur noch sehr kurz

mit der Fee sprechen konnte, beschloß sie mit einem langgezogenen »Omen«. Wenn die Mutter nach Meinungsverschiedenheiten mit ihrem Mann die schönen roten Flecken auf den Backen hatte und trotzig in deutscher Sprache betete, erzählte sie von einem Vater, der im Himmel wohnte und das tägliche Brot auf einer Wolke buk. Da faltete Eva die Hände und sagte zum Schluß nur knapp: »Amen.«
Das Kind hatte eine intuitive Sicherheit für die Diskretion, die für das seelische Gleichgewicht von Menschen nötig ist, deren Wurzeln nicht den gleichen Kulturlandschaften entspringen. Freilich fehlte Eva noch die diplomatische Geschicklichkeit, ihre Großeltern in Bad Homburg nicht in den Notstand enthüllender Erklärungen zu versetzen. Zu dem überraschenden Beweis, daß sich Herbert-Dietrich und Ulrike ebenfalls um die religiöse Unterweisung ihrer Enkelin bemühten, kam es zwei Wochen vor Evas drittem Geburtstag und ausgerechnet in einem für ihre Eltern vielversprechenden Urlaub.
Die Planung hierfür war alles andere als problemlos verlaufen. Andrea hatte auf die nervenheilende Kraft deutscher Natur vertraut, ihr Mann schon lange gute Freunde in Tel Aviv besuchen wollen, jedoch nie den passenden Ansatz gefunden, seiner Frau zu erklären, weshalb er allein reisen wollte. Seine Einwände gegen Bayern als Ziel mußten von Andrea sehr zielstrebig mit Argumenten entkräftet werden, denen er nicht zu widersprechen wagte.
»Die gesunde Luft«, appellierte Andrea an den Arzt, »wird Eva nach ihrer schweren Sommergrippe guttun. Außerdem waren wir noch nie zu dritt weg. Das Kind sieht dich immer nur für ein paar Stunden.«
»Jedes Wochenende achtundvierzig am Stück«, erwiderte

Alfred und gab die Freunde in Tel Aviv auf. Es verärgerte ihn, daß er dies schon deshalb tun mußte, weil er weder als Rabenvater erscheinen noch der Ehemann sein wollte, der seiner Frau ihre – allerdings in all den Jahren nie erwähnte –, Sehnsucht nach den bayerischen Königsschlössern nicht erfüllte.

»Ich finde Bayern ja auch den schönsten Fleck auf der Welt«, hatte er gesagt, »mich stören nur die vielen Berge und Seen. Kühe und Knödel mag ich auch nicht. Außerdem habe ich einen Widerwillen gegen Schweinshaxen und ein leicht gebrochenes Verhältnis zu Lederhose und Dirndl.«

»Was soll das denn schon wieder heißen?«

»Frag meine Mutter. Ich glaube, Juden dürfen kein Schweinefleisch essen und durften in der Nazizeit keine Dirndl tragen.«

»Ich wäre im Traum nicht auf die Idee gekommen, mir ein Dirndl zu kaufen.«

»Träumen hättest du gedurft. Das kostet weder Geld noch Nerven.«

Es wurden trotz dieses Gesprächs, das Andrea sehr viel länger beschäftigte als ihren Mann, unbeschwerte, erlebnisvolle, geradezu ausgelassene Ferien. Alfred war begeistert von Neuschwanstein, beeindruckt von Andreas Geschichtskenntnissen, überglücklich, daß sie so gut gelaunt war, und sehr gerührt, weil die kleine Eva außer dem Wunsch nach Schokoladeneis nie ein eigenes Bedürfnis anmeldete. Je nach körperlicher Verfassung bestaunte oder verschlief das genügsame Federgewicht Bayerns Herrlichkeiten auf kinderberuhigenden, breiten väterlichen Schultern. Alfred bestand darauf, Andrea in einer Boutique eine grüne Lodenjacke mit Paspelierung aus feinstem Rehleder und

Hirschhornknöpfen zu kaufen, die ihn an den Umstand erinnerten, daß er als Junge sehr wohl hatte Lederhosen tragen wollen. Seine Mutter hatte ihn nicht gelassen.

»Du siehst so jung aus, Loreley, und so verführerisch, daß ich nicht abwarten kann, bis Eva endlich schläft.«

»Loreley ist leider zu jung, um die Welt zu verstehen.«

»Wozu soll das gut sein, die Welt zu verstehen? Hauptsache, du verstehst deinen Mann.«

»Das ist es ja. Ich denke, du hast was gegen Trachtenmode, und dann kaufst du mir so eine Jacke.«

»Mußt nicht alles ernst nehmen, was ein verkalkter, mißmutiger Jude von sich gibt.«

»Das tue ich nie mehr, Bärchen«, versprach Andrea.

Beide waren sich einig, sie hätten auf keiner Reise eine so innige und harmonische Zeit erlebt. Sie verhängten das schwarz-weiße Bildnis der Realität mit rosa Tüchern, verwechselten ihre Träume mit Wünschen und sprachen von einem zweiten Kind. Sie neckten sich wie Kinder und manchmal auch das eigene; Alfred lachte sogar, als ihm schwante, seine schlaue Tochter hätte genauso wenig Humor wie ihre Mutter. Er versprach Andrea, sich im Alter mit ihr an den Chiemsee zurückzuziehen und ein altes Bauernhaus umzubauen, sicherte ihr jeden Tag Weißwürste zum Frühstück zu, ein Dirndl aus Samt für die Nächte am Kamin und zwei braune Kühe mit drei Kälbchen.

»Vor der Rückreise kaufe ich mir einen dieser Hüte mit Rasierpinsel und gehe damit in die Synagoge.«

»Warum kann es denn nicht immer so bleiben, Alfred?«

»Kurzes Glück kann jeder. Es ist kein anderes denkbar.«

»Seit wann bist du Philosoph?« lachte Andrea. Sie hielt ihre Stirn der Sonne entgegen.

»Seit immer. Dieser Satz stammt aber von Tucholsky. Ich hab ihn nur zu früh im Leben ausprobieren müssen. Gefällt er dir?«
»Ich hätte ihn lieber anders herum.«
»Komisch, jüdisch bist du noch nicht, aber die jüdische Chuzpe hast du schon.«
»Chuzpe«, sprudelte Eva und klatschte in die Hände. An der Linken hatte sie einen Ring mit einem blauen Stein aus einer Wundertüte.
»Donnerwetter, daß so ein Zwerg das Wort überhaupt aus dem Mund bekommt. Ich konnte es als Kind zum Verrecken nicht aussprechen. Dabei habe ich es von meiner Mutter mindestens dreimal täglich zu hören bekommen.«
Eva hatte einen von Andrea geflochtenen Kranz aus Bergmargeriten auf dem Kopf und trug ihr neues hellblaues Miederkleid mit einer weißen puffärmeligen Bluse und einer spitzenumsäumten Schürze. Unter dem Vorwand, er müßte einen alten Kollegen besuchen, hatte Alfred am Tag zuvor in Mittenwald Frau und Tochter in einem Café abgesetzt und hatte Andrea eine winzige gläserne Geige gekauft und Eva neu ausgestattet. Andrea hatte behauptet, das Kleid sei ein Dirndl, er sich empört gewehrt und erklärt, dies könne nicht sein, denn Blau und Weiß seien die Farben Israels.
»Oder glaubst du im Ernst, die Israelis können es sich erlauben, ihre öffentlichen Gebäude mit Dirndl zu schmücken? Außerdem sieht doch ein Blinder, daß meine Tochter einen Jeansrock anhat.«
Am vorletzten Urlaubstag machte die glückliche Familie Rast in der Nähe einer kleinen Kapelle, zerkaute Laugenbrötchen zu Wohlbehagen, aß in weißblaue Servietten ver-

packte harte Eier und beschmierte sie mit dem süßen Senf, von dem Alfred behauptete, der sei neben den Weißwürsten das allergrößte Geschenk der Bayern an den Rest der Welt. Sie saßen auf einer nach frischgemähtem Gras duftenden Wiese und bohrten mit trunkenen Augen Löcher in tänzelnde Schäfchenwolken. Obwohl die Kirchenglocken im Dorf erst die zwölfte Stunde des Tages einläuteten, sahen sie schon die Sternschnuppen rieseln, die für die Auserwählten vom Himmel stürzen.

»So etwas fällt nur dir ein«, flüsterte Andrea. »Schenk mir doch ein bißchen von deiner Phantasie.«

»Besser nicht«, erinnerte sich Alfred, »die geht manchmal auch nach hinten los.«

Die Idylle vom friedlichen Landleben kam jedoch zu einem abrupten Ende. Wie alle Katastrophen hatte auch diese kein warnendes Vorspiel. Zunächst stand Eva nur auf und streckte sich – wie das Kinder tun, die der zu lang andauernde Austausch von elterlichen Küssen langweilt. Mit einem Mal rannte sie los, das Brötchen noch in der Hand, sprang mit den neuen schwarzen Schnabelschuhen und der langbeinigen Grazie der Selbstsicheren über einen winzigen Wassergraben und lief auf die Bergkapelle zu. Eine Zeitlang stand sie vor dem Kirchlein. Danach redete sie allerliebst und immer lauter werdend mit der kleinen Ente, die sie in Mittenwald bekommen hatte, und schenkte ihr, weil die sie darum bat, ihr Brötchen. Während die Ente noch mit Evas Stimme quakte, entdeckte sie selbst im Schatten einer Linde das große hölzerne Kreuz und lief darauf zu. Sie stellte sich auf Zehenspitzen, um die Füße des leidenden Christus zu berühren. Artig faltete sie ihre Hände.

»Guten Tag, Herr Jesus Kaktus«, rief die unselige Pilgerin aus, »gib uns heute unser täglich Brot.«
Auf der Wiese fuhren zwei Körper auseinander. Der Blitz der Erkenntnis und der Donner des Entsetzens lähmten sie beide. Sie wollten schreien und waren stumm, ihre Augen erblindet in einem Nebel aus Schock und Hilflosigkeit. Alfred befreite seine Kehle als erster.
»Gratuliere«, preßte er durch geschlossene Lippen, »das hast du dir fein ausgedacht. Falls das deine Form von Humor ist, bin ich soeben an meinem Gelächter erstickt.«
»Wie kannst du nur auf die abartige Idee kommen, daß ich dem Kind so etwas beigebracht habe?« weinte Andrea.
»Sorry. Ich hatte total vergessen, daß es bei euch ja auch noch den Heiligen Geist gibt. Dann richte ihm aus, Alfred was not amused.«
»Für das euch könnte ich dich auf der Stelle steinigen.«
»Verbrennen, meine Liebe, verbrennen. Tut nichts, der Jude wird verbrannt.«
»Mußt du immer gleich geschmacklos werden?«
»Hat meine kleine Streberin nie den Nathan gelesen? Solltest du. Nicht nur wegen dieses Zitats.«
»Ich schwöre dir bei allem, was mir heilig ist, daß ich nichts damit zu tun habe«, schluchzte Andrea.
»Fragt sich nur, was Madonna heilig ist.«
Erst bei einer überraschend zustande gekommenen Versöhnung am Abend, weil keiner von beiden die Stärke des bayerischen Biers richtig eingeschätzt hatte und sie sich vom Wirt seinen selbstgebrannten Enzian einschenken ließen, konnten die Getroffenen über »Jesus Kaktus« lachen. Sehr viel ernster waren ihre Reflektionen über die irrationale Reaktion von Menschen, die in ihrer Euphorie

interkonfessionelle Verträge schließen, für deren Einhaltung sie nicht sorgen können.
Mit solcher Klarsichtigkeit und einem Minimum an detektivischem Aufwand gelang es ihnen dann auch, Evas kleine Wortverwechslung mit der großen Zündschnur zu ihren Ursprüngen nach Bad Homburg zurückzuverfolgen. Sie gingen zeitiger als sonst schlafen. Es war eine linde Nacht mit einem zarten Duft von Heu und Minze, doch sie krochen fröstelnd unter dicke bayerische Federbetten und verbargen ihre Gesichter. Als wenigstens ihre Hände zueinander fanden, sprachen sie von der Liebe – und beließen es beim Wort. Die eine bat Gott um Vergebung ihrer Sünden, der andere um ein schlechtes Gedächtnis und ein vor Ungerechtigkeit gefeites Herz.
Auch am nächsten Tag, dem letzten der Ferien, kam es nicht mehr zu der Heiterkeit und Harmonie, die Andrea und Alfred so intensiv empfunden hatten und derer sie beide in späteren Jahren mit dem wehmütigen Wissen um versäumte Gelegenheiten gedenken würden.
Für die Unbefangenheit der Jugend, die sie sich gegenseitig vorspielten, waren die Scherze zu sorgsam formuliert und die Höflichkeit zu antiquiert. Die Gesprächsthemen blieben an der Peripherie des Verbindlichen, die Stimmung gedrückt. Selbst die erheiternde Wirkung von einem kichernd erworbenen Kaktus erwies sich von zu kurzer Dauer. Beim genauen Hinsehen hatten die Stacheln mehr Symbolkraft als Witz.
Beim Mittagessen fixierte Alfred ein Hirschgeweih an der Wand, als hätte er das Hifthorn vernommen und dürfte nicht zur Jagd. Er rollte lustlos einen Knödel durch eine Bratensauce, die er als zu braun kritisierte, und sagte, ob-

gleich er nur Sauerbraten auf dem Teller hatte, jeden Tag Weißwürste wären ihm doch zu fade. Andrea klagte über Schmerzen und suggerierte sich, ihr Magen hätte den Enzian nicht vertragen. Plappernd grub Eva einen Graben in einen Berg von Kartoffelbrei und füllte ihn jauchzend mit Cola auf. Beide Eltern waren froh, daß sie endlich ein Opfer zum Auszanken gefunden hatten.
Auch in Frankfurt hatte es gestürmt; die Rosen im Vorgarten trugen Trauer, dem steinernen Amor fehlte ein weiterer Zeh, und denen, die ihn sahen, die Lust, von seinen Pfeilen zu fabulieren. Die Usambara-Veilchen auf der Fensterbank waren verkümmert. Eva quengelte nach Margeriten und dem Dirndl, das sie nicht mehr anziehen durfte. Sie hustete wieder. Ruth fand, daß Alfred sich nicht gut erholt hatte. Sie sagte es ihm, als er sie spät in der Nacht besuchte. So blieb ihr keine Einzelheit des Streits verborgen, der ihren Sohn ebenso beunruhigte wie sehr bald darauf die belastende Erkenntnis, daß sein Gebet nicht erhört worden war. Seine Skepsis, ob er die volle Wahrheit erfahren hatte, verwehrte es ihm, seiner Frau Gerechtigkeit widerfahren zu lassen.
Andrea wartete eine Woche, bis sie nach Bad Homburg fuhr. Dort verweigerte sie den Zwetschenkuchen, die Sahne und ihren Eltern die Absolution. Herbert-Dietrich und Ulrike sahen sich mit der Peinlichkeit konfrontiert, ihrer rasenden Tochter zu erklären, weshalb sie so spät im Leben auf die Idee gekommen waren, ein Tischgebet zu sprechen und dies ausgerechnet dann taten, wenn ihre Enkelin bei ihnen übernachtet hatte.
»Das war das letzte Mal, daß ich mir von euch ein Kuckucksei ins Nest habe legen lassen«, schrie Andrea.

»Ich würde an deiner Stelle nicht von Kuckuckseiern sprechen«, brüllte ihr Vater zurück, »mein Nest hat auch eins abbekommen.«
Der nächste Beweis, daß kein ewiger Bund mit der Unschuld aus Kindermund zu flechten ist, fiel Andrea überhaupt nicht auf. Alfred indes geriet durch die Nennung eines einzigen Namens so sehr in Bedrängnis, daß er nicht nur die guten, sondern auch jene Urlaubserinnerungen vergaß, die er bis dahin nicht aus der Chronik der Mißverständnisse hatte tilgen können. Zum ersten Mal in seiner Ehe begriff er, wie dünn der Faden ist, an dem ein Damoklesschwert hängt. Abermals kam der Sturm ohne warnendes Wetterleuchten auf ihn nieder.
»Wen hast du denn zu deiner ganz ganz tollen Party eingeladen, meine Süße?« fragte der Nichtsahnende am Vorabend von Evas Geburtstag.
»Meine Mami.«
»Die Mami wohnt doch hier. Die brauchst du doch nicht einzuladen.«
»Lea und Rachel. Und Sami«, fiel der Blauäugigen schließlich ein.
»Aber Sami ist doch noch viel zu klein. Der kann ja noch gar nicht mit euch spielen.«
»Marco ist groß. Ganz ganz groß«, sagte Eva. Sie kletterte auf einen Schemel, reckte sich und hielt beide Arme über den Kopf.
Keinen Moment gestattete die Wucht des Hiebs Alfred einen Zweifel, daß der Frieden seiner Ehe den Geburtstag seiner Tochter nicht überdauern würde. Die Hoffnung, daß von einem anderen Marco als dem kaffeebraunen Prinzen der Königinmutter Halina die Rede war, kam gar nicht auf.

Benommen schaute der überführte Täter auf Evas winzige Fingerspitzen, die Marcos imponierende Größe anzeigten. Schon warfen die rotlackierten Nägel der Daumen Flammen gegen die Wand.
Als seine Vernunft vereiste, sah sich der Verzweifelte die Wohnungstür hinter sich zuschlagen und losrennen. In dieser gnädigen Zeitspanne beschloß er, nie mehr zu den Seinen, zu der Pflicht der Liebe, in die Sackgasse der Leidenschaft zurückzukehren. Er sagte seiner Mutter Lebwohl und schrieb seiner Frau aus Tel Aviv eine Postkarte. Doch er blieb sitzen und stellte seiner kochenden Seele alle törichten Fragen, die nicht mehr von Bedeutung waren. Weshalb hatte er kein einziges Mal bedacht, daß ihm nie die Fortune der guten Lügner vergönnt gewesen war, warum hatte er nicht wenigstens zu verhindern versucht, daß Andrea das Kind zu Teitelbaums mitnahm? Wie hatte er je das Haus in der Maximilianstraße betreten können, ohne das Desaster zu fürchten, das nun eingetreten war? Weshalb war er nun mit einem Mal so sicher, daß Halinas Sohn und seine Tochter ihre Bekanntschaft nicht einer Laune des Zufalls verdankten? Der Sündige rührte sich nicht. Selbst die Hände waren ruhig, nur die Knöchel weiß. Seine Mutter hätte die Erregung gewittert; seine Frau tat es nicht.
»Wer ist denn dieser ganz ganz große Marco, meine Süße?« fragte der Stimmensanfte.
»Ihr großer Schwarm«, gluckste Andrea, »ich habe gehört, die beiden wollen nächste Woche heiraten.«
Der Umkreiste hüstelte und stopfte seine Pfeife, er formte aus einem weißen Pfeifenreiniger einen dreibeinigen Schimmel und lächelte, merkte jedoch rechtzeitig, daß er in gespielter väterlicher Eifersucht laut zu lachen hatte. Er

wieherte klug und schaute Andrea an. Ihre Augen waren klar und verzaubernd.

»Das hast du gut gemacht, meine kleine jiddische Mamme. Man muß die Mädchen verheiraten, ehe sie die Liebe entdecken. Das erspart allen Beteiligten eine Menge Ärger. Frag deinen Vater.«

»Dein Schwiegersohn«, lachte Andrea wieder, »wird dir gefallen. Der hat Riesenaugen und ist ungeheuer charmant. Er hat heißes Blut und weiß Gott keinen goischen Kopf.«

»Eine aparte Mischung.«

Alfred nahm seine Tochter auf den Schoß. Sie steckte ihm eine kleine Stoffmaus in die Jackentasche. Ihr Haar duftete nach Zitronenseife, nach Pfefferminzschokolade der Atem. Er fühlte ihr Herz klopfen und erschrak, als ihm aufging, daß es seins war. Andrea stand auf, um den Tisch zu decken und beschämte den Brütenden zweimal mit einem Kuß. Alfred wollte laut hinausschreien, daß er sie liebte, ihre Anständigkeit und Treue, ihre Schönheit und Anschmiegsamkeit, doch die Angst vor der Unwägbarkeit der Zunge stieß ihn in die Grube des Schweigens zurück. Er sah Halina sich auf seiner Couch räkeln, während Evas Geburtstagskerzen flackerten, hörte die kupferhaarige Kokette mit seiner Frau über das Rezept der Schokoladentorte plaudern. Sich selbst sah er auf dem Stuhl sitzen und schwitzen und so tun, als würde er sich für nichts anderes im Leben interessieren als für die Qualität von Backpulver und Kuchenglasur. Er verfluchte seine Einfältigkeit und Dreistigkeit, die Fesseln des Eros, die Schwäche seines Willens, Halinas Körper und Marcos Blinddarm.

»Marcos Mutter wird dir gefallen«, plauderte Andrea zwischen der ersten und der zweiten Weinschorle. »Halina ist eine ganz tolle Frau. Ich kenne sie noch gar nicht lange, doch sie hat mein Herz im Sturm erobert. Sie ist so spontan und fröhlich. Ich kenne sie nur kichernd.«

Alfred mußte sich tatsächlich vorsehen, um nicht »ich auch« zu seufzen. Um so besser gelang sein Lächeln. »Wie habt ihr euch denn kennengelernt?« fragte er.

»Ganz zufällig. Auf der Treppe. Sie wohnt im selben Haus wie Teitelbaums. Oder hast du gedacht, ich nehme Eva mit, damit ihr Moische Hebräisch lesen beibringt?«

»Klar habe ich das gedacht. Das hast du dir doch schon vor ihrer Geburt vorgenommen. Schmoll doch nicht gleich, Loreley. Es reicht, wenn dein Alter die Falten kriegt. Laß uns lieber schlafen gehen. Du hast morgen einen anstrengenden Tag.«

In der Nacht spielte Alfred nur sehr kurz mit dem Gedanken, seine Mutter ins Vertrauen zu ziehen. Allein die Vorstellung, was in Ruth vorgehen würde, wenn sie ausgerechnet am Geburtstag ihrer Enkelin nach all den Jahren Halina wiederbegegnete, hielt ihn im Bett. Er knipste die Nachttischlampe an, sah Andreas in tiefen Schlaf eingetauchtes Gesicht, hängte trotzdem zwei graue Socken über den Schirm, um sie nicht zu wecken, und kehrte niedergeschlagen an den Kreuzweg zurück, an dem die Entscheidung gefallen war.

Alfred war nicht leichtfertig in ein billiges, irrsinniges Abenteuer gezogen, nicht wie der klassische Ehebrecher, dem der täglich gemeinsame Tisch und die Routine der Nacht zum Verhängnis werden. Nie hatte er den Männertraum von Don Juan gehabt, der seine Kräfte und Künste stets aufs neue erprobt. Immer hatte er den als Frevler an seinen Kindern verurteilt, der der Versuchung nicht widersteht. Für

Alfred hatte ein Mann immer, ein Vater nie das Recht, in gestohlenen Nächten nach viriler Erfüllung zu jagen.
»Wenn Marco mal krank ist, hol dir einen anderen Arzt«, hatte er Halina gebeten.
Der herzensreine Ritter, vom Schicksal zu der Gabe der Freundlichkeit und der Tugend der Rücksicht erzogen, hatte Halina nach dem Besuch in seiner Praxis nicht wiedergesehen. Lange hatte er noch nicht einmal gewußt, ob sie in Frankfurt geblieben war, sich auch nicht die Mühe gemacht, wenn er Andrea ab und zu bei Teitelbaums abholte, die Namen an den Briefkästen zu lesen. Pandoras teuflische Büchse war leer, ihr Parfüm verweht, ihr betäubendes Sirenen-Gelächter den Ohren entrissen. Wäre Alfred Rechtsanwalt oder Müllfahrer oder wenigstens verantwortungslos und ohne Mitleid gewesen, hätte ihm nichts Schlimmeres widerfahren können als eine gelegentlich aufflackernde Ahnung, daß Moral und Treue nicht vor der Sehnsucht schützen, sich selbst untreu zu werden. Der Anruf hatte ihn um neun Uhr morgens erreicht. Er hatte gerade seine Praxis betreten.
»Alfred, du mußt sofort herkommen. Marco geht es sehr schlecht.«
»Verdammt. Nicht schon wieder, Halina. Das hatten wir doch alles schon. Wie geht's dem süßen kleinen Teddy?«
»Er hat vierzig Fieber und hat die ganze Nacht gebrochen und ist vollkommen apathisch. Er weint nicht einmal mehr.«
»Ich schick dir einen Krankenwagen. Du solltest keine Zeit verlieren.«
»Bitte, Alfred.«
Es war das kümmerliche Bitte, ein von Halina noch nie vernommener, flehender, verzweifelter Hauch, dem der Mann

nicht entkommen konnte. Und es waren das ärztliche Gewissen und ein Herz, das sich nicht der Not eines Kindes und den Leiden der Mütter zu verschließen wußte, denen Alfred folgen wollte. Er saß neben Marco im Krankenwagen, streichelte den glühenden Kopf, als der Junge auf der Trage lag, und flüsterte ihm bis vor die Tür des Operationssaals den Trost eines bangenden Vaters zu. Er wartete mit Halina im Flur der Klinik, hielt die Bebende in seinen Armen, und er war immer noch da, als Marco aus der Narkose erwachte, »Onkel Alfred« sagte und seinen Teddy verlangte. Es war, weil selbst Halina, die sich vor nichts fürchtete, sich nicht getraut hatte, Alfred in der Nacht zu Hause anzurufen, eine ungewöhnlich schwierige Blinddarmoperation geworden. Der Chirurg sprach von Komplikationen, doch Marco erholte sich so schnell, wie das nur kleine Prinzen können, die eine Mutter lachend als grünen Frosch aus einem großen Teich gefischt hat. Als er wieder essen durfte, hätte er es schon der bettelnden Halinamama wegen getan, doch der himmelblaue Bär mit den Augen aus Lapislazuli konnte noch nicht einmal schlucken, wenn Alfred nicht da war. Wer ein gesundes Kind nicht zu enttäuschen vermochte, ließ auch einen todkranken Teddy nicht im Stich. Im übrigen verlangte der sensible Bär auch nach seinem Arzt, als Marco schon wieder gesund und zu Hause war.
»Das hast du ihm gesteckt, du durchtriebenes Aas«, warf der schuldig Gewordene der wohlriechenden Natter vor. An Sühne dachte er nicht. Halinas Brüste waren immer noch zur Sünde geschaffen. Ihr Bett war breit wie damals und die Laken lila. Nur spottete sie nicht mehr, wenn Alfred sich beim Auszug aus Gomorrha eilig anzog und sorgenvoll auf die Uhr schaute. Für die Mutter ihres jungen Liebhabers

hatte Halina kein Verständnis gehabt. Ehefrauen waren ihr sympathisch. Sie war eine bequeme Geliebte, die ihre Pillenpackung gut sichtbar auf den Nachttisch legte und sich mit den Mittwochnachmittagen begnügte. Da war Alfreds Praxis geschlossen, Andrea fuhr zu ihren Eltern, kehrte erst abends zurück und sprach nicht mehr, wie am Anfang ihrer Ehe, von den Mittwochnachmittagen als »unserem ganz eigenen Schabbes«.

Es war ein Kindergeburtstag mit Sonne im Garten, Topfschlagen, Mohrenköpfen und Luftballons, Kinderjubel und Elternstolz. Nur die Großeltern aus Bad Homburg fehlten, doch Eva war in dem Alter, das den Tag zu pflücken weiß; sie stellte keine Fragen. Ruth zuckte weder zusammen noch mit der Wimper, als ihr Sohn ihr unter der Birke gestand, wer zur Feier geladen und wie dies geschehen war.

»Seit wann stotterst du? Hast du gedacht, ich weiß nicht, daß Halina wieder in Frankfurt ist? Hauptsache«, sagte die Stirnrunzelnde, »du kommst nicht auf die Idee, statt deiner Frau Stunden bei Moische Teitelbaum zu nehmen.«

Von Hermann bekam Eva eine Barbiepuppe, die noch blonder war als sie, von Rachel das dazugehörige Pferdchen mit rosa Mähne und ein Fläschchen Nagellack, damit sie außer den Daumen auch die restlichen acht Finger pflegen konnte. Lea lackierte dem Amor aus Stein die Nase, wurde vom Vater bedroht und der Mutter geherzt. Spät erst erschien die Diva. Mit einem melodischen »Schalom« zerschmetterte sie Alfreds Hoffnung, ihre Unzuverlässigkeit, auf die sonst immer Verlaß war, hätte ihn errettet. Hermann pfiff leise zwischen den Zähnen.

»Halt's Maul«, raunte Alfred.

»Also doch«, begriff Hermann, »du Idiot.«

Wie ein Mann, der nichts mehr zu verlieren hat, ging Alfred auf Marco zu, die Sekunden zählend, die ihm blieben, bis das unschuldige kleine Monster »Onkel Alfred« jubeln, an ihm hochspringen und ihm einen Kuß geben würde. Marco verbeugte sich jedoch tief und streckte verlegen die rechte Hand vor.

»Danke, Herr Doktor Bär, daß ich kommen durfte«, sagte der Gentleman. Gezwinkert hat er erst, als es keiner außer Alfred sah.

10

Diese verfluchten Vögel singen für die Gojim«, schimpfte Sara, als sie den weißen Fleck auf der spiegelnden Scheibe entdeckte, »und mir scheißen sie die Fenster voll.«

»Ich würde in hundert Jahren nicht auf so einen Satz kommen«, überlegte Andrea. »Wie fällt einem Menschen nur so was ein? Komm, laß mich auf die Leiter. Meine Beine sind jünger als deine. Ich kann mit keinem so lachen wie mit dir, Sara. Warum bloß?«

»Muß ich nicht lange herumdenken, Lämmchen. Du lachst über die ältesten jüdischen Witze. Wann hat eine Frau in meinem Alter schon das Glück, so ein Schaf zu treffen, das den Witz von den Vögeln nicht kennt? Mein Großvater hat ihn mir erzählt. Da war ich fünf Jahre alt. Nur habe ich nicht gelacht, weil ich schon damals älter war, als du je sein wirst. Ich wußte, daß es für unsereins keine Witze, sondern nur wahre Geschichten gibt.«

Für jene, die nur den Himmel, die feuchte Erde, die berstenden Bäume und Büsche mit ihren pastellgrünen Blättern sahen, war es wieder Frühling. Gelb flaggten die Forsythien in den Vorgärten Hoffnung, lila Krokusse mit wippenden Köpfen lockten die hungrigen Amseln der Großstadt zum zarten Mahl. Wenn die Sonne schien und die Magnolienblüten nicht ahnten, daß der erste Sturm der trügerischsten Saison im Jahr sie auf einen Schlag zu Boden reißen würde, verwechselte die Jugend das alljährliche Wunder der erwachenden Natur mit dem kurzen der Liebe, die Sehnsucht mit Erfüllung, Wunsch und Wirklichkeit. Für jene, die in den Büchern der Stammväter lasen, um aufs neue zu erfahren, weshalb sie, wenn die Nächte ihren Schrecken verlieren und die Veilchen blühen, an Manna vom Himmel und Milch und Honig im Lande der Verheißung glaubten, war es Pessach. Sara liebte dieses Fest der Freude und Befreiung mehr als alle anderen jüdischen Feiertage, und sie kannte auch den Grund.

Die Geschichte und Riten von Pessach, die Zeremonien, die Gesänge und die bei Tisch vorgeschriebenen Symbole mit ihrer einprägsamen Überschaulichkeit erfreuten ihr frommes Herz mehr, als irdischer Lohn es je vermocht hätte. Jeder der acht Tage, da das Haus der Gesetzestreuen frei von Brot und gegärten Speisen und Getränken zu sein hat und nur die ungesäuerte Mazze gegessen werden darf, beschworen für sie in gleichem Maße die Erinnerung an das größte Wunder der jüdischen Geschichte und die das Jahr über verwehten Spuren ihrer Kindheit.

Frevlern, die sich der Sünde schuldig machen, nur die Summe ihrer entmutigenden Erfahrungen nach dem Sinn des Lebens zu befragen, mochte es ungewöhnlich erscheinen, daß Sara alljährlich aufs neue bereit war, Wunder willkommen zu heißen. Immerhin war ihr nur ein einziges zuteil geworden. Sie hatte das Konzentrationslager überleben dürfen. Weil sie sich jedoch selbst im Inferno der Qualen nie von ihren Wurzeln getrennt, ihre Demut nie aufgegeben, den Allmächtigen allzeit bei sich gewähnt hatte, war nur der Teil von ihr gerissen, für den der Gütige in seiner Weisheit nicht zuständig war. Trotz aller Gegenbeweise in ihrem persönlichen Fall empfand Sara – im Alter ebenso intensiv wie in der Jugend – wie eindrucksvoll und bewegend das Pessachfest auf den Schutz hinweist, den Gott den Menschen gewährt.

Bei Sara kam hinzu, daß es sie mit jedem Jahr mehr danach verlangte, ihr verdunkeltes Gemüt mit dem Mirakel aufzuhellen, das vor Jahrtausenden ihr Volk aus der Not der Knechtschaft und vor dem Tod errettet hatte. Die acht Tage von Pessach werden zur Erinnerung an den Auszug der Kinder Israels aus Ägypten begangen. Für Sara war der Sieg der Schwachen über die Starken keine von den nachfolgenden Chroniken der Verfolgung überholte Geschichte. Früh hatte sie begonnen, Moses und die Seinen zu begleiten. Kaum hatte die kleine Sara den Besen halten können, hatte sie, damals noch mit schwarzen Haaren und runden Augen, die nie nach hinten schauen mußten, der Mutter geholfen, am Tag vor Pessach in jeder Ecke der Stuben die Reste vom Brot zusammenzufegen.

Ihre geschickten Finger hatten die Schubladen nach Krümeln abgesucht und das Schränkchen in der Vorratskammer nach vergessenen, vertrockneten Rinden. Das Mädchen hatte mit willigen Händen, denen die Mutter vertraute, die schweren Töpfe, langen Messer und zerbrechlichen Teller ins Freie getragen. Mit vier Jahren hatte das Kind schon begriffen, daß für den Festtag alles Küchengerät und Eßgeschirr rituell gesäubert werden muß, das das Jahr über mit gärenden Speisen in Berührung kommt. Erst nach der Rückkehr aus Ravensbrück hatte Sara indes die ewige Gültigkeit eines Festes erkannt, an dem vom Engel des Todes die Rede ist, der auf göttlichen Befehl hin die Wohnstätten der Kinder Israels zu verschonen hat.

Trotz solch inniger Gedanken fielen der frommen Sara die umfangreichen und umständlichen Vorbereitungen für das Fest der Feste jedes Jahr schwerer. Die Kraft der Jugend war ihren Händen vor der Zeit entflohen, die Gelenke hatten nicht mehr die Geschmeidigkeit ihres Geistes, die Augen nicht Schärfe genug, um mühelos die Überbleibsel des Gesäuerten aufzuspüren, die Pessach entheiligen. »Pessach«, pflegte Sara mit gebeugtem Rücken und tanzenden schwarzen Kreisen vor geröteten Augen zu seufzen, »ist schön. Aber schwer. Wenn der König der Könige will, daß ihm seine Sara auch im nächsten Jahr noch dient, muß er ihr einen neuen Weg weisen.«

In dieser Beziehung vertraute Sara indes nicht allein auf den Himmlischen. Bevor er ihr eine Botschaft zukommen ließ, half sie sich selbst. Ein Glaube, in dem ein jeder Gottes Gesetze nach eigener Inspiration und gemäß den persönlichen Bedürfnissen auszulegen weiß, macht entscheidungsfreudig. Um die Arbeit, die getan werden mußte, einem Körper anzupassen, der nicht so widerspruchslos auf ihren Willen reagierte wie ihr fügsamer Mann, fand die Kluge es geboten, in ihrem Heim eine neue Tradition zu etablieren.

In dem für Andreas Zukunft entscheidenden Jahr, von dem hier die Rede ist, befahl Sara ihrem Mann, schon zwei Tage vor dem Pessachfest mit ihr die Wohnung nach Gesäuertem abzusuchen. Moische hatte sich mit vielen Zitaten aus den heiligen Schriften gewehrt. Mit dem für Sara typisch männlichen Hinweis hatte er eingewandt, daß gerade er als Uhrmacher nicht mit der gleichen Selbstverständlichkeit einen

Teil von der Zeit abschneiden dürfte wie seine Frau ein Stück von einem Braten. Wie abzusehen, konnte sich der Gerechte nicht gegen Saras Logik und Hartnäckigkeit durchsetzen.

»Was schert es den Allmächtigen«, wiederholte sie bei Andrea die Frage, die sie ihrem Mann dreimal hatte stellen müssen, »wenn meine Wohnung heute schon rein ist für Pessach? Hat er befohlen, daß wir an gewöhnlichen Tagen nichts Ungesäuertes essen? Er will nur, daß wir Pessach nichts Gesäuertes essen. Und daß du nicht noch morgen auf der Leiter herumstehst.«

Andrea setzte sich neben Sara, die Äpfel, Rosinen, Mandeln und Zimt mit einem Schuß dunklen Weins zu Charosset mischte. Dessen tiefbraune Farbe symbolisiert den Lehm, mit dem die Kinder Israels in ihrer Fron die Prachtbauten für die Ägypter hatten bauen müssen. Andrea hatte es sich angewöhnt, Sara immer dann zuzunicken, wenn die Betriebsame für einen kurzen Augenblick ihre Arbeit unterbrach. Es behagte ihr, einer Frau Einverständlichkeit zu signalisieren, der sie sich auf eine Weise verbunden fühlte, die ihr in sentimentaler Stimmung als eine mythische Mutter erschien. Weshalb dies so war, fragte Andrea sich nie. Ihr reichte es, daß sie nur mit Sara seelensättigend in eine Welt untertauchen konnte, von der sie seit Evas Geburt ahnte, daß sie sie nie begreifen würde.

Eine Zeitlang sprachen die beiden Frauen von Halina und Marco, die zu Pessach an Saras Tisch sitzen würden. Eine von ihnen bat ihren Gott, die andere vor dem Leid jener Ehefrauen zu schützen, deren Phantasie so rein ist wie ihr Gewissen. Sara erzählte von ihrem Elternhaus, und Andrea schwieg von dem ihrigen. Einig waren sich beide, wie gut es für die kleine Eva sei, daß sie seit ein paar Monaten in den jüdischen Kindergarten ging.

»Ich wollte, ich hätte mit dreieinhalb Jahren schon so gut über Pessach Bescheid gewußt wie meine Tochter«, lächelte Andrea.

»Hättest du auch bei euch gekonnt«, entgegnete Sara. »Zu Pessach hat Jesus das letzte Abendmahl eingenommen. Schau dir die Bilder von dem Tisch an, an dem er mit seinen Leuten gesessen hat. Da kannst du mal sehen, wie schwer es die getauften Juden haben, von ihrem Glauben loszukommen. Die Menschen, die vom Sohn des Allmächtigen reden, denken ja immer, er ist katholisch auf die Welt gekommen.«

»Komisch, darüber habe ich noch nie richtig nachgedacht.«

»Tut keiner, Kindchen. Deswegen haben wir ja den ganzen Zores mit den Herren von der Kirche.«

Seufzend stand Sara auf und holte aus dem Kühlschrank, der schon rein für Pessach war, den Lammknochen, um ihn schwarz zu brennen. Er würde am übernächsten Abend, dem Seder, auf der Schüssel liegen und an das Lamm erinnern, mit dessen Blut die Kinder Israels ihre Türpfosten gezeichnet hatten, damit der Engel des Todes über sie hinwegflog.

»Früher«, rechtete Sara mit der flackernden Gasflamme, »war auch das mit dem Knochen besser. Meine Mutter hatte einen richtigen Ofen. Das Feuer hat gelebt. Der Knochen wurde in den Flammen schwarz, ohne daß die ganze Küche gestunken hat und die Nase sich an Dinge erinnern muß, die der Kopf nicht vergessen kann. Oft möchte ich mir meine Nase aus dem Gesicht reißen. Du mußt ihm die Hand nicht geben. Da sieht er sofort, daß du bei deiner Sara gut gelernt hast.«

»Meine Sara macht mich heute noch total meschugge. Wem muß ich die Hand nicht geben? Ich weiß überhaupt nicht, von wem du redest.«
»Nu, Lämmchen, werde ich zwei Tage vor Pessach, wenn meine Hände so voll mit Arbeit sind wie meine Schüsseln und Töpfe, von Frank Sinatra reden? Warum soll uns so einer bitten, bei ihm vorbeizukommen? Warum lachst du schon wieder? Der Rebbe will uns sehen. Für morgen um zehn hat er uns bestellt. Ein Rebbe gibt einer fremden Frau nicht die Hand. Das gehört sich nicht für ihn.«
»Wäre ja auch komisch, wenn es ausgerechnet bei mir anders wäre.«
»Mußt nicht gleich wieder denken, daß das ist, weil er dich nicht leiden kann. Um die Menschen leiden zu können, hat der Mann zuviel gelitten.«
»Ich frage mich nur, was das Ganze bedeuten soll, Sara? Ich war doch noch nie mit dir beim Rabbiner.«
Sara nahm das Thema erst auf, als sie zwei Meerrettichstangen fertig geschält hatte.
»Es ist immer im Leben das erste Mal«, sagte sie. »Wer jedoch immer nur seinem eigenen Kopf Fragen stellt, bekommt die falschen Antworten. Abwarten muß der Mensch können, um klug zu werden. Hilf mir lieber, den Kren zu reiben. Der ist dieses Jahr besonders scharf. Ich habe im Leben genug geweint. Jetzt bist du dran. Und zieh dich morgen nicht an wie eine, die weiß, wohin ein Mann bei einer Frau schielt. Beim Rebbe sollst du dich nur bedecken. Das ist gut für ihn, und dir wird es nicht schaden.«
Rabbi Blau saß an seinem Schreibtisch, den Kopf so tief über ein Buch gebeugt, daß sein Bart die Seiten berührte. Mit dem Seufzer eines Mannes, der sich für alle Zeiten

Störungen verbeten hat und noch nie erhört worden ist, klappte er das Buch zu, als die beiden Frauen von einem verwachsenen Mann mit verdrossener Miene in sein Büro geführt wurde. Der Rabbi murmelte einige Worte, von denen Andrea kein einziges verstand. Ihr fiel nur auf, daß Sara lächelte. Die hatte trotz der Frühlingswärme ein langärmeliges graues Kleid mit einem weißen Spitzenkragen an, ihren Ring mit dem Stein aus Granat und eine silberfarbene Nadel mit einer winzigen Perle auf der Brust. Sara sah viel schlanker und wesentlich jünger aus als in ihrer Wohnung. Andrea hatte sie während der langen Zeit, in der sie so regelmäßig zu Teitelbaums ging, nie woanders gesehen als in ihrem Heim und immer nur in Filzpantoffeln. Nun trug sie grobe braune Schuhe, hatte aber trotzdem zierliche Füße.

Der Rabbiner hatte einen schwarzen Anzug aus dickem Tuch an, die Jacke war ihm zu weit, die Ärmel zu kurz, der Hemdkragen seit zehn Jahren nicht mehr in Mode. Er fuhr sich mit einem zerfetzten Taschentuch über die Stirn und putzte so lange an seiner Brille herum, daß die Stille im Raum zu lärmen begann. Das Zitronenbäumchen auf dem Fensterbrett, das keine Früchte trug und dessen Blätter dursteten, verströmte die gleiche Ablehnung. Nur Ben Gurion, der erste Ministerpräsident des Staates Israel, lächelte freundlich in einem Rahmen aus schwarzem Holz. Als sich Sara auf den vorderen von zwei Stühlen setzen wollte, verwies Rabbi Blau sie mit einer Bewegung, die er nur mit einem Finger andeutete, auf den hinteren am Fenster.

»Mit ihr will ich sprechen«, sagte er sehr deutlich.

Andrea spürte, wie sie errötete. Sie war so lange nicht mehr bei Rabbi Blau gewesen, daß sie vergessen hatte, zu welch

gewaltiger Stimmkraft der kleine, schwächlich wirkende Mann fähig war. Noch während sie überlegte, ob auch sie sich hinsetzen sollte, sich jedoch nicht zu bewegen traute und es auch nicht wagte, sich in der Hoffnung auf ein stummes Zeichen von Sara nach ihr umzudrehen, sagte der Rabbiner: »Der Stuhl hier wird es aushalten, wenn eine Frau auf ihm sitzt. Gestern hat ein Mann auf ihm gestanden, um die Fenster zu putzen, und beiden geht es heute gut.«
Er öffnete eine Akte mit einem vergilbten Kaffeefleck auf dem Deckel und begann zu lesen. Bei jedem Umblättern der Seiten befeuchtete er seinen rechten Zeigefinger, wie es sonst nur Menschen tun, die den Umgang mit Geschriebenem nicht gewohnt sind. Einmal schüttelte er den Kopf und hob ihn danach versehentlich zu hoch. Es war das erste Mal, daß er Andrea direkt ansah. Abermals murmelte er einige Worte.
Sie zwang sich, den Unnahbaren mit der Aufmerksamkeit zu beachten, die er ihr nur zufällig vergönnt hatte. Die Haut über der Stirn hatte den durchsichtigen Schimmer von dünnem Wachspapier, die Pupillen der angestrengt wirkenden Augen waren gelblich. Andrea fiel ein, wie Alfred, als erstmals von der Mikwe und ihrer Panik die Rede gewesen war, sich vor einem fremden Mann nackt auszuziehen, zynisch von Rabbi Blaus Kurzsichtigkeit gesprochen hatte. Ihr Gedächtnis machte sie verlegen. Sie kam sich wie eine Lauscherin an der Wand vor und grub nervös ihre Hände in die Taschen des zu langen Rocks aus einem dunkelblauen Wollstoff, den sie eigens für Rabbi Blau vom Speicher geholt hatte.
Trotzdem begann ihre Irritation nachzulassen. Der alte Mann tat ihr leid. Er wirkte zu klein für seinen Stuhl, war

stark erkältet, keuchte beim Atmen und schien zu frösteln. Das erklärte wohl auch die geschlossenen Fenster an einem so sonnigen Tag. Rachel hatte einmal von Rabbi Blaus allseits bekannter, großer Einsamkeit gesprochen. »Dabei ist er selbst schuld. Es gibt kaum einen«, hatte sie Andrea feixend anvertraut, »der sich nicht bemüht hat, ihm eine passende Frau zu finden. Selbst meine Cousine in Rechovot ist tätig geworden. Ihre jüngste Tochter schielt und ist nicht mehr wählerisch.«

Bei einem Hustenanfall wurde das Gesicht des Rabbiners purpurrot; erschöpft griff er nach dem Becher mit schwarzem Tee neben einer leeren Vase. Seine Hand zitterte. Ohne zu trinken, stellte er den Becher ab – in seiner Hast auf eine Ecke des Aktendeckels. Nur Andreas rasche Reaktion bewahrte das Gefäß vor dem Umkippen. Es war ebenfalls lediglich ein Reflex, daß sie Rabbi Blau zulächelte. Er schien überrascht. Streng schaute er zu Sara hin, als erwarte er von ihr eine Erklärung für Freundlichkeit, um die er nicht gebeten hatte, doch Sara faltete nur ihre Hände und legte sie auf den Schoß.

»Liest sie auch viel?« fragte er.

Bei ihrem ersten Besuch war Andrea von Rabbi Blaus Angewohnheit verstört gewesen, im Gespräch mit ihr die direkte Anrede zu vermeiden. Erst, als er sie danach zweimal weggeschickt hatte, war ihr aufgefallen, daß er sie immer in der dritten Person anredete. Sie war gekränkt und empört gewesen.

»Der schaut mich noch nicht einmal an, wenn er mit mir spricht«, hatte sie sich bei Alfred beschwert, »der tut einfach so, als ob ich nicht da bin.«

Mit der Lässigkeit, die sie längst nicht mehr so bewunderte, wie am Beginn ihrer Ehe, hatte Alfred erwidert: »Sei froh. Da kann dir der alte Zausel keine unsittlichen Anträge machen.« Daß sie nun die Situation weit weniger demütigend als skurril empfand und die Frage des Rabbiners als grotesk, gab ihr Selbstvertrauen.

»Ich lese sehr gern«, erwiderte sie und nahm sich vor, sich jedes Detail der Szene einzuprägen, um wenigstens Alfred zu erheitern.

»Habe ich nach dem Vergnügen beim Lesen gefragt, das sie hat? Nach den Büchern habe ich gefragt, die ich dem jungen Herrn Doktor mitgegeben habe. Sind denn die Seiten schon geknickt? Hat die Schrift schon Flecken?«

So sehr sich Andrea antrieb, hinter den Sinn der Frage zu kommen, sie vermochte es nicht. Nur ängstigte es sie nicht mehr, daß sie nicht genug Phantasie hatte, sich auf Rabbi Blaus abstruse Rhetorik einzulassen. Wahrscheinlich hatte Alfred recht. Sie würde ihr Leben lang eine Preußin bleiben, methodisch und zu schwerfällig für die Pointen von Witzen, die sie nur in Ausnahmefällen als solche erkannte. Es machte die Einsichtige noch nicht einmal mehr befangen, daß sie keine Ahnung hatte, von welchen Büchern der Rabbi sprach. Offenbar hatte er irgendwann Alfred einige mitgegeben und der sich noch nicht einmal die Mühe gemacht, seiner Frau davon zu erzählen. Was die Zuverlässigkeit in Nebensächlichkeiten anging, war Alfred ganz gewiß kein Preuße.

»Ja«, sagte sie. Um den Bruchteil einer erheiterten Sekunde zu spät ging ihr auf, daß sie wohl besser mit einem Nein geantwortet hätte. Im rätselhaften Wörterbuch des Rabbi Blau gab es sehr viel mehr Verneinung als Zustimmung. Sie war erstaunt, als seine Lippen zuckten.

»Das ist gut«, befand er. »Bücher ohne Flecken sind nicht gelesen worden. Und wozu soll das gut sein? Was kann ein Mensch schon aus Büchern lernen, die er nicht liest?«
»Ich hab sogar mal aus einem ungarischen Buch was gelernt. Und in dem konnte ich kein einziges Wort lesen«, sagte Andrea.
Später fragte sie sich oft und immer, ohne zum Kern der Dinge vorzustoßen, weshalb sie den Einfall und den Mut gehabt hatte, sich auf eine Frage von Rabbi Blau einzulassen, die absolut keine Antwort erforderte. Im Moment des Geschehens fiel ihr indes nur auf, daß der alte Mann sich ruckartig in seinem Stuhl aufrichtete, daß sein Oberkörper ein Stück größer zu werden schien und sich der Ausdruck seiner Augen veränderte. Sie hatten ihre Müdigkeit verloren, die Haut ihre Blässe. Er legte eine Hand auf die andere.
»Sie waren schon in Ungarn?«
Weil es zum ersten Mal geschah, daß der Rabbiner Andrea persönlich anredete, und sie es sofort bemerkte, war sie so verblüfft und auf eine Art befreit, die ihr zwar kindisch erschien, aber auch wie ein endlich gefundener Schlüssel, nach dem sie lange hatte suchen müssen, wollte sie laut lachen – jubelnd wie Rachel, kichernd wie Halina, begreifend wie Ruth. Um dies nicht zu tun, grub sie ihre Nägel tief in das Fleisch ihrer Arme, um herauszufinden, ob sie nicht nur träumte, ob sie wirklich glauben durfte, was sie sah und hörte.
Selbst der kurze Schmerz erheiterte sie noch. Trotzdem brauchte sie danach viel Zeit, ehe sie wieder sprechen konnte. Nur war auch das Schweigen anders geworden, nicht mehr so belastend wie in den Tagen des Ausgeliefert-

seins, nicht bedrohlich, irgendwie angenehm und auch animierend, denn Andrea spürte, daß Rabbi Blau sich zum ersten Mal tatsächlich für sie interessierte. Er starrte weder zum Fenster heraus, noch auf seinen Schreibtisch, deutete ein Nicken an, das Andrea als Ermunterung auslegte. Der Rabbi wiederholte gar seine Frage. Hätte er einer Frau zulächeln können, er hätte es getan. Mit einem Mal war sie sich dessen sicher.

Sie erzählte, als hätte es sie ihr ganzes Leben verlangt, diese eine Erinnerung dem fern gewordenen Gestern zu entreißen, von der herrlichen Reise mit Alfred nach Budapest. Mit einer Lebhaftigkeit, die sie genierte und ihr aufdringlich erschien, der sie jedoch nicht länger als einen Atemzug Einhalt zu bieten vermochte, schilderte sie ihre Eindrücke von einer Stadt, deren Geschichte sie fasziniert und deren einstigen Glanz sie so wehmütig empfunden hatte.

Andrea sah die Häuser wieder, an deren imposanten Fassaden sich ihre Augen gesättigt hatten wie in keiner anderen Stadt. Sie stand auf einer Donaubrücke und fühlte den Wind im Haar, sah die alte Frau wieder vor einem Stand mit rot leuchtenden Paprikaschoten. Sie hatten spontan welche gekauft und trunken vor Fröhlichkeit in das junge Gemüse hineingebissen. »Schmeckt süß«, hatte Alfred gesagt, »mit dir schmeckt das ganze Leben wie Honig, Loreley.« Endlich kam Andrea auf das Buch zu sprechen, das ihr die Kraft der Zunge beschert hatte. Sie kannte noch die kleine Buchhandlung mit den winzigen Fenstern und die Straße, in der sie zwei Verliebte entdeckt hatten, denen es weder auf Richtung noch Ziel angekommen war, nur auf Romantik, den Zauber der Fremde und die Berauschtheit vom schweren Tokajer und vom leichten Glück.

»Das alte Buch«, erinnerte sie sich, »war in braunes Leder gebunden. Zunächst gefielen mir nur die blassen Farben der Zeichnungen. Dann spürte ich die Frömmigkeit der Menschen in den Bildern. Es war auch das erste Mal, daß ich hebräischen Buchstaben begegnete.«
Andrea sah, als sie dies erzählte, sich an Alfreds Körper lehnen, hörte sein Herz pochen und ihn mit der weichen Stimme sagen, die er schon lange nicht mehr hatte: »Das ist eine Hagada, meine kleine Forscherin. Die lesen wir zu Pessach.« Alfreds Gesicht war wieder jung und zuversichtlich und sehr zärtlich. Erst als das Bild zu deutlich wurde, die Sonne zu heiß zu brennen begann, die Melodie von der schönen blauen Donau verstummte, weil die Geigen eingepackt wurden, hielt Andrea inne.
Ihre Augen drückten in Höhlen von Salz, als das Gold, aus dem die besten der guten Erinnerungen geschmiedet werden, erst grau und dann schwarz wurde. Betreten machte sich die Ernüchterte klar, daß Rabbi Blaus Büro nicht der geeignete Ort war, um über den Umstand zu sinnieren, daß ihre Liebe schon zuviel Vergangenheit hatte. Mit der Energie jener, denen Disziplin den Weg weist, sagte sie: »Damals wußte ich noch nicht einmal, was eine Hagada ist.«
»Weiß sie es jetzt?«
»Sie weiß es jetzt«, lachte Andrea, »eine Hagada wird an Pessach gelesen. Und sie kann sie auch lesen. Fragen Sie doch Sara.«
Er fragte nicht. Als rede er nicht mit einer Frau, die von ihm begehrte, was er ihr nie würde geben können, nämlich einen neuen Glauben, der sie den alten vergessen lassen würde, sagte er leise: »Ich kenne die Buchhandlung, von der Sie sprechen. Sie hat einmal einem Onkel von meinem Va-

ter gehört. Als Kind habe ich dort viel gelesen. Das Leder der Bücher war weich wie die Handschuhe der Reichen.«
Ohne daß er zum Aufbruch bereit war, reiste er zurück in die Stadt, in der ihm an einem einzigen Tag alle Freuden des irdischen Seins entrissen worden waren. Einen Wimpernschlag, der ihm die Gnade des Vergessens versagte, sah er seine Frau, jung und mit festem Fleisch und einer engelsanften Stimme; zu lange, um nicht das Stöhnen seiner Seele zu hören, lauschte er dem Lachen seiner Kinder, die er nicht auf ihrem Todesweg hatte begleiten dürfen. Als ihn der Zug der Deportierten auf den Weg in die Lager der Vernichtung umzingelte, war seine Kehle verdorrt. Er hustete wieder und drückte die Hand an sein Herz.
Später sprach der Rabbi mit Andrea über Pessach. Er fragte sie nach der Bedeutung des Festes und nach den bitteren Kräutern auf der Schüssel am Sederabend, weshalb sich keiner seiner Armut schämen, keiner auf seinen Reichtum stolz sein sollte, wo ihr Mann die Mazze kaufte, ob ihr Haushalt schon koscher sei und weshalb sie nur ein Kind habe.
»Soll nur das eine lernen, was die Mutter weiß?«
»Wir wollen erst das zweite, wenn ich übergetreten bin.«
»Die Mikwe«, sagte Rabbi Blau, »wird nach Pessach wieder offen sein. Frau Teitelbaum wird Sie begleiten.«
Wieder begriff Andrea nicht, was er meinte, weshalb er abermals dazu übergegangen war, sie beim Reden nicht anzuschauen. Sie flehte mit Augen, in die er nicht blickte, er möge nicht weiter von der Mikwe sprechen. Sie hatte die Pflicht zur Mikwe beim Übertritt in all den Jahren des resignierenden Wartens verdrängt, fühlte nur noch, wie Empörung ihren Körper erstarren ließ. Der Entsetzten entging zunächst auch, daß Rabbi Blau seinen Stuhl nach hinten

schob, sehr entschlossen aufstand und die Tür mit der Miene eines Mannes aufstieß, dem Bittsteller lästig werden, mit denen es nichts mehr zu besprechen gibt.
»Willst du dich nicht bei dem Herrn Rabbiner bedanken?« fragte Sara.
Andrea stammelte – tatsächlich folgsam wie ein Lamm – Dank, doch sie wußte nicht, weshalb sie das Wort sagte. Verlegen streckte sie ihre Rechte vor. Sie fühlte Saras Hand an ihrem Ärmel, erinnerte sich, daß Rabbi Blau eine fremde Frau nicht berührte, und suchte verwirrt die Taschen ihres Rocks.
»Über die Hochzeit werden wir noch sprechen«, bestimmte Rabbi Blau an der Tür, doch er sagte auch: »Die junge Frau kann sehr gut erzählen. Ich habe ihr zugehört.«
»Danke«, sagte Andrea.
»Für die Wahrheit bedankt sich der Mensch nicht. Nur für Schmeicheleien.«
Auf einer sonnenwarmen Bank in der Anlage am Eschenheimer Tor mit Entenküken im Weiher und frühlingstollen Hunden auf dem Rasen erklärte ihr Sara, daß sie und Alfred noch einmal und diesmal nach jüdischem Ritus würden heiraten müssen.
»Brauchst dir kein weißes Kleid zu kaufen, Lämmchen.«
»Das hatten wir schon einmal«, lächelte Andrea. »Jetzt erkläre mir ganz langsam und ausführlich, was das alles zu bedeuten hat. Ich weiß noch nicht einmal, ob ich jetzt jüdisch bin oder nicht.«
»Nu, sind wir einen Tag vor Pessach zu Rabbi Blau gegangen, damit er dich katholisch macht?«
Ein gelber Schmetterling, der schon den Sommer ahnte, schwebte zu einem Beet gelber Tulpen. Vor einem weißge-

strichenen Haus mit Giebeln und Fenstern aus Tausendundeiner Nacht, das wie ein verwunschenes Schloß aussah und so, als hätte es ein Maharadscha für seine Maharani aus Zuckerguß erbauen lassen, erblühte ein Apfelbäumchen. Eine rosa Knospe fiel zu Boden und in den Tod. Blauäugige Vergißmeinnicht glaubten an die Ewigkeit. In den Büschen lärmten die Spatzen. Zwei Tauben mit Tomatenketchup am Schnabel balgten sich um ein halbes Brötchen.

»Jetzt scheißen sie auch mir auf den Kopf und singen für die Gojim«, prustete Andrea, doch sie war nicht herzensheiter, noch nicht einmal zufrieden – nur auf eine Art erregt, die sie erschöpfte und eine Leere spüren ließ, mit der sie nicht gerechnet hatte. Zu lange hatte sie auf diesen Tag warten müssen, um ihn als groß und als die Erfüllung eines Wunsches zu empfinden, der ihr jahrelang das einzig für sie mögliche Glück vorgegaukelt hatte.

»Sara, darf ich denn jetzt noch weiter zu dir kommen?«

»Du darfst nicht. Du mußt. Nur wenn mein Lämmchen da ist, denke ich nicht an den Soldaten, der mir im Zug den Ring weggenommen hat. Er hätte mein Sohn sein können.«

»Das hast du wunderschön gesagt. Danke.«

»Für die Wahrheit dankt man nicht.«

Es war Saras Idee, Alfred erst an Pessach vom Wunder des Übertritts zu erzählen. »Warum machst du den Seder nicht in deiner Wohnung? Deine Schwiegermutter ist eine kluge Frau. Sie wird verstehen, was es für dich bedeutet, zum ersten Mal Pessach auszurichten.«

Ruth begriff sofort, weshalb sie am nächsten Tag Gast und nicht Gastgeberin sein sollte. Sie drückte Andrea an sich, als wollte sie nicht nur ihre Schwiegertochter, sondern auch den beseligenden Moment der Erlösung für immer festhal-

ten. »Nun wird alles gut«, flüsterte sie, als sie ihre Zunge noch nicht gezügelt hatte. »Soll ich dir nicht bei den Vorbereitungen helfen?« fragte sie mit ihrer gewohnten Stimme.
»Laß dich einmal von mir verwöhnen. Ich weiß genau, was ich zu machen habe. Glaubst du, ich war all die Jahre umsonst bei Sara?«
»Umsonst nicht. Frag Alfred, was es gekostet hat. Ich sage ihm, daß wir oben feiern.«
»Du verrätst nichts?«
»Kein Wort. Ich sage ihm, daß ich mich nicht wohl fühle und mir dieses Jahr die Arbeit zu viel wird.«
Vierundzwanzig Stunden von selbst auferlegtem Schweigen wurden dem spät jubelnden Herz dann doch zu lang. Andrea verkündete die Botschaft ihres Sprungs über die Hürden der Konversion im durchsichtigen roten Nachthemd und mit Evas Trompete. Als die Mauern des Badezimmers einstürzten, hatte Alfred Rasierschaum im Gesicht und den Blick eines Mannes, der aller Sünde abschwor. Seine Augen wurden sanft und verlangend wie im Mai der ersten Liebe.
»Ich kann es nicht fassen, meine Süße. Es kommt so plötzlich.«
»So ging's mir gestern. Und du hast immer gesagt, beim Übertritt prüfen drei Leute. Warum war es bei mir anders?«
»Keine Ahnung. Bei den Orthodoxen kann man sich auf nichts verlassen. Ich weiß gar nicht, wie ich dir danken soll.«
»Für die Wahrheit dankt man nicht.«
»Wer hat dir das eröffnet?«
»Rabbi Blau. Und jetzt verrate ich dir noch was. Ich habe mich in ihn verliebt.«
»Da mache ich mir keine Sorgen. Du wirst dich in der Mikwe schon abkühlen. Zieh dich nicht an. Bitte! Ich mache

heute keine Praxis mehr. Eva geht meine Mutter traktieren und wir zurück ins Bett. Du mit einem Ekel, der nichts als dumm reden kann, und ich mit der jüngsten Jüdin Frankfurts.«

»Und wie soll ich das schaffen mit der ganzen Arbeit? Ich bin doch jetzt eine jüdische Mamme, die einen Feiertag vorbereiten muß.«

»Eben. Juden haben sich zu allen Zeiten abhetzen müssen. Denk an die Kinder Israels. Die hatten noch nicht mal Zeit, anständiges Brot zu backen.«

Andrea stand schon an der Kasse des Supermarkts, als sie das bayerische Bier entdeckte. Sie kaufte schon deshalb zwei Flaschen, weil Alfred im Jahr zuvor den koscheren Pessachwein nicht gut vertragen hatte, und gerade Bier aus Bayern an einem so außergewöhnlichen Tag ihr wie ein Brückenschlag von den unvergessenen Urlaubstagen zu einer verheißungsvollen Zukunft erschien. Nur zweimal mußte die Tüchtige beim Kochen Saras Rat erfragen, Ruth dann jedoch bitten, den süßen Karpfen zu übernehmen. Der Tisch hingegen, da war sie sicher, war in keinem jüdischen Heim mit soviel liebevoller Sorgsamkeit gedeckt worden wie in ihrem.

Wie üblich, hatte Alfred Schwierigkeiten mit den religiösen Pflichten des Hausherrn; er konnte den Text der Hagada nur mit Mühe entziffern und wußte nicht, wie er seinem Kind die Bedeutung des verbrannten Lammknochens erklären sollte. Andrea übernahm das, als hätte sie schon mit ihrer Großmutter Pessach gefeiert. Eva entzückte alle, weil sie den hebräischen Text für die vier Fragen, die das jüngste Mitglied der Tischgesellschaft zu stellen hat, im Kindergarten gelernt hatte.

»Mein jüdisches Enkelkind«, lobte Ruth und umarmte ihre Schwiegertochter.
Andrea stellte das Bier erst auf den Tisch, als der Fisch gegessen war. Weil Alfred seiner Tochter gerade zum dritten Mal erklären mußte, weshalb nur Moses und nicht ihr Vater mit einem Stab das Rote Meer zerteilen durfte, sah er die beiden Flaschen nicht sofort. Er merkte erst, was geschehen war, als Andrea die erste öffnete und seine Mutter sich mit beiden Händen an die Stirn schlug. Es war der Moment, den Andrea nie vergessen sollte. Ihr Mann lachte so laut, daß ihre Tochter sich verschluckte, als sie ihn zu übertreffen versuchte. Alfreds Tränen tropften in die Schale mit dem Bitterkraut.
»Bier zu Pessach«, johlte er, »das ist der Hit. Das muß ich Hermann erzählen. Ruf mal Rabbi Blau an. Er soll sofort herkommen.«
»Vielleicht darf ich auch mal mitlachen.«
»Darfst du, mein süßer goischer Engel, darfst du. Bier hat Hefe und ist an Pessach verboten.

11

Obwohl Andrea bereits im Frühling zum Judentum übergetreten war, kam es erst im Spätsommer zu der danach fälligen Trauung. Rabbi Blau war auf einer Israelreise schwer erkrankt und hatte nach seiner Rückkehr eine Abneigung entwickelt, sich auf Termine festzulegen. Das Brautpaar sah nicht den geringsten Grund, ihn zu drängen. Selbst Alfred, der schon immer gewußt hatte, daß im Judentum das Eheversprechen vor einem Standesbeamten nicht als gültig anerkannt wird und es in Israel überhaupt keine Ziviltrauung gibt, rebellierte gegen Gebot und Tradition. Die Vorstellung, nach fünf Jahren Ehe seine Frau noch einmal heiraten zu müssen, genierte ihn und widersprach seiner Liberalität.

Andrea konnte schon gar nicht nachvollziehen, daß sie nach dem jüdischen Gesetz bisher im Konkubinat gelebt hatte und ihre Tochter als unehelich gelten würde, wenn deren Eltern nicht noch einmal die Ehe gelobten. Selbst jene Gäste, die die Notwendigkeit der Prozedur bejahten, wirkten teilnahmslos. Einer Hochzeit aus rein dogmatischen Gründen mangelt es sowohl an der Begeisterung des betroffenen Paares als auch an der animierenden Romantik, die die Herzen der Geladenen rührt.

Alle Anwesenden konnten indes noch Jahre später ohne die

geringste geistige Anstrengung den bleibendsten Eindruck der schlichten Feier aus dem Gedächtnis abrufen; sie beschränkten sich dabei auf meteorologische Besonderheiten. Es war der schwülste und heißeste Tag des Jahres und die Hitze durch die verschlossenen Fenster an der Stätte des Geschehens nur für den wärmebedürftigen Rabbiner gut zu ertragen. Rachel wurde kurz ohnmächtig. Ruth mußte erst sich und dann Sara ihre Herztropfen einflößen, Moische am Tag darauf wegen schwerer Kreislaufstörungen zum Arzt.
Dem armen Jossel Grünbaum machte die Hitze im wahrsten Wortsinn einen Strich durch die Rechnung. Da er seinen Lebensunterhalt als Schnorrer bestritt, gehörte ein mitleiderregender, zerlumpter Mantel mit mottenzerfressenem Pelzkragen sommers wie winters zu seiner Arbeitskleidung. Nach Hochzeiten mit Paaren, die zum ersten Mal den Lebensbund besiegelten, waren seine Einnahmen so hoch, daß er sich anschließend zwei freie Tage gönnte. Bei dem jungen Doktor Bär verdiente Jossel keinen Pfennig. Ihm wurde nach einer Viertelstunde so übel, daß er sich keuchend und mit blauverfärbten Lippen ins Freie schleppte. Den Rest des Sonntags verbrachte er am Eingang des kühlen Friedhofs, wo er sonst auch geduldig auf die Menschen zu warten pflegte, die begriffen haben, daß es die Schnorrer sind, die es ihnen ermöglichen, das im Judentum wichtige Gebot der Mildtätigkeit zu erfüllen.
»Was glaubst du, wie ich den Schnorrer um seine Freiheit beneidet habe«, seufzte Andrea am Abend.
»Mußt du erst heiraten, um herauszubekommen, daß es bei den Juden die Schnorrer am besten treffen?« fragte Alfred.
Schon Tage vor ihrer zweiten Trauung war bei ihm und Andrea aus der üblichen Wehmut von Nostalgikern eine die

Gegenwart überschattende Melancholie geworden. In kränkender Deutlichkeit erkannten beide, daß sie seit der ersten Hochzeit einen zu beschwerlichen Weg vom Hoffnungsgrün der jungen Liebe zu den grellen Kontrastfarben einer Ehe zurückgelegt hatten, die für jedes bewältigte Problem ein neues bereithielt. Obwohl diese Bürde Andrea in barmherzig kleinen Portionen verabreicht worden war, beschwerte sie die Erkenntnis, daß die Illusionen der Jugend im Verlauf der Jahre noch anfälliger für Abnutzungserscheinungen sind als die Ehe selbst.

Seit ihrem ersten und einzigen Besuch in der Mikwe hatten sich ihr Leben, Denken und erst recht das Panorama ihrer Seelenlandschaft verändert. Sie mochte sich zwar nur in pessimistischer Stimmung und in den raren Momenten vorbehaltloser Ehrlichkeit eingestehen, daß ihr in der Mikwe eine Wunde geschlagen worden war, die selbst in den Nächten von Verlangen und Glut nicht vernarbte – die Begeisterung für das Judentum, von der sie bei den ersten Begegnungen mit Alfred so glaubhaft und bewegend zu erzählen gewußt hatte, war erloschen.

Sara hatte sie in die Mikwe begleitet. Dort hatte es Andrea noch nicht einmal so sehr gedemütigt, wie sie befürchtet hatte, daß sie sich nackt vor einem fremden Mann hatte zeigen müssen. Nie mehr hatte sie jedoch verdrängen können, daß sie in der Sekunde des Untertauchens Alfreds erheitertes Gelächter vernommen hatte, weil sie zu Pessach, dem Fest des Ungesäuerten, das Bier mit Hefe auf den Tisch gestellt hatte. Unmittelbar nach dieser klangvollen Erinnerung waren von den weißgekachelten Wänden des Bads die beiden tückischen Worte »Warum?« und »Wofür?« auf die aufopferungsvolle Priesterin der Liebe niedergekommen.

Seitdem spaltete bei den nichtigsten Anlässen, den banalsten Diskussionen mit Alfred, selbst im heiteren Spiel mit der Tochter der Zweifel Andreas Leben. Es machte sie unsicher, daß ihre Loyalität nicht mehr jeden ihrer Pfade bestätigte und wie wehmütig sie Freundschaften betrauerte, die sie, wie es ihr im Rückblick erschien, nur um Alfreds willen aufgegeben hatte. Die Vormittage, wenn Eva im Kindergarten war, wurden ihr mit jedem Tag länger und öder, die Gespräche mit Ruth waren nicht so reizvoll und selbstbestätigend wie einst. Andreas Herz pochte nicht mehr mit der Erregung der Erwartung, wenn es Abend wurde und sie Alfred die Wagentür zuschlagen hörte. In seiner Frage, wie sie den Tag verbracht hätte, witterte sie die Provokation der Tüchtigen gegen die Müßigen.
Trotz ihrer Scheu, sich der Vergangenheit zu stellen, erkannte die Unzufriedene, daß es ein Fehler gewesen war, sich nach dem Examen gegen die Berufstätigkeit zu entscheiden; es verlangte sie immer mehr nach der befreienden Unabhängigkeit ihrer Generation. Auch in den erfüllten Stunden ihrer Ehe, wenn Alfreds sanfte Stimme, seine Gutmütigkeit und sein Witz, seine Hände auf ihrer Haut den verdüsterten Himmel von den Wolken der Skepsis befreiten, ertappte sich Andrea dabei, daß sie sich nach der unkomplizierten Selbstverständlichkeit der Welt sehnte, der sie entstammte. Immer häufiger warf sie sich vor, sie würde Eva nichts von den Werten, Emotionen und Idealen vermitteln, die sie selbst geprägt hatten.
Sie näherte sich nun ihrem dreißigsten Geburtstag, sah sehr jung aus, war immer noch so schlank wie als junges Mädchen und auffallend schön wie als strahlende Braut im weißen Kleid. Die Zeit hatte jedoch nur Gesicht und Figur

verschont. Andrea glaubte nicht mehr an den Traum vom Sieg der Liebe über die Hürden eines Glaubens, dessen Tradition sie einst zu erlernen und zu lieben gewähnt hatte. Zwei Tage vor ihrer jüdischen Hochzeit, die von Andrea am Anfang als ultimative Erfüllung ihrer Sehnsucht empfunden worden war – für immer durch die Pforte von Alfreds Welt zu gelangen – verstauchte sie sich den Knöchel.

So sehr sie sich auch suggerierte, ein Sturz von der Leiter wäre das alltägliche Mißgeschick einer Hausfrau und kein böses Omen, empfand sie doch den dicken Verband um ihr Gelenk als einen hämischen Hinweis der Götter auf die Brüchigkeit des Glücks. Schon die Äußerlichkeiten bedrückten sie. Ihrem modebewußten Geschmack war es zuwider, bei irgendeinem Anlaß in derben, flachen Schuhen zu erscheinen.

»So lauf ich sonst noch nicht einmal zum Bäcker, um Brötchen zu holen«, jammerte sie.

»Das macht doch wirklich nichts, daß man mir eine lahme Frau angedreht hat«, sagte Alfred mit der trostschweren Stimme des Arztes, der seinem Patienten nach einer niederschmetternder Diagnose nicht alle Hoffnung nehmen will. »Auch wenn es bei Juden üblich ist, in solchen Fällen die zugesagte Mitgift zu erhöhen, bin ich bereit, dich ohne Aufpreis zu heiraten. Mich stört es kein bißchen, daß du hinkst. Das sieht man doch nur, wenn du gehst.«

»Wohin soll ich denn deiner Meinung nach gehen?«

»Laß gut sein, Loreley. Jüdische Witze wirst du nie verstehen. Da kann dich Rabbi Blau soviel jüdisch machen, wie er will. Selbst wenn er dich in der Mikwe ertränkt, kommst du noch mit deinem preußischen Kopf heraus. Das ist ja gerade das Aparte an dir.«

Alfreds Scherze täuschten. Sein Humor reichte nicht aus, um die Verpflichtung eines Mannes, die eigene Frau zum zweiten Mal zu heiraten, nicht als eine Farce zu empfinden. Er war schon deshalb in keiner besseren Stimmung als Andrea, weil er sich zwar mit den Formalismen hätte arrangieren können, die ihn zwangen, die Hauptrolle in einem Stück zu spielen, das er als Groteske empfand, aber nicht mit dem Zeitpunkt der Premiere.
Wegen des sehr plötzlich vom Rabbiner angesetzten Termins hatte er kurzfristig die Teilnahme an einem Ärztekongreß in Meran absagen und außer sich selbst auch noch Marco über eine gewaltige Enttäuschung hinwegtrösten müssen. Halina hatte ihrem Sohn erzählt, sie müßte eine Tante in Südtirol besuchen, die außer einem gebrochenen Bein auch noch eine Fabrik für Fußballstiefel hätte. Weil die wundersame Genesung der Südtiroler Tante Marco an der Gerechtigkeit der Welt zweifeln ließ und Alfred sich wiederum schuld an dessen Tränensturm fühlte, hatte er seinerseits ein Versprechen abgegeben. Nur hatte er Andrea am Vorabend seiner zweiten Hochzeit exakt darlegen müssen, weshalb er Fußballstiefel Größe fünfunddreißig in seinem Schrank aufbewahrte und seit wann es ihn störte, daß sie seine Schränke aufräumte.
Selbst Ruth war mißgestimmt. Dabei hatte gerade sie Grund, sich auf die Trauung zu freuen. Der durch seine Vernunftehe einst finanziell so trefflich abgesicherte Sohn ihrer Freundin Gitta lebte nämlich gerade in Scheidung von seiner wohlhabenden Ehefrau und hatte sich mit seinem reichen Schwiegervater überworfen. So erhielt Ruth endlich die lang ersehnte Chance, sich für die schonungslosen Bemerkungen zu revanchieren, die Gitta anläßlich Alfreds

erster Hochzeit über die Zerreißproben gemacht hatte, denen Mischehen ausgesetzt seien.
Es verdroß Ruth nicht nur, daß sie ihre Kur im kühlen Bad Kissingen unterbrechen und eine Verabredung mit einer Cousine aus New York absagen mußte. Sie war auch gut über Rabbi Blaus Angst vor Zugluft unterrichtet. Allerdings sah auch sie ein, daß es für unerwünschtes Aufsehen gesorgt hätte, nur aus diesem Grund die angenehm temperierte Synagoge als Schauplatz der außergewöhnlichen Trauung zu wählen. Schließlich wußte jeder, daß die überall stattfinden dürfen.
»Irgendwie schaffst du es immer wieder«, hatte sie gesagt, als ihr Sohn sie am Tag zuvor in Kissingen abgeholt hatte, »mir mit deinen verfluchten Hochzeiten Zores zu machen. Als ob das einem Menschen guttut, dauernd von Zukunft zu reden, wenn er schon eine Vergangenheit hat.«
»Wir reden nicht so viel von Zukunft, wie du denkst, Mama.«
»Brauchst nicht zu schwören. Ich habe immer gewußt, was ich dir glauben kann und was nicht. Und zieh dir ein anderes Hemd an, wenn du das nächste Mal deinen Arm zum Himmel streckst. Das hier ist an den Manschetten ausgefranst.«
Trotz der Überlegungen, die Alfred und Andrea einander verschweigen mußten, waren sie sich im Kern ihrer Empfindungen einig wie sonst nur selten; ohne den üblichen Zwang zur gegenseitigen Rücksichtnahme redeten sie über den Umstand, daß ihnen die religiöse Zeremonie nach fünf Jahren Ehe nicht mehr so viel bedeutete wie einst gedacht. Im kumpelhaften Ton von Schicksalsgenossen spotteten sie über Vorbereitungen, die die krankhafte Phantasie von Pessimisten und die Strategie von erprobten Kriegsherren forderten.

»Die erste Hochzeit«, seufzte Alfred, »war das reinste Kinderspiel im Vergleich zu dem, was wir jetzt alles bedenken müssen.«
»Denn die glücklichen Brautleute waren noch nicht mit einem geschwätzigen Kind gesegnet«, erwiderte Andrea.
Beide mochten sich nicht den zu erwartenden Fragen ihrer aufgeweckten Tochter stellen. Eva hatte soeben gegen Hergabe eines allerliebst aussehenden rosa Stoffhasen eine häßliche Puppe namens Ken in ihren Besitz gebracht. In einem pompösen Ehefest hatten sich Barbie und Ken ewige Treue geschworen und sprachen nur noch von ihren Kindern. Seitdem wußte die Puppenmutter dank Leas Aufklärung über die gängige Reihenfolge von bürgerlich einwandfreier Familienplanung Bescheid.
»Die Mamas und Papas heiraten. Dann warten sie neun Jahre auf ihre Kinder«, verkündete Evchen eine Woche vor der Hochzeit ihrer Eltern.
Zu dem Dilemma, sie müßten mit der Vierjährigen Detailbestimmungen des Judentums erörtern, die ihr eigenes Fassungsvermögen überstiegen, kam für Andrea und Alfred ein weiteres Problem hinzu. Das erschien ihnen noch unheilträchtiger als Evas Unermüdlichkeit im Wiederholen von unangenehmen Fragen. Die Eltern befürchteten, ihr mitteilungsfreudiges Kind würde bei umfassender Aufklärung ihrerseits seine mütterlichen Großeltern mit Einzelheiten belasten, die ihnen wegen Andreas Furcht vor heiklen Diskussionen und zu Alfreds Bequemlichkeit so lange wie nur möglich verschwiegen werden sollten. Ulrike und Herbert-Dietrich waren noch nicht von der Tatsache in Kenntnis gesetzt worden, daß sie seit einigen Monaten eine jüdische Tochter hatten.

Die Bedrängten wählten den Ausweg, das unschuldige Kind von der späten Trauung seiner Eltern auszuschließen. Für die maximal zwei Stunden dauernde Zeremonie hatten sie Eva gestattet, Lea schon vormittags einzuladen, und sie hatten den Mädchen vor Verlassen der Wohnung mehrmals das Versprechen abgenommen, nicht an das Telefon zu gehen. Diese Vorsichtsmaßnahme sollte sich in Anbetracht von Evas Neugierde und Leas umfassenden Kenntnissen der realen Lage indes als zu theoretisch und in der Folge als ein Desaster größeren Ausmaßes erweisen. Kaum waren die Kinder allein, vertraute Lea trotz des elterlichen Verbots, mit Eva über die Hochzeit ihrer Eltern zu sprechen, mit ihrer schönen lauten Stimme den aufmerksam lauschenden Puppen Ken und Barbie die Wahrheit an. Es war just der Augenblick, in dem sich die Hochzeitsgesellschaft versammelte.

Zugegen im stickigen, doch in seiner schlichten Feierlichkeit rührend hergerichteten Büro von Rabbi Blau waren außer den verlegenen und schwitzenden Hauptdarstellern und Ruth noch sieben dem Brautpaar fremde Männer. Sie wurden immer dann gerufen, wenn kein Verlaß darauf war, daß sich die zehn Männer für das Minjan einfinden würden, ohne das im Judentum keine rituelle Handlung vollzogen werden kann. Andrea hatte lange nicht begreifen wollen, daß für hundert Frauen kein Gebet gesprochen werden kann, wenn nur neun Männer anwesend sind.

Schließlich gab es noch die für eine Eheschließung vorgeschriebenen vier Vertrauenspersonen, die das Brautpaar zur Vermählung geleiten und mit ihm weder verwandt noch verschwägert sein dürfen. Andrea hatte Sara gewählt und aufgrund eines unmißverständlich geäußerten Wunsches

von Rabbi Blau statt Rachel eine ihr fremde Frau akzeptiert, deren Kenntnisse und moralischen Vorstellungen dem Rabbi mehr zusagten. Die alte Frau trug, weil sie sehr orthodox war, ein Kopftuch, und, da sie im Sommer sehr selten aus dem Haus ging und sich dort mit Kittelschürzen begnügte, ein braunes Wollkleid, das nach Mottenkugeln und Lavendel roch. Sie sprach, wenn überhaupt, nur jiddisch. Bewegte sie ihre Arme und rutschte der weite Ärmel ihres Kleids nach oben, wurde auf ihrem Arm die eintätowierte Nummer des Konzentrationslagers Auschwitz sichtbar.
Alfred hatte mit intensiver Energie auf seinem Freund Hermann als Ehezeugen bestanden. Nachdem Rabbi Blau Rachel ausgeschlagen hatte, hatte er nicht abermals an einer zu lässigen Einstellung zur Religion Anstoß nehmen mögen, als Ausgleich jedoch auf Moische Teitelbaum bestanden, der auch die Herrichtung des Raums übernommen hatte.
Der Schreibtisch war mit einem weißen Tischtuch abgedeckt worden. In der Mitte stand eine blaue Vase mit weißen Rosen und vertrocknetem Schleierkraut. Künstliche Girlanden umrahmten die Bilder an der Wand. Auf einem kleinen runden Tisch standen einige Gläser, eine Karaffe mit Wein, eine Flasche Wodka und ein auffallend großes Glas, das nicht zu den übrigen paßte.
»Um Himmels willen, was soll denn der komische weiße Baldachin?« flüsterte Andrea erschrocken.
»Ist ein jüdisches Himmelbett«, lachte Hermann. »Bei uns Wilden wird die Ehe an Ort und Stelle vollzogen. Hat dir Moische nicht gesagt, wozu die Zeugen gebraucht werden?«
»Quatsch einmal im Leben nicht so blöd daher! Sie glaubt doch alles, was man ihr einredet«, zischte Alfred. »Aber dein Moische, Andrea, wird dir doch in all den Jahren, da er von

meinem guten Geld gelebt hat, verraten haben, was eine Chuppah ist.«
»Ich dachte, bei euch heißt das auch Hochzeit.«
»Bei euch«, wiederholte Alfred, ohne daß er noch flüsterte.
»Das hast du wirklich gekonnt formuliert, mein Engelchen. Das paßt großartig zum heutigen Tag.«
»Du hast doch auch dein Moische gesagt«, wehrte sich Andrea.
»Stimmt. Doch der Ton macht die Musik. Moische und ich gehören derselben Fakultät an. In dem Fall wird der Gebrauch von Possessivpronomina nicht als ausgrenzend interpretiert.«
»Chuppah«, erbarmte sich Ruth und stieß ihren Sohn in die Rippen, »heißt in der Bedeutung des Wortes Heiligtum. Die Chuppah ist das Symbol für das Dach des neuen Hauses, das das junge Paar begründen will.«
Sie standen unter der Chuppah, und keiner von beiden dachte an die Häuser, die zu bauen waren, denn sie starrten in einen reißenden Fluß, von dem sie schon lange ahnten, daß über ihn nie zum richtigen Zeitpunkt eine Brücke führen würde. Als sie die Ringe wechselten, waren nur ihre Hände warm, und sie schauten sich kürzer an als bei der ersten Hochzeit, denn nun waren sie Wissende und nicht mehr die tapferen Rebellen, die auf jungen Feuerrössern wider die Konvention anritten. Rabbi Blau sprach vom Allmächtigen als Schöpfer der Freude, doch Andrea hatte nicht genug Hebräisch erlernt, um ihn zu verstehen; Alfred erkannte das Wort zu spät, übersetzte es jedoch richtig und seufzte.
Der Rabbi machte mitten im Satz eine Pause, die nur ihm auffiel. Er erinnerte sich seiner eigenen Trauung und hatte

Herzziehen. Sara und Ruth dachten im selben Augenblick an Halina. Der einen tränten die Augen, die andere schaute auf ihren Sohn. Sie ballte die Hand in der Tasche zur Faust und hatte, obwohl sie es nicht wollte, doch Verständnis für den Mann, der in der Melancholie seiner Ehe nicht nur einer lebensbejahenden Sünderin verfallen war, sondern auch deren schwarzlockigem, großäugigem Sohn, um dessentwillen sich in der Synagoge alle Frauen über die Brüstung beugten, die sie von den Männern im Parterre trennte. Ruth bezweifelte, daß die soeben vollzogene Ehe Alfred noch das Glück eines Sohnes bescheren würde. Beim Einkauf ihrer Pille nahm ihre Schwiegertochter stets den Vorrat für ein halbes Jahr. Der Apotheker, mit dessen Vater sie zur Schule gegangen war, hatte es ihr erzählt.
Moische drückte Alfred das Glas in die Hand, das der Bräutigam hatte stellen müssen, und flüsterte ihm zu, er solle es zertreten. Als die Scherben auf dem Holzfußboden klirrten, beschäftigten Alfred zwei Überlegungen, die nichts miteinander zu tun hatten – es gibt keine einzige von allen akzeptierte Erklärung für das alte Ritual des gebrochenen Glases, und Scheidungen, obwohl ungern gesehen, sind im Judentum sehr viel unkomplizierter als Eheschließungen.
Einige Minuten später tranken alle den kehlensanften Wein, der die Zunge der Romantiker mit der Süße der Liebe tränkt, und den abkühlenden Wodka. Die Männer klopften dem Bräutigam auf den Rücken und wünschten ihm: »Massel tow.« Andrea sagte: »Chaim«, als sie ihr Glas hob. Alfreds Gedanken schweiften abermals ab. Er gedachte des Abends, an dem er seiner entzückenden Loreley den Trinkspruch beigebracht hatte, und wie stolz sie gewesen war, als ihr endlich der gutturale Laut glückte. Ihm fiel

auf, daß das Wort Andrea wieder Schwierigkeiten machte und daß sie den Davidstern nicht mehr am Hals trug. »Chaim«, sagte er trotzdem und zwickte sie in den Nacken. Mit freundlichen Worten verabschiedete er sich von Rabbi Blau. Bei den fremden Männern, die für die Komplettierung des zehnköpfigen Minjans gesorgt hatten, bedankte er sich mit verschlossenen Couverts. Die Beglückten täuschten weder Diskretion noch Staunen vor. Schweigend rissen sie die Umschläge auf, um die Geldscheine zu zählen, befriedigt nickten sie dem neu Vermählten zu.
»Ein gutes Leben«, wünschte ihm der älteste.
»Wenn Sie wollen, kann ich für das Geld, das Sie gespart haben, weil dem armen Schnorrer schlecht geworden ist, meiner Sara einen neuen Hut kaufen«, zwinkerte Moische.
»Das mache ich«, sagte Andrea, als sie Alfreds Gesicht sah. Sie saß auf einem Schemel in der Ecke – der verstauchte Knöchel hatte wieder zu schmerzen begonnen. Ihre Kehle brannte; sie dachte, es sei der Wodka, und sie dachte auch an ihre Großtante Charlotte. Die saß im »Hofgut Neuhof« im nachtblauen Dirndlrock unter einem blühenden Fliederbaum.
»Du siehst aus, als hätten sie dich gerade geschlachtet«, sagte Rachel.
»Ein bißchen so komm ich mir vor«, untertrieb Andrea.
»Wollen wir mit leerem oder mit vollem Magen gucken gehen, ob unsere Kinder eure Wohnung angezündet haben?« fragte Hermann.
»Vor dem Essen«, entschied Alfred. »Wenn es gebrannt hat, wird es mir nämlich egal sein, daß Rachel sich auf meine Kosten den Bauch immer besonders voll schlägt.«
»Was meinst du, was meine Hochzeit gekostet hat?«

»Du meinst, was sie Rachels Vater gekostet hat.«
»Nu, wende dich auch an den Vater der Braut!«
Lea und Eva spielten im Vorgarten und sahen aus wie zwei possierliche Engel, denen die Himmlischen jedes böse Wort, jede unartige Regung verboten und bis zum Jüngsten Tag die Fröhlichkeit derer befohlen haben, die das Wort Zukunft nicht kennen. Auf dem schwarzem Lockenberg der Herrin glänzten die Schweißtropfen wie tautrunkene Perlen. Die taillenlangen blonden Haare der willigen Dienerin waren von den grellen mittäglichen Sonnenstrahlen zu einem Schleier aus mildem Licht gewoben. Vier randvoll mit Lebensfreude gefüllte Augen sprühten Feuer, um vier kleine Handgelenke ringelten sich gräserne Kränze. Die nackten Füße der zwei stämmigen Beine waren erdverkrustet, die blonde Fee mit der pfirsichzarten Haut trug rote Schuhe, hatte keinen einzigen Fleck auf ihrer himmelblauen Bluse und noch kein Gewissen.
Neben einer grünen Gießkanne lag ein aufgeschlagenes Bilderbuch. Auf Seite dreizehn rauchte ein zipfelbemützter Zwerg seine Meerschaumpfeife. Von den Spitzen der schwarzen Zaunstäbe baumelte die tropfnasse Alltagsgarderobe gutsituierter Puppen. Ein winziger weißer Spitzenunterrock war schon trocken. Barbie war im Hochzeitskleid. Noch ruhte sie zu Füßen des steinernen Amors auf einem Wonnebett aus den Blüten zitronengelber Rosen. In ihrer zierlichen Hand mit den grellrot lackierten Nägeln hielt sie einen grünweißgestreiften Plastikkelch. Ken im Smoking, gestickten Hemd und einer spiegelnden Sonnenbrille, war gerade dabei, in Lackschuhen zu einem Traualtar aus sorgsam geschichtetem Löwenzahn zu galoppieren. Der dümmlich aussehende Bräutigam saß auf einem Pferdchen mit

rosa Mähne und rief mit Evas klangklarer Stimme: »Ich komme, meine süße Loreley.«
»Kommt, Kinder, wir gehen jetzt essen«, lockte Andrea mit dem falschen Ton, in dem Kinder spontan das Ende aller Freude wittern, »ihr könnt nachher weiterspielen.«
»Barbie wird erst heiraten«, entschied Lea. Sie bückte sich nach der Rosenbraut, hob sie auf und benäßte sie mit den ersten zwei ihrer Tränen. »Das geht jetzt nicht, wir haben keine Zeit«, weinte sie zart und drohte mit Schluchzen.
»Heiraten kann man auch nach dem Essen«, tröstete Alfred und kraulte zärtlich die schwarzen Locken.
Die rotbeschuhte Eifersüchtige sah es, verschränkte die Arme vor dem Bauch und wurde widerspenstig. »Ihr habt doch auch jetzt geheiratet«, wußte sie. Der rechte Fuß stampfte so heftig auf, daß er roh in den Rasen drang. »Jetzt, jetzt, jetzt«, schrie die mutige Rächerkehle.
»Wer hat dir denn so einen Quatsch erzählt, Rumpelstilzchen?« fragte der Vater und streichelte endlich das eigene Kind.
»Lea«, sagte Eva ungeduldig. »Lea weiß alles. Sie geht in die Vorneschule.«
»Vorschule, Schätzchen«, korrigierte Andrea automatisch. »Nächstes Jahr kommst du auch in die Vorschule.«
Sie setzte sich auf die schmale weiße Brüstung und lehnte im letzten Moment ihrer Ahnungslosigkeit den Rücken an den Zaun, genoß aufseufzend die Erleichterung für ihren Fuß, öffnete Augen und Herz der trügerischen Idylle. Auf der Schaukel saß ein Teddybär und schwitzte nicht, obwohl er eine Pudelmütze trug. Andrea lächelte, weil die beiden empörten Mädchen selbst in ihrem Zorn noch so entzückend aussahen, unschuldig wie die Puppen der eigenen

Kinderzeit und frauenlistig um ihre Unwiderstehlichkeit wissend. Dann schaute die Träumerin in Alfreds Richtung. Sie sah seine zusammengepreßten Lippen, daß er seine Hände in die Taschen bohrte und, wie zuvor Eva, mit einem Fuß aufstampfte. Erst da begriff die Mutter, was die Tochter soeben gesagt hatte. Sie reagierte schnell, kompetent und klug. Alle bewunderten sie, Alfred am meisten.
»Morgen fahren wir nicht zu Opi und Omi«, schlug Andrea kinderbetrügend lustig vor, »das Wetter ist so schön, da gehen wir doch lieber in den Zoo. Lea darf mit. Ich werde Opi gleich nach dem Essen anrufen und ihm von dem neuen Seelöwenbaby erzählen.«
»Immer Zoo ist langweilig«, murrte Eva, »ich mag keine Seelöwenbabys. Lea auch nicht.«
»Das langt, gnädiges Fräulein. Ich gehe jetzt Opi anrufen. Wenn du nicht mitkommst, erzähl ich ihm, daß du ihm nicht hallo sagen willst.«
»Opi ist im Wohnzimmer«, brüllte Eva zurück.
»Massel tow«, schluckte Alfred.
»Schlamassel tow«, sagte Hermann und boxte ihn in den Bauch. »Mir ist soeben der Gedanke gekommen, meine Lieben, daß es heute nichts mehr mit einer gemütlichen Feier wird. Im allgemeinen Interesse plädiere ich für Vertagung.«
Er griff mit starkem Arm nach Lea, die herzzerreißend zu schreien begann, drückte sie an die Brust, herrschte Rachel an, weil sie sich nicht schnell genug in Bewegung setzte, stieß mit der freien Hand das Tor auf und trug seine brüllende, wutstrampelnde Tochter zum Auto. Andrea und Alfred sahen den dreien nach und rannten ins Haus. Ruth setzte sich auf die Schaukel. Sie dachte zum zweiten Mal an

diesem Tag an Halina und streichelte, weil es so war, kopfschüttelnd den Teddybären. Eva zerrte die Barbiepuppe an den Blondhaaren aus dem Rosenbett, trat den Bräutigam vom Pferd, warf beide weinend in die grüne Gießkanne und sich selbst auf den Rasen.
Herbert-Dietrich, am heißesten Tag des Jahres im dunklen Anzug und mit einer blauweiß gemusterten Krawatte, sah aus wie ein ganz gewöhnlicher Hochzeitsgast, der vor der Zeit erschienen ist. Er saß im weißen Ledersessel am Fenster und blätterte aufmerksam in der neuesten Ausgabe des Fachblattes für Kinderärzte und schaute auch nicht hoch, als ein verlegenes Hüsteln seiner Tochter ihm anzeigte, daß die Stunde der Abrechnung nahte. Konzentriert raschelte der Entflammte mit Papier, als Alfred mit ausgestreckter Hand auf ihn zukam und mit dem Mut der Sünder, die wissen, was sie getan haben, und die dennoch weder Sack noch Asche tragen, ihm einen guten Tag wünschte.
»Ich gratuliere dem glücklichen Paar«, sagte Herbert-Dietrich, jedes Wort bedeutungsschwer betonend. Er stand sehr langsam auf, reckte die Schultern, hob den Kopf, wirkte größer als er war. Weil er seine Tochter kannte, wartete er schweigend auf die transparente List der Toren, die auf die zeitgewinnende Gunst rhetorischer Fragen setzen.
»Zu was?«
»Laß das, Andrea. Kein Vater hat es verdient, daß man ihn für dämlich hält, nur weil man selbst ein Dummkopf ist.«
Herbert-Dietrich sah seinen Schwiegersohn überrascht und mit der kurzen, widerstrebenden Zustimmung an, die zwar den Grimm nicht mildert, jedoch dem Getroffenen seine Würde beläßt. Es war dieser Bruchteil von männlichem Einverständnis, an das er noch Jahre später denken würde.

Der Gekränkte mußte sogar den Impuls bezähmen, die Stimme zu mäßigen, den Schmerz, der ihm zugefügt worden war, nicht zu unterdrücken. »Glaubst du, es macht Eltern Freude«, herrschte er Andrea an, »von einem fremden Balg am Telefon zu erfahren, daß ihre Tochter gerade Hochzeit feiert? Für wie blöd hältst du eigentlich deine Eltern?«
»Das fremde Balg war deine Enkeltochter.«
»Nein, es war ihre heißgeliebte Lea. Glaubst du, ich bin schon so vertrottelt, daß ich Stimmen nicht mehr unterscheiden kann? Ich bin nur so verkalkt, daß ich nicht verstehe, weshalb meine Tochter nach fünf Jahren Ehe wieder denselben Mann heiratet und ihrem Vater und ihrer Mutter kein Sterbenswörtchen davon erzählt.«
Es war Alfred, der mit dem Wütenden, dem Gedemütigten litt, denn er sah ein zweites Gesicht. In der Not, die nicht seine war, dachte Alfred an den eigenen Vater, den Sanften, Verständnisvollen, an den Bekümmerten, den er nie hatte belügen können, weil seine Augen erschöpft vom Schmerz seiner Erinnerungen waren. Es war ein Mann der Einsicht, der sich schämte, weil einem Vater das Urrecht der Väter verweigert worden war, sein Kind vor einem Weg zu warnen, den er nicht guthieß.
Während Andrea sich in der Flut ihrer Verzweiflung verkrampfte und mit eingezogenem Kopf und hängenden Armen im Zimmer stand, erbarmte sich ihrer der Mann, für den sie die Schuld auf sich geladen hatte, und doch verachtete er ihre Tränen. Er ging ins Nebenzimmer, holte einen Hocker, kam sofort wieder zurück, zögerte nur kurz. Dann drückte er Herbert-Dietrich sanft in den Sessel. Er stellte den Hocker dazu und setzte sich zu dem Wütenden, der für ihn in diesem Augenblick nur ein Vater war. Zunächst ein

wenig stockend und langschweifig, dann jedoch mit der Selbstlosigkeit dessen, der das Geben früher als das Nehmen gelernt hat, erzählte Alfred, daß und weshalb Andrea zum Judentum übergetreten war.

»Und warum habt ihr nie ein Wort gesagt? Glaubst du, wir haben nicht geahnt, daß es so kommen wird? Schon am Tag der Hochzeit, bei der ich noch dabei sein durfte, habe ich es Ulrike prophezeit.«

»Andrea wollte euch nicht aufregen. Es ist ja nicht alles so gut zwischen dir und mir gelaufen, wie es hätte laufen müssen.«

»Nein«, bestätigte Herbert-Dietrich, »das ist es nicht. Aber haben wir trotzdem nicht ein kleines Stück Ehrlichkeit, ein Quentchen Achtung verdient? Muß ich nur deshalb alle Lasten der Vergangenheit tragen, weil ich auf die Seite der Täter befohlen wurde.«

»Danke für das Wort Täter«, sagte Alfred. Sie tranken jeder zwei doppelte Whiskys, verloren die Fähigkeit der deutlichen Rede und berührten sich einmal mit den Händen. Ihre Wege trennten sich vor der Barriere, an der dem Menschen seine Wurzeln und Erfahrungen zum Schicksal werden. Die Schritte jedoch, da sie nebeneinander hergingen, sich ansahen und nichts mehr von Vorurteil und Haß wissen wollten, bohrten sich in ihr Gedächtnis und erwärmte ihr Herz.

»Mit allem habe ich gerechnet«, reflektierte Alfred, als er aus dem Zimmer seiner schlafenden Tochter kam, »aber nicht damit, daß ich am Tage meiner jüdischen Hochzeit die einzigen vernünftigen Worte mit deinem Vater reden würde. Leider hat der gemeine Hund es ausgenutzt, daß der freche Judenlümmel keinen Alkohol verträgt. Mir platzt der Schädel.«

»Ich hol dir einen Eisbeutel«, sagte Andrea, »und ich liebe dich. Es gab heute einen Moment, da ich das fast vergessen hätte. Das beschämt mich am meisten an diesem Tag der Scham.«

»Muß es nicht, meine Süße. Ich vergesse ja auch manchmal, daß ich mich liebe.«

12

Mensch, Andrea, was in aller Welt machst du denn hier? Das glaubt mir keiner. Da will ich nur einen Happen Luft schnappen, und wer sitzt da? Unsere Klassenmadonna mit den schönen langen Beinen. Nur daß sie keiner sehen durfte, weil du immer zu lange Röcke oder zu weite Hosen getragen hast. Die keusche Susanne haben wir bösen Buben dich hinter deinem entzückenden Rücken genannt. Von uns normalen Sterblichen konnte ja nie einer bei dir landen. Laß dich anschauen. Mein Gott, du bist ja noch schöner geworden, Andrea. Und keinen Tag älter. Es will mir nicht in den Kopf, daß du wieder in Frankfurt bist. Das letzte, was ich von dir hörte, war, daß du nach Paris wolltest, um die Sorbonne aufzumischen und danach einen reichen Grafen mit einem Schloß an der Loire zu heiraten. Wetten, daß du das alles geschafft hast! Das sieht der Gourmet auf einen Blick. Jetzt sag doch endlich mal ein Wort. Früher hast du doch auch mit dem niederen Volk geredet.«

»Wie soll ich, wenn du mich so fest umarmst? Außerdem hast du nie probiert, bei mir zu landen, und zum niederen Volk hast du auch nicht gehört. Weiß Gott nicht.«

»Wunderbar, wie du das gesagt hast. Ich bin soeben zehn Jahre jünger geworden. Gönnst du mir den ersten Tanz?

Nein? Darf ich wenigstens heute nachmittag bei dir vorbeikommen? Ich krieg keine einzige Matheaufgabe raus.«
Er hieß Christian, und so schnell Andrea auch die Bilder zurückspulte, konnte sie sich nicht auf seinen Nachnamen besinnen. Hatte Fortunas Lieblingssohn je einen gehabt, oder war der menschenfreundliche Frauenschwarm bereits als »Jesus Casanova« auf die Welt gekommen? Ohne die Erinnerung, daß diese vergessene Stimme immer ein wenig heiser gewesen war und nach dem ersten Satz stets eine Lawine von irrwitzigen Komplimenten in Bewegung gesetzt hatte, wäre Andrea für alle nostalgische Ewigkeit im Nebel der Vermutungen herumgeirrt. Nur dank dem Gedächtnis ihrer Ohren hatte sie in dem großen, schlanken Mann im grauen Flanellanzug den blonden Don Juan des Goethe-Gymnasiums erkannt. Sie tat es mit der Spur einer Erregung, die sie noch mehr verblüffte als sein Erscheinen.
Christian mit dem trügerisch naiven Blick war als erster in der Schule mit langen Haaren, zerlöcherten Jeans, Sandalen ohne Socken und so ordinären Sprüchen auf dem T-Shirt erschienen, daß uralte, abgebrühte Primanerinnen wie alberne Sextanerinnen losgekichert hatten, sobald er nur in ihre Richtung schaute. Bis zum Abitur, das dieses Idol nur mit Mühe und durch sein Talent geschafft hatte, sowohl die weiblichen als auch die männlichen Mitglieder des Lehrerkollegiums für sich einzunehmen, war er die Ikone aller Schülerinnen gewesen. Auch Andrea hatte die irregulären französischen Verben falsch dekliniert, wenn er sich nach ihr umdrehte, weil sie dann an seine Gitarre dachte und wie schmachtend er »Au clair de la lune« singen konnte. Christian der Trotzige hatte die Mode eingeführt, von den El-

tern als »meine Alten« zu sprechen. Das hatte ihr, denn ihr war es nicht gelungen, am meisten imponiert.
»Du lachst immer noch so glockenhell wie damals«, sagte er und machte aus dem Kitsch den Andrea belebenden Hauch ewiger Männerkunst. »In deine Grübchen war ich verliebt bis über beide Ohren.«
Als er sich neben sie auf die Bank setzte und ihre Nase den feinen Sandelholzduft eines Rasierwassers einfing, von dem Alfred behauptete, es wäre weibisch und allenfalls gut für reiche Nichtstuer, fragte sich Andrea, wie diesem saloppen, selbst zu den häßlichsten Fettklößen und kümmerlichsten Bohnenstangen in der Klasse noch liebenswürdigen Lebenskünstler der Sprung in die Bürgerlichkeit geglückt sein mochte. Weshalb flanierte er an einem gewöhnlichen Dienstag um drei Uhr nachmittags unter herbstlich vergoldeten Bäumen und tauchte auf einem Kinderspielplatz auf? Der Heroe des Goethe-Gymnasiums war zu einer jüngeren Ausgabe von James Mason aus dem Film »Der Mann im grauen Anzug« herangereift. Jeder seiner Blicke und einnehmenden Gesten strahlte das Selbstbewußtsein der energiegeladenen Karrierenschmiede aus, für die allzeit gebratene Tauben auf goldenen Schüsseln parat lagen. Er entsprach perfekt den Vorstellungen, die sich die Glücklosen und Mittelmäßigen von einem neuzeitlichen Manager machten, der auf der Himmelsleiter immer zwei Sprossen auf einmal nahm.
Christian mit den feingliedrigen Händen und einem Knie, das unter der messerscharfen Bügelfalte genau den Abstand zwischen Flirt und Zudringlichkeit zu bemessen wußte, hielt Rückschau, ehe Andrea überhaupt dazu kam, ihn um die Lösung des unfaßbaren Rätsels seiner Verwandlung zu

bitten. Der Bezaubernde berichtete kurz, wunderbar ironisch und herrlich witzig. Andrea erinnerte sich mit einem anmutigen Lächeln, daß sie nie seinen phantasievollen Anekdoten hatte widerstehen können.

»Ich bin um die halbe Welt nur mit einem Rucksack und Gottvertrauen gereist«, erzählte Christian, »und hatte immer ein schönes Mädchen im Schlafsack. Ich war der freieste der freien Vögel. Dann habe ich jedoch mal zu Hause vorbeigeschaut, und mein Vater hat mich für alle Zeiten korrumpiert.«

»Er hat dir gesagt, er würde dir keinen Pfennig mehr geben, und hat dir befohlen, erwachsen zu werden.«

»Viel schlimmer. Er ist gestorben und hat mir ein bißchen Geld und seine verdammte Klitsche hinterlassen. Und ich Wahnsinniger habe es nicht mehr über mich gebracht, weiter in Frieden zu leben. Erst habe ich mir die Haare schneiden lassen, und dann sind mir die Flügel abhanden gekommen. Die alte Geschichte von Simson. Frag mich nicht, wie das passiert ist. Ich weiß es einfach nicht und schäme mich noch heute. Mir wurde ein winziges Übersetzungsbüro aufs Auge gedrückt, und ich habe ein Unternehmen daraus gemacht. Möchtest du vielleicht dein Doktordiplom ins Koreanische übersetzt haben?«

»Du warst doch eine komplette Niete in allen sprachlichen Fächern.«

»Bin ich immer noch. Ich kann noch nicht einmal Deutsch orthographisch richtig schreiben. Aber ich habe einen Instinkt entwickelt, die richtigen Leute für mich arbeiten zu lassen.

»Den Instinkt hattest du immer«, sagte Andrea. »Was hab ich dich darum beneidet.«

Sie schaute sich nach Eva um, sah beruhigt den Pferdeschwanz mit der roten Schleife in die Höhe fliegen und hörte Gelächter, ertappte sich bei dem Wunsch, ihre Tochter möge noch eine Weile auf der Wippe bleiben, und fühlte sich angenehm verwegen. Andrea fiel auf, wie aufmerksam Christian sie ansah; ihr wurde bewußt, daß sie sich lange nicht mehr so entspannt und animiert unterhalten, so oft gelacht und nur an das unbelastete Kapitel ihrer Vergangenheit gedacht hatte.
Septembermild löste sich das welkende Blatt einer Eiche vom Ast. Weil Andrea spürte, daß der Wind selbst an einem so warmen Tag ihre Haut kühlte, wußte sie um die verräterische Röte in ihrem Gesicht. Ohne Mühe erforschte sie den Grund. Bei den Komplimenten, die sie von ihrem Mann zu hören bekam, kannte sie den Text zu gut. Plötzlich fröstelnd, knöpfte sie die Jacke zu; es tat ihr leid, daß sie die blaue mit dem altmodischen Revers und nicht die chicke grüne angezogen hatte, die ihren Teint und die Figur betonte.
»Jetzt erzähl endlich mal von dir? Findest du es fair, einen einsamen Mann, der soeben der Göttin seiner Jugend begegnet ist, so lange auf die Folterbank zu spannen?«
»Da gibt's nicht viel zu erzählen. Mein Leben ist ganz normal verlaufen. Stinknormal. Nichts Sorbonne und nichts reicher Graf mit Schloß.«
»Bist du immer so wortkarg?«
Eva war doch nicht auf der Wippe geblieben. Sie stand, ohne daß Andrea sie hatte kommen sehen, mit glitzernden Tränen auf erhitzten Backen vor ihrer irritierten Mutter, hatte sich mit einem Jungen namens Oliver zerstritten, der entweder nach Amerika auswandern oder Fußball spielen

wollte, hatte »ganz ganz schlimmen Durst« und wollte auf der Stelle einen eigenen Hund.
»So groß wie ein Pferd«, befahl sie. Andrea empfahl der nörgelnden Tochter, die ihr mit einem Mal sehr groß für ihr Alter erschien, nicht mehr so sanft wie vor einem Jahr und noch nicht mal so reizend wie vor einer Stunde, sich nach einem neuen Partner für die Wippe umzuschauen. Roh zerstörte sie alle Kinderhoffnungen auf einen Hund und holte seufzend aus einem von Spielzeug, Jacken und Keksrollen überquellenden Stoffbeutel eine kleine Flasche Limonade heraus. Es machte sie verlegen, daß der von Himbeereis verfleckte Beutel wie ein Futtersack für ein Pferd aussah. Eva trank zu hastig, verschluckte sich und zerstampfte keuchend einen Wurm.
»Ich wußte gar nicht, daß du noch eine so kleine Schwester hast«, sagte Christian.
»Das ist meine Tochter. Und das hast du genau gewußt.«
Mit der Beredsamkeit, die Andrea an den Hausaufsatz in der Obersekunda denken ließ, als sie im Grüneburgpark versucht hatte, am Tag vor dem Abgabetermin Christian Inhalt und Problematik von Fontanes »Effi Briest« nahezubringen, er ihr jedoch wortreich die blaue Blume der Romantik erklärt hatte, bestritt der Charmeur jede Absicht, er hätte Andrea das durchsichtigste aller Komplimente machen wollen. Er hob seine Rechte zum Himmel und berührte, weil er dabei das Gleichgewicht verlor, mit der Linken ihr Haar.
»Wie in aller Welt hätte ich auf die Idee kommen sollen, daß diese zauberhafte Puppenfee deine Tochter ist? Du siehst ja selbst noch aus wie ein unschuldiges kleines Mädchen. Und wer, bitte, ist der Schurke, der mir soeben

klargemacht hat, daß ich wieder einmal im Leben zu spät gekommen bin?«
Andrea erzählte, als Eva endlich einen jungen Dackel gefunden hatte, der sich streicheln ließ, so kurz, wie ihr geboten schien, von Alfred, seiner Praxis, daß er Pfeife rauchte und sie so gern Tabak roch. Als sie von der Oberfläche der Banalitäten abzugleiten drohte, erwähnte sie versehentlich ihr Studium und – nicht mehr versehentlich – das Einserexamen. Sie berichtete, daß sie nicht berufstätig sei und welche Freude es ihr bereite, sich nicht von den emanzipatorischen Bestrebungen der Zeit vereinnahmen zu lassen. Obwohl sie beim letzten Satz die Ballung aller im Umlauf befindlichen Phrasen bemerkte, gelang ihr ein selbstsicherer Ausdruck.
Christian nickte bewundernd und sagte, Frauen mit eigener Meinung gefielen ihm. Er hatte, fiel Andrea gerührt ein, ja immer einen ausgeprägten Sinn für die Courage der Nonkonformisten gehabt.
»Wahrscheinlich stehst du jetzt auf und machst dich schleunigst aus dem Staub«, lachte sie und staunte sehr, daß sie wenigstens noch die simpelsten Regeln der Koketterie beherrschte. »Verheiratete Frauen sind ja für Männer wie dich Fossilien aus der Steinzeit«, zupfte sie weiter an den Fäden eines Netzes, das sie als ebenso phantasievoll wie souverän diagnostizierte.
»Im Gegenteil. Ich schwärme für verheiratete Frauen. Grüne Witwen finde ich besonders sexy. Sie laden alle ihre Probleme beim eigenen Mann ab, werden ordentlich von ihm eingekleidet, sind beim Liebhaber immer gut aufgelegt, und es gibt nicht gleich einen Weltuntergang, wenn sie mal die Pille vergessen.«

»Schreibst du Theaterstücke?«
»Ich lebe sie«, erwiderte Christian und zauberte den ersten Akt eines heiteren Mysterienspiels unter seine Lider. Sie schwiegen danach so lange, daß Andrea zu zweifeln begann, ob sie vielleicht doch nur den Prolog zum Flirt beherrschte und nicht mehr das Talent für die nachfolgenden Szenen und Dialoge hatte. Ehe ihr aber eine Bemerkung einfiel, die ihr witzig und keck, und in ihrer Zweideutigkeit nicht zu gewagt erschien, sagte Christian: »Wenn dir mal die Decke auf dein hübsches Köpfchen fällt, laß es mich wissen. Ich habe bisher vergebens nach einem Wundermädchen mit Einserexamen Ausschau gehalten. Mit welcher Sprache darf ich bei dir rechnen?«
»Mit Französisch und Italienisch«, erwiderte Andrea überrascht.
»Auch das noch! Französisch! Genau das, was wir suchen. Ich werde nie verstehen, weshalb sich die Leute so schwer tun mit der schönsten Sprache der Welt. Dabei sind unsere lukrativsten Kunden Franzosen. Da ist schnell mal ein Wochenende in Paris drin.«
»Wieso? Ich dachte, in Paris sprechen alle Leute Französisch.«
»Du bist noch gescheiter geworden«, sagte Christian leise. Der sonnenbestrahlte Langhaardackel mit einer jubelnden Eva an der Leine und einem gutmütigen, kindernärrischen Rentner im Gefolge machte hechelnd Rast zwischen Christians Beinen. Staubaufwirbelnd grub der Pfotenstarke ein großes Loch und akzeptierte einen Keks, Eva ungnädig eine Banane und eine zerstreute Umarmung ihrer Mutter. Der Rentner ließ sich von Christian eine Zigarre schenken, die er ebenso sorgsam beschnüffelte wie der Hund das Plätz-

chen und die er beglückt in seine Jackentasche steckte. Eva bettelte ohne Charme, mit dem Dackel und ihrem neuen Freund spazierengehen zu dürfen.
»Aber nur dort, wo ich dich sehen kann, Schätzchen«, mahnte Andrea, »du weißt, Papa will nicht, daß du mit Fremden mitgehst.« Sie fand die Zeit gekommen, wieder auf Alfred zu verweisen, und ihre Lösung erstaunlich diplomatisch.
»Ich kenne Waldi schon immer«, brüllte Eva und rannte mit ihm los. Auch der Rentner versuchte zu hüpfen, seufzte und hinkte angestrengt hinter den beiden Übermütigen her.
»Geht sie schon zur Schule?«
»Nein, erst in den Kindergarten. Doch der hat leider schon für die Feiertage geschlossen.«
»Sag nur, wir haben Weihnachten«, trompetete Christian, »und ich habe wieder mal nichts mitbekommen. Wie lange sitzen wir denn schon hier?«
»Ich sprach von den jüdischen Feiertagen«, erwiderte Andrea. Sie genierte sich des ungelenken Imperfekts, ihres widerstrebenden Tons und am meisten, daß sie Christians verblüfften Blick richtig deutete. »Eva geht in einen jüdischen Kindergarten«, fuhr sie fort, nachdem es ihr gelungen war, die störende Verkrampfung in den Schultern zu lockern und der Stimme jenes Gleichmaß zu geben, das sie für ihre Balance brauchte, »und der schließt an den jüdischen Feiertagen. Will der Herr noch etwas wissen?«
»Was das mit dir zu tun hat.«
»Ich bin jüdisch.«
Er pfiff ordinär und sagte ebenso vulgär: »Donnerwetter«, und auch noch: »Du lieber Gott, das ist vielleicht ein Hammer! So blond wie du habe ich mir eine schöne Jüdin immer vorgestellt, und daß sie jahrelang bei Pfarrer Wegehaupt in

den Religionsunterricht geht. Das war doch so, oder läßt mich mein früh gealtertes Hirn total im Stich?«
»Tut es nicht. Ich habe einen Juden geheiratet.«
Andrea erwartete, er würde wieder pfeifen und abermals »Donnerwetter« ausrufen, doch Christian schaute sie mit der Treuherzigkeit an, die ihm bereits auf dem Goethe-Gymnasium den Ruf der Warmherzigkeit gesichert hatte. Sehr ernst und mit einer Spur von Heiserkeit verkündete er: »Für mich ist das irre wichtig, daß du keinen kleinen miesen deutschen Spießer geheiratet hast. Das paßt irgendwie zu dir.«
»Mein Mann ist Deutscher.«
»Du hast doch gesagt, er ist Jude.«
»Alfred ist ein deutscher Jude. Deutschland ist sein Vaterland, jüdisch ist er per Glauben.« Sie skandierte jede Silbe.
»Toll, daß es so etwas gibt! Aber ich kapiere einfach nicht, was du mit dem ganzen Kram zu tun hast. Jetzt erzähl mir endlich die ganze Story. Die ist ja spannender als jeder Krimi.«
Andrea konnte nicht eruieren, weshalb sie den Eindruck von Sandkörnern zwischen den Zähnen hatte, ob sie nur verlegen oder schon gekränkt und gereizt war. Es irritierte sie, daß ihr in einem so komplizierten Gespräch zudem noch einfiel, wie wenig Verständnis ihr Mann für den Preis modischer Schuhe hatte und er außerdem seinen elektrischen Rasierapparat immer über dem Waschbecken reinigte und nie die Haare wegspülte. Sie begriff nur eins: Ihr erschien es unzumutbar, Christian von ihrem Übertritt zu erzählen – zu sehr fürchtete sie entweder die aufdringlichen Fragen sensationslüsterner Neugier oder die noch intimeren, für die sie in letzter Zeit selbst keine befriedigenden Antworten gefunden hatte.

Die Erkenntnis, daß die Heiterkeit, die prickelnde Leichtigkeit eines lang vermißten Flirts durch ein einziges, unabsichtlich geäußertes Wort zu einem abrupten und peinlichen Ende zu kommen vermochte und daß dies soeben geschehen war, machte Andrea melancholisch. Es bedrückte sie, daß ihr selbst in einer Situation ohne Größe und Bedeutung Alfreds Gelassenheit fehlte, den Kopf zu heben und das zu sagen, was der Stolz auf Glaubenstreue und Tradition gebot. Andrea dämmerte, daß der Mut der Selbstbewußten sie nie erlösen würde. Ihr fehlten der Stolz, der Glaube und die Tradition.

»Was sind denn das eigentlich für komische Feiertage?«

»Neujahr«, sagte sie und verachtete sich, weil sie gezögert und so vorgegeben hatte, sie müßte sich die Antwort erst überlegen. »Und Jom Kippur. Soll ich dir denn am hellichten Tag Begriffe erklären, die du noch nie gehört hast und nie wieder hören wirst?«

»Natürlich habe ich von Jom Kippur gehört«, widersprach Christian lachend. »Den Jom-Kippur-Krieg kennt doch heute jedes Kind. Da habe ich deine Leit mächtig bewundert.«

Endlich wußte die Verkrampfte, was sie am meisten störte. Es ging ihr nicht allein darum, daß Christian »deine Leit« gesagt und sich in dem anbiedernden jiddischen Singsang produziert hatte, den Alfred sie als Schmähung zu interpretieren gelehrt hatte. In diesem kurzen, banalen Gespräch erkannte Andrea zu deutlich, wie wenig sie sich als Teil jener Gemeinschaft verstand, zu der sie sich soeben hatte bekennen müssen. Sie spürte, daß sie es ohne den Zwang der Umstände nie getan hätte.

Ihre Haut brannte, jeder Nerv vibrierte. Brust und Rücken

schmerzten. Das Herz, das zu heftig schlug, war nur noch ein körperliches Organ, nicht mehr der sichere Hort von Treue und Loyalität. Quälend klar wurde Andrea das Wissen, daß sie diesen Tag der Offenbarung nicht mehr würde vergessen können. Sie wünschte sich Evas Fähigkeit, die Rage des Kopfes aus dem Körper zu treten, und sie sehnte sich nach Alfreds zuverlässigen Armen, nach dem Duft seines braunen Tweedjacketts, seinem klingenscharfen Galgenhumor und vor allem nach der Stärke eines Mannes, der geübt war in der Last, Kränkungen hinzunehmen, ohne der eigenen Empfindlichkeit nachzugeben.

Vorbei waren die Tage des Zweifels. Andrea stellte sich dem Urteilsspruch. Sie würde nie lernen, rücksichtslos gegen die eigenen Emotionen vorzugehen. Rabbi Blau hatte ihr den Glauben gewährt, um den sie mit dem Trotz der Liebenden gekämpft hatte, Sara eine gnädige Zeitspanne lang die Hülle dieses Glaubens zu einem mystischen Traum verwoben, doch Andreas Seele war so geblieben, wie sie immer gewesen war. Es fehlten ihr die Stacheln, von denen Alfred behauptete, sie würden jüdischen Kindern im Moment ihrer Geburt wachsen.

Langsam knöpfte sie ihre Jacke zu, stopfte hastig die leere Limonadenflasche, Kekse und eine Kollektion von bunten Kuchenförmchen für den Sandkasten in den Einkaufsbeutel. Sie starrte wie in Trance auf ihre Hände, stand dann aber doch entschlossen auf, rief energisch nach Eva, die zu müde war, um Widerspruch anzumelden, und überreichte dem Rentner die Leine mit seinem winselnden Hund. Ihre Stimme zitterte nicht und auch nicht ihre Hände, denn nun, da sie Bescheid wußte, konnte sie sich wieder mit dem Lächeln der Ahnungslosen betrügen.

»Es war schön«, sagte sie.
»Und nicht das letzte Mal. Da bin ich sicher.«
»So oft geistere ich nun auch wieder nicht in den Frankfurter Parks herum.«
»Deshalb gebe ich dir ja auch meine Karte. Heb' sie gut auf. Ich kenne die Frauen. Wenn das Kind erst älter ist, willst du vielleicht auch mal wieder etwas für dich tun. Weißt du, Arbeit macht frei.«
»Ich bin frei.«
»Ach, Andrea, auf die drei Worte hätte ich mein Leben lang geduldig gewartet, wenn ich nur ein Stückchen Hoffnung gehabt hätte. Es kommt der Tag, da du mir das glauben wirst.«
Andrea schaute länger als beim Rückwärtsfahren nötig in den Autospiegel; sie stellte fest, daß ihr Gesicht zu hager war, die Haut grau, die Hände hausfrauenrot und die unlackierten Nägel zu kurz. Auch die Heimkehr entsprach weder der Norm noch ihren Erwartungen. Ruth, die sonst nie unangemeldet in der Wohnung erschien, hantierte mit einem Blick, den Andrea ohne Umschweife als vorwurfsvoll deutete, in der Küche ihrer Schwiegertochter. Sie hatte den nie benutzten Kupferkessel geputzt, das Gewürzbord neu geordnet und war dabei, die Kacheln über dem Herd blank zu reiben. Andrea brauchte einige Atemzüge, um ihre Stirn zu glätten und ihre Fassung wiederzufinden. Der Gedanke behagte ihr nicht, Eva würde für ihre kombinationsfreudige Großmutter den Nachmittag rekapitulieren und dann bestimmt einen fremden Mann erwähnen. Das tat die Redselige auch, doch sie meinte, als sie von einem »großen, großen Mann« plapperte, den rheumagebeugten Rentner mit seinem Hund. Danach war Ruths hartnäckiger Schatz

zu beschäftigt, ihr einen Dackel abzubetteln, den sie an den Feiertagen ausführen wollte.

»Ich hab dich viel mehr lieb als Mami«, lockte die kundige Schmeichlerin.

»Das geht nicht, Herzchen«, erklärte ihr Ruth. »Rosch haschana ist ein ganz ernster Tag. Das weißt du doch. Da fängt das Jahr an, und da mußt du besonders brav sein. Was wird der Allmächtige denken, wenn ein kleines Mädchen mit einem Hund in die Synagoge kommt?«

»Und Jom Kippur?« handelte die Optimistische, »darf da mein neuer Hund mit?«

»Jom Kippur ist noch viel ernster. Das ist der Versöhnungstag. Jom Kippur ist der besondere Sabbat im Jahr. Da wird den ganzen Tag gebetet und gefastet. Aber die Kinder fasten nicht«, fügte Ruth ahnungsvoll hinzu.

»Ich faste ja«, entschied Eva und griff nach einem Apfel. »Die Äpfel sind für Rosch haschana«, kam sie mit tiefer Stimme der Mahnung zuvor, »die darfst du heute noch nicht essen, Herzchen. Das hat dir doch dein Papa gesagt.

»So ein kluges Kind«, lobte die Großmutter, »ich habe die Äpfel nur heute schon gekauft, weil sie deine Mama letztes Jahr vergessen hat.«

»Dieses Jahr hätte ich sie nicht vergessen«, sagte Andrea, »ich habe auch den Honig schon gekauft.«

»Du solltest mal zum Ohrenarzt gehen«, unterbrach Ruth das Schweigen, »du redest so laut. Das tun sonst nur Leute, die schlecht hören. Weiß meine Eva auch, weshalb ihre kluge Mama Honig gekauft hat?«

»Für meinen Dackel«, jubelte Eva, doch als sie Ruths Gesicht sah, siegte ihr Mitleid. »An Rosch haschana«, sagte sie gutmütig, »essen wir Honig, damit das Jahr ganz ganz süß wird. Meine Mami«, erzählte sie ihrer Großmutter, von der die Anregung stammte und die deshalb ihr Gesicht tief zur Kaffeetasse herabbeugte, »kommt mit in die Synagoge. Aber du nicht.«

»Nein. Ich bete zu Hause.«

»Warum?«

»Das erkläre ich dir, wenn du älter bist.«

»Ich bin schon älter«, ahmte Andrea ihre Tochter nach und zupfte sie am Pferdeschwanz, wie es Alfred früher bei ihr getan hatte.

Bis zum Jahr ihres Übertritts kannte Andrea die Westend-Synagoge nur von außen. Die war 1910 von bürgerstolzen, liberalen Juden im Vertrauen auf Achtung, Gleichberechtigung und Sicherheit für alle Zeiten errichtet worden. Zum ersten jüdischen Gottesdienst ihres Lebens mußte Andrea den weiten Weg von der Heinestraße bis zur Freiherr-vom-Stein-Straße zu Fuß gehen. Ihre hochhakigen Schuhe dämpften sehr bald einen großen Teil ihrer freudigen Erwartung, und sie neidete Eva ihren Platz auf Alfreds Schultern. Schließlich fragte sie ihn, weshalb er, der lässige Liberale, sich zu den hohen Feiertagen strikt an das Verbot des Fahrens hielt.

»Weil ich ein Dreitage-Jude bin. Nur an Rosch haschana und Jom Kippur wissen wir genau, wohin wir gehören.«

»Das Rätsel muß ich noch lösen.«

»Leg's zu den übrigen, meine Süße. Gleich gibt's sie im Dutzend billiger.«

Andrea dachte zurück an einen Sommerabend im Morgenrot ihrer Liebe. Da hatte sie erregt und bewegt vor der Synagoge gestanden. Noch mehr beeindruckt als von den abwehrenden Mauern und der kleinen, wuchtigen Kuppel war die Eifernde von Alfreds Satz gewesen: »Sie wurde am 9. November 1938 nur zerstört, nicht niedergebrannt. Die Nazis hatten Angst, die Flammen könnten auf die umliegenden Häuser übergreifen und das ganze Westend auslöschen.« Seine emotionslosen Worte hatten für Andrea den Maßstab gesetzt, an dem sie künftig Leben messen wollte.

Die Luft war schwer vom Duft der Rosen gewesen, Alfreds Hände hatten auf ihren bloßen Schultern gelegen und sie sich ausgemalt, wie sie noch im Winter ihrer Ehe neben ihrem Mann in der Synagoge sitzen und mit ihm seine Gebete im melodischen Hebräisch sprechen würde. Alfred hatte sie jedoch nie aufgefordert, ihn zum Gottesdienst zu begleiten.

»Mußt nicht weinen, Lämmchen«, hatte Sara noch im Jahr zuvor die Ratlose getröstet. »Vielleicht weiß dein Mann besser Bescheid als du denkst. Es gehört nicht zu den Pflichten einer jüdischen Frau, in die Synagoge zu gehen.«

Zwölf Monate später fragte Ruth ihren Sohn: »Wie erklärst du deiner Frau, daß du die Tochter mitnimmst und nicht die Mutter?«

»Sie wird sich dort einsam vorkommen, Mama.«

»Dazu muß sie nicht erst in die Synagoge, wenn sie mit dir verheiratet ist, mein Sohn. Sag ihr, sie soll ihren Schmuck tragen und das Kind herausputzen. Sonst heißt es gleich, deine Praxis läuft schlecht.«

Obwohl Andrea bereits in ihrem glutvollen Mittsommernachtstraum erfahren hatte, daß Männer und Frauen in einer Synagoge nicht zusammensitzen, war sie dennoch überrascht, als Alfred ihr am Ziel eine Platzkarte in die Hand drückte. Er küßte sie ungeniert vor einer Gruppe diskutierender Jugendlicher, sagte: »Bete dir etwas Gutes aus«, und

steuerte mit Eva auf eine Gruppe von Männern zu, die eifrig im Vorraum der Synagoge debattierten.
»Muß Eva denn nicht mit zu den Frauen?«
»Jüdische Kinder sind allergisch gegen Verbote. Ihre Eltern übrigens auch. Unten kann sie besser herumtoben.«
Verwirrt kletterte Andrea eine steinerne Treppe hoch. Verzagt drängte sie sich durch kreischende Kinder, an Frauen vorbei, die sich ebenso angeregt unterhielten wie die Männer im Parterre. Unschlüssig stand sie an der Brüstung der Frauenempore. Als sie hinabsah, entdeckte sie Alfred mit Hermann an einer Säule. Beide deuteten nach oben und lachten. Nur mit der Hilfe von zwei Frauen, deren Gespräch sie unterbrechen mußte und die sie ungeniert anstarrten, fand die Verschüchterte ihren Platz und wußte nicht, ob sie zu sitzen oder zu stehen hatte. Zu ihrer Rechten stand eine fromme Alte im Kopftuch und betete, zur Linken redete eine mondäne Üppige in einem rosa Kostüm und mit blauem Schleierhut auf eine junge Mutter ein. Die fütterte ihr Baby mit Karottenbrei aus dem Glas und übergab es dann lachend ihrer Nachbarin. Bald wanderte das krähende Kind von einer Frau zur anderen, wurde von allen abgeküßt und kam wieder bei der Mutter an, als die gerade zu beten begonnen hatte.
Für Andrea war das jubelnde Baby die einzige Konstante in einem Vexierspiel, das nur sie nicht durchschaute. Sehr bald wurde ihr indes klar, daß eine Synagoge nicht nur ein Gotteshaus ist, sondern im ursprünglichen Sinn des griechischen Wortes Ort der Versammlung. Mit der Sensibilität der unfreiwilligen Statistin spürte sie, daß jeder außer ihr zu einer Gemeinschaft von Schicksalsgenossen gehörte und vereint war durch Erfahrungen, Glauben und Tradition. Die Außen-

seiterin konnte auch dem Gottesdienst nicht folgen – sie verstand weder die hebräischen Gesänge des Kantors, noch wußte sie, an welcher Stelle sie das Gebetbuch aufzuschlagen hatte.
Aus einem Schrein wurden zwei Thorarollen gehoben, durch den Raum getragen und ehrfürchtig von Männern in weißen Gebetsmänteln oder schmalen weißen Gebetsschals geküßt. Einmal meinte die Verlorene, Alfred zu sehen; sie grübelte, was aus Eva geworden war, entdeckte auf der ihr gegenüberliegenden Seite Rachel in einem Pulk junger Frauen, traute sich jedoch nicht, zu ihr zu gehen. Die Thorarollen wurden aufgewickelt, lange und monoton aus ihnen gelesen. Einige Männer standen auf und gingen hinaus, Frauen umarmten sich und begrüßten Neuankömmlinge, andere beugten sich über die Brüstung, winkten den Männern zu und küßten aufgeregt zappelnde Kinder, deren Fröhlichkeit so gewaltig war wie die Kraft ihrer Stimmen. Ein Greis schlug auf das Gebetspult und schrie um Ruhe.
Andrea fiel der Biologielehrer ein, der seinen lärmenden Schülern vorzuwerfen pflegte: »Hier geht's zu wie in der Judeschul.« Sie schämte sich ihres Gedächtnisses, starrte an die Decke, in eine blaue Kuppel mit silbernen Sternen, schaute wieder nach unten auf die Woge der bunten Käppchen der Männer und identifizierte den, der in sich gekehrt mit schwarzer Kopfbedeckung an einem Pult vor dem Thoraschrein saß, als Rabbi Blau. In aufwallender Panik wähnte Andrea, sie hätte laut gelacht. Verschreckt griff sie sich an ihren Hals und konnte nicht mehr schlucken.
Die eintönigen Gesänge, Kinder, die sich fordernd an ihr vorbeidrängelten, die eigene Teilnahmslosigkeit zerlöcher-

ten Stück um Stück Andreas Selbstsicherheit. Ihr wurde übel von der Hitze und dem Duft schweren Parfüms. Erschöpft schloß sie die Augen und fuhr entsetzt hoch, als sie an eine weiche Brust gedrückt wurde. Sie hörte vertraute, kichernde Laute und konnte ihre Tränen nicht mehr halten.
»Halina, Gott sei Dank. Was machst du hier?«
»Alfred hat mir gesagt, ich soll mich um dich kümmern. Warum weinst du denn?«
»Ich will mich nur noch in ein tiefes Loch verkriechen. Mir ist alles so fremd. Ich weiß noch nicht mal, wo Eva ist.«
»Armes Häschen! Du bist doch nicht in der Kirche. Hier wird nicht nur gebetet. Hier wird gelebt. Eva spielt am Brunnen. Beim Schofarblasen taucht sie von selbst auf.«
Andrea wußte, daß der Schofar aus dem ausgehöhlten Horn eines Widders besteht und zum Zeichen der Einkehr an Rosch haschana geblasen wird. Nie aber sollte sie erspüren, welch tiefe geistige Kraft dem Symbol innewohnt. Beim ersten klagenden und doch erfüllten Ton verstummte jeder unheilige Laut. Männer neigten den Kopf, Frauen wurden starr und stumm, schweigend drängten sich die Kinder um den, der im Namen des Schöpfers mahnte. Andrea sah Lea und Eva am Gebetspult stehen. Väter hielten ihre Söhne an der Hand. An Alfred schmiegte sich Marco.
Der letzte Ton des Schofars erklang. Nur eine hatte nicht um Gottes Gnade und Vergebung gefleht. Die hatte im Moment der großen Stille nur das Schlagen einer Tür vernommen. So heftig sich auch Andrea gegen den Würgegriff der Erkenntnis wehrte, machte ihr dieser zufällige Schlag bewußt, daß sich ihr soeben und auf immer die Pforte zu Alfreds Welt verschlossen hatte. Sie verhüllte nicht ihr Gesicht, als sie die Wahrheit niederschlug. An Halinas beruhi-

genden Körper gelehnt, wartete sie ergeben auf das Sterben ihres Herzens.

»Du bist so blaß«, sagte Alfred, als er Andrea vor der Synagoge wieder traf, »haben dich die Juden so angestrengt? Dir muß doch alles total fremd gewesen sein.«

»Überhaupt nicht«, widersprach die Betrogene, »ich fand es wahnsinnig interessant.«

»Gib deinem Mann einen Kuß, meine tapfere kleine Preußin. An Rosch haschana darf man nicht lügen. Da entscheidet Gott unser Schicksal.«

13

Halina wachte in noch besserer Laune auf als sonst und umarmte spontan das Leben. Sie zwitscherte mit dem Wellensittich im Duett und bot ihm als Trostpreis für die Niederlage im ungleichen Sängerwettstreit einen Platz auf ihrer bettwarmen Schulter an. Nach einer schnäbelnden Viertelstunde flog der Vogel auf die Schabracke der frühlingsgrünen Gardine und stimmte das Hohe Lied der Zufriedenheit an. Weil Halina ihm trotz ihrer beflügelnden Ekstase nicht folgen konnte, nahm sie Marcos Teddy mit ins Badezimmer.

Dem himmelblauen Liebesboten, der immer noch zu plötzlich ausbrechenden Krankheiten neigte und dann nicht nur mittwochs von einem Kinderarzt versorgt werden wollte, schmierte die Übermütige einen Kleks Zahnpasta auf die Schnauze. Der mit der Weltkarte bedruckte Wasserball, ein pädagogisch wertvolles Geschenk von Alfred an Marco, weil der sehr viel mehr Schwierigkeiten mit der realen Welt als mit der seiner Wünsche zu haben pflegte, wurde prustend aufgeblasen. Schon beim zweiten Wurf landete er in der randvoll gefüllten Badewanne. Afrika und der winzige Punkt, der Jerusalem anzeigte, tauchten aus einer Schaumwolke auf. Erfreut schmetterte Halina die Hatikwa. Sie nahm sich vor, die Nationalhymne ihrer Herzensheimat endlich der bedauernswerten Eva beizubringen, deren Mutter immer noch Moische Teitelbaums für den rituellen Gebrauch bestimmtes Hebräisch mit dem modernen israelischen Iwrith verwechselte.

Unter der azurblauen Badematte, die sie auf Befehl ihres prinzlichen Sohns für das Jahrestreffen der Weltmonarchen mit goldenen Sternen und silbernen Halbmonden bestickt hatte, entdeckte Halina ihren rotweißgestreiften Bikini. Für sein Auftauchen hatte sie am Tag zuvor bei Marco und einem Freund, der allerdings den Umgang mit reizvoller Damenwäsche nicht gewohnt und deshalb beim Durchwühlen von Schränken und Schubladen sehr abgelenkt gewesen war, ohne Erfolg ein Kopfgeld ausgesetzt.

Beglückt, jedoch nicht ohne Anstrengung probierte sie den Bikini an, ungebrochenen Mutes streckte sie ihrem Spiegelbild eine schokoladengefärbte Zunge entgegen. Trotzdem beschloß die Füllige, Marco als Mittagessen den Partnerbecher im Eissalon »Capri« anzubieten, für den er trotz wiederholten Scheiterns an der übergroßen Menge schwärmte. Sie selbst wollte es bei einem Eiskaffee belassen – ausnahmsweise mit der im Lokal üblichen Portion Schlagsahne und nicht mit der von einem verliebten Kellner eigens für »Signora Halina« kreierten Turm aus Sünde mit Krokant, Pistazien und Eierlikör. Trotz großzügigster Auslegung der in der Boutique nicht bemerkten Rundungen um Taille, Brust und Bauch erschien der Meisterin des Optimismus der erst vor drei Wochen gekaufte Bikini bemerkenswert knapp.

Nach einem überaus langen Telefongespräch mit ihrer stets unglücklichen Freundin Janine, der Halina riet, den Mann und den Chef zu verlassen und nach Peru zu reisen, was ihr einst selbst überaus wohlgetan hätte, legte sie animiert den Hörer zurück und eine Platte mit israelischen Liedern auf. Eine Weile räkelte sich die Fröhliche auf ihrem Bett herum und träumte von der Süße des Lebens. Mit halb geschlossenen Augen blickte sie auf das Meer von Tel Aviv, das sanft an den Strand schlug. Sie legte sich in eine Welle von Wärme und Freude und hörte trotz der lauten Musik die jungen, tiefgebräunten Männer, die im weichen Sand Ball spielten, den schönen Frauen nachpfeifen. Der frisch gepreßte Orangensaft, der an vielen Straßenecken in Tel Aviv angeboten wird, fiel ihr ein. Noch während sie sich an der Farbpracht der Früchte berauschte, forderte ihr Magen Oliven, frisch gebackenes Brot und Wein. Wenigstens Wein hatte sie noch im Kühlschrank. Er rann durch die Kehle und machte aus Vorsätzen ein Spinnengewebe von Verlockungen.

Als nach einem rhythmisch mitreißenden und sehr erinnerungsträchtigen Lied die ersten Töne einer Hora erklangen, sprang Halina vom Bett und erlöste den Teddy aus dem Bad. Mit dem Listigen wirbelte sie so schnell im Kreis herum, daß ihr schwindelte. Atemlos ließ sie sich auf das Bett fallen. Nicht nur die Möbel, Bilder und der lila Bademantel kreisten um sie. Ihr war übel. Für einen kurzen Augenblick kam Halina der vage Verdacht, sie könnte schwanger sein.

Sie war noch mehr belustigt als erstaunt; an eine so prompte Konsequenz ihrer Entscheidungsfreudigkeit mochte sie schon deshalb noch nicht glauben, weil sie zwar die beabsichtigte Veränderung des Lebens begrüßte, der Zeitpunkt zur Klärung der näheren Umstände ihr jedoch äußerst ungelegen kamen. Es blieb ihr nur ein einziger Tag vor den Schulferien.

»Nicht wahr, du würdest doch auch nicht gleich in die Apotheke sausen?« fragte sie den Teddy. Der stimmte schweigend zu. Schließlich war er ein deus ex machina mit langjähriger Erfahrung, der sein Talent zur Rettung von prekären Situationen nicht vor der Zeit verschliß.
Der Anflug von Übelkeit ließ rasch nach. Im Rückblick bewog er Halina keineswegs dazu, sich nur wegen einer momentanen Verblüffung statt mit der Gegenwart mit der Zukunft zu beschäftigen. Sie verwarf auch den Gedanken als ihrer unwürdig, in Anbetracht der neuen Umstände noch einmal nach ihrem seit längerer Zeit vermißten Taschenkalender zu suchen. Selten trug die Flüchtige Details ein, die für körperliche Befindlichkeiten aufschlußreich waren, sondern notierte eher Empfindungen, Wünsche und manchmal auch Erkenntnisse, die ihr als Bestätigung dienen sollten, sie würde ihr Leben überblicken. Als sie ihre Brust befühlte, war sie schon nicht mehr aufmerksam genug, um sich zu erinnern, daß diese Selbstdiagnose bereits bei der ersten Schwangerschaft unzuverlässig gewesen war. Beim Blick in den Spiegel stellte sie nicht die geringste Veränderung fest.
Die eingängige Melodie des letzten Lieds der Platte mitsummend, schüttelte Halina selbstbestätigend den Kopf. Alfreds Porträt, das Marco auf dem Siedepunkt einer hitzigen Diskussion zwischen seiner Mutter und dem Behüter seiner Kindheit in einem kühnen Lila gemalt hatte, teilte die immer noch vom Rotwein Angeheiterte mit: »Aufgeschoben ist nicht aufgehoben.«
Die Koffer waren für die Israelreise gepackt, Alfreds unerwartet großzügige Aufstockung des Reisetats bereits in Dollar umgewechselt und Sara sehr leicht für die Versor-

gung der Blumen und mit viel Charme für die des Wellensittichs gewonnen worden. Halina, seit Wochen in Hochstimmung bei dem Gedanken an das Wiedersehen mit Freunden, Verwandten, frühen Anbetern und den spät Hoffenden ihres letzten Besuchs, wurde noch euphorischer bei der Aussicht, daß dieses Mal ihre Israelreise sehr anders sein würde als jede andere.

Mehr als nur durch eine Distanz, die sich nach Kilometern berechnen ließ, getrennt von dem Mann, der Ursache ihrer Schübe von Nachdenklichkeit geworden war, plante Halina, sich nur mit sich selbst zu beschäftigen. In der von den psychologischen Büchern empfohlenen Muße, von denen sie gerade in letzter Zeit etliche durchgearbeitet hatte, galt es zu prüfen, ob sie tatsächlich einen Kampf aufnehmen wollte, der ihren Prinzipien widersprach. Selbst ihr unbekümmertes Naturell schützte sie nämlich nicht vor der gelegentlichen Vermutung, sie könnte sich zu spontan gegen ihre Freiheit entschieden haben.

Auch um Marcos willen mochte Halina ihre Pläne nicht im letzten Moment ändern. Trotz seiner Flugerfahrung fieberte er der Reise mit jenem Verlangen entgegen, das bei neunjährigen Jungen unaufhörlich den Glauben nährt, sie seien auserkoren, die Welt neu zu entdecken. Marcos Mutter hatte, was seine Sohnesliebe auf einen neuen Zenit der Bewunderung trieb, zwei Monate lang auch eine ihn sehr erregende Verbindung zu einem Flugkapitän der El Al gehalten.

Bei Halina hatte der Reiz der Abwechslung zu ihrer Verblüffung noch nicht einmal an die selbstbestätigende Pforte eines intimen Verhältnisses geführt. Der Einsatzplan des Piloten hatte zu häufig mit den für Alfred reservierten Mitt-

wochnachmittagen kollidiert, und auf die wollte sie Marcos wegen nicht verzichten und auch aus Gründen, die sie sich im Bewußtsein der weitreichenden Folgen noch nicht eingestehen mochte. Nur war Halina seit der Begegnung mit Andrea in der Synagoge aufgefallen, daß sie ausgerechnet immer am Mittwochabend jene romantischen Zukunftsbilder der jüdischen Familienlebens entwarf, die sie in ihrer Jugend als überholten bürgerlichen Kitsch abgetan hatte.
An den wenigen Wochenenden, die der lebensfrohe Flugkapitän Dan in Frankfurt verbrachte, hatten ihn Halinas phantasievolle Abfuhren und ihre souveräne Hinhaltetechnik nicht so tangiert, wie negative Bescheide es sonst bei jungen, erfolgsgewohnten Männern tun – seine Frau in Eilath stand kurz vor der Geburt ihres zweiten Kindes. Halina war ihm zwar vor jedem Treffen begehrenswerter erschienen als jede andere Frau in den von ihm angeflogenen Flughäfen, doch in dem Augenblick, da er aus der erotischen Theorie ehebrecherische Wirklichkeit machen wollte, war Halina dem jungen Mann immer ein wenig zu aufregend und kompliziert gewesen. Als Abschiedsgeschenk versprach der abgewiesene Buhler seiner Angebeteten, er würde sein Möglichstes tun, um ihr auf ihrer nächsten Reise einen Platz in der Businessclass zu verschaffen. Marco konnte er bindend einen Besuch im Cockpit zusichern. Der beschäftigte sich seit diesem Tag nur noch mit seiner Zukunft und wollte Astronaut werden.
Für Halina war eine eventuelle Schwangerschaft also kein ausreichender Grund, ihren Sohn zu enttäuschen und eine Reise zu verschieben, die von der beabsichtigten Dauer her nur in den Schulferien möglich war. Gerade die eben vergangene letzte halbe Stunde hatte ihr wieder einmal klar-

gemacht, daß sie die Zeit brauchte, um herauszufinden, weshalb sie sich nicht mehr in der vitalisierenden Unbesorgtheit ihrer Jugend auf ihr Freiheitsbedürfnis verlassen konnte.

Eine weitere Überlegung kam hinzu: Halina hatte beschlossen, sich nicht länger mit ihren lange Zeit bewährten Aushilfsjobs zu begnügen. Obwohl Alfreds Zuwendungen enorm waren, wollte sie einen Beruf mit festem Einkommen. Wenn dies gelingen sollte, konnte sie ihre Israelreise gar nicht verschieben. Ihr war nämlich die Stelle als Iwrithlehrerin an der Frankfurter jüdischen Schule nur unter der Voraussetzung zugesichert worden, daß sie zuvor ihre Ausbildung belegte.

Dies wiederum konnte ihr, wenn überhaupt, nur mit der Hilfe eines Onkels in Tel Aviv gelingen. An dessen Gastfreundschaft erinnerte sie sich deshalb so detailliert, weil er sie als Siebzehnjährige in der Zeitspanne hatte verführen wollen, die seine Frau für den Einkauf von einem Brot und zwei Pfund Zwiebeln benötigte. Diesen schnellentschlossenen Praktiker wollte Halina davon überzeugen, daß es für einen angesehenen Beamten der Einwanderungsbehörde eine unbedeutende Nebensächlichkeit sein müsse, seine guten Beziehungen für seine immer noch reizvolle Nichte zu nutzen. Immerhin hatte diese fleißige Mutter eines optimal geratenen Sohns, der eine erstklassige Ausbildung brauchen würde, einst zwei Semester in Jerusalem studiert. Ihrer Meinung nach forderte die Hilfesuchende nun nichts anderes als ein wenig Familienbewußtsein von ihrem feinschmeckerischen Verwandten – er sollte ihr vor ihrer Rückreise nach Deutschland ein ernst zu nehmendes Dokument beschaffen, das ein abgeschlossenes Studium belegte. Die ihr für diese Herausforderung zur Verfügung stehende Zeit mochte Halina wahrlich nicht damit vertun, einem ungläubigen Geliebten zu erklären, weshalb sie ihn nicht rechtzeitig von ihrem schicksalhaften Entschluß in Kenntnis gesetzt hatte, ihn zum Vater zu machen.

»Das ist der schönste Tag in meinem Leben«, schrie Marco zu seiner Mutter hinüber und winkte seine imaginären Untertanen herbei.
»Das sagst du jeden Tag.«
»Es ist jeden Tag so.«
Der Sohn der Sonne hatte ein zitronengelbes T-Shirt an, das seinen dunklen Teint betonte und ihm einen Ausdruck engelhafter Unschuld verlieh. Er saß auf einem mit dem üppigen Handgepäck vollbeladenen Wagen in der Abflughalle des Frankfurter Flughafens und flirtete im Drang nach männlicher Bewährung mit der eigenen Mutter, doch er vergaß sie umgehend, als er in einer Menschenmenge Alfreds Rücken entdeckte. Der steckte in einer neuen weißen Leinenjacke.
Hätte Odysseus einen neunjährigen Sohn gehabt, wäre der saumselige Weltenwanderer nicht staunender und mit mehr Herzensjubel begrüßt worden als von diesem zur Anhänglichkeit und Liebe talentierten Kind. Es sprang händeklatschend von seinem Thron und brüllte so gellend: »Mein Vater, mein Vater«, als würde er tatsächlich glauben, der Traum seiner großen Sehnsucht wäre endlich wahr geworden. Alfred schleppte eine riesige Tüte, aus der eine Polaroidkamera, drei dicke Comic-Hefte und der silberglänzende Flügel eines Modellflugzeugs hervorschauten. In der anderen Hand hatte er einen winzigen milchkaffee-

braunen Stoffbären, der die blauweiße Fahne Israels mit dem Davidstern in der Pfote hielt. Es war mittags um zwei.

»Sieh zu, daß wenigstens dieser Teddy sechs Wochen am Stück gesund bleibt«, zwinkerte Alfred dem freudetaumelnden Marco zu. »Onkel Alfred hat Hausarrest und kann nichts für Bären tun, die sich in Tel Aviv die Grippe holen. Und sorgt dafür, daß er mir eine Postkarte schreibt.«

»In die Praxis«, zwinkerte Marco zurück.

»Mein Mann, mein Mann«, seufzte Halina theatralisch. »Der ist leider meschugge, doch wir haben ihm für die Ferien einen Platz in einem guten Heim beschafft.«

»Nebbich«, sagte Alfred.

Er umarmte Halina so lange und küßte sie so innig, als sei sie gerade von ihrer Reise zurückgekommen und sollte nicht erst losfliegen. Zum ersten Mal unterließ er es, sich in der Öffentlichkeit nach den bekannten Gesichtern umzusehen, die er fürchtete, weil es in der Jüdischen Gemeinde Frankfurt für besonders delikaten Klatsch besonders gut funktionierende Buschtrommeln gab.

»Euch beide kann man keinen Moment allein lassen«, schimpfte er, durchwühlte Marcos Locken und wußte, weshalb nur er den Seufzer hörte.

»Wir hätten längst fort sein müssen. Aber wir fliegen mit drei Stunden Verspätung ab.«

»Und warum glaubst du, daß ich hier bin? Ich habe bei der El Al angerufen und es erfahren. Ich wollte Marco noch eine Freude machen. Typisch, daß so eine Chaotin wie du einen ganzen Flugplan durcheinanderbringt. Und dann schaust du noch aus, als gäbe es für dich nichts Schöneres im Leben, als die Zeit totzuschlagen. Meine vornehme,

kluge Preußin hätte längst alles kurz und klein geschlagen.«
»Das glaubst du doch selbst nicht. Die ist viel zu gut erzogen, um Gefühle zu zeigen. Manchmal glaube ich, du liebst mich.«
»Manchmal glaube ich es leider auch. Wenn das meine einzige Sünde wäre, könnte ich besser schlafen.«
»Marco?«
»Halt den Mund, er weiß auch so schon zuviel. Komm, laß uns was trinken gehen. Für mich einen doppelten Becher vom Saft des Vergessens. Lethe nannten ihn die glücklichen Griechen. Aber die unschuldigen Kinder Israels hat Gott mit dem Versprechen auf Milch und Honig in die Wüste gelockt und sie für alle Zeiten zu einem guten Gedächtnis verdammt. Ist dir schon mal aufgefallen, daß wir uns Jahr für Jahr zu Pessach dieselbe Geschichte erzählen lassen und dann auch noch so tun müssen, als hätten wir sie eben erst erfahren? Das ist alles nur ein heimtückisches Training für Menschen, die von früh an lernen, in die Vergangenheit und nicht in die Zukunft zu schauen.«
»Für diesen Satz werde ich dich mein ganzes Leben lieben.«
»Das hast du schon mal gesagt.«
»Nu, hast du nicht eben gesagt, daß die Juden alles wiederholen müssen?«
Sie saßen zu dritt an einer Bartheke aus Spiegelglas, schnitten sich selbst Grimassen und erblickten ausgelassene Clowns, ließen ihre Köpfe von einem wirbelnden Ventilator in Form eines nostalgischen Propellers kühlen, der von einer mit luftigen Wolken ausgepolsterten Decke herabhing, und wurden im samtenen Schoß der geborgten Zeit eine Familie auf Abruf. Zwei von ihnen tranken Cola mit zuviel Rum, und einer vergaß wieder einmal, daß er sich in seiner

Güte und in der Einfalt seiner Illusionen geschworen hatte, niemandem je ein Leid zuzufügen. Beide waren beschwipst und wollten es sein. Alfred wurde erst sentimental, dann wehmütig und doch zu jung für die Melancholie des Lebens. Sie sprachen von ihrer ersten gemeinsamen Reise, sahen einander an und falteten aus weißrotgepunkteten Papierservietten Schiffchen mit bunten Cocktailspießen als Schornsteine. Alfred verschluckte sich an einer Zitronenscheibe, die die Wissende dem Ahnungsvollen in den Mund schob.

Aus dem Berg von Erinnerungen klaubten sie das größte Stück Lebenslust heraus. Danach konnten sie schon gar nicht mehr aufhören zu lachen, denn Alfred fiel ein, wie Halina barfuß und in einer durchsichtigen schwarzen Bluse, die er ihr genau beschrieb, vor einem Straßencafé in Tel Aviv getanzt hatte, weil sie Geld brauchten, um Ruth ein Telegramm mit dem Hinweis auf die Mittellosigkeit ihres Sohnes zu schicken.

»Als ob uns meine Mutter vor dem Armenhaus bewahrt hätte. Was waren wir doch einfältige Kinder«, seufzte Alfred, »und so unverschämt glücklich.«

»Ich auch«, gluckste Marco und blies mit einem Strohhalm eine rosa Schaumwoge in sein Glas, »ich war ganz unverschämt.« Er breitete seine Arme aus, und als er von seinem Flug zur Milchstraße zurückkehrte, schlang er sie um Alfreds heißen Körper.

»Du warst damals noch gar nicht geboren. Du warst ein süßer kleiner grüner Frosch im großen großen Teich.«

»Achtung, Marco! Deine süße Halinamama hält dich für ein kleines, kleines Baby. Das würde ich mir an deiner Stelle nicht gefallen lassen. Du bist ein Mann, mein Sohn.«

»Laß sie«, erkannte der Weise, der kichernd das Ausgleiten einer schweren Zunge bemerkt hatte. »Wenn sie noch ein Kind kriegt«, überlegte er, »macht sie das nicht mehr.«
»Betrüg mich nicht zu sehr«, lächelte Alfred, als um fünf Uhr der Flug aufgerufen wurde und er Marco so fest an sich drückte, daß ihm die Last seiner Sünde in den letzten drei Stunden um etliche Kilo schwerer geworden schien.
»Auch das habe ich schon mal gesagt. Du siehst, es hat sich nichts geändert seit damals.«
»Doch«, widersprach Halina, »es hat sich alles geändert. Der Teufel soll dich holen. Diesmal möchte ich nämlich auch nicht, daß du mich betrügst.«
»Keine Gefahr. Neuerdings sind wir furchtbar sensibel. Wir haben oft brechende Kopfschmerzen und können nur auf der Couch im Wohnzimmer Schlaf finden.«
»Das hast du nicht verdient.«
»Und ob ich es verdiene!«
Alfred erreichte die Heinestraße mit nur fünf Minuten Verspätung und an der letzten Ampel mit der Erkenntnis, daß sowohl seine Hetze als auch die polizeiliche Verwarnung wegen Übertretens der zulässigen Geschwindigkeit überflüssig gewesen waren. Ergrimmt zerknüllte er das Papier von den zehn Baccararosen, denen die Fahrt vom Flughafen ebensowenig bekommen war wie ihm. Er hatte an einem ganz gewöhnlichen Mittwoch vergessen, welches Kind und welche Frau ihm bestimmt waren. Andrea und Eva würden frühstens in zwei Stunden aus Bad Homburg zurückkehren.
Ehe Alfred jedoch dazu kam, die Wohnungstür aufzuschließen, riß sie Andrea von innen auf und rief so erlöst: »Endlich!«, daß ihm die Vorstellung schwerfiel, das schuldzuwei-

sende Wort wäre nur der Stoßseufzer einer überpünktlichen Ehefrau, die sich um ihren Mann geängstigt hatte. Hastig stopfte er das feuchte Papier mit dem verräterischen Aufdruck des Blumengeschäftes vom Flughafen in die Jackentasche und überlegte, weil ihn Andreas verwunderliche Aufmachung verunsicherte, ob er männlich staunend pfeifen sollte. In einem Augenblick von so mangelnder Souveränität mißtraute er indes seinen schauspielerischen Fähigkeiten und begnügte sich mit dem Blick eines Düpierten, dem eine unerwartete Freude zuteil geworden ist.
»Wo ist denn meine Lieblingstochter?«, fragte er, ein wenig beruhigt, weil ihm ein Scherz eingefallen war, den Andrea noch nicht kannte, doch sie bemerkte ihn nicht.
»Ich habe sie nicht nach Hause bekommen. Gnädiges Fräulein wollte mit seinem Opa unbedingt noch das Baumhaus vom letzten Mal fertig bauen und hat wie ein Waschweib gezetert, als ich fort wollte. Doch mir war das gar nicht so unrecht. Wann haben wir schon mal einen Abend für uns?«
»Komisch, das habe ich heute auch gedacht«, parierte Alfred und überreichte seiner Frau erleichtert die Rosen.
Andrea hatte ein ärmelloses rotes Taftkleid an, das ihre schlanke Taille und die schmalen Hüften betonte. Bei der geringsten Bewegung wurde durch den langen Schlitz im Rockteil ihr linkes Bein sichtbar. Es steckte in einer feinen schwarzen Netzstrumpfhose. Das hauteng ansitzende Oberteil des Kleids wurde von zwei extrem schmalen Trägern gehalten. An einem steckte ein kleiner, straßbesetzter Clip in Schmetterlingsform, der den Verblüfften an die Haarklammern seiner Tochter erinnerte. Andreas feines Haar, sonst immer zu einem adretten Pferdeschwanz mit der zur jeweiligen Bluse farblich passenden Schleife gebun-

den, fiel als mondlichtheller Schleier auf ihre nackten Schultern. Obwohl der beginnende Abend immer noch belastend schwül und die Luft schwer von Feuchtigkeit waren, sagte der perlmuttrosa schimmernde Mund kein Wort von Kopfschmerzen, sondern lächelte so entzückend und willkommenverheißend, wie er es seit Wochen nicht mehr getan hatte.

»Sag nur, ich gehör' schon zu den Ehekrüppeln, die den Hochzeitstag vergessen?«

»Du hast ihn in all den Jahren nicht vergessen, Bärchen. Da wirst du doch heute auch noch wissen, daß wir im Mai geheiratet haben und nicht im August.«

Noch während Andrea sprach und ihn erwartungsvoll fixierte, als müßte er auf der Stelle ein Rätsel von eminenter Bedeutung für seine Zukunft lösen, kam Alfred der Gedanke, er hätte die gleiche Situation schon einmal erlebt. Nervös forschte er nach den näheren Umständen. Das letzte Wort führte ihn mit der Sicherheit eines erfahrenen Lotsen so unmittelbar auf die richtige Spur, daß ihm schwindelte. Stein um Stein sah er die Mauern seiner Festung einstürzen und durfte sich doch mit keiner einzigen abwehrenden Bewegung schützen. Als hätte ihn nach langen Jahren der Blindheit ein einziger Blitz sehend gemacht, fiel dem Klarsichtigen der Tag von Andreas Examen ein, als er von ihrer Schwangerschaft erfahren hatte.

Alfred sah seine Frau in der altmodischen weißen Bluse und dem karierten Wollplaid ihrer Großtante Charlotte vor sich stehen. Sie sah so absurd aus wie nun in dem roten Kleid. Er spürte das gleiche körperliche Unbehagen wie beim ersten Mal. Nur zweifelte der Widerstrebende bei der Wiederaufnahme des grotesken Stücks auch an seinem psychischen

Zustand, denn er begriff, daß sein Zorn deshalb so ungerecht und irrational war, weil er ihm den Spiegel vorhielt, in den er schon den ganzen Nachmittag hatte blicken müssen.
»Ach«, sagte Alfred, und nach einer Weile »so«. Es gelang ihm, nicht zu seufzen, doch er ballte die Faust in der Tasche. Das Blumenpapier hatte die Feuchtigkeit gestaut. Vergeblich versuchte er, seine Finger aneinander trockenzureiben, schaute vorwurfsvoll auf die ausgebeulte Tasche seines Jacketts und ärgerte sich, schon wieder zu heftig und im Bewußtsein, daß er zu keiner logischen Überlegung mehr fähig war, wie wenig Andrea es noch bemerkte, wenn er ein neues Kleidungsstück trug. Ihm fiel ein, daß sie einst darauf bestanden hatte, ihm seine Krawatten auszusuchen, und wie er die dunkelblaue mit den zu großen gelben Punkten um der Liebe willen eine ganze Woche lang getragen hatte.
»Du siehst aus wie mein Großonkel Jakob«, hörte er Ruth sagen, »der hat sich aber wenigstens vor der Hochzeit taufen lassen.«
Verdrossen tauchte der Sohn aus dem Nebel der Vergangenheit auf. Resigniert begriff er, daß das Schicksal tatsächlich ironisch genug war, einem Sünder bei der Wiederholung seiner Lebenskapitel kein einziges Detail zu ersparen. Ihm fiel ein Stück von Max Frisch ein, das ihn sehr beeindruckt hatte. Er fühlte sich befreit, als er sich schließlich an den Titel erinnerte.
»Biografie: Ein Spiel«, murmelte Alfred und erschrak, weil er sich sprechen hörte und immer noch das falsche Wort sagte. Melancholisch machte er sich bereit, sich der Wirklichkeit zu stellen. Er war dabei, zum zweiten Mal Vater zu werden, ohne es zu wollen.
»Du siehst bezaubernd aus, Loreley«, lächelte er. Ergeben

wartete er auf den Moment, da auch seine Frau, wie vor zwei Stunden seine Geliebte, bemerken würde, daß er zu Wiederholungen neigte, doch Andrea gab kein kopfnickendes Zeichen des Wiedererkennens. Zärtlich umarmte sie den verlegenen Routinier und holte seine Rechte aus der Tasche heraus. Als hätte sie Amors erster Pfeil auf immer gegen die Tücke von Wissen und Zeit gefeit, zog sie den Büßer in das Paradies, in dem einst der Traum von der Liebe zur Reife erblüht war. Der Sturm hatte die Bäume entwurzelt und die Wolken vom Himmel gerissen. Nur der verbotene Apfel war unversehrt. Adam trug Sack und Asche, Eva ein zu enges Kleid aus rotem Taft.
Der runde Tisch auf der frisch geputzten Terrasse war mit einer weißen Satindecke geschmückt, auf der goldfarbige Plastikblätter als Glasuntersetzer lagen. Alfred fand sie geschmacklos, doch er berührte mit einem Finger Andreas Bein und schnalzte mit der Zunge.
»Schrecklich schön«, sagte er trotzdem.
»Und praktisch«, lachte Andrea zurück.
Eine Pfirsichbowle war angerichtet; akkurat geschnittene Fruchtachtel und zwei ertrunkene Bienen schwammen in einem goldgelben Wein, von dem Alfred vermutete, daß der viel zu süß für eine Bowle war. Er ertappte sich dabei, daß er aus den Pfirsichscheiben gleichschenkelige Dreiecke konstruierte; sie lösten sich zu Kreisen auf, sobald er sie aufeinanderzutürmen versuchte. Eine Flasche Sekt von der Marke, die er am wenigsten mochte, lag in einem Berg von Eiswürfeln. Die erinnerten ihn an die Bar auf dem Flughafen, und er entwarf, weil die Bilder nicht schwanden, den Text einer Postkarte an Marco und schenkte ihm die Sternschnuppen des August. »Die größte gibst Du Deinem

neuen Teddy«, schrieb er, »damit er gesund bleibt, bis wir uns wiedersehen.«
Eine breite rote Kerze steckte in einem gläsernen Leuchter, um dessen Fuß sich winzige weiße Veilchen aus Seide rankten. Im Wohnzimmer wurde der Plattenspieler angestellt. Andrea kehrte auf die Terrasse zurück und hielt in jeder Hand eine Flasche. Ein Mann, nach dessen Namen der Ratlose verbissen sein Gedächtnis malträtierte, sang »Yesterday«. Alfred hatte das Lied nie gemocht; nun erschien ihm auch dieser Titel symbolisch für sein Leben.
»Stell die Musik ein bißchen lauter«, bat er, »man kann den Text ja gar nicht verstehen.«
»Ich dachte, du magst die Beatles nicht.«
»Man lernt dazu.«
»Das finde ich so großartig an dir, mein kluges Bärchen. Du bleibst nicht bei deinen Vorurteilen. Magst du als Aperitif einen Cuba libre?«
»Was um Himmels willen ist denn das, meine süße kleine Hexe?«
»Weißt du denn gar nichts von der großen weiten Welt. Cola mit Rum. Das ist der letzte Schrei und soll Wunder wirken.«
»Mir erscheint's ziemlich unbekömmlich.«
»Was, die Wunder?«
»Nein, der Rum«, sagte Alfred, »ich bin noch nie dahintergekommen, was die Leute an dem Zeugs finden. Ein jüdisches Kind ist doch kein Matrose.«
»Ich will ja auch nicht mit dir in See stechen. Ich muß dir nur etwas sagen.«
»Ahoi, mon général«, salutierte er.
»Gleich, ich will nur den Sekt aufgießen.«
Er war nun sicher, daß sie schwanger war, und noch viel

sicherer, daß er dies nicht wollte. Ein Mann, der seine Frau betrog, hatte kein Recht nur deshalb Vater zu werden, weil er sich einen Sohn wünschte. Es war das erste Mal, daß Alfred den Gedanken so deutlich formulierte. Er mußte gegen den Drang ankämpfen, aufzustehen und sich aus der Hausapotheke zwei Tabletten Alka Seltzer zu holen. Sein rebellierender Magen und der schmerzende Kopf ließen sich nicht auf den Kompromiß seiner Ehe ein, doch er stand erst auf, als Andrea die Sektflasche nicht öffnen konnte. Seine Hand berührte ihre. Er beugte sich nach vorn, roch ihr Haar und fing den Duft von verwehtem Glück ein. Einen Herzschlag lang vergaß der Reuige, was er der Liebe von zwei Menschen angetan hatte, die sich nur eines Vergehens schuldig gemacht hatten – sie hatten an ihre Träume geglaubt.
»Setz dich endlich hin«, sagte er, »und schau mich an. Ich weiß Bescheid. Du taugst nicht für Geheimnisse.«
»Schäm dich, du hast gelauscht. Und ich habe mich fast auf meine Beichte gefreut.«
So sehr Alfred ihre Worte analysierte, sich überlegte, ob sie irgendeine Andeutung gemacht und er nicht zugehört hatte, und sich Fragen stellte, die ohne Antwort blieben, er fand nicht den Faden, der ihm den Weg aus dem Labyrinth gewiesen hätte. Er verlor selbst die kleinste Fährte im Irrgarten der Ängste, grübelte besessen, ob er Andrea hatte telefonieren hören, fragte sich, fast erleichtert, ob auch sie ihn betrogen und wer in aller Welt ihr geraten hätte, ihrem Mann dies unter einem Sternenhimmel und in der Aufmachung einer neckischen Circe beizubringen. Ihr letzter Satz fiel ihm ein.
»Juden haben keine Beichte«, sagte er.
»Leider. Sonst hätte ich ja Rabbi Blau erzählen können, was

ich mir geleistet habe. Und der hätte mir geraten, wie ich meinem geliebten Pascha beibringe, daß ich mir aus purem Übermut einen Job habe einreden lassen. Bist du mir sehr böse?«
Alfred verstand nichts von dem, was die Atemlose ihm erzählte. Er begriff nur, daß er keine Vaterfreude zu heucheln brauchte. Lächelnd hörte er seine Frau von einem ehemaligen Klassenkameraden reden, für den sie französische Übersetzungen machen wollte. Zufrieden saß der Erlöste auf seinem Stuhl, mit Behagen genoß er jedes Wort. Er streichelte den Leib, der ihm kein Kind gebären würde, wiegte sein Gewissen in den Schlaf und betrank sich an der Güte des Schicksals.
»Ich ziehe postwendend zu meiner Mutter, wenn ich keine geregelten Mahlzeiten bekomme.«
»Da wirst du mich kennenlernen«, lachte die Beruhigerin.
»Ich mache höchstens drei Termine in der Woche. Nur so zum Spaß.«
»Wie bist du eigentlich auf die Schnapsidee gekommen, meine kleine Tüchtige?«
»Nur so. Ich will mir einfach beweisen, daß ich noch was kann. Arbeit macht frei.«
»Das habe ich schon mal gehört.«
»Du merkst wieder mal alles. Der schlaue Satz stammt nicht von mir.«
»Nein. Er stand am Tor von Auschwitz.«

14

Alle Zähne sollen dir ausfallen«, sagte Hermann freundlich. »Nur einer soll dir bleiben. Damit du noch Zahnschmerzen haben kannst.«
Alfred gab vor, er müßte sich die Antwort gut überlegen, und wartete, bis sich der Zucker in der Tasse aufgelöst hatte. »Ich wünsche dir alles, was du mir wünschst«, entgegnete er schließlich.
»Ich wünsche dir das, was du bedauern wirst, mir nicht gewünscht zu haben. Los, trink ruhig den vierten Kaffee auf meine Kosten. Es kommt schon nicht mehr drauf an. Sollen doch meine unschuldigen Kinder hungern. Ihr Vater hat einen Riesenmassel, daß du keinen Champagner verträgst!«
»Möge sich deine Gastfreundschaft unter allen Geschöpfen Gottes herumsprechen. Die Läuse, Wanzen und Flöhe sollen dir persönlich danken. Nein danke, ich mag keinen Kaffee mehr. Mein Sodbrennen reicht jetzt schon aus, um dein protziges, unbezahltes Auto zu heizen.«
Unmittelbar nach dem altgeliebten Wettstreit im Rasthaus mußte Hermann wegen eines Hasen scharf bremsen; eine Zeitlang diskutierten er und Alfred mit philosophischer Tiefgründigkeit und der Gründlichkeit von Mathematikern, ob ein deutscher Hase, der gerade dem Tode entronnen

wäre, beim Mittagessen seiner Frau wenigstens erzählen würde, daß er sein Leben einem Juden verdankte.
»Bestimmt«, wußte Alfred, »Hasen waren nie Antisemiten. Sie verehren die Juden als Schutzengel. Die klugen Tiere haben keinen gespaltenen Huf und sind keine Wiederkäuer. Deswegen dürfen wir sie ja auch nicht essen.«
Sie waren gerade dabei, ein besonders schwieriges Detail der koscheren Küche zu erörtern, als Hermann das Gespräch mitten im Satz unterbrach. »Wenn ein fünfunddreißigjähriger Mann«, sagte er im exakt gleichen Tonfall wie zuvor, »der noch keinen Tag krank gewesen ist und der so gut verdient wie du und dem keine schwangere Frau die Ohren vollheult, wenn so ein Gesegneter über Sodbrennen jammert, kommt das nicht vom Kaffee, sondern vom Leben. Das müßtest du wissen. Du bist doch Arzt.«
»Bin ich mitgefahren, weil ich meine Diagnosen nicht mehr selbst stellen kann, oder weil du mit einem Juden reden willst, der mal einen Hasenbraten essen möchte?«
»Beides«, befand Hermann.
Sie fuhren wie auf ihrer unvergessenen Tour zur Feier ihres Abiturs auf der alten Spessartstraße nach Nürnberg und verliebten sich, wie damals, gierig wie Wüstenbewohner in die sanfte Landschaft, die Hügel, Wälder und Dörfer. Ein Eichhörnchen mit dem ersten Vorrat für den Winter huschte über die Straße, eine Elster flog in einen Himmel von hellem Herbstblau. Sie machten sich vor, die Zeit hätte ihnen noch nichts angetan, denn sie erzählten einander jüdische Witze, die sie seit Jahren kannten, und waren so fasziniert von den Pointen, als dürften sie zum ersten Mal die würzende Mischung aus Selbstironie, Sarkasmus und Zweideutigkeit schmecken.

Mit der Unbefangenheit von Nostalgikern, die kein Empfinden haben für den Rost, den die Erinnerungen der Jugend ansetzen, spulten sie die Zeit zurück. Anfangs war ein jeder von ihnen sicher, er könnte vor dem Freund die Wehmut des Belehrten kaschieren, doch sie täuschten sich beide und wußten es bald, denn sie kannten einander zu lange und zu gut, um unbemerkt in den Fluß einzutauchen, der die Wiederholbarkeit des Glücks verspricht.
Hermann sollte die Verteidigung eines amerikanischen Soldaten übernehmen, der im Verdacht der Vergewaltigung stand. Unter dem glaubhaften Vorwand, daß er die alte Tradition wieder beleben wollte, die erste größere Fahrt in einem neuen Wagen mit Alfred zu machen, hatte er ihn gebeten, ihn zu begleiten. Die Pflicht, der er unterwegs nachzukommen gedachte, hatte Hermann allerdings nicht erwähnt – er hatte schon als Kind gewittert, daß es seinem besten Freund noch mehr als den meisten Menschen widerstrebte, sich mit einem Damoklesschwert zu beschäftigen, dessen Faden noch beruhigend reißfest schien.
Alfred hatte auf Hermanns Einladung mit einem Enthusiasmus reagiert, der ihn im Augenblick der Zusage verlegen machte, jedoch nicht im geringsten erstaunte. Ihm war nämlich bereits in der zweiten Woche von Halinas Abwesenheit klargeworden, daß er gerade an seinen freien Mittwochnachmittagen zu Analysen seiner seelischen Befindlichkeit neigte, die weder seiner Laune noch seinem Bedürfnis nach ehelicher Harmonie zuträglich waren.
Es komplizierte sein Leben, daß Andrea die lange Zeit festen Säulen des Alltags umgestellt hatte. Im Hinblick auf Evas bevorstehende Einschulung und auch, weil Christian sehr kurzfristig die Dienste seiner neuen Mitarbeiterin zu

beanspruchen pflegte, hatte die Strategin die sehr regelmäßigen Besuche bei ihren Eltern in Bad Homburg auf den Samstagnachmittag verlegt. Ihr Mann hatte nicht zu widersprechen gewagt, doch jede Gelegenheit wahrgenommen, gar nicht erst den Verdacht zu erwecken, er habe an seinem praxisfreien Nachmittag nichts Dringendes außer Haus zu erledigen. Er besann sich auf die alte Gewohnheit, im schnellen Schritt beide Mainufer abzulaufen und über die beiden Brücken zu rennen, nachts rechtete er mit seinem Gewissen.

Es kam kaum noch vor, daß die beiden Freunde ungestört miteinander reden konnten. Schon nach Hermanns Hochzeit hatten sie die gemeinsamen Samstagsausflüge aufgegeben und zu Beginn von Alfreds Ehe auch den entspannenden Sonntagnachmittag im Bridgeclub. Seit einem halben Jahr fühlte sich Hermann noch unfreier als Alfred. Es gelang ihm noch nicht einmal mehr, sich mit Alfred für eine Stunde im Café zu verabreden, ohne ehekriselnde Wolken heraufzubeschwören.

Rachel war in ihrer dritten Schwangerschaft äußerst unzufrieden mit ihrem Leben in Deutschland geworden. Die Heimwehkranke hatte eine so gewaltige Sehnsucht nach ihrer Familie in Israel entwickelt, daß ihr Mann seine gesamte arbeitsfreie Zeit brauchte, um ihre depressiven Stimmungen aufzuhellen und sie von dem Gedanken abzubringen, ein in Frankfurt niedergelassener Anwalt könnte jederzeit nach Tel Aviv übersiedeln und dort problemlos eine fünfköpfige Familie ernähren.

Nur weil der flexible Tröster den dunkelhäutigen amerikanischen Soldaten aus Texas, der in Nürnberg im Gefängnis einsaß, zu einem suizidgefährdeten und von einem antisemitischen Richter schikanierten Glaubensbruder aus Polen hatte mutieren lassen, war Rachel von der Notwendigkeit der Reise zu überzeugen gewesen. Hermann hatte sich auf die kurze Zeit ohne seine streitfreudigen Kinder, Rachels Klagen und ohne die Erörterungen über die beruflichen Fähigkeiten ihres Gynäkologen wie ein Junge gefreut, der fest an sein Talent glaubt, unbemerkt die Schule anzuzünden.

Auch Alfred lockte an der Reise nach Nürnberg weit mehr als nur der Reiz der Abwechslung. Die Fahrt war für ihn eine Wiederholung vom besten Stück seiner Jugend, eine stets belebende Erinnerung an die Zeit, als sie beide ohne Verpflichtungen, ohne Ziel und für kurze Zeit so unbekümmert und heiter wie ihre glückhaften Altersgenossen losgefahren waren, deren Eltern nicht jeden Tag ihre Vergangenheit heraufbeschworen und von ihren Kindern Dankbarkeit forderten, daß sie in körperlicher Unversehrtheit und finanzieller Sicherheit leben durften.

»Du weißt gar nicht, welches Opfer es deinen seligen Vater und mich gekostet hat, nach Hitler ein Kind in die Welt zu setzen«, hörte er seine Mutter sagen.

Die jungen Löwen hatten damals tatsächlich geglaubt, sie würden sich auf ihrer Tour von ihren dominanten Müttern befreien können. Beide hatten einander im erstarkenden Mannesmut mit feierlich erhobener Hand zugesichert, sie würden kein einziges Mal zu Hause anrufen, um Sohnesliebe zu bekunden und Auskunft zu geben, ob ihre Unterwäsche warm genug und ihre Mahlzeiten gesund seien. Hermann hatte erst am dritten Tag kapituliert, Alfred, der noch gründlicher gelernt hatte, seine Mutter nicht zu beunruhigen, hatte schon am ersten Abend der Pflicht zur Rücksichtnahme nachgegeben. Er sah sich, weil er Jahre später einen zu langen Moment überlegte, wann, von wo aus und ob überhaupt er Andrea anrufen sollte, mit gebeugtem Rücken vor einer Telefonzelle stehen. Seufzend griff er zur zweiten Magentablette. Ihn verlangte es, weil er die Fesseln, die er getragen hatte, mit denen verwechselte, die er nun trug, nach der Lebenskorrektur der aggressiven jüdischen Dialektik.

»Was soll das heißen, daß du mir nur noch einen Zahn läßt?« fragte er in glaubhaft gespielter Entrüstung. »Ich dachte, unter guten Freunden sind menschenverachtende Verfluchungen tabu.«

»Im Gegenteil. Sie sind Pflicht. Genau wie die Verehrung der Zehn Gebote. Kennst du übrigens das elfte? Du sollst die Meschuggenen lieben wie dich selbst. Und die Wahnsinnigen sollst du beschützen wie dein Geld.«

»Redest du mit mir?«

»Nein. Mit der goischen Kuh auf der Wiese.«

»Es war ein beschnittener jüdischer Ochse. Du mußt die Augen aufmachen.«

»Das tue ich schon seit Jahren. Nur den Mund habe ich gehalten. Du läufst nicht in dein Unglück, Alfred. Du rennst mit Siebenmeilenstiefeln darauf zu. Zieh sie aus, solange noch Zeit ist. Sie sind zu groß für dich. Du bist nicht Faust. Du bist ein guter jüdischer Junge, der mit zwei Seelen nicht leben kann.«

Alfred suchte nicht nach einer Umkehrmöglichkeit in der Sackgasse. Er begriff sofort, daß er sie selbst angesteuert und dann nicht rechtzeitig auf die Bremse getreten hatte. Hermann würde mit der Hartnäckigkeit des besorgten Freundes und der geschmeidigen Logik des argwöhnischen

Juristen keine Ruhe geben, ehe der Verdächtige gestand. Der Eindringling hatte soeben die erste Latte aus dem hohen Zaun um die Festung gerissen, von der der blinde und taube Bauherr gewähnt hatte, sie sei ausreichend geschützt, wenn er nur überzeugend genug die Rolle des Stummen spielte. Seinen Text hatte der Inquisitor jedoch noch nicht geprobt. Hermanns Hände hielten das Steuerrad krampfhaft fest, er starrte zu konzentriert in die Fahrtrichtung, und offensichtlich suchte er, während er eine Melodie summte, was der Unmusikalische sonst nie tat, nach Worten, um seiner Mahnung den Stachel der Beschuldigung zu nehmen.
Die Gesten der Verlegenheit rührten Alfred. Zu gut wußte er, daß der diskrete Schweigsame jene Redseligen als Toren verachtete, die am Fundament einer Freundschaft rütteln, indem sie ungebeten Ratschläge erteilen. Hermann war nie einer gewesen, der sich zu früh zu Wort meldete. Er war zu sehr Individualist, um ausschließlich Moral und Ethik in die Waagschale seiner Überlegungen zu legen, zu intelligent und tolerant, um das Leben eines anderen an den eigenen Maßstäben zu messen. Als einziger aus Alfreds ehemals großem jüdischen Freundeskreis hatte der Großherzige die Ehe mit Andrea nicht abgelehnt, noch nicht einmal kommentiert, später sie wohl auch auf seine ironische Art akzeptiert.
Alfred fiel die Zeit unmittelbar nach seiner Hochzeit ein, als er sich aus Furcht vor Kritik und um Andreas willen auch von Hermann zurückgezogen hatte. Er sah ihn mit der kleinen erkälteten Lea auf dem Arm in seiner Praxis stehen und hörte ihn sagen: »Im Gegensatz zu manchen Leuten bin ich zu deiner Hochzeit gekommen.« Als eine nie vernarbte Wunde zu schmerzen begann, strauchelte er auf dem Pfad

seiner Erinnerungen und schaute auch noch, als könnte ihm der Anblick seines Gesichts die verlorene Sicherheit zurückgeben, in den Autospiegel. Dort begegnete ihm ein Gezeichneter, den er als den Narren erkannte, der sich der Liebe wegen den endgültigen Schnitt von seinen Wurzeln gewünscht hatte. Mit einem Mal drängte es ihn, Hermann zu gestehen, was aus seiner Ehe, aus ihm selbst und seinen Idealen von Treue geworden war, aber noch scheute er die Diskussion.

»Was in drei Teufels Namen willst du mir eigentlich sagen? Fahr nicht so schnell, verdammt noch mal. Zusammen haben wir dreieinhalb Kinder. Ich weiß überhaupt nicht, wovon du redest.«

Hermann beschleunigte den Wagen noch mehr. Lachend drückte er auf die Hupe, nahm beide Hände vom Steuerrad, klatschte ironisch Beifall. »Lassen wir das Vorspiel«, schlug er vor, sehr unpathetisch und dezidiert, »dann haben wir's schneller hinter uns. Ich habe zwei schlechte Nachrichten für dich. Welche willst du zuerst hören? Die ganz miese oder die Katastrophe?«

»Mach schon!«

»Halina ist dir treu. Und sie verträgt die Pille nicht mehr.«

Alfred war noch mehr verblüfft als erleichtert. Ihm fiel überhaupt nicht auf, daß Hermann ihm auf einen Schlag zwei Desaster verkündet hatte. Er war so sicher, er hätte ihn mißverstanden, daß er mit der wohlwollenden Freundlichkeit eines alten schwerhörigen Mannes nickte, von dem keine Äußerung erwartet wird als der körperliche Beweis, daß er während des Gesprächs nicht eingeschlafen ist. Amüsiert und von allen voreiligen Befürchtungen erlöst, nur auf seine Rolle in einem grotesken Schauspiel konzentriert,

hielt er eine Hand ans Ohr, und für den Fall, daß Hermann einen Scherz gemacht haben sollte, tippte er sich an die Stirn. Obwohl er den Witz mißlungen und atypisch für Hermann fand, suchte Alfred mit der gutmütigen Bereitwilligkeit eines wohlerzogenen Untergebenen, der seinen Chef nicht verärgern möchte, nach der Pointe. Er überlegte gar, ob er brüllend loslachen oder die Spannung noch eine Zeitlang halten sollte. Da sah er, wie ihn Hermann beobachtete, und wußte Bescheid.
»Du schweigst heute besonders mutig, Alfred. Das war kein Witz. Das war blutigster Ernst.«
»Dann verrat mir mal, wie du mitten in der Wildnis auf Halina kommst? Und wie willst du wissen, ob sie die Pille verträgt. Hast du auf Gynäkologie umgesattelt und vergessen, das deinem besten Freund zu erzählen?«
»Okay. Kürzen wir das Verfahren ab. Sara geht immer für sie in die Apotheke und hat seit drei Monaten die Pille nicht mehr geholt.«
Es war der Zorn des Täters, der nicht die Tat bereut, sondern deren Entdeckung, die Alfred den Kampf um den Schutz der Konvention mit leichten Sinnen aufgeben ließ.
»Schau mal einer an«, bekannte sich der Sünder, »die fromme Frau Teitelbaum. Ich hätte nicht gedacht, daß sie überhaupt weiß, was die Pille ist. Also gut. Auch ich kürze das Verfahren ab. Ich habe seit Jahren ein Verhältnis mit Halina. Nur kein Neid.«
»Du wirst lachen, ich bin schon lange neidisch, daß so ein guter Mensch wie du die schlimmen Dinge zu tun wagt, von denen ein so schlechter Mensch wie ich immer nur träumt. Ich hätte gern mal mit dir darüber gesprochen.«
»Ich bin gar nicht auf die Idee gekommen, daß es dich in-

teressieren könnte. Sonst hätte ich dir Bescheid gegeben, als es geschehen ist.«

»Jeder in der Gemeinde weiß Bescheid, Alfred. Jeder außer deiner Frau.«

»Und jetzt mach mir nur noch weis, daß Halina in der ganzen Gemeinde herausposaunt, daß sie mir treu ist.«

»Nein, dieses Wunder hat sie nur Rachel verkündet. Und das größte Wunder seit dem Auszug der Kinder Israels aus Ägypten ist der Umstand, daß Rachel ihren Mund hält. Das tut sie allerdings nicht deinetwegen. Sie hat Andrea wirklich gern. Und eine Mordsangst, daß ihr das auch passiert.«

Sie versuchten, miteinander so zu reden wie einst, unbeschwert auf dem Zenit ihrer Freiheit und ohne den Schimmer einer Ahnung, wie schnell die Zeit die Flügel stutzen würde, die ihnen im Rausch der Jugend gewachsen waren. Den bescheiden gewordenen Lebensreisenden gelangen immer noch die Scherze der Vergangenheit, sie übertünchten die Gegenwart mit Galgenhumor und sprachen über die Wünsche, die sich nicht mehr erfüllen würden, mit dem Spott, der sie schon früh über die Klippen des Daseins geleitet hatte.

Wenn die vermeintlich Souveränen jedoch schwiegen, glaubten sie nie lange genug, es sei die Schönheit der herbstlichen Landschaft, die den Fluß ihrer heiteren Rede dämpfte. Da schmeckten sie den Hauch von Bitterkeit, aus dem in der Kehle der Stolperstein der Resignation wurde. Weil Alfred, als er das Würzburger Schloß aus grauem Nebel aufsteigen sah, mit der trotzigen Stimme vom frühen Sturm und Drang »carpe diem« ausrief, erinnerte sich Hermann, wie sehr ihn noch während des Studiums Cicero fasziniert hatte und daß er nun seine freien Nachmittage vor dem Fernsehgerät mit einem unappetitlichen Krümelmonster aus einer ihn befremdenden Sesamstraße und mit Donald Ducks redseligen Neffen verbrachte. Er dachte eine Zeitlang an seine Einkommenssteuererklärung und noch länger an Rachels Krampfadern und ihr Heimweh nach Israel. In solchen Momenten trommelte er mit der ungeduldigen Linken auf das Armaturenbrett und suggerierte seiner Verdrossenheit, er sei nur nervös, weil ein Lastwagenfahrer ihn nicht schnell genug überholen ließ.

In einer solchen Gesprächspause beschloß Alfred, Andrea von Nürnberg aus anzurufen und nicht zu ausgiebig darüber zu grübeln, ob seine Mutter zum großen Kreis derer gehörte, die von Halina wußten. Der Gedanke mißbehagte ihm, daß er das Ergebnis ohnehin kannte. Um so mehr verärgerte ihn die Überlegung, daß er dem Bedürfnis nie nachgegeben hatte, noch aufrichtiger mit Ruth über seine Ehe zu sprechen, als er es ohnehin schon tat. Er gab es auf, sich das Leben ohne Halina vorzustellen, ehe er überhaupt dazu kam, sich mit dem Wahrheitsgehalt und der Bedeutung ihres Treueschwurs und der Verträglichkeit der Pille zu beschäftigen, denn seine Sehnsucht beschwor eine erdrückende Flut von Bildern und Klängen. Er sah Marcos lauernde Augen und hörte auch seine Stimme so deutlich, daß sich jede Erinnerung in Blitze auflöste.

»Zu Hause«, sagte er trotzdem, »muß ich mir das Ganze wirklich gründlich überlegen. Irgendwas muß ich ja tun, nachdem du mir die Ruhe meiner alten Tage genommen hast.«

»Du hast keine Zeit mehr, Alfred. Deine Andrea kennt nur Schwarz und Weiß. Sie ist nicht die Frau, die Ehebruch verzeiht. Und du bist nicht der Mann, der auf sein Kind verzichten kann. Hör auf, aus dem Fenster zu glotzen. Ich werde dir genau erklären, warum ich mich eingemischt habe.«

Nur weil Hermann, der stets gut mit der Angewohnheit gefahren war, im Moment der Entscheidung Wahrheit ohne Rücksicht zu verabreichen, Alfred keine juristische Einzelheit von Scheidungsverfahren ersparte, begriff dieser schließlich doch, daß er sehr viel mehr als nur sein pflichtbewußtes Naturell bedroht hatte. Er war in all den Jahren, da ihn nur sein Gewissen belastet und er niemals erwogen hatte, auch Andrea könnte eines Tages das Gesetz des Handels bestimmen, überhaupt nicht auf die Idee einer Scheidung gekommen.

Das Wort, so es ihm galt, war seinem Vokabular, seiner Moral und seinem Gefühl für Anstand fremd und allen Vorstellungen von jener Nachgiebigkeit zuwider, die den Sanftmütigen so früh auf seinem Weg zur Weichherzigkeit eingestimmt hatten. Allein der Gedanke an Scheidung erschien ihm seiner Redlichkeit und einer Liebe unwürdig, an die er immer noch und trotz seiner Verfehlungen schon deshalb glaubte, weil es nicht derselbe Mann war, der mit Halina die Heiterkeit und das Bett teilte und mit Andrea den überschaubaren Alltag einer Ehe, die von der Realität ausgehöhlten Träume und die Freude an seinem Kind.

Obwohl Hermann die Beredsamkeit des Schweigens richtig interpretierte, sagte er: »Ein Kind in Evas Alter wird selbstverständlich der Mutter zugesprochen.«

Erst da entzifferte Alfred die letzten Hieroglyphen der mahnenden Handschrift an der Wand, doch er verstummte nur im Moment der ersten Empörung. »Das geht doch gar nicht in meinem Fall«, triumphierte er, beeindruckt, wie schnell sein Gefühl für Gerechtigkeit die Logik des Juristen entkräftet hatte, »wie soll denn Andrea meine Tochter ohne mich und meine Mutter jüdisch erziehen?«

»Nebbich! Du glaubst, das interessiert einen goischen Richter? In welcher Welt lebst du eigentlich? Wir schreiben nicht das Jahr 1945, als noch die ordentlichen Nazis in der Justiz waren. Die hatten das unstillbare Bedürfnis, an den Juden das Unrecht wiedergutzumachen, das ihnen unter Hitler widerfahren war, und stellten sie unter Artenschutz.«

Sie lachten herzhaft über das Wort, noch schallender über die komischen Ideen, die ihnen dabei einfielen, und dann auch, weil ihnen in ihrer absurden Phantasie überhaupt nicht aufgefallen war, daß es stark zu regnen begonnen hatte. Schon die ersten Blitze veränderten die Landschaft. Der Tag verlor mit einem so gewaltigen Donnerschlag Licht und Farbe, daß die graue Tristesse allgegenwärtig war. Die Äste an den tropfenden Bäumen wurden von einem zornig aufheulenden Wind ausgepeitscht. Dichter Nebel verschluckte in gierigen Zügen die bedrohlichen Gewitterwolken. Der Regen prasselte mit undurchdringlichem Trommeln auf die Windschutzscheibe. Weil Hermann einige Male glaubte, ein Radfahrer wäre plötzlich vor ihm aufgetaucht, bremste er so hart, daß der Wagen fast zum Stehen kam. Fluchend kurbelte er das Fenster herunter und steckte, wie Alfred danach auch, in immer kürzeren Abständen den Kopf in die Regenströme heraus. Sie fixierten angestrengt die Straße und wurden bald ein eingespieltes Duo, in dem ein jeder den anderen rechtzeitig vor der Gefahr warnte. Den auf die Straße herabgestürzten Ast mit dem glitschigen Blattwerk bemerkte keiner von beiden.

Alfred sah noch, daß der schwere Wagen erst im Zeitlupentempo, dann immer schneller die Richtung verlor, und schloß die Augen. Er spürte, wie das Auto ins Rutschen geriet, weil auch sein Körper schwankte, und stemmte sich mit beiden Händen gegen das Armaturenbrett. Er hörte Hermann schreien, wollte es auch tun, doch die Dunkelheit, die auf ihn niederprallte, nahm ihm Stimme und Atem. Diese Finsternis wurde zu einem Felsen von lähmender Angst, doch es gelang ihm, die Ellbogen an die Hüftknochen zu pressen und die Arme wieder an sich zu ziehen. Er drückte seine Hände auf Augen und Kinn. Ihm fiel ein, daß er mal gelesen hatte, ein Sterbender müsse sich zu einem Schrei zwingen, wollte er den Tod abwehren, doch wieder konnte er den Mund nicht öffnen. Er wollte nach dem Haltegurt greifen und fand ihn nicht, spürte einen Druck auf der Brust, der ihn zerriß, und empfand keinen Schmerz. Dann hörte er Glas zerbersten und endlich auch seine Stimme. Sie kam aus einer Wolke und rief einen Namen, den er nicht kannte. Erst da wurde Alfred bewußt, daß sich der Wagen nicht mehr bewegte.
Er war so sicher, daß er das Ende seines Weges erreicht hätte und Hermann auch tot wäre, daß er nur das Bedürfnis hatte, sich nicht zu rühren und nichts mehr in Frage zu stellen. Um ihn war eine wohltuende Wärme; die kalte Luft, die durch die offenen Fenster hereinströmte, nahm er als angenehmen Hauch wahr. Nur wunderte er sich, daß ein Toter die Lautlosigkeit und die Erstarrung seines Körpers und die der Welt um ihn noch zu empfinden vermochte. Ihm kam der Gedanke, daß er sich von niemandem hatte verabschieden müssen und nun auch keinem mehr die Pflicht der Rücksicht schuldete. Die Gnade einer so unspektakulären

Trennung vom Leben erschien Alfred der verdiente Lohn für einen Aufrechten, der sich selbst die Sünde nie leichtgemacht hatte und nun so rasch gestorben war, daß er auch kein Grab mehr brauchte. Niemand würde für ihn das Totengebet sprechen müssen.
Obwohl ihm sein Verstand an diesem Punkt seiner Ausführungen zu bedenken gab, ein Mensch, der zu so relativierenden Überlegungen fähig sei, würde ganz gewiß auch noch leben, ließ sich Alfred den Trost eines Todes ohne Aufbegehren gegen das Sterben nicht nehmen. Er konnte sich noch nicht einmal überwinden, seine Theorie zu überprüfen, denn er erinnerte sich, daß er schon im ersten Semester gelernt hatte, sich nicht auf vage Verdachtsmomente zu verlassen. Zufrieden nahm er sich vor, nie mehr die Augen zu öffnen und erst recht nicht den Mund.
Als der Frieden der Benommenheit jedoch Stück um Stück nachzulassen begann, wehrte sich Alfred nur kurz. Zu gut kannte er noch die Signale, die ein lebender Körper aussendet, um sie dem Bewußtsein zu verschweigen. Als erstes empfand er eine leichte Übelkeit, dann Schwindel, und unmittelbar danach würgten heftige Stöße des Schocks aus seiner ausgetrockneten Kehle. Er wähnte, die Rippen hätten das Herz zerquetscht, hörte es jedoch schlagen; er nahm sich vor, sobald er sich zu bewegen traute, mit einer Hand den Puls der anderen zu erfühlen. Ab diesem Moment der ersten Entschlossenheit konnte sich Alfred nicht mehr gegen die Lawine des Begreifens schützen. Sie überrollte ihn in quälerischer Deutlichkeit.
Noch einmal hörte er den Regen gegen die Windschutzscheibe schlagen, sah die überschwemmte Straße, auf der der Unfall geschehen war, und erinnerte sich zeitgleich, daß

er Arzt war. In Panik, weil er vergessen hatte, was er geschworen hatte, nie zu vergessen, tastete Alfred mit der rechten Hand, deren feuchte Wärme er sofort als Blut diagnostizierte, nach dem Körper seines toten Freundes.

Hermann umklammerte das Steuerrad, die Hände unversehrt, die Augen weit geöffnet, noch nicht sehend, aber ebenfalls auf der Rückreise von der letzten Station seiner langen Reise. »Wo ist das Gefängnis?« murmelte er.

Obwohl er den Freund aufrecht sitzen sah, nicht blaß, ruhig atmend und so, als sei seit der Pause im Rasthaus nichts geschehen, hatte Alfred nicht damit gerechnet, Hermann würde sich schon äußern, sich sogar an das Ziel der Fahrt erinnern können. Dem Arzt, der er wieder geworden war, fiel noch das Fachwort ein: »Voll ansprechbar«, nickte der Kundige zufrieden. Der Heimkehrer aus dem unbekannten Land zwischen Tod und Leben, der noch einmal Davongekommene, der vom Wahn Erlöste begann so hysterisch zu lachen, daß die Euphorie wie eine scharfe Pfeilspitze seinen Körper durchdrang. Keuchend hielt er seinen Kopf zum Fenster heraus.

»Kotz mir nicht mein neues Auto voll«, brummte Hermann, »hilf mir lieber beim Aussteigen, du Schlemihl. Ich kann mich nicht mehr bewegen.«

Sein rechtes Bein war gebrochen, jede weitere Sorge um seinen Wagen überflüssig. Der war schon unterwegs zum Schrotthändler. Das eine erfuhren die Reisenden der glückhaften Wiederkehr im Hospital in Fürth, wohin sie ein Krankenwagen gebracht hatte, von dem sie sich nicht vorstellen konnten, wer ihn gerufen hatte. Zwei Stunden später berichtete ein freundlicher Polizeibeamter vom Unfall. Er gab sich besondere Mühe mit seiner Diktion, weil er es mit einem Juristen zu tun hatte, saß an Hermanns Bett und teilte mit ihm seine Hustenbonbons. Der Uniformierte berichtete von einem für die Jahreszeit sehr ungewöhnlichen Sturm, beschrieb den schicksalauslösenden Ast ebenso genau wie den dickstämmigen Baum, an den der Wagen geprallt war, referierte über die Tücken von Aquaplaning und lobte mehrere Male Fahrer und Beifahrer.

»Sie verdanken ihr Leben dem Sicherheitsgurt«, sagte er.

»Nein, dem Allmächtigen«, widersprach Alfred und hoffte sehr, Hermann hätte sein stummes Gebet nicht bemerkt. Trotzdem staunte er, als ihm der Ernst und die Feierlichkeit in seiner Stimme auffielen und erst recht, weil er sonst nicht die Gewohnheit der Orthodoxen hatte, das Wort Gott nicht auszusprechen. Seinen körperlichen Zustand konnte er präziser bestimmen. Auch der Arzt stellte nur die Nachwirkungen eines Schocks und eine leichte Wunde an der rechten Hand fest, riet aber dennoch zu einer Nacht in der Klinik. Die Verlockung war immens, sich nicht im eigenen Bett mit der Bedrohung auseinanderzusetzen, die zum Zeitpunkt des Unfalls sein Lebensgefüge erschüttert hatte. Um Rachels willen entschied sich Alfred jedoch zur Tat und Selbstlosigkeit. Er versprach Hermann, sich um dessen Frau zu kümmern, denn sie hatte am Telefon zunächst nicht glauben wollen, daß sie nicht Witwe geworden war und danach nicht eingesehen, weshalb ein Ehemann mit einem frischen Beinbruch nicht umgehend zu seiner schwangeren Frau gebracht werden könnte.

Alfred hoffte, Rachel hätte wenigstens verstanden, sie solle Andrea nicht mit einem Anruf ängstigen. Weil die ihn erst am nächsten Tag zurückerwartete, wollte er ihr und sich einen telefonischen Unfallbericht ersparen. Bekümmert be-

stellte er ein Taxi, stand nachmittags um fünf sehr erschöpft am Nürnberger Bahnhof und schlief unmittelbar nach Abfahrt des Zuges ein.
In seinen Regenmantel gehüllt, der Licht, Geräusche und jeden guten Vorsatz dämpfte, sich der Situation und ihren Forderungen zu stellen, träumte Alfred von einem Hasen. Er erkannte ihn als denjenigen, den Hermann am Morgen als Schutzpatron aller Geschöpfe ohne voll gespaltenen Huf vom Tode errettet hatte. Nur weil eine Frau über seine Beine stolperte, wachte er in Würzburg auf – beschämt und erschrocken, daß er die Zeit, die ihm noch blieb, um den Brand seiner Emotionen zu löschen, mit einem weißschnäuzigen braunen Nagetier vertan hatte. Im Speisewagen trank er hastig zwei Tassen Espresso, die seinem Magen ebenso schlecht bekamen wie seiner Psyche, und floh vor den sorglos essenden Menschen in den Schutz seines Abteils zurück.
Die Attacke von Selbstmitleid und verzweifelter Reue war so gewaltig, weil sich Alfred zum ersten Mal dem Wissen um die eigene Sterblichkeit aussetzte. In immer neuen Variationen malte er sich aus, er wäre bei dem Unfall umgekommen und hätte nicht mehr die Zeit gehabt, Gott um Vergebung zu bitten. Noch stärker sensibiliert für die Versäumnisse des Lebens als an den Tagen der Norm ergab er sich allen Düsternissen seiner Phantasie. Sie führte ihn in die Welt der Sünder, die dazu verurteilt sind, allzeit ihr Tun als Frevel zu erkennen.
Er nahm an seiner eigenen Beerdigung teil, sah den schlichten Friedhof, die Trauergemeinde, seine Mutter gebrochen, Andrea mit verweinten Augen. Trotzig hielt sie ein Bouquet roter Rosen in der Hand, obwohl sie doch gelernt hatte, daß

es bei jüdischen Beisetzungen keinen Blumenschmuck gibt. Verärgert blickte Alfred in sein Grab, ausgehoben neben dem des Vaters mit dem Stein aus schwarzem Marmor. Als er dann den Kantor die herzsprengende Klagemelodie des Abschieds singen hörte und er in seinem Gedächtnis nach dem Text des Totengebets zu suchen begann, das er beim Tod des Vaters gelernt hatte, kehrte er in die Wirklichkeit zurück – als ein Geschlagener, an dessen Grab nie ein Sohn stehen würde, um das Kaddischgebet zu sprechen.
So beharrlich auch der Grübler seine Vernunft beschwor und sich sagte, er sei nicht fromm genug, um sich nur deshalb nach einem Sohn zu sehnen, damit er für ihn Kaddisch sagte, entkam Alfred der Bürde nicht mehr, er hätte vor der Zeit den Herzenswunsch aller jüdischen Eltern aufgegeben. Elegisch gedachte er einer Ehe, der die Hoffnung genommen worden war, an die Mißverständnisse, an seine Untreue und Andreas erloschenen Eifer. Er erinnerte sich an das Milchkännchen, das sie ihm der jüdischen Speisegesetze wegen entrissen hatte; ihn verlangte es nach der Erlösung durch Tränen. Es weinte aber nur ein Kind, das sich versehentlich auf der Toilette eingeschlossen hatte. Dennoch fand sein Gewissen Frieden. Als nämlich der Zug in Frankfurt einlief, war in Alfred die Kraft Abrahams gewachsen, der, ohne an Gottes Befehl zu zweifeln, bereit gewesen war, seinen Sohn auf dem Altar des Glaubens zu opfern. Es war ein Mann guten Glaubens, der dem Allmächtigen versprach, auf Marco und Halina zu verzichten.
Andrea trug kein Trauerkleid. Sie hielt keine Rosen in der Hand, nur ein zerknülltes Taschentuch. Ihre Augen waren verweint. Der Davidstern hing wieder um ihren Hals. Sie hatte ihn lange nicht mehr getragen.

»Wo kommst du her?« schrie die Angstvolle, »ich bin fast verrückt geworden.«
»Um Himmels willen, was ist passiert?«
»Mein Papi ist tot«, strahlte Eva, »und Leas Papi auch.«
»Warum hast du nicht angerufen?« schluchzte Andrea, »ich telefoniere seit Stunden alle Krankenhäuser zwischen Frankfurt und Nürnberg ab. Rachel sagt, Hermann ist so schwer verletzt, daß er nicht transportfähig ist. Und von dir wußte sie nichts.«
Er umarmte sie, weil er sie liebte und der Stern auf ihrer Haut ihn blendete. »Es ist alles wieder gut, meine Süße«, flüsterte er.
»Mami hat aber gesagt, ich darf in deinem Bett schlafen«, schniefte Eva.

15

Die Party zur Einweihung der neuen Geschäftsräume der Agentur »Lingua« fand an einem Freitag abend in Christian Schröders extravagant eingerichtetem Büro statt. Das war so geräumig wie die Schalterhalle einer Bank in einer mittelgroßen Kreisstadt. Am auffallendsten war die durchgehende Fensterfront aus getöntem Glas mit einem zarten Blauschimmer; die Lichtflut sollte an sonnenlosen Tagen jene lebensbejahende Vitalität verkünden, die dem jungen Herrn Schröder so spontan die Sympathie seiner Kunden und Angestellten sicherte. Ebenso wie diese optimistisch stimmende Transparenz wurde die indirekte Beleuchtung als kühn und avantgardistisch empfunden.

Aufmachung und Einrichtung des Raums entsprachen weder der Größe noch der Bedeutung der Firma und erst recht nicht dem Stand von Christians Konto, doch auf sehr raffinierte Weise den Vorstellungen, die sich zu Vergleichen mit jenen älteren Hollywoodfilmen anboten, die im gehobenen Milieu des »Big Business« spielten. Genau dies war Christians Absicht.

»Damals«, hatte er Andrea bei einer eigens für sie angesetzten Vorbesichtigung erklärt, »wußten die Regisseure eben noch, wie ein Mensch durch die Atmosphäre präsent wird, in der er arbeitet. Ich wette, Madonna, daß dir die heutigen unappetitlichen Actionfilme ebenso auf den Geist gehen wie mir.«

Die cineastisch überforderte Madonna, die selbst als junges Mädchen ihren Bedarf an Romantik und Aufklärung nicht im Kino gedeckt hatte und seit drei Jahren in keines mehr gekommen war, hatte trotzdem liebreizend Einverständlichkeit signalisiert. Nicht ganz zufällig fand dieses Gespräch am Tag von Alfreds Nürnberger Reise statt. Andrea hatte auf wohltuend urweibliche Art, wie Christian selbstbewußt registrierte, mit ihm auch in dem Punkt übereingestimmt, daß es sich bei geschmackssicheren Managern, die in eleganten Büros neue Perspektiven entwickelten, um äußerst kultivierte Männer handelte, denen man auf Anhieb anmerkte, wieviel wichtiger ihnen ein guter Geschmack war als ein ständig steigender Jahresumsatz.

Christian lag sehr an einem solchen Eindruck, doch in essentiellen Fragen war der Narziß durchaus fähig, sich nicht allein auf sein Spiegelbild zu konzentrieren.

Bis ins letzte Detail durchdacht war sein Entschluß gewesen, seine Firma von dem elterlichen Anwesen in der nicht mehr als standesgemäß geltenden Gutleutstraße ein paar hundert Meter weiter in ein soeben fertiggestelltes Büropalais in der Wilhelm-Leuschner-Straße zu verlegen. Ihr wurde das Flair von Moderne, traditioneller Frankfurter Solidität und wachem Zeitbewußtsein attestiert – schon die Visitenkarten mit dieser Adresse sicherten einem Geschäftsmann den Ruf von exzeptioneller Befähigung und Weitsicht. Auch der großartige Panoramablick über die in den letzten Jahren sehr attraktiv gewordene Frankfurter Stadtsilhouette, den er künftig seinen Kunden würde bieten können, hatte Christian den Entschluß erleichtert, keine

kleinlichen Rücksichten auf seine finanziellen Verhältnisse zu nehmen.
Noch vor Beginn der letzten Planungsphase hatte er seinen Charme und das Einfühlungsvermögen für Menschen, die diesem erlagen, höchst gewinnbringend eingesetzt. Es war im Verlauf von nur wenigen Wochen zu einer innigen Beziehung mit einer überaus talentierten, im Privaten allerdings störend fordernden Innenarchitektin gekommen. Zu Christians großer Erleichterung war in ihr unmittelbar nach der Einrichtung seines Büros ein heftiges Verlangen nach weiterer Kreativität in New York erwacht.
Das »kleine Fest« zur Einweihung der neuen Geschäftsräume, wie es der Hausherr im Bewußtsein um die steigende Wertschätzung von Untertreibungen bezeichnete, konnte er also nach eigenem Geschmack ausrichten. Seinem Stolz tat das Wissen gut, daß er seiner kurzzeitigen Geliebten keine rücksichtsvollen Reverenzen mehr zu erweisen hatte und sich bei der Entgegennahme der zu erwartenden Komplimente nicht dem Verdacht würde aussetzen müssen, er sei ein Mann, der einen Hang zum Schmuck aus fremden Federn hätte.
Außer der aus übergroßen weißen Lederelementen bestehenden Sitzgruppe und einer abstrakten Skulptur ließ der Chef nur seinen Schreibtisch stehen, ein Prachtstück englischer Schiffsbaukunst, und einen Louis-Quinze-Sessel seiner Großmutter. Für das ungezwungene Ambiente bei der Party sollten die vielen schlichten, sehr kleinen Lederhocker und die gläsernen Tischchen sorgen, die Christian sich von einem benachbarten Einrichtungshaus mit bestem Leumund ausgeliehen hatte.
Christian ging es vornehmlich darum, nicht von der exquisi-

ten Schönheit des kobaltblauen Teppichs abzulenken. Der war eigens für ihn von einem bescheidenen Knüpfer in einem winzigen Dorf in der Nähe von Bombay angefertigt worden, zu dem er seit seinen jugendlichen Lehr- und Wanderjahren Kontakt hielt.

»Ein besessener Künstler von unglaublicher Potenz«, hatte er Andrea vorgeschwärmt, »ich gäbe mein halbes Vermögen her, wenn ich diesen herrlichen Menschen nur ein einziges Mal mit dir besuchen dürfte.«

Zwei Wochen nach diesem Gespräch, an das sich Andrea so genau erinnerte, weil Christian den letzten Teil seiner Ausführungen in einem bedeutungsvollen Flüsterton angebracht hatte, fiel ihr mit einem Zynismus ein, der sie enorm verunsicherte, daß es am Ende gar einfacher sein könnte, die Bekanntschaft des eindrucksvollen indischen Teppichschöpfers zu machen, als Alfred davon zu überzeugen, daß es neuerdings zu ihren beruflichen Verpflichtungen gehörte, auf Einweihungsfeten für Büroräume zu erscheinen.

»Das mußt du doch verstehen, daß ich bei einem solchen Anlaß nicht als einzige ohne männliche Begleitung auftauchen will«, hatte die Schmollende gegen das einst geliebte Phlegma ihres Mannes aufbegehrt, »und außerdem finde ich es gut, wenn du endlich den Mann kennenlernst, der mir eine neue Chance gegeben hat.«

So es nicht die eigenen waren, hatte Alfred eine feindselige Einstellung gegen berufliche Verpflichtungen. Schon aus der Zeit des frühen Begreifens stammte die Animosität gegen Anlässe, die ihn privat mit Menschen konfrontierten, deren Biographie er nicht kannte und folglich auch nicht deren Einstellung zu Juden. Ihm kam der Gedanke, als Andrea ihn so energisch zum Mitkommen zu überreden versuchte, daß er früher durchaus mit ihr über solche Vorbehalte gesprochen und sie seine Einwände bestimmt akzeptiert hätte.

»Wozu soll das an einem Freitag abend gut sein?« entgegnete er, gereizt durch den Rückblick und dessen unbefriedigende Bestandsaufnahme. »Soll ich mir vielleicht auch mein Käppchen mitnehmen, falls einer mit mir dort Shabbat feiern will? Ich dachte, wir sind uns einig, daß wir das Evas wegen zu Hause tun. Und jede Woche.«

»Nimm mich doch einmal im Leben ernst. Ich verstehe die ganze Diskussion nicht. Du bist doch sonst kein Prinzipienreiter, Bärchen.«

»Ist Bärchen doch. Es kommt ihm auf die Prinzipien an. Bei manchen steigt er aufs Pferd, und bei anderen bleibt er auf dem Teppich und bohrt zufrieden in der Nase.«

»Ich bin überhaupt nicht auf die Idee gekommen, daß es dir so viel ausmachen könnte, mir ein einziges Mal einen Gefallen zu tun.«

»Leider«, monierte der Sprachbewußte, »bist du auch nicht auf die Idee gekommen, daß Vorhaltungen mit der ehefeindlichen Verallgemeinerung ein Mal im Leben deinen Mann nicht dazu animieren, sich einer Horde von besoffenen Fremden auszusetzen. Du hast dich dieser verräterischen Formulierung gleich zwei Mal bedient.«

Alfred merkte sofort und noch während er seinen Mantel an die Garderobe hing, daß er sich zumindestens in bezug auf den Alkoholkonsum nicht verschätzt hatte. Die lauten Stimmen aus dem neuen Chefbüro deuteten bereits um acht Uhr abends auf einen Höchststand umnebelter Heiterkeit. Ein weißhaariger dicker Mann im schwarzen Rollkragenpullover preßte sich auf dem Weg zur Toilette würgend eine feuchte Papierserviette vor den Mund. Ein bleicher blonder Teenager hatte verweinte Augen und laut Alfreds Diagnose Schwierigkeiten mit dem Kreislauf. Auf zwei leeren Bierkästen lagen überquellende Aschenbecher und nicht ausgepackte Blumensträuße. Es gelang Alfred nicht mehr, Andrea aus dem Mantel zu helfen. Im Moment seines Bemühens drückte ihm ein energischer junger Mann in einer rosaweißgestreiften Weste einen gefüllten Sektkelch in die eine Hand und in die andere einen leeren Teller. Verdrossen stellte Alfred das Glas auf den Boden und schob das Tellerchen unter einen aufgespannten Regenschirm.

»Gut Schabbes«, raunzte er.

»Bitte!« flüsterte Andrea. Mit beunruhigten Augen erflehte sie von ihrem Mann jene Bereitwilligkeit, einen fremden Horizont anzuvisieren, um dessentwillen sie sich in ihn verliebt hatte. Sie fanden nach einiger Zeit, in der Alfred so erschöpfend über die Belästigungen und Gefahren von verbrauchter Luft referierte, als trage er Lungenfachärzten neue Forschungsergebnisse vor, und Andrea ihn verlegen in eine Ecke des Raums zu dirigieren versuchte, weil er auch mit Kopfschmerzen und einem steifen Hals drohte, zwei unbesetzte Hocker und setzten sich aufatmend hin. Von einer weißbeschürzten Kellnerin wurden ihnen zwei randvoll gefüllte Gläser hingehalten.

»Wasser?« fragte Alfred so schüchtern, daß er Gefallen an seinem Spiel fand und das Glas ungelenk in beiden Händen hielt.

»Prost«, lächelte Andrea mutig. »Trink das Zeugs mit Andacht, du Muffel. Christian platzt vor Stolz, daß es bei ihm nur Champagner gibt. Er ist seit neuestem für einige Fabrikanten in Frankreich tätig.«

»Chaim«, grinste Alfred. Er lachte noch eine Spur provokativer, als ihm auffiel, daß es ihm schon beim ersten Versuch gelungen war, den hebräischen Trinkspruch laut genug auszusprechen, um die spontane Aufmerksamkeit einer Gruppe von drei Männern mittleren Alters zu erregen. Das plötzlich verstummte Trio sah Alfred neugierig an. Als hätten alle drei indes ihre rasche Reaktion für eine solche Situation abgesprochen, wandten sie ihre Blicke im selben Moment ab und lobten die Kanapees.
»Kanapskis«, korrigierte Alfred mit der gleichen deutlichen Stimme wie zuvor, »ostjüdische Leckerli. Sind nur nebbich nicht koscher. Wegen dem Aal. Pardon, wegen des Aals.« Befriedigt registrierte er, wie sehr Andrea errötet war, doch er zermalmte den unerwarteten Mißmut an seiner Schadenfreude zwischen den Zähnen und danach ebenso grimmig einen Kartoffelchip.
»Tut mir leid, daß du dich so schrecklich langweilst«, entschuldigte sich Andrea, »ich hab mir so einen Mordsrummel auch nicht vorgestellt.«
»Bin ich gekommen, um mich gut zu unterhalten? Ich bin gekommen, um meiner Frau einmal im Leben einen Gefallen zu tun.«
»Du bist schon einer«, seufzte Andrea in aufwendig gespielter Theatralik, doch es gelang ihr, der Stimme ihr schmeichelndes Timbre zu belassen und zärtlich nach Alfreds Hand zu greifen. »Hast du denn wirklich nie Lust, mal neue Menschen kennenzulernen?«
»Mir sind die, die ich kenne, neu genug. Du bist das beste Beispiel, daß man nie auslernt. Wo ist eigentlich der Supermann, dem ich diesen vermasselten Abend verdanke?«
Der stand, umgeben von einer Gruppe sehr attraktiver jun-

ger Frauen in einer Jacke aus cremefarbenem irischen Leinen, die zwar nicht dem Anlaß, dafür seinem Bemühen um das neuerdings geschätzte saloppe *understatement* entsprach, an seinem mit einem grünem Filztuch abgedeckten Schreibtisch. Schon seit einiger Zeit hatte Christian seine aufmerksamen Zuhörerinnen über die Renaissance englischer Möbel im Marinestil belehrt, doch ihm waren gerade jene gefällig würzenden Lebensepisoden ausgegangen, die ihn als einen passionierten Sammler erlesener Dinge profilierten.

Seinen übellaunigen Gast hatte er bereits identifiziert. In den immer länger werdenden Pausen seiner Ausführungen über Kunst und Schönheit am Arbeitsplatz schaute er – zwar mit der Diskretion eines guten Gastgebers, aber doch mit der prononcierten Neugierde, zu der Rivalen neigen – in Andreas Richtung. Es war der Instinkt des Jägers für die Bedeutsamkeit von Unwesentlichkeiten, der Christian spüren ließ, daß Andrea ihren Mann noch nicht auf ihren Gönner hingewiesen hatte. Belustigt genoß er den Vorteil des Beobachters, der sich durch seine Anonymität sicher weiß.

Es war keineswegs so, daß Christian zu Beginn ihrer Beziehungen andere Absichten gehabt hätte als einen selbstbestätigenden Flirt und die Nutzbarmachung von Andreas französischen Sprachkenntnissen. Auf die Dauer widersprach es jedoch seinem Charakter zu sehr, nicht wenigstens eine Attacke auf die Treue einer verheirateten Frau zu wagen, die nicht nur perfekt in die Schablone einer grünen Witwe paßte, sondern auch die Sucht hatte, ihren Ehemann in jedem Gespräch zu erwähnen. Der von Andrea faszinierte Christian ungewöhnlich intensiv. Schon bei der Be-

gegnung im Park hatte es ihn immens gereizt, einen Mann kennenzulernen, dem es gelungen war, eine Frau wie Andrea dazu zu bewegen, zum Judentum überzutreten.
»Das siehst du doch ein«, hatte er Andrea erklärt, »daß ich endlich mal wieder mit jemandem Kontakt bekommen möchte, von dem ich was lernen kann, was ich nicht weiß. Ich will immerzu neue Erfahrungen machen.«
»Ich finde es schön, daß du so denkst«, hatte Andrea gestaunt.
Als Christian vor ihm stand, plötzlich aufgetaucht wie der mythische Phönix aus der eigenen Asche, einen Kopf größer als er selbst, und ihm die Hand entgegenstreckte, hatte Alfred gerade eines jener selbstquälerischen Rätsel gelöst, zu denen er seit seinem frommen Nürnberger Treuegelöbnis verstärkt tendierte. Ihm war soeben klargeworden, weshalb ihm Andreas Aufmachung, eine tief dekolletierte weiße Bluse und ein weiter Rock aus raschelndem violetten Taft, nicht gefiel. Obwohl die Robe seiner Frau ausgezeichnet stand, erinnerte sie Alfred auf unangenehme Weise an die Dirndl der betagten Zwillingsschwestern aus der schwiegerväterlichen Familie, die er bei seiner Hochzeit im Verdacht gehabt hatte, sie würden über seine Mutter tuscheln.
»Das also ist der Mann, von dem ich so viel gehört habe«, rief Christian aus. Er holte vor der Pointe Atem.
»Und nur das Beste«, unterbrach ihn Alfred.
»Das Allerbeste«, lachte Christian. »Ich werde jedes Mal gelb vor Neid, wenn unsere Andrea über Sie redet. Von mir hat nur meine Mutter Gutes zu berichten gewußt, und die ist seit fünf Jahren tot.«
»Gott hab' sie selig!« sagte Alfred. »Unsere Andrea«, fuhr er

fort, als er sich ausgiebig genug an Christians Verblüffung delektiert hatte, »liebt alle Menschen. Sogar ihren eigenen Mann. Da sind Übertreibungen eine läßliche Sünde.«
Sie unterhielten sich trotzdem auf die erprobte Art selbstbewußter Weltmänner, die Freude an einem geschliffenen Humor haben und an der Kunst, jedes angeschnittene Thema an der gefälligen Oberfläche zu belassen. Andrea, die zunächst in schweigender Verlegenheit zwischen ihnen gestanden und mit dem besorgten Blick einer Mutter von einem zum anderen geschaut hatte, die fürchtet, ihre Kinder würden sie bei einem wichtigen gesellschaftlichen Anlaß durch schlechte Manieren blamieren, war erlöst und lächelte einige Male in anziehender Unbefangenheit. Couragiert verdrängte sie die Szene mit dem hebräischen Trinkspruch und ging gar so weit, ihrem Unbehagen zu suggerieren, sie hätte, wie üblich, Alfreds Mißstimmung bestimmt überschätzt und wahrscheinlich keinen Grund zur Befürchtung, er würde außer ihr noch jemanden provozieren wollen.
Christian sprach eloquent über die Sorgen des Mittelstands, einen beklagenswerten Mangel an eleganten Herrenboutiquen in Frankfurt und die rapide Veränderung des Stadtbildes, Alfred ebenso beeindruckend und sehr philosophisch von der der Menschen und Moral. Erstaunlich rasch wurden sich die gewandten Plauderer einig, daß eine in Ruhe gewachsene und natürliche gesellschaftliche Neuorientierung ihrem Sinn für Proportionen sehr viel mehr zusagte als die Rebellion der Achtundsechziger, die ihre Generation geprägt hätte. »Ruppig« nannte sie Christian.
»Ich habe jedenfalls mit einem entscheidenden Zipfelchen meinen Teil gegen den Muff der Talare beigetragen«, erinnerte er sich und wurde exakt beim richtigen Wort iro-

nisch. »Erinnerst du dich noch, Andreachen? Ich ließ mir einen tollen Zopf wachsen.«

»Ich erwog den Kauf zerlöcherter Jeans«, zwinkerte Alfred zurück. »Das müssen Sie mir glauben. Auch wenn es Andreachen nicht bezeugen kann, weil wir uns damals noch nicht kannten.«

Danach erkundigte sich Christian so interessiert und mit einem für eine ungebundene Frohnatur erstaunlichen Einfühlungsvermögen in die Psyche eines Kindes nach dem »bezaubernden Prinzeßchen Eva«, daß Alfreds Stimmung sich tatsächlich besserte. Bald ertappte er sich dabei, daß er erst zu ausführlich Antwort gegeben und zudem noch begonnen hatte, ebenso weitschweifig, aber immerhin wunderbar sarkastisch, wie er befand, von den leidvollen Erfahrungen mit den überbesorgten Müttern seiner kleinen Patienten zu erzählen. Christians gewinnendes Talent, sich perfekt auf einen ihm unbekannten Gesprächspartner einzustellen, animierte den Humor des Narrators zu weiteren Spitzenleistungen. Übermütig gab er gar die amüsante Anekdote von der Mutter zum Besten, die vor einigen Jahren von einem Kinderarzt allen Ernstes die Behandlung des einäugigen Teddybären ihres Sohns verlangt hatte.

»Ich habe zwar meine besten Manschettenknöpfe opfern müssen, doch die Operation war ein Meisterwerk. Das verhätschelte Balg hält mich seitdem für den lieben Gott, und der schöne blaue Teddy konsultiert mich noch heute, sobald er sich unpäßlich fühlt.«

Andrea lachte am meisten und fragte ihren Mann mit vorwurfsvoller Koketterie, weshalb er ihr denn nie so schöne Geschichten aus seiner Praxis erzähle. »Zu Hause«, verriet sie im saloppen Ton jener Ehefrauen, die tatsächlich glauben, sie würden ihre Frustration nur als einen gelungenen Beitrag zur Konversation einsetzen, »ist mein Mann nämlich der große Schweiger.«

»Wie Bismarck«, nickte Christian kennerisch.

»Moltke«, verbesserte Alfred sanft.

Sie tranken das dritte Glas Champagner und unterhielten sich entsprechend angeregt über französische Weine und die gesundheitsfördernden Aspekte der kultivierten mediterranen Lebensart, als eine schrille Frauenstimme die sofortige Anwesenheit des Gastgebers anforderte. Christian machte eine unwillige Handbewegung und sich selbst mit dem Ausdruck größten Bedauerns zum Gehen bereit. Nach nur wenigen Schritten kehrte er jedoch um. Mit der angewiderten Miene eines Mannes, der wegen einer Lappalie aus einer zukunftsentscheidenden Konferenz herausgerufen worden und nicht bereit ist, sich einer solchen Zumutung zu beugen, setzte er sich zurück auf den Hocker. Kumpelhaft schlug er auf Alfreds Schulter.

»Ich muß Sie doch unbedingt noch zu einem Punkt interviewen«, erklärte er. »Die Frage beschäftigt mich schon seit einer halben Ewigkeit. Wie fühlen Sie sich denn als Jude in unserem Land und unter uns Deutschen?«

Nur in dem erschrockenen Moment, da er den veränderten Rhythmus seines Herzens wahrnahm, überlegte Alfred, ob sein Stolz und sein Empfinden für Würde es zulassen würden, seiner Scheu vor Konfrontation nachzugeben und das besitzanzeigende Pronomen nicht zur Kenntnis zu nehmen. Während er noch ohne Zorn und Leidenschaft zu analysieren versuchte, ob Christians Frage eine beabsichtigte Ausgrenzung war oder nur eine injurierende Gedankenlosigkeit, blieb er noch ruhig. Er stellte das Glas ab, schaute zur

Decke und steckte seine rechte Hand in die Hosentasche, doch er fühlte, daß sie bereits feucht war. Alfred bemerkte auch die Schweißperlen auf der Stirn, und er ahnte die Farbe seiner Wangen.

Da sah er die flammende Röte in Andreas Gesicht und ihre zusammengepreßten Lippen; er sah auch, wie sie Christian am Ärmel zupfte und, als hätte ihr Mann weder Augen, Ohren noch Selbstwertgefühl und das Verlangen nach der Loyalität seiner Frau, warnend das fatale Wort »nicht!« wisperte. Das gab den Ausschlag. Andreas Reaktion war es, die Alfred traf, nicht die Beleidigung, die er aus Christians Frage heraushörte.

»Nu«, sagte der Gedemütigte, der Verletzte. In einer Feuersbrunst von lustvoller Streitbarkeit gab er dem Wort den anbiedernd verfälschenden Klang, den die Gedankenlosen und die Gehässigen, deren Erfahrungen und Intoleranz aus dem Kino und den bewußt bösartigen Inszenierungen des »Kaufmanns von Venedig« stammen, von Juden erwarten.

»Nu«, wiederholte der Verwundete, starrte Christian an und dehnte abermals die Silbe zur einer aufreizenden Länge. »Ich muß Sie auch unbedingt zu einem Punkt interviewen. Wem hätten Sie eigentlich die Frage, die Sie seit einer halben Ewigkeit beschäftigt, gestellt, wenn Sie mich nicht getroffen hätten? Hätten Sie dem Vorsitzenden des Zentralrats der Juden in Deutschland geschrieben, oder hätten Sie sich mit dem Schicksal abgefunden, daß Ihnen keiner Auskunft geben kann?«

Wie Alfred, war Christian aufgestanden. Auch er drückte nun seine Hände in die Taschen, krümmte den Rücken, fuhr sich mit dem Zeigefinger über die Stirn. Einige Male wechselte er das Standbein, als ermüde ihn das Stehen. Mit der abrupten, schuldbewußten Bewegung eines Menschen, der zwar wittert, daß er ein nicht reparables Mißverständnis zu verantworten hat, dessen Zustandekommen er jedoch nie wird begreifen können, senkte er den Kopf. »Aber«, stammelte er und wurde, was ihm seit Jahren nicht widerfahren war, tatsächlich rot, »es war doch nur eine ganz harmlose Frage. Ich habe sie doch nicht böse gemeint. Ich bin überhaupt nicht auf die Idee gekommen, ich könnte Sie irgendwie verletzen. Das müssen Sie mir glauben.«

»Sie glauben gar nicht, wie ich Ihnen das glaube! Ich kann absolut nachvollziehen, daß Sie Ihr ganzes Leben nach einem Juden Ausschau gehalten haben, dem Sie Ihre Frage stellen können. Und dann haben Sie das Glück, endlich auf mich zu stoßen. Das muß ja für Sie wie ein Sechser im Lotto gewesen sein, als Sie hörten, daß ich heute komme.«

»Alfred«, bettelte Andrea, »beruhige dich erst einmal. Bitte! Du hast Christian nur falsch verstanden. Mach doch hier keine Szene.«

»Wo sonst? Hör um Himmels willen auf, mich am Ärmel zu reißen. Scheint neuerdings deine Spezialität zu sein. Ich muß mich jetzt ganz auf Herrn Schröder konzentrieren. Er hat mir soeben klargemacht, wie naiv und dämlich ich bin. Ein Phantast wie mein Großvater, der in der Synagoge für das Wohl des Kaisers betete und ihm in Verdun die Funktionsfähigkeit seiner Lunge geopfert hat. Was heißt das schon, daß ich in Frankfurt geboren bin, einen deutschen Paß habe und Deutsch meine Muttersprache ist? Ein deutsches Vaterland braucht ein ordentlicher Mensch. Und so einer wie ich, dessen Familie man in Auschwitz durch den Schornstein gejagt hat, hat das Recht darauf verwirkt.«

»Nichts von dem wollte ich sagen«, wehrte sich Christian,

»ich wußte überhaupt nichts von ihrer Familie. Ich kenne mich in solchen Dingen nicht aus.«
»Sie haben ganz recht, mein Lieber«, erwiderte Alfred, und wer ihn sah und hörte, fand keinen Grund, an der Sanftheit des Blicks und der Freundlichkeit der Stimme zu zweifeln, »ich bin genau der Mann, den Sie sich seit einer halben Ewigkeit vorgestellt haben. Ich laufe durch Ihr Land und warte darauf, daß mich einer endlich mal fragt, wie ich mich als Jude unter den Deutschen fühle.«
»Es reicht, Alfred. Du hast es geschafft. Laß uns nach Hause gehen.«
»Nein, Andreachen. Wenn ich schon dabei bin, tabula rasa zu machen, muß mich meine strenge Preußin schon ausreden lassen. Wissen Sie, Herr Schröder, ich bin gar kein Kinderarzt. Das habe ich meiner unschuldigen deutschen Frau nur weisgemacht. In Wirklichkeit verleihe ich in meiner Praxis Geld zu Wucherzinsen, vertreibe arme alte Leute aus schönen alten Häusern, die ich abreißen lasse, um Banken und Bürohäuser zu bauen. Nur am Freitagabend bin ich ein rundum anständiger Mensch. Da spreche ich das Shabbatgebet mit dem bezaubernden Prinzeßchen Eva. Dazu setze ich dieses Käppchen auf. Wenn Sie mal einen Mann mit dieser Kopfbedeckung sehen, vergessen Sie nicht, ihm Ihre Frage zu stellen.«
Mit einer resoluten Bewegung versuchte Andrea, ihrem Mann das schwarze Samtkäppchen vom Kopf zu ziehen, doch ihr Fingernagel verfing sich in einem silbernen Faden der Stickerei. Sie verlor das Gleichgewicht; Alfred mußte sie auffangen. Mit einem Ausdruck der Verwunderung hielt er sie fest – eine Umarmung zweier Erschrockener, die nichts mehr voneinander wußten. Als sich ihre Körper trennten,

war Christian verschwunden, eingetaucht in den Schutz von Verstummten, deren Augen nach der Sensation des öffentlichen Eklats gierten und die wie Marionetten wirkten, die der Puppenspieler noch nicht aus der Erstarrung erlöst hat. Nur ein Beherzter erkannte das Gebot der Tat. Er drehte die Musik auf volle Lautstärke. Einige Sekunden lang war selbst das Klirren der Gläser nicht mehr zu hören, danach um so lauter das Gelächter der Trunkenen und die Stimmen derer, die sich in der Obhut der Mehrheit geborgen wußten.

»Das ist dir prächtig gelungen«, schrie Andrea im Auto. Sie trommelte mit beiden Fäusten auf das Armaturenbrett und, als sie nur noch zu schluchzen vermochte, auf Alfreds Schultern.

»Laß den Quatsch. Willst du uns umbringen? Ich habe ja geahnt, daß es kein angenehmer Abend werden wird. Vielleicht bin ich kein Partytyp. Manchmal kommt es mir sogar vor, als würden sich die Leute sofort aufregen, wenn sie mich nur sehen. Ob das an meiner Nase liegt?«

»Nimm endlich diesen albernen Schabbesdeckel von deinem klugen jüdischen Kopf, du anmaßender Trottel. Ich weiß genau, weshalb du ihn mitgenommen hast. Und wenn du wieder nüchtern bist, machst du dir vielleicht klar, daß du es für mich mit dem einzigen Menschen verdorben hast, der mir noch einmal im Leben eine Chance gegeben hat.«

»Ich bin nicht nur nüchtern. Ich bin ernüchtert.«

»Wortklauberisch. Das warst du schon immer.«

»Rabulistisch. Sprich das Wort ruhig aus. Rabulistik hat man seit jeher den Juden nachgesagt. Ist eine besonders kultivierte Form des Antisemitismus. Übrigens haben wir soeben den Punkt unserer Ehe erreicht, an dem du mich als einen miesen Juden beschimpfen darfst.«

Sie sprachen nicht mehr und gaben sich doch Antwort, hängten die Mäntel an die Garderobe, falteten akkurat die Schals, bohrten die Spitzen der Regenschirme in den Ständer. Alfred warf die Zeitung vom Vortag in den Papierkorb, Andrea drei durchgeweinte Taschentücher in die Toilette. An Evas Bett stand der Vater auf der linken, die Mutter auf der rechten Seite. Sie sahen die blonden Haare ihrer schlafenden Tochter auf einem hellblauen Kissen, das aufgeschlagene Buch mit der Fee in einem Rock aus wilden rosa Rosen auf dem Nachttisch und auf einem Glasteller ein Stück vom Mohnzopf, den ihre Großmutter zum Shabbat gebacken hatte.
Ihre Augen nahmen jeden Pinselstrich des verzaubernden Aquarells wahr, doch ihre Herzen nicht mehr die Botschaft. Das Schweigen war die Entscheidung. Sie wußten, es würde ihnen nie mehr gelingen, gegen die Wortlosigkeit mit der Illusion von der Heilkraft der Liebe anzugehen, die die Mutigen zum Schritt abseits vom genormten Pfad bestärkt. Ausgedient hatte auch, weil Realität geworden, der Spott über die Schlager, die in immer neuen Variationen Herz und Schmerz zum Lebensreim fügen.
Es war das erste Mal, daß sich vor Andrea und Alfred der Fluß ohne Brücke im selben Augenblick auftat. Ein jeder stand am vorbestimmten Ufer und trauerte um das Paradies, das sie hatten verlassen müssen, weil sie sich am Tor zur Seligkeit nur über die Zukunft geeinigt und gewähnt hatten, die Vergangenheit wäre allein eine elterliche Erblast und die Jugend immun gegen deren Krallen. Alfreds Tränen erstarrten in der Kehle, wie Lots Weib, zu Salz. Andreas klare blaue Augen hatten ihre Farbe verloren. Alfred seufzte, weil seine Verzweiflung ihn zu dem Frühlingstag

zurückführte, an dem er über die Hürde gesprungen war. Im Badezimmer hing aus den Zeiten der letzten Hoffnung und noch nicht verloschener Glut das durchsichtige schwarze, mit roter Spitze besetzte Gewand der Königin der Nacht. Wie eine Schlafwandlerin nahm es Andrea vom Bügel, streifte es über, ohne zu wissen, was sie tat, tropfte, auch dies eine Reflexbewegung, Parfüm mit dem Duft von Zitronen auf Hals und Brust und bürstete sorgsam ihr Haar. Sie schlüpfte gar in die silberfarbigen, hochhackigen Pantoletten, die ihr Alfred am Tag nach seiner Nürnberger Reise geschenkt hatte.

»Dein Timing stimmt nicht mehr«, sagte Alfred. »Außerdem gehe ich noch mal fort.«

»Zu deiner Mutter?« brüllte Andrea.

»Zu wem sonst?«

»Sie hat mich nie akzeptiert.«

»Dein Gedächtnis stimmt auch nicht mehr.«

Obwohl Mitternacht schon vorüber war, als Alfred die Wohnungstür aufschloß, brannte im Wohnzimmer die Stehlampe. Im Radio warnte eine muntere Stimme vor einem entlaufenen Pferd in der Rhön. Alfred lächelte, als er an der Küche vorbeiging, und wärmte seine Sinne mit Wehmut, denn seine Nase fing den kindheitsberuhigenden, männertröstenden Duft von kochender Hühnerbrühe ein. Der aus einem Stahlhelm geschlagene Topf, den seine Mutter von dem ersten Geld gekauft hatte, das ihr nach der Befreiung aus dem Konzentrationslager zugeteilt worden war, stand auf dem Herd. Er wartete auf den Satz »Ein Topf war mir wichtiger als eine warme Jacke«, doch Ruth sagte: »Früher bist du am Shabbat gekommen, ehe das ganze Fleisch verkocht war.«

»Woher hast du gewußt, daß ich überhaupt noch komme?«
»Hab ich's gewußt? Was weiß eine Mutter von ihrem Sohn? Aber mit diesem Besuch rechne ich seit Wochen.«
»Seit wann hast du denn das Gras wachsen gehört, Mama?«
»Seit deiner Hochzeit.«
»Welcher? Der ersten oder der jüdischen?«
»Du hast schon als Kind Fragen gestellt, die zu nichts gut waren. Geh lieber ins Bad und wasch dir das Gesicht. Besser den ganzen Kopf. Kaltes Wasser ist gut für heißen Ärger, hat dein seliger Vater gesagt. Ich hole die Suppe.«
Er sagte, ihm sei der Appetit vergangen, doch er aß zwei Teller Suppe, den Rest vom Mohnzopf, danach zwei Portionen vom süßen Fisch. Als ihm bewußt wurde, daß es nicht mehr die Erbitterung war, die in seiner Kehle brannte, sondern der Meerrettich mit der roten Bete, lehnte er sich zu Ruth hinüber und streichelte ihre Wange. Sie stand jedoch auf, faltete die Hände über Alfreds Kopf und sprach den Segen der Mutter für den Sohn.
»Den Kren hat sie nie richtig hingekriegt.«
»Stiehlst du mir den Schlaf, um mit der goischen Küche abzurechnen? Oder bist du gekommen, um deiner alten Mutter, die sich für dich halb umgebracht hat, zu erzählen, daß du dich scheiden lassen willst?«
»Beides. Zu gegebener Zeit.«
»Besser, du wartest nicht, bis dir einer Zeit gibt, du Schlemihl. Halina ist schwanger.«

16

An Rosch haschana, ein Jahr nach ihrem einzigen Besuch in der Synagoge, begleitete Andrea einen Kunsthändler aus Lyon zur Kölner Möbelmesse und am nächsten Tag Christian zu einem für ihn überaus wichtigen Klienten nach Kehl. »Tut mir leid, aber es geht nun mal nicht anders«, rief sie von der Küche ins Schlafzimmer, als die Dreiklanghupe von Christians Alfa Romeo zahlreiche Bewohner der Heinestraße an ihre Fenster trieb.

Alfred war wütend. Er war gerade dabei gewesen, in seiner Nachttischschublade die blaue Samttasche mit dem Käppchen und Gebetsschal zu suchen. Erst in diesem Moment machte er sich klar, daß seine Frau ihre Absicht, an Rosch haschana zu arbeiten, in die neue Wirklichkeit ihrer Ehe umgesetzt hatte. Der Düpierte hatte die Auseinandersetzung, in der Andrea ihm dies angekündigt hatte, als belanglos, ihren Hinweis auf die zwei unaufschiebbaren Termine an den geheiligten Tagen des jüdischen Jahres als eine jener nicht ernstgemeinten Drohungen empfunden, zu denen sie seit der Party bei Christian neigte. Nun, da sie die Provokation gewagt hatte, erschien ihm die Pointe zu sarkastisch. Nicht er, sondern seine konfliktscheue Frau hatte es unternommen, auf die Breite des Grabens hinzuweisen, der dabei war, sie endgültig zu trennen.

Die Erkenntnis, daß dieser Schritt die Aufforderung war, sich auf den Epilog einzustellen, traf Alfred so unerwartet, daß er weder Aufbegehren noch Vorwurf wagte. Wie ein Mann, der sich in einem plötzlich aufwallenden Bergnebel verirrt hat, aber noch nicht um die Sicherheit seines Tritts bangt, ging er in den Flur und ergriff Andreas zögernd ausgestreckte Hand, als würde sie sich an einem ganz normalen Tag verabschieden, um in der Stadt Besorgungen zu machen. Fast erwartete er die Frage, ob sie ihm Rasierwasser oder neue Batterien für sein Radio mitbringen sollte, doch sie nestelte an ihrem Schal herum und riß sehr abrupt die Wohnungstür auf.

Der Verblüffte, Sprachunfähige, in seinem religiösen Empfinden Gedemütigte stellte sich an das geöffnete Fenster, um Andrea in Christians Wagen einsteigen zu sehen. Ihm fiel auf, daß sie eine Bluse trug, die er nicht kannte, und ausgerechnet den Schal, den seine Mutter ihr zu Chanukka geschenkt hatte. Mechanisch zog er die Quersumme von Christians Autonummer. Sie ergab eine Dreizehn, und er lachte höhnisch.

Ergrimmt ging Alfred ins Schlafzimmer zurück, wühlte weiter im Nachttisch und fand endlich den Gebetsschal; er nahm sich vor, Andrea bei ihrer Heimkehr ruhig, leidenschaftslos, auf alle Fälle ohne Bitterkeit und Vorwurf zu fragen, ob sie sich wirklich klargemacht hätte, wie sehr sie ihn durch ihre Mißachtung der jüdischen Feiertage treffen, die Bedürfnisse ihrer Tochter mißachten, seine Mutter verletzen würde. Das Wort »wirklich« sprach er laut aus und betonte es mit einer Dramatik, die ihn entsetzte.

Auch dieses Gespräch kam, wie die übrigen, die seit dem Ausbruch der offenen Feindseligkeiten fällig gewesen wä-

ren, nicht mehr zustande. Der heftigen Magenkrämpfe wegen, die just im Moment ihrer Rückkehr einsetzten, konnte Andrea an keinem der beiden Abende des jüdischen Neujahrsfestes mit Mann und Tochter an dem festlichen Essen bei ihrer Schwiegermutter teilnehmen.
»Beim Schofarblasen an Jom Kippur kommt Mami bestimmt mit in die Synagoge«, tröstete sie ihre empörte Tochter, zu sehr in die Enge getrieben von Evas unvermutet aggressiver Reaktion, um zu bedenken, was sie ihr versprach.
»Jom Kippur wird kein Schofar geblasen«, schrie Eva zwischen zwei Schluchzern, »das haben wir schon in der Vorschule gelernt. Lea weiß das auch.«
»Vorneschule«, lächelte Andrea beschwichtigend, »erinnerst du dich noch, wie du immer Vorneschule gesagt hast, Schätzchen? Das war so süß. Du konntest das Wort nicht aussprechen. Ich mußte dir immer helfen.«
Eva trocknete ihre Augen mit dem Zipfel ihres Pferdeschwanzes, wie einst ihre Mutter, als sie sich die Erleichterung von Tränen noch nicht ausschließlich unter der Bettdecke gestattet hatte. Mit jener ruhigen, monotonen Stimme, die auffällig der ihres Vaters auf dem Höhepunkt des Zorns glich, sagte sie: »Heute hat mir meine Omi geholfen. Sie hat alle Knöpfe an meinem Kleid zugemacht und auch meine neue Kette. Die hab ich von meinem Papi. Meine Omi hat gesagt, ich muß schön sein, wenn ich in die Synagoge gehe.«
»Aber du bist doch schon groß. Du machst dir doch immer selbst deine Knöpfe zu.«
»Kann es sein, daß sie gar nicht von Knöpfen redet?« fragte Alfred.
Jom Kippur sah der Vater des gewitterfühligen Kindes mit

noch größerem Unbehagen entgegen als dessen Mutter. Andrea glaubte zumindestens das Recht auf ihrer Seite. Sie hatte sich nach Rücksprache mit ihrem Arzt entschlossen, wegen ihrer anhaltenden Magenbeschwerden nicht zu fasten. Gerade, wenn ihr der Kreuzweg bewußt wurde, an dem sie stand, setzte sie noch auf den Buchstaben des jüdischen Gesetzes. »Kranke, Kinder und Schwangere fasten nicht«, hatte Sara sie einst gelehrt. Weil sie Alfred allerdings den Besuch bei Dr. Koch verschwiegen hatte, war sie sich noch nicht schlüssig, wie sie ihm einen so schwerwiegenden Schritt erklären sollte. Häufig probte Andrea den Satz: »Kranke dürfen doch an Jom Kippur nicht fasten«, doch kaum stellte sie sich die Szene vor, hörte sie ihren Mann erwidern, es obliege dem Kranken selbst, das Maß seines Leidens zu bestimmen. Seine Stimme machte sie frösteln.

Alfreds Probleme waren ebenso unlösbar. Von einem Tag zum anderen nahm die Furcht zu, Andrea würde ihn nach Evas Tränenstrom an Rosch haschana tatsächlich zu Jom Kippur in die Synagoge begleiten wollen. Schon der Gedanke erfüllte ihn mit Unbehagen, das Debakel vom letzten Mal könnte sich wiederholen, und er würde sich abermals genötigt sehen, sich bei Andrea für Vorwürfe zu rechtfertigen, die sie nicht zu formulieren wagte. Noch sehr viel mehr belastete ihn die am höchsten Feiertag gebotene Pflicht zur Einkehr und Versöhnung. Sie war Alfred stets mehr als nur Tradition gewesen und nun im Wissen um seine scheiternde Ehe ein so starkes Bedürfnis, daß er nächtelang wach lag und zweifelte, ob sein Verhältnis zu seinem Glauben je so unbekümmert und liberal gewesen war, wie er sich so lange der Liebe wegen weisgemacht hatte.

Während der zehn Bußtage zwischen dem Anfang des

neuen jüdischen Jahres und Jom Kippur änderten sich nicht nur Ton und Gewohnheiten einer Ehe im Aufruhr, sondern auch die Wetterlage. Die sonnenwarmen Oktobertage gingen übergangslos in einen stürmischen und naßkalten Herbst über. Entsprechend verfrüht setzte die erste Erkältungswelle des Jahres ein. Sie war ungewöhnlich heftig, Alfred in seinem Bedürfnis nach Bedenkzeit und seiner Neigung zur Flucht vor dem Unausweichlichen jedoch so willkommen, daß er sein ärztliches Gewissen in Frage stellte.
Zufrieden ging er morgens aus dem umschatteten Haus des Zwists, ließ sich tagsüber von der Befriedigung an seiner Arbeit wärmen und kam erst nach Hause, wenn seine Frau und Tochter zu Abend gegessen hatten. Er brauchte, ehe er sich hinter die Zeitung zurückzog, nur noch mit Eva das Abendgebet zu sprechen. Wenn sie mit ihrer kindersingenden Stimme »Omen« sagte, dachte er an das Gespräch mit Hermann auf der Reise nach Nürnberg und flehte den Gott an, dessen Segen seine Tochter soeben erbeten hatte, auch ihn nicht zu verlassen.
Noch an den Spätnachmittagen saßen so viele hustende, fiebernde Kinder und übernervöse Mütter in der Praxis wie am frühen Morgen. An einem einzigen Tag erkrankten drei Säuglinge an schwerer Mittelohrentzündung und ein kleines Mädchen an Scharlach. Alfred machte bei allen vieren täglich zwei Hausbesuche. Bei der dreijährigen Patientin mit Scharlach, deren Mutter eine gute Freundin von Halina und für einen Mann im würgenden Griff der Melancholie zerstreuend heiter war, erschien der Pflichtbewußte auch dann noch täglich zur Visite, als ihre Genesung außer Frage stand. Das sanftäugige Rehkitz war so gesund geworden, daß es kreischend herbeieilte, sobald es seinen behandeln-

den Arzt erblickte, um ihn mit einem Lasso an einen Küchenstuhl zu fesseln. Dort wurde er von der aparten Mutter der vitalen Skalpjägerin mit einem Glas Carmelwein und dem neuesten Klatsch in der Jüdischen Gemeinde bewirtet. Er erfuhr, daß Halina noch schöner geworden war.
»Das wird bestimmt ein Junge«, prophezeite ihre Freundin.
»Hast du ein Massel«, diagnostizierte Ruth, als sie ihren Sohn eines Morgens erst nach dem dritten Versuch in der Praxis erreichte. »Du brauchst überhaupt nicht mehr an etwas anderes zu denken als an Wohltaten. Mußt dir nur einbilden, du bist Sauerbruch und bekommst dafür auch noch Geld.«
»Der Allmächtige wird sich schon was dabei gedacht haben, wenn er gewollt hat, daß ich Medizin studiere, Mama.«
»Ich hab gewollt. Und für das lange Studium hat dein seliger Vater geschuftet. Er hat immer gesagt, wenn ein Mann schlafen geht, soll er ein volles Bankkonto und einen leeren Kopf haben. Deiner ist schon so voll, daß er vergessen hat, was Zukunft ist. Wozu soll dann das Geld gut sein, daß du am Schnupfen von den Kindern fremder Leute verdienst?«
Das gewaltige Arbeitspensum machte es Alfred zwar leicht, seinem Argwohn vor voreiligen Entschlüssen nachzugeben, doch seine Mutter täuschte sich mit der Annahme, er wollte der Realität auf erprobt phlegmatische Art entfliehen. Er war sich allzeit bewußt, daß die Hoffnung auf einen Neuanfang mit Andrea der Selbstbetrug eines Narren gewesen wäre und daß er sich zum Handeln entschließen mußte, wollte er nicht für immer das Vertrauen in seine Würde und sein Selbstbewußtsein preisgeben. Auf den ausgedehnten Touren zu den Patienten grübelte er ebenso besessen wie analytisch über die Seelenkrise eines Mannes, dessen Ge-

wissen und das Empfinden für die Verantwortung, die er seinem Kind schuldete, so sehr viel präzisere Forderungen stellten als sein Herz.
Alfred hatte immer zur Melancholie geneigt, nun entmutigten ihn jedoch depressive Stimmungen, wie er sie zuvor nie gekannt hatte. Es verlangte ihn selbst in der Praxis, wenn er sich auf seine Arbeit zu konzentrieren glaubte, nach Halina, nach ihrer verführerischen Lebenslust, dem frivolen Humor, nach ihrer Wärme und unerschrockenen Direktheit; es drängte ihn danach, Marco an sich zu drücken und ihm mit der Hand durch seine Locken zu fahren. Nachts, wenn Alfred aus dem Schlaf fuhr und sich wünschte, er würde nie mehr aufwachen, verdammte er seine übermächtige Sehnsucht als kindlich und illoyal gegenüber seiner von ihren Eltern bedrohten Tochter, doch er konnte seine Begehrlichkeit nicht zügeln.
Immer wieder schob er den Besuch bei denen, die er liebte, jedoch hinaus und verachtete sich als einen, der sich von seiner Feigheit hatte paralysieren lassen. Noch wehrte sich Alfred gegen die Gewißheit, die Scheidung von Andrea bedeute die Trennung von Eva. In Momenten der größten Furcht machte er sich weis, er müßte nur seine Frau zu einem klärenden Gespräch bewegen, und sie würde einsehen, daß allein er und seine Mutter Eva jüdisch erziehen könnten. In einem Brief an Andrea, den er nicht abschickte, schrieb er: »Das Kind hat ein Recht auf seine Wurzeln.«
Nach dem Eklat auf der Party hatte Alfred nicht mehr mit Andrea gestritten, jedoch auch nichts Grundsätzliches mehr erörtert und ihr schon gar nicht erklären können, weshalb ihn Christians Frage so erregt, verletzt und in die Rolle des Provokateurs gedrängt hatte. Er spürte, daß allein schon die

Dauer des Schweigens das Urteil über seine Ehe fällte. Auch die äußeren Umstände bestätigten ihm dies. Andreas berufliche Verpflichtungen hatten sich innerhalb einer Woche so stark vermehrt, daß er nicht an einen Zufall glauben mochte. Ebenso auffällig war ihre neue Gewohnheit, nach der morgendlichen Versorgung von Eva in der Küche zu bleiben, bis Alfred das Haus verließ. Sie übernachtete auch wieder auf dem Sofa im Wohnzimmer. Eines Abends folgte er ihr ins Badezimmer.

»Du sagst es mir doch, wenn es soweit ist?«

Andrea legte die Haarbürste aus der Hand, straffte die Schultern und hob den Kopf. Sie öffnete auch den Mund, sagte aber nichts. Der Klang einer Kindertrompete, im Übermut geblasen, hatte sie stumm gemacht. Ihr war der sonnige Morgen eines Apriltags eingefallen. Es war zwei Tage vor Pessach; soeben hatte sie Alfred von ihrem Übertritt zum Judentum erzählt. Im roten Nachthemd ging sie auf ihn zu. Er hatte Rasierschaum im Gesicht und das Staunen eines Mannes in den Augen, der nicht an die Größe seines Glücks glauben mochte; sie nannte ihn Bärchen und hörte die Schläge seines Herzens. Nun seufzte die um ihr Opfer Betrogene, denn sie wußte, sie würde, was immer kommen möge, diese Stunde nicht mehr ihrem Gedächtnis und die Liebe, die gewesen, nicht mehr ihrem Sehnen entreißen können.

»Ist dir was?« fragte Alfred.

»Es ist nichts«, sagte sie, »ich bin nur schrecklich müde.«

Es war Andreas Flucht vor dieser letzten Chance zur Aufrichtigkeit, die Alfred schließlich doch den Mut gab, nicht länger der ohnmächtige Knecht seines Gewissens zu sein. Drei Tage vor Jom Kippur fuhr er in die Maximilianstraße.

Es war, was er wohl bedacht hatte, ein Mittwoch nachmittag, und in einem Anflug von Aberglauben, der ihn erschreckte und doch endlich wieder fühlen ließ, daß er noch lebte, war ihm der Einfall gekommen, Halina nicht anzurufen, um das Treffen zu verabreden.
Das alte Lotteriespiel um die Gunst des Schicksals – ohne Logik, eine Beleidigung von Verstand und Intellekt, Frevel und Sünde für den, der an Gott glaubte –, war noch immer so phantasiebeflügelnd wie in den Tagen der Jugend. Traf er Halina an, wollte Alfred dies als den Hinweis Fortunas auf den Anbruch guter Zeiten werten. War sie nicht zu Hause, würde er klaglos die Entscheidung der fremden Götter akzeptieren und auf jene beiden Menschen verzichten, die aus Vernunft Irrsinn machten und die Angst des Besonnenen der Lächerlichkeit preisgaben.
Das Füllhorn öffnete sich in dem einzigen Sonnenstrahl eines regenschweren Tages. Schon als Alfred in die Maximilianstraße einbog, sah er Marco vor dem Haus auf einer niedrigen Mauer sitzen. Amors listiger Jünger in einem meerblauen Anorak und mit einer Krone aus schwarzem Haar, stützte die Ellbogen auf die Knie, hielt den Kopf gesenkt und verbarg das Gesicht in seinen Händen. Alfred kurbelte das Fenster herunter. Er wollte dem Sinnierenden zurufen, daß er kein Recht hätte, im Schlaf dem Tag seine schönste Stunde zu stehlen, doch statt dessen lachte er so laut wie seit Wochen nicht mehr. Sofort danach jubelte er zum zweiten Mal, erheitert, befreit, auf eine unendlich beruhigende Art erstaunt, denn er hatte gewähnt, dieser berauschende Wohlklang berstender Freude wäre ihm für immer genommen worden.
Marco sah aus wie eine Miniaturausgabe von Rodins

berühmtem »Denker«, in sich gekehrt und in sich ruhend, abgetaucht in eine Welt, zu der die Oberflächlichkeit des Lebens keinen Zugang hatte, noch nicht einmal Einlaß zu begehren wagte. Alfred hatte die Plastik immer bewundert, sich von ihr jedoch nie angezogen gefühlt. Sie war ihm kalt, dem Menschen zu fern erschienen. In der lebensvollen Verkleinerung durch Marco erblickte er nun eine anmutige Verkörperung von Schönheit und Harmonie.

Er blieb im Auto sitzen und streckte seine erhitzte Stirn in einen kühlenden Wind. In ihm war kein anderes Bedürfnis mehr, als sich der Wahrheit zu stellen. Sie ließ ihn wissen, daß es seinem Anstand und seiner Moral vielleicht gelingen würde, den Duft von Halinas Haut zu vergessen und seinen Ohren die Erinnerung an ihr Gelächter zu nehmen, doch sein Herz würde nie die Liebe für den fremden Sohn freigeben.

»Ein Souvenir aus Tunesien«, hörte er Halina sagen. Sie sprach nicht, sie sang und lockte. Er band sich, wie Odysseus, an den Mast, denn seine Frau war schwanger, und er liebte sie, und doch folgte er der Sirene in das breite Bett mit den lila Laken. Die feuerrote Schlange stand wieder in seiner Praxis und drückte den vierjährigen König Marco an die Brust. Alfred senkte den Kopf, weil er sich so spontan in den Sohn verliebt hatte wie einst in die Mutter. Schon da hatte er gewußt, was er tat, und auch, daß sich jedes einzelne Kapitel seiner Biographie wiederholen würde.

Der Sünder, die Sinne vom Blitz der Vergangenheit geblendet, sah Marco nicht aufstehen. Er hörte weder den überraschten Freudenschrei noch das Klappern einer leeren Bierdose, die die schweren Stiefel eines beseligten Kindes im Übermut gegen die Radkappe stießen. Alfred merkte noch nicht einmal, daß die Wagentür aufgerissen wurde. Er kehrte erst von seiner Schicksalsreise zurück, als er die Hitze von Marcos Händen fühlte. Sie rissen ihm den Schal vom Hals, die kalte Pfeife aus dem Mund und die Skrupel aus seinem Gewissen.

»Onkel Alfred«, sagte Marco. Er betonte das Wort Onkel wie ein folgsam plapperndes Kind, denn er hatte bereits den Witz zum selbstironischen Rückblick, und er seufzte, weil er überwältigt von seinem Glück war und noch keine Ausdrücke für die Überfülle des Herzens kannte. »Wo bist du die ganze Zeit gewesen?«

»Weit weg, Marco. Sehr weit. Dein Onkel Alfred ist ein Narr.«

»Das weiß ich doch«, erwiderte der Kluge.

»Halina hat gesagt, ich darf dir nicht böse sein, wenn du uns nicht besuchen kommst. Du bist ein Schimmel.«

»Ein Schlemihl, mein Freund. Und was für einer!«

Sie gingen Hand in Hand zum Haus und schoben sich lachend die zerbeulte Bierdose zu. Einmal blieben sie stehen, um nicht zu schnell ins Ziel zu laufen. Es war, als wollten sie jede herzklopfende Minute in die Unendlichkeit dehnen. Marcos Augen waren teerdunkel, hell leuchteten in ihnen die Sterne der Freude. Er schob seine Zunge im Mund herum und lächelte verlegen, als wäre er noch Kind. Doch als er die Haustür mit dem Schlüssel aufschloß, der an einem roten Lederband um seinen Hals hing, pfiff er wie ein Mann.

»Halina ist schwanger«, flüsterte er vor der Wohnungstür und drückte dreimal auf die Klingel.

»Du sollst mir keine fremden Kerle anschleppen, Marco«, schimpfte Halina, »die versauen die ganze Wohnung.«

»Onkel Alfred tut das nicht«, erwiderte Marco im gleichen Ton, »er hat mir versprochen, nichts anzufassen.«
Sie war stark gebräunt von der Sonne Israels, hatte ihre kupferfarbige Haarfülle zu einem schweren Zopf geflochten, in dem bei jeder Bewegung breite blaue und kleine weiße Schleifen wippten, und sie trug Alfreds bestes Hemd. Der erfahrene Weitsichtige hatte es für jene Gelegenheiten in ihrem Wäscheschrank deponiert, die einen plötzlichen Besuch im Restaurant und einen entsprechend hastigen Aufbruch erforderten, weil die Hohepriesterin der Erotik nur Oliven als Vorspeise, Wein statt Brot und ihren Körper zum Dessert kredenzen wollte. Nun war das gestärkte weiße Hemd zu einem flatternden Gewand für besondere Umstände mutiert.
Halinas Bauch hatte sich schon zu runden begonnen. Auf der Stirn waren drei neue Sommersprossen hinzugekommen, vier auf der Nase. Die grasgrünen Strumpfhosen, die vor Jahren Alfreds Mutter dazu gebracht hatten, die modischen Kapriolen eines jungen Mädchens mit seinem Charakter zu verwechseln, betonten die Üppigkeit ihrer Hüften und ihre strammen Waden, der violett schimmernde Lidschatten ihre fesselnden Augen. Eine Kaskade von silbernen Ketten rieselte auf die wogende Brust, an jedem Ohr hing ein Papagei aus grünem Malachit mit gelbem Schwanz und Augen aus rubinrotem Glas.
»Willst du nicht wenigstens die Musik abstellen? Bei dem Krach versteht man ja sein eigenes Wort nicht.«
»Will ich nicht«, sagte Halina und hauchte einen Kuß in Alfreds Richtung, »und außerdem hast du bisher kein einziges gesagt. Ich habe Marco seit Wochen versprochen, wir tanzen Hora, wenn der Meschuggene kommt.«

»Der ist gar nicht so meschugge, wie du denkst. Er mußte in seiner Höhle bleiben, um seine Wunden zu lecken. Wie konntest du dem Jungen versprechen, daß ich überhaupt komme?«
»Ich konnte. Du hast auf dem Flughafen ein Wort zuviel gesagt.«
»Du leider auch.«
Sie legte eine Platte mit israelischer Musik auf und ihre Arme um Alfred. Er mußte sich bücken, damit ihre Fingerspitzen seinen Kopf erreichten; sie stolperte und umklammerte seinen Hals so fest, wie sie seit jeher seine Einsicht umklammert hatte, daß die Verantwortung eines Vaters den Verzicht des Liebenden gebot. Als sich ihre Körper voneinander lösten, faßten sie nach Marcos Händen. Zu dritt wirbelten sie im Kreis herum, singend und immer näher an den Himmel der Seligen herankommend. Sie berührten die rosa Wolken, und ihre Füße gehorchten ihnen nicht mehr.
Kreischend und keuchend fielen sie erst übereinander und dann auf das Sofa. Sie lachten, bis ihnen die Tränen kamen, Alfred betäubt von der Schwere eines Parfüms, das ihm schon immer den Willen genommen hatte, und der Leichtigkeit seines Gewissens und Halina vom Staunen, daß sie nach so vielen Umwegen und Fahrten im Kreis ihr Schiff in demselben Hafen geankert hatte, von dem es vor Jahren in See gestochen war. Weil Marco noch nicht wußte, daß Glück und Taumel Körper und Kopf beuteln, glaubte er, ihm sei vom Tanzen schwindlig. Seine Mutter trocknete seine Stirn mit einem Zipfel von Alfreds seidener Krawatte. Dann kletterte sie auf den Glastisch, bot ein wändegefährdendes Potpourri aus der »Czardasfürstin« und ließ sich von ihrem entfesselten Publikum überreden, noch einmal

»Machen wir's den Schwalben nach« zu singen. Besenschwingend befahl die stimmgewaltige Zauberkünstlerin ihrem Lehrling, noch vor Ladenschluß vom verhexten Karussell abzuspringen, um Brötchen, Käse, so viele Kerzen, wie er nur tragen konnte, und eine Flasche Wein zu holen.
»Ist egal, woher er kommt«, prustete die grünbeinige Diva, »oder was er kostet. Hauptsache, er ist rosa und süß.«
»Verlange Nektar und Ambrosia«, rief ihm Alfred nach.
»Was ist denn das?«
»Götterspeise.«
Halina lag wieder auf dem Sofa, eine laszive, zufriedene Venus, die einen tugendsamen Ritter dazu gebracht hatte, seine Ehre für den Augenblick zu verpfänden, da nichts mehr zählte als der Sieg des Lichts über den Schatten. Sie hielten einander fest und ließen es Zukunft werden. Von Zeit zu Zeit kratzte Halina mit tiefen kichernden Lauten an der Stille. Ihre Schultern vibrierten zum Takt der Musik, die nicht mehr spielte.
Alfred versuchte auszurechnen, in welchem Monat sie wohl sein könnte, doch es gelang ihm nicht, gleichzeitig die seiner Ehe gestohlenen Stunden in Zahlen aufzulösen und in eine Zukunft aufzubrechen, in der es keinen Lotsen mehr geben würde außer seinem Verlangen nach einem Sohn und der Leidenschaft für dessen Mutter. Die Zeit galoppierte auf einem Flügelroß davon, der Reiter hielt sich an seiner Mähne fest. Er sah sich in der Synagoge stehen, Marco war dreizehn Jahre alt und hatte Barmitzwa. Ob der Junge, der soeben in die Gemeinschaft der jüdischen Männer aufgenommen worden war, am Grab des fremden Vaters das Kaddischgebet sprechen durfte? Benommen glättete der Träumer seine brennende Stirn. Halinas Augen verspra-

chen ihm, er brauche nie mehr in die Tiefe eines Grabens zu blicken.

Die Verführerin besiegelte den Pakt mit einem Kuß, setzte sich auf einen Hocker, die Beine gekreuzt, die Arme vor der Brust verschränkt, und sagte drohend: »Jetzt reden wir Tacheles. Bringen wir's hinter uns, während Marco fort ist. Ich möchte nicht, daß du ihm mit deinen blöden Fragen den heutigen Tag vermasselst. Er liebt dich, und ich reiße dich in Stücke, wenn du das je vergißt.«

»Was um Himmels willen kommt jetzt?«

»Das weißt du ganz genau, du mieser, scheinheiliger Spießer. Frag mich doch endlich, von wem das Kind ist.«

»Wenigstens mein Gedächtnis«, sagte Alfred, während er eine Schleife aus Halinas Zopf zupfte und mit zarter Hand die Pointe des Spiels vor der Zeit verdarb, »ist noch intakt. Der Allmächtige hat dich mit einem Souvenir aus Israel gesegnet.«

»Sehe ich so aus, als ob ich im zweiten Monat bin?«

»Wahrhaftig nicht. Okay. Ich weiß, daß ich der Vater bin. Selbst meine Mutter zweifelt nicht daran. Hermann hat mir gesteckt, daß auf dich kein Verlaß mehr ist und du mich nicht betrügst. Als hätte ich nicht schon Schlamassel genug!«

»Ich hab's versucht, das schwör ich dir. Aber es hat nicht mehr geklappt.«

»Soll das eine Liebeserklärung sein?«

»Es wird ein Sohn, Alfred.«

»Wie willst du das wissen?«

»In meiner Familie werden keine Töchter geboren.«

»Eine leider doch. Und ausgerechnet der mußte ich in die Arme laufen.«

»Die Arme haben am wenigstens damit zu tun gehabt.«

Es war abends um neun, als Alfred seinen Wagen in der Heinestraße abstellte. Eine Weile blieb er im Auto sitzen, die Erschöpfung, Verdrossenheit und Beklemmung erwartend, die ihn so lange gelähmt hatten, doch er war ruhig und noch immer so heiter, als sei die Zukunft schon eine Vergangenheit, an die er sich nur gelegentlich würde erinnern müssen. Ihm fiel auf, als er die paar Schritte auf das Haus zuging und auch noch auf der Treppe, daß er zum ersten Mal seit Christians Party seinen Schritt bei der Heimkehr nicht verlangsamte, nicht zeitgewinnend nach seinen Wohnungsschlüsseln suchte, nicht seufzte.
Er fühlte sich erlöst von Schuld und Sühnepflicht, war bewegt, berauscht, bereit zum Aufbruch und Neubeginn. Da sah er, wie er es immer tat, zur Mesusa hin, doch, was ihm seit Jahren nicht mehr widerfahren war, gedachte er des Tages, als Andrea die kleine silberne Kapsel mit der biblischen Schrift in ihrem Eifer mit weißen Usambaraveilchen umrahmt hatte. Es war nur ein einziger Moment der Rührung, der ihm das Messer entriß, um das Band seiner Ehe zu zerschneiden, doch dieser eine Blick in das verschüttete Paradies währte zu lange. Entsetzt begriff Alfred, daß es ihm nie gelingen würde, sich scheiden zu lassen. Gott hatte seine Gebete um ein vor Sünde geschütztes Gewissen erhört.
Im Wohnzimmer brannte das fahle Licht der Stehlampe mit dem gelben Schirm. In der Obstschüssel lagen noch die Äpfel von Rosch haschana. Der Honig, das Symbol für ein süßes Jahr, stand ungeöffnet daneben. Andrea saß im Ohrensessel am Fenster, Eva, übermüdet und verweint, auf ihrem Schoß. Alfred streichelte seine Tochter, ungelenk den Nacken seiner Frau.
»Ich hab mich entschieden«, murmelte er, grub seine Nägel

in das Polster, damit seine Hand nicht zitterte wie seine Stimme.
»Ich auch, Alfred.«
»Meine Mami«, schluchzte Eva und ballte ihre Hände zu wütenden Fäusten, »hat gesagt, ich darf Jom Kippur nicht in die Synagoge. Sie ist ja so gemein. Sie ist nicht mehr meine Mami.«
»Ruhe, Rumpelstilzchen, Mami wollte dich nur ein bißchen ärgern. Sie hat einen Scherz gemacht.«
»Nein, Alfred, ich gehe. Ich kann nicht mehr. Ich hab's ihr gesagt. Wenigstens das wollte ich dir ersparen.«
»Später, Andrea, später.«
Zusammen brachten sie Eva zu Bett, trockneten ihre Tränen mit der Zärtlichkeit, die sie einst füreinander empfunden, zogen dreimal die Barbiepuppe um, holten der Befehlenden einen Spiegel, Limonade in ihrem Lieblingsglas und Alfreds Pfeifenreiniger, die sie noch nie hatte anfassen dürfen. Sie versprachen ihr einen Hund und einen Füllfederhalter, wie ihn Lea hatte. Eva hatte keine halbe Stunde gebraucht, um den brutalen Instinkt von Kindern zu entwickeln, die die Gewissensbürde geschiedener Eltern in eine Geschenkflut umzusetzen wissen. Zu laut und deutlich las ihre Mutter die Geschichte von der Sommerfee im Blumenkleid, stockend sprach der Vater das Nachtgebet. Beim ersten Wort schloß Andrea die Tür.
Sie stand auf, als Alfred ins Wohnzimmer zurückkehrte, streckte ihm, weil ihr Sehnen noch nicht dem Willen unterlag, ihre Hände entgegen, ließ sie verlegen wieder sinken und räusperte sich geniert. Ihr Gesicht war weiß, die Lippen bläulich wie bei Menschen, die die Schmerzen des Herzens auch als Bedrohung der Seele empfinden.

»Ich wollte die Tür nicht zuschlagen«, entschuldigte sie sich. »Sie ist mir aus der Hand gefallen.«

»Christian?« fragte Alfred. »Hast du mich mit ihm betrogen?«

»Nein. Ich hab's versucht. Es hat nicht geklappt.«

»Wundere dich nicht, wenn ich gleich lache. Das habe ich heute schon mal gehört.«

»Wir haben nie über die gleichen Dinge gelacht«, erkannte Andrea.

Sie gab es auf, ihre Tränen zurückzuhalten, und er, noch nicht gewöhnt, ihr Weinen zu übersehen, umarmte sie, staunend über die Macht des Rituals. Weil sie sich beide ihrer Liebe schämten, wähnten sie, die Zeit würde ihnen gnädig sein und sie das Vergessen lehren.

»Seit wann«, fragte Alfred, obwohl er die Antwort kannte, »hast du gewußt, daß es vorbei ist?«

»Seit Rosch haschana vor einem Jahr. Als ich in der Synagoge stand und mich so schrecklich verlassen und ausgestoßen fühlte, habe ich begriffen, daß alles umsonst war. Dein Gott wird nie meiner sein. Er gibt keine Antwort und trocknet keine Tränen.«

»Welcher Gott tut das schon? Nur, wir sind an Tränen gewöhnt und verlangen vom Himmel keine Taschentücher.«

»Du sagst schon wir und meinst nicht mehr mich.«

»Nicht weinen, meine Süße.«

Er merkte zu spät, daß er das Wort des Anfangs gebraucht hatte, und er preßte die Lippen aufeinander, als hätte es ihn am Ende einer Schuld überführt. Sie waren zu jung, um sich zu fügen, zu alt, um an Wunder zu glauben; sie sprachen vom Respekt, den sie füreinander empfanden, und sie meinten die Liebe. Er redete von der Würde der Trennung, sie von Verständnis, doch sie sahen dieselben Bilder – Tage von Hoffnungsgrün, Nächte der Glut, zwei Kinder, die sich an der Hand hielten und aller Warnungen zum Trotz jubelnd über das Feuer sprangen.

»Wann ist es soweit?« fragte Alfred.

»Jom Kippur bin ich nicht mehr hier. Ich kann nicht mehr fasten. Mir fehlt der Glaube. Und die Kraft. Eva hole ich erst nächste Woche. Sie hat mich falsch verstanden. Natürlich wird sie in die Synagoge gehen. Wann immer du willst. Ich verspreche dir, ich werde für ihre jüdische Erziehung sorgen.«

Er wollte sie fragen, ob sie wirklich glaube, was sie sagte, und ob ihr eine Illusion nicht genug für ein ganzes Leben sei, aber er wollte die Antwort nicht mehr hören. Er fand es, während er seine Pfeife stopfte, nur logisch, daß auch das letzte Kapitel seiner Ehe nicht ohne falsche Rücksicht auskam.

»Holst du mir meine Pfeifenreiniger aus Evas Zimmer, Loreley«, bat er, »du hast dich immer besser im Dunkeln zurechtgefunden als ich.«

17

Um fünf Minuten vor vier brühte Ulrike Buchert den Kaffee auf, hängte die Schürze mit dem von ihr aufgenähten praktischen Frotteetuch an den Haken, blickte in die Scheibe der Küchenvitrine und glättete flüchtig ihr Haar. Es war im Verlauf der Krise stark ergraut, aber noch immer füllig und schön. Die Kaffeezeremonie hatte sie in den vierzig Jahren ihrer Ehe eingehalten, ob ihr Mann zu Hause war oder nicht, in guten Zeiten von ihrer Fürsorglichkeit als Hüterin des Heims bestätigt und an schlechten Tagen gestählt von der Disziplin einer Generation, die besser dulden gelernt hatte als laut zu klagen. Es war der zweite Nachmittag, nachdem sie der lange erwartete Anruf ihrer Tochter erreicht hatte. Der Gedanke stimmte Ulrike trotz der momentanen Schwierigkeiten zuversichtlich. Sie hatte, feierlicher als an Werktagen Brauch, ausnahmsweise im Wintergarten gedeckt, weil der mehr Intimität gestattete als das große Eßzimmer.

»Du mußt endlich was essen, Kind«, sagte sie in dem forciert lockenden Ton von Müttern, die ein Leben lang und stets vergebens Besorgnis als Munterkeit tarnen. Lächelnd stellte sie die lange nicht mehr benutzte Kristallschale mit Schlagsahne auf den Tisch. »Probier wenigstens ein kleines Stück von deinem geliebten Zwetschenkuchen. Der rutscht doch von allein. Das habe ich dir als Kind immer gesagt, wenn du nicht essen wolltest. Ich hab ihn extra für dich gebacken, als du angerufen hast.«

»Laß mich nur gehen«, wehrte sich Andrea unwirsch. »So schnell verhungert der Mensch nicht.«

»Du trinkst ja noch nicht einmal. Ich hab genau gesehen, wie du heute morgen deinen Kaffee in den Spülstein geschüttet hast. Und mittags hast du keinen Bissen zu dir genommen.«

»Heute abend, Mutti«, tröstete Andrea, »lacht die Glucke wieder. Dann kannst du dich davon überzeugen, daß deine kleine dumme Tochter immer noch das alte Stehaufmännchen ist. Wenn dieser verdammte Tag erst einmal vorbei ist, fresse ich dir die Haare vom Kopf. Ehrenwort! Ich wollte, ich könnte es dir erklären, aber ich kann es nicht. Tut mir leid, daß ich heute so meschugge bin.«

»Du mußt nicht mehr wie sie reden, Kind. Du bist doch wieder daheim. Es hat was mit diesem blöden Jom Kippur zu tun, nicht wahr? Wahrscheinlich habe ich das Wort total falsch ausgesprochen.«

»Hast du, doch du bist auf der richtigen Fährte. Wie immer.«

»Das ist vorbei, Andrea. Das hast du alles hinter dir. Jetzt mußt du erst mal zur Ruhe kommen und dich von deiner Mutter verwöhnen lassen. Ich bin eigentlich ganz froh, daß Vati verreist ist. Da kann ich mich ganz um dich kümmern. Er will immer gleich alles auf der Stelle klären.«

»Nichts ist vorbei«, erkannte Andrea, »gar nichts, aber hör um Himmels willen auf, dir Sorgen zu machen und mich wie eine Schwachsinnige zu behandeln. Das wird schon werden. Ich bin nicht die erste Frau, die vor dem Scherbenhaufen ihrer Ehe steht. Die tapfere kleine Preußin läßt sich nicht unterkriegen. Ich gehe mich jetzt ein bißchen hinlegen und kann dann wieder in die Schlacht ziehen.«

»Und was hat das mit den Preußen zu tun?«

»Vergiß es. Das war wieder einmal der falsche Scherz am total falschen Ort und zur falschen Zeit. Alfred hat immer gesagt, ich habe kein Gefühl für Timing. Komisch, daß mich das so schrecklich gekränkt hat.«

In dem kleinen Zimmer mit den schrägen Wänden aus hell leuchtendem Kiefernholz, dem breiten Balken in der Mitte und dem von einer nostalgisch gerüschten Spitzengardine umrahmten Fensterchen, in dem Andrea ihre Kindheit und Studentenzeit verbracht hatte, war seit ihrem Auszug von zu Hause kaum etwas verändert worden. Auf dem Schreibtisch mit der Glasplatte, auf der kein Staubkorn zu sehen war, stand noch ein halbvolles Tintenfaß. Obwohl sie nicht mehr dalagen, sah Andrea ihre Schulhefte, alle sorgsam in blaues Papier eingeschlagen. Darauf hatte ihre Mutter jedes Jahr bei Schulanfang bestanden.

Die Vorstellung, ihre Eltern hätten schon bei der Hochzeit diesen Tag ihres Scheiterns vorausgesehen, war Andrea nicht angenehm und erschien ihr nun um so mehr die einkalkulierte Niederlage einer mutig unkonventionellen Tochter, rührte sie aber doch als Beweis, daß im Leben nur Verlaß auf die opferbereite, stets verzeihende Liebe der Eltern ist. Nachdenklich, weil ihr dieser Gedanke noch nie zuvor gekommen war, setzte sie sich auf einen Sessel, drückte das von ihrer Großtante Emilie mit roten Rosen bestickte Kissen gegen ihren rebellierenden Magen und schaute sich um. Im kurzen Augenblick des Vergessens wärmte sie die Geborgenheit des einst Vertrauten.

An der einen Wand hingen dunkel gerahmte Fotos ihres Großvaters mit üppigem Backenbart und im schwarzen Anzug und der ebenso respektgebietenden Großmutter, zu ihrer Linken der großflächige Familienstammbaum, den die ehrgeizige Untersekundanerin im Kunstunterricht mit Hilfe ihres eifrigen Vaters und nach ausführlicher Korrespondenz mit zweien seiner Vettern im Fränkischen angefertigt hatte. An der gegenüberliegenden Wand hing ein Poster von den Beatles. Das Papier war vergilbt, drei der vier Reißzwecken verrostet, sichtbar aber immer noch der rosa Kußmund, den ein schwärmerischer Teenager einem gut gelaunten John Lennon auf die Wange gedrückt hatte.
Neben dem pilzköpfigen Quartett klebte ein signiertes Foto der damals noch sehr jungen Operndiva Maria Callas. Andrea hatte sich das Autogramm durch ihre italienische Brieffreundin besorgen lassen und war von der ganzen Klasse für ihre Initiative bewundert worden. Sie hörte, obwohl sie gerade dies nicht wollte, Christian pfeifen. Und ohne daß es ihr rechtzeitig gelang, der Flut der Bilder Einhalt zu gebieten, verlagerten sich die Erinnerungen vom überschaubaren Klassenzimmer auf eine schattige Bank in einem sonnigen Park. Eva lief freudekreischend mit einem jungen Dackel über eine Wiese mit Herbstzeitlosen, Christian trug einen grauen Flanellanzug, und Andrea hatte ihm soeben erzählt, daß sie zum Judentum übergetreten war. Sie merkte, daß sie zu weinen anfing, und trocknete, genau wie früher, ihre Tränen an der Gardine.
Auf dem Schrank lagen ein Tennisschläger, ein bald nach seiner Inbetriebnahme ausrangiertes Briefmarkenalbum, die seit der Weihnachtsaufführung in der Quarta verstaubende Blockflöte und eine zweibändige Ausgabe von

Winckelmanns »Die Geschichte der Kunst des Altertums«. Es war das Konfirmationsgeschenk einer mütterlichen Cousine. Rabbi Blau fiel ihr ein und wie er moniert hätte, daß die Seiten beider dickleibigen Bücher noch ohne Fettflecke und Eselsohren waren. Sie zürnte, als sie ihn in der Stille hörte, ihrem Seufzer, weil er voller Sehnsucht war und vom Bewußtsein ihres Verlusts kündete.

Lange beschäftigte Andrea die Überlegung, daß Alfred es als einen jener für ihre Ehe typischen Hinweise auf die Häme des Lebens empfunden hätte, daß sie, kaum wieder bei ihren Eltern, an ein weihnachtliches Singspiel und an ihre Konfirmation dachte. Sie wurde erst verlegen und dann auf eine zornige Art traurig, als ihr bewußt wurde, daß sie sich, während sie mit ihrem Gedächtnis rechtete, unaufhörlich mit dem Finger über die Stirn fuhr. Alfred pflegte dies besonders auffällig in den Momenten zu tun, da eine zufällige, absolut unbedeutende Äußerung sie beide auseinandergerissen hatte. Es verwunderte Andrea, wie schnell es ihr gelungen war, wenigstens sprachlich an Alfred in der Vergangenheitsform zu denken; noch am Abend zuvor hatte sie erwartet, die Umstellung würde ihr die gleichen Schwierigkeiten bereiten wie einer Witwe, die den plötzlichen Tod ihres Mannes nicht zu begreifen vermag.

Die Konfirmation gehörte zu den Erinnerungen, die Andrea in ihrer Ehe am gründlichsten verdrängt hatte. Sie hatte sie nie erwähnt, noch nicht einmal dann an den sie lange Zeit prägenden Unterricht davor gedacht, an den eindrucksvollen Gottesdienst und die Feier im großen Verwandtenkreis, wenn Alfred von seiner Barmitzwa sprach und was dieser Tag der Einsegnung einem jüdischen Mann bedeutete. Nun, da es zur Konfrontation mit einem Kapitel der Vergangenheit gekommen war, das sie aus ihrer Biographie gestrichen hatte wie ein unpassendes Wort in einem Schulaufsatz, konnte sie es auf einmal mehr nicht fassen, daß sie so leichten Sinnes ihre Wurzeln vom Stamm geschnitten hatte. Sie fühlte sich bloßgestellt und unendlich beschämt vom Eifer der Jugend, Herkunft und Glauben zu verleugnen. Als hinge ein Foto der treulosen Konfirmandin in Großaufnahme an der Wand, begegnete Andrea der schüchternen Vierzehnjährigen wieder, der die zu erwartende öffentliche Aufmerksamkeit noch mehr Schwierigkeiten bereitete als die hohen Absätze der neuen Lackschuhe. Das schwarze Kleid mit dem zu kleinen weißen Kragen war zu lang. In der Kirche überragte der Kopf des Vaters den der anderen. Die Mutter trug das grüne Seidene und weinte. Die Tochter nahm sich vor, sich allzeit der Liebe ihrer Eltern dankbar zu erweisen, und sie schwor Gott, seine Burg nie zu verlassen und ihre Kinder in dem Glauben zu erziehen, zu dem sie erzogen worden war.

Obwohl die Dachkammer überheizt und die Tür geschlossen war, zitterte Andrea. Voller Trauer wickelte sie Bauch und Beine in jenes karierte Plaid ihrer Großtante Charlotte ein, das sie am Abend ihres Staatsexamens als Kaminrock getragen hatte, um Alfred auf ihre Schwangerschaft einzustimmen. Die geliebte Erinnerung, in den Jahren danach zum Höhepunkt ehelicher Verbundenheit verklärt, verzerrte sich zu einer Fratze, in der die Mißverständnisse und Verletzungen dominierten. Andrea streckte ihre Arme aus, als wollte sie noch einmal nach den Tagen der Erwartung greifen. Sie merkte, daß ihre Hände bebten, und senkte den Kopf, verloren, verzweifelt, einsam und ohne Hoffnung. In ihrer Verlassenheit quälte es sie, daß sie Eva nicht in die

Arme schließen und sich an ihrer Unschuld wärmen konnte; sie wollte die blonde Blauäugige plappern hören, ihr die Geschichten vorlesen, die sie beide auswendig kannten, mit ihr lachen, sie durch das Zimmer tragen, sie auf das Bett plumpsen lassen und lauschen, wer als erster Alfreds Wagentür zuschlagen hörte.

»Ich habe gewonnen«, hörte sie sich rufen.

»Du gewinnst nie«, sagte sie laut.

Auf der kleinen weißen Uhr wurden aus den Strichen für die Stunden ekelerregende schwarze Würmer. Nur noch das Kreisen des Sekundenzeigers war auszumachen. Andrea versuchte, sich auszurechnen, ob ihre Tochter wohl noch in der Synagoge wäre. Als sie in die blaue Kuppel mit den silbernen Sternen blickte, sah sie sich an der Brüstung der Frauenempore stehen. Sie gab es auf, ihre Tränen zurückzuhalten. Wie immer wieder nach dem Finale des Grauens, da Alfred ihr die Koffer auf die Straße getragen hatte und sie ins Taxi gestiegen war, marterte die Unglückliche die Überlegung, ob es nicht richtiger und für alle erträglicher gewesen wäre, Eva sofort mit nach Bad Homburg zu nehmen, statt dem Kind zu sagen, erst müßte die Mutter und danach der Vater verreisen.

»Dann werden wir bei Opi wohnen«, hatte Andrea gesagt. Sie konnte sich nicht mehr darauf besinnen, was und ob Eva geantwortet hatte. Alfreds Gesicht sah sie sehr genau. Es war weiß und das eines Fremden.

Mit einem Zorn, den sie anflehte, ihre Liebe zu versengen, malte sich Andrea aus, wie es Alfred auf seine erprobte Art Ruth überlassen würde, dem Kind zu erklären, was es wissen mußte. Abermals wehrten sich ihre Gedanken, in der Gegenwart auszuharren. Die Schwiegermutter saß im

Krankenhaus am Bett der glückseligen Wöchnerin und sagte ihr, ein wenig ironisch, zu mitleidig, zu distanziert, sie dürfe ihre Tochter nicht Sara nennen. Obwohl Andrea gemutmaßt hatte, daß Ruth sie mit einem erleichterten Herzen würde ziehen lassen, war sie zu ihr gegangen, um sich zu verabschieden. Sie hatte trotz allem mit einem verständnisvollen Wort gerechnet, auf eine anteilnehmende Geste gehofft, doch die souverän Beherrschte hatte der Scheidenden – wie in jedem Jahr am Abend von Jom Kippur – »Gutes Fasten« gewünscht. Nur diesmal hatte sie Andrea weder angeschaut noch ihr die Hand entgegengestreckt.
Eine Weile gelang es Andrea, sich ausschließlich auf Ruth zu konzentrieren, wobei es sie nach einer Weile irritierte, daß sie die bewegenden Anfänge ihres gemeinsamen Weges sehr viel deutlicher zu rekapitulieren vermochte als das letzte Jahr, in dem sie sich immer mehr von der Frau entfremdet hatte, die ihr ursprünglich eine mütterliche Freundin und wohltuend unaufdringliche Mentorin gewesen war. Einmal ertappte sich die Aufgewühlte dabei, daß es sie nach Ruths Beherztheit und ihrer Schlagfertigkeit verlangte. So gelang es ihr eine beruhigend lange Zeitspanne, keine Antwort auf die drei Fragen finden zu müssen, die ihr bei jeder Wiederholung unverständlicher und masochistischer erschienen. Warum schämte sie sich jetzt mehr als am Tag der Entscheidung, daß sie Alfred und Eva an Rosch haschana allein gelassen hatte? Weshalb fastete sie an Jom Kippur, ohne daß es Alfred noch sah, ohne daß sie es wollte und ohne daß der Tag, der die Versöhnung gebot, ihr noch etwas bedeutete? War dies schon der Hinweis auf die Ketten, die sie nie würde sprengen können? Sie mußte sich zwingen, als ihr die Vision von der Versklavung der Seele kam, nicht laut zu schreien.

Die Vorstellung, sich nie mehr selbst zu finden und auf immer einem Glauben und einer Tradition ausgeliefert zu sein, die nicht die ihrigen geworden waren, erschien Andrea wie ein Todesurteil. Sie sah sich für immer am Kreuzweg stehen, eine Frau im Witwenkleid, die das Glück ihres Lebens und die Zukunft ihres Kindes selbst verwirkt hatte. Der Körper wehrte sich mit Schüttelfrost und Übelkeit. Im Moment der größten Panik verlangte es die Taumelnde nach Sara, nach dieser mythischen Einvernehmlichkeit, die sie in jeder Not geborgen hatte. Da begriff Andrea, was ihr widerfahren war. Sie war nicht heimgekehrt in das Haus der Eltern. Der Schritt zurück in die eigene Welt würde ihr ebensowenig gelingen wie einst der Sprung über die Hürde. Und dennoch blieb sie ruhig.

Ein wenig benommen zwar, aber bereit, die Last zu tragen, die sie nun als eine ihr vom Schicksal auferlegte Bürde empfand, stand sie auf. Sorgfältig faltete sie Tante Charlottes Plaid zusammen, glättete das Kissen, öffnete das Fenster und eilte, weil die frische Luft ihre Übelkeit verstärkte, ins Badezimmer. Trotzdem nahm sie sich Zeit, band ein Handtuch vor ihre Bluse, um sie zu vor den Flecken der körperlichen Ohnmacht zu schützen, verknotete das Haar zum Zopf, kniete sich neben die Toilettenschüssel und umschlang sie mit beiden Armen. Dann erst gönnte sie sich Erlösung. Sie würgte ihre Verzweiflung und Angst so lange aus dem Körper, bis auch ihr Kopf leer war.

»Kann ich dir nicht helfen, Kind«, rief Ulrike aus der Küche. Ein Löffel fiel zu Boden.

»Nein«, schrie Andrea, »es ist schon vorbei. So geht das immer. Mach dir keine Sorgen.«

Sie aß nach Anbruch der Nacht mit dem Heißhunger, der

für sie so lange zu Jom Kippur gehört hatte. Nur fehlte Andrea die jedes Glied erwärmende Lebenslust, die sonst das Fasten gebrochen hatte, aber sie machte ihrer erfreuten Mutter ein Kompliment für die Königinpastete und lobte den Obstsalat.

»Die Juden«, erzählte sie, »trinken nach dem Fasten immer zuerst einen Wodka. Das habe ich nie vertragen.« Sie war entsetzt und verwirrt, als sie sich »die Juden« sagen hörte, denn dies war noch nicht einmal vor der Zeit mit Alfred geschehen, und ließ beschämt den größten Teil vom Obstsalat stehen.

»Ein Wunder, daß sie nicht alle Magengeschwüre haben«, befand Ulrike, »das hält doch kein normaler Mensch aus.«

Nachdem ihre Mutter, ein wenig vorwurfsvoll und sehr plötzlich, weil sie die töchterliche Ungeduld spürte und richtig deutete, zu Bett gegangen war, setzte sich Andrea ans Fenster. Elegisch starrte sie in schwarze Wolken, dachte an den Winter, einmal kurz an Weihnachten und trank eine Tasse lauwarmen Kamillentee – wie sie, ihr Mann und ihre Schwiegermutter es immer getan hatten, um den Magen nach den Strapazen des längsten Tages im jüdischen Jahr zu beruhigen. Es war spät, als sie Alfred anrief, doch er hatte offenbar neben dem Telefon gesessen, denn er meldete sich bereits nach dem zweiten Klingelton. Erstaunt dankte er für Andreas Frage nach seinem Befinden und berichtete, er hätte schlecht gefastet.

»Ich auch, wie immer«, sagte Andrea; sie lachten beide, zu höflich und sehr verlegen, weil er annahm, sie hätte gescherzt, und sie fürchtete, er würde absolut nicht mehr höflich oder verlegen lachen, wenn er die Wahrheit erfuhr.

»Ich muß«, sagte Andrea und sprach ungewohnt schnell,

»erst noch das Kinderzimmer richten. Bist du so lieb und fragst deine Mutter, ob Eva noch ein paar Tage bei ihr bleiben darf? Da habe ich ein bißchen mehr Luft.«
»Ich bin so lieb, und ich brauche sie nicht zu fragen«, erwiderte Alfred, »meine Mutter hat immer genug Luft.«
Zum Abschied sage er »Ciao«, wie es seine Frau am Anfang der Ehe getan hatte, wenn sie besonders guter Laune gewesen war. Er grübelte schuldbewußt, doch vergebens, weshalb ihn das damals so sehr gestört hatte.
»Ciao, Ciao«, parierte Andrea überrascht.
Zwei Tage später, als sie sich sicher war, daß sie es wollte, weil das Sehnen nach der Wärme der vereisten Augen nicht nachließ, die in einem wundersamen Moment aufgetaut waren, fuhr sie zu Sara. Es war, wie bei ihrem ersten Besuch im Haus der Demut, um die Mittagszeit. Andrea parkte den Wagen fast an der gleichen Stelle; auch das Wetter war wie damals, sonnig, windig und kalt. Nur war es nicht Vorfrühling und Andrea nicht schwanger, es war Spätherbst und sie ohne Zukunftsahnen. Die Erschöpfte registrierte die sterbende Jahreszeit mit der Schwere, die nur noch Bilder der Vergangenheit beschwört. Um sie nicht in den trügerischen Pastellfarben zerborstener Illusionen zu sehen, schloß sie die Augen, als sie auf die Klingel drückte – drei Mal kurz und mit langen Pausen dazwischen. Es war das mit Sara vereinbarte Zeichen, damit die Argwöhnische ihre Ohren verschließen konnte, wenn Fremde Einlaß begehrten, und die Gastliche Zeit hatte, um Freude willkommen zu heißen.
Im schmerzlichsten Jahr von Andreas Ehe waren die drei Klingeltöne nur selten beschworen worden. Es war ihr frivol und heuchlerisch erschienen, zu den Tagen des Lernens und Lehrens zurückzukehren, nachdem sie nicht mehr ler-

nen wollte und nur noch die Pflicht empfand, die Lehrende vor der Erkenntnis zu verschonen, daß ihr Hirte dabei war, ein Schaf aus seiner Herde zu verlieren.

»Nu«, rief Sara in den Hausflur hinunter und ließ in der Art, wie sie die vertraute Silbe dehnte, wissen, daß Andrea ihr nichts würde erklären müssen, »soll eine alte Frau den ganzen Tag auf ihren kalten Füßen stehen und die Tür für ihr meschuggenes Lämmchen offenhalten? Hast du schon vergessen, daß es Sukkot ist?«

»Nichts habe ich vergessen, Sara. Sieben Tage sollt ihr in der Sukka wohnen.«

»Damit eure Nachkommen wissen, daß ich sie in Hütten wohnen ließ, als ich sie aus Ägypten herausführte«, lächelte die Befriedigte. »Du weißt noch gut, was ich in dein Herz gepflanzt habe. Wie konnte der Allmächtige jedoch wissen, daß der Engel des Todes, der Sara Teitelbaums Leben verschont hat, sie nach Frankfurt führen würde, wo es zu Sukkot immer regnet? Ich werde die Suppe wieder warm machen. Dein Gesicht ist ganz grün. Setz dich hin und warte auf mich. Nicht in die Küche, du Schaf. Die Sukka steht auf dem Balkon. Hast du gedacht, du kannst deine Seele an meinem Herd auftauen?«

»Darf ich denn noch in die Sukka?«

»Was heißt noch? Das ist kein gutes Wort für Freunde. Die Sukka ist schön geworden in diesem Jahr. Moische hat sich mit ihr viel Mühe gegeben. Auch er hat gewußt, daß du kommst.«

Andrea hatte, weil Alfred es nicht mochte, Sara nie während des Laubhüttenfestes besucht. Sie hatte immer nur erlebt, wie eingehend Moische und seine Frau über die Vorbereitungen sprachen und von Jahr zu Jahr nicht wußten, woher sie in der Großstadt die Zweige, das Heu und das Stroh nehmen sollten, die zum Bau einer Sukka nötig sind. Dieses seit Jahrtausenden alljährlich wiederkehrende Symbol für Gottes Schutz während der Wüstenwanderung und für die Vergänglichkeit war für Andrea nur eine nebulöse Vorstellung gewesen. Nie hatte sie nachempfinden können, wieviel den Gesetzestreuen eine Sukka bedeutet.

Nun erschien es ihr typisch für einen Weg, dem kein Ziel vergönnt gewesen war, daß sie ausgerechnet im Moment des Aufbruchs mit der Lebendigkeit einer Tradition konfrontiert wurde, die sie im Eifer des Anfangs zu der eigenen hatte machen wollen. Andrea duckte sich, als sie durch die geöffnete Balkontür unter das niedrige Dach aus Zweigen, Ästen und Herbstlaub in die abgegrenzte Enge der Frömmigkeit trat. Das Licht war fahl, die Luft kalt und feucht. Sie hörte den Regen tropfen und wußte wieder, als hätte Sara sie dies soeben erst gelehrt, daß das Dach einer Sukka nicht dicht sein darf. Sie sah ein Stück vom Himmel, fröstelte und ging zu einem kleinen elektrischen Heizkörper, auf dem ein Kessel stand. Kaum hatte sie die klammen Hände erwärmt, war sie der Gewalt ihrer Erinnerungen ausgeliefert.

Schmerzend deutlich fiel ihr ein, wie gerührt und ehrfürchtig sie bei ihrem ersten Besuch in der Heinestraße das sorgsam gezeichnete Bild einer Laubhütte in Alfreds Zimmer bestaunt und ihn nach deren Bedeutung gefragt hatte. Andrea hatte nur noch selten und dann nie intensiv an die Begebenheit gedacht, nun ersparte ihr die Wehmut jedoch kein Wort, keine Geste, weder die Zärtlichkeit einer Stunde, die sie berauscht hatte, noch die vernichtende Verzweiflung, was aus dieser Zärtlichkeit geworden war.

»Eine Sukka ist eine Gartenhütte für meschuggene Juden«,

feixte Alfred. Er zupfte grinsend an den Fransen von Andreas Pony. Sie lachte, weil sie ihn zum ersten Mal »Bärchen« nannte. Sie küßten sich und waren sich einig, daß sie Auserwählte eines Glücks waren, von dem andere noch nicht einmal träumten.

Benommen setzte sich Andrea auf den Küchenstuhl am Eingang der Sukka und schloß die Augen. Sie befahl ihrem Gedächtnis, nicht dem Echo von Alfreds Stimme nachzulauschen, nicht an die einst geliebte Ironie zu denken, an seine Lässigkeit und seinen Witz, doch es gelang ihr nicht, der Berührung seiner Hände, dem Kuß der Liebe zu entkommen.

»Mach deine Augen auf«, befahl die Ahnungsvolle aus der Küche, »es ist noch nicht Nacht. Moisches Arbeit will, daß du sie lobst.«

Auch als Andrea schon um die Bedeutung der Laubhütte als göttliches Wahrzeichen wußte, hatte sie sich nicht vorstellen können, daß die orthodoxen Juden eine Woche lang in einer Sukka leben. Es war für sie nicht nachvollziehbar gewesen, daß es im zwanzigsten Jahrhundert Menschen gibt, die die Behaglichkeit ihres Heims für eine Hütte aufgeben, dort im Mantel ihre Mahlzeiten einnehmen und Gebete sprechen, Gäste bewirten, die heiligen Schriften lesen, für die Früchte der Erde danken und sich an die Stürme ihrer Geschichte und an die Leiden von Jahrtausenden erinnern.

»Dein Mann hat keine Frau verdient, die lernen wollte«, erkannte Sara, als Andrea ihr von Alfreds Witz berichtete. »Warum wirst du rot, wenn du mir das erzählst? Schämen muß sich ein anderer. So einem wie dem schlauen Herrn Doktor würde es guttun, seine Wohnung zu verlassen und sieben Tage wie wir Meschuggenen in der Sukka zu leben.«

»Macht dir das Freude?«
»Soll ich meinen Kopf nach Freude fragen? Oder meine Knochen, die nach Wärme schreien? Das Gebot ist wichtig. Moische liest hier das Wort des Allmächtigen und dankt ihm für seine Güte, denn er hat uns armen Leuten einen Balkon gegeben, der groß genug ist, um eine Sukka darauf zu bauen. Ich danke für meinen Mantel aus ordentlichem Tuch, den meine selige Mutter nie gehabt hat, und die Handschuhe aus Wolle. Wickel meinen Schal um deine Hände. Sie sind jetzt schon blau. Beide sehen wir die Sterne, wenn der Gütige für uns den Himmel öffnet. Weine nicht, Sukkot ist das Fest der Freude.«
»Für mich nicht mehr, Sara.«
»Iß deine Suppe, das hilft. Und sei froh, daß du nie erfahren hast, was Hunger ist. Den Löffel wirst du schon noch halten können. Trauer macht stark. Das weiß ich besser als du. Willst du dem Allmächtigen vorschreiben, wann er dir die Freude ins Herz pflanzen darf?«
Zunächst zögernd und mit der Verlegenheit eines ungeladenen Gastes, dann mit einer Gier, sich jedes Detail für die Tage der Verlorenheit und Einsamkeit einzuprägen, sah sich Andrea um. Saras Arme hielten sie fest. Es war nicht die Wärme eines gebenden Körpers, die die Schwache tröstete und ihr Kraft gab, es waren die Liebe und die Zuversicht einer Frau, die im Inferno nicht an Gottes Gerechtigkeit gezweifelt und ihm jeden Tag für ihr elendes Leben gedankt hatte.
An den verkümmerten Ästen, die aus dem feuchten Dach herabragten, hingen an dünnen Fäden Äpfel, getrocknete Pflaumen und kleine Sträuße bunter Strohblumen. Auf einer gläsernen Schale lag ein mit einem Davidstern bestick-

tes Samtdeckchen, darauf blaue Trauben, die im flackernden Kerzenlicht leuchteten, daneben der traditionelle Etrog, eine Frucht, die für das Fest aus Israel beschafft werden mußte und wie eine Zitrone aussah, Birnen und Nüsse. Auf einem Hocker stand ein Topf mit einer winzigen, lebensmutigen Palme, in einer Vase waren Zweige arrangiert, von denen Andrea nicht ausmachen konnte, ob sie der süße Duft traurig stimmte oder ihre Sinne belebte. Sie atmete tief ein, doch der Seufzer, auf den sie wartete, blieb in ihr.

Zwischen der Vase und einem silbernen Kerzenständer lag ein aufgeschlagenes Buch. Andrea fixierte die winzigen hebräischen Buchstaben und dachte an Moisches kurzsichtige Augen, an seine beschlagene Brille und wie er sie umständlich mit einem ausgefransten Taschentuch putzte. Auf dem vergilbten Papier sah sie einen dicken Wachsflecken. Sie trieb sich zu dem Tag ihres Übertritts, als sie Rabbi Blau von ihrem Besuch in Budapest erzählt hatte, und sie wehrte sich nicht mehr gegen den Blick zurück und wunderte sich nur, was die Zeit aus ihren Erinnerungen gemacht hatte.

Rabbi Blaus Stimme war freundlich; er lächelte, als er sagte, daß Andrea gut zu erzählen wisse. Einen Moment drängte es sie nach der Erlösung durch Wahrheit. Die klarsichtig Gewordene machte sich bereit, Sara zu erklären, weshalb deren Mühe vergebens gewesen war, einer, die im Taumel der Liebe ihre Wurzeln herausgerissen hatte, neue Saat in die Hand zu drücken. Erschrocken wie ein Kind, das geschworen hat, sein Geheimnis nie zu verraten, preßte Andrea ihre Hand auf die Lippen, denn sie wußte, sie würde für keinen je in Worte fassen können, was seitdem passiert war.

Die beiden kleinen Wohnzimmersessel waren zu einem Sofa zusammengeschoben worden. Der braune Wollschal, in den Sara einst den vor Angst und Abwehr bebenden Körper der Schwangeren gewickelt hatte, lag zwischen zwei Kissen und roch noch immer nach Lavendel. Sie drückten ihre Körper aneinander wie in der ersten Stunde ihrer Begegnung, als sie nicht geahnt hatten, wohin das Schicksal zwei Frauen führen würde, deren Lebensläufe sie zur Fremdheit bestimmt und die eine Laune des Zufalls zusammengeführt hatte. Die Herzensgastliche zog ihre Handschuhe aus, um die kleine Schüssel wieder mit Suppe aufzufüllen. Andrea sah, daß Sara den Ring mit dem Granatstein trug, den ihr Moische zur Erinnerung an ihr erstes Leben gekauft hatte.

»Als ich zu dir gekommen bin«, schluckte sie, »wußte ich nichts von dir und du nichts von mir. Heute denken wir beide an den blonden Soldaten, der dir im Zug auf dem Weg nach Ravensbrück deinen Ring entrissen hat.«

»Er war sehr jung. Er hätte mein Sohn sein können. Es ist gut, daß zwei Menschen keine Worte mehr brauchen, wenn sie Bilder sehen.«

»Aber es macht so traurig beim Abschied, Sara. Ich wußte nicht, daß er mir so schwer werden wird.«

»Hast du gedacht, du bist gekommen, um mir die Hand zu zerdrücken und das Licht unserer Freundschaft auszuschalten? Das machen sie nur im Kino.«

»Ich weiß selbst nicht, warum ich gekommen bin. Ich weiß nur, ich mußte.«

»Deine Augen sagen mir, warum du gekommen bist. Sie haben nicht gelernt zu lügen. Du willst deine Tränen nicht in die Suppe deiner Mutter fallen lassen, denn sie wird dich erinnern, daß sie dich gewarnt hat und du nicht hast auf sie hören wollen, und sie wird sagen, du mußt jetzt ein neues Leben anfangen. Lach noch einmal. Das braucht die alte Sara, die mit einer Tochter gesegnet wurde, als ihr Leib schon unfruchtbar war. Ich sehe so gern deine Grübchen. Bald werden sie wieder einem Mann das bißchen Verstand stehlen, das der Allmächtige den Männern gegeben hat. Gehst du mit deinem Herz zurück, Lämmchen, oder nur mit dem Kopf?«

»Wohin?«

»Spreche ich nicht mehr so, daß du mich verstehst? Von der Welt, die du verlassen hast, rede ich. Es war nicht gut, daß du deinen Träumen geglaubt hast. Rabbi Blau wußte das, doch die dumme Sara hat für ihr spätes Kind an Wunder glauben wollen. Ich habe ihn immer wieder gebeten, dich aufzunehmen. Du darfst nicht zornig sein, weil einer, der noch weiser ist als der Rebbe, für dich entschieden hat.«

Sie fragte sich, während sie den Kuchen teilte und jeden Schnitt wie einen empfand, der sie selbst spaltete, wie lange Andrea schon von der Untreue ihres Mannes wußte, und weshalb sie sich nicht mit ihrer Schönheit und Klugheit gegen eine gewehrt hatte, die nun für ihre Sünde mit einem Kind der Liebe belohnt wurde. Immer wieder hatte Sara sich vorgenommen, nicht länger zu schweigen und ihr Lämmchen aus der umzäunten Koppel ins Leben zu treiben. Sara hatte jedoch nur noch die Kraft, ihre eigenen Wunden zu ertragen, nicht die Entschlossenheit, sie bei denen aufzureißen, die sie liebte. Als Andrea nun vom letzten Jahr ihrer Ehe erzählte und dabei nur von ihren Zweifeln und dem Unvermögen sprach, das Leben ihres Mannes zu teilen, erkannte die Kluge, daß die Betrogene erst unter der

Obhut der heilenden Zeit sehend werden würde. Sie legte den Kuchen auf den Teller und dankte im stummen Gebet Gott für seine Güte, weil er die Frauen verschonte, die nicht imstande waren, den endgültigen Schlag zu ertragen.

»Iß den Kuchen. Ein voller Magen trocknet die Augen. Das hat meine selige Mutter immer gesagt.«

»Du hast ihn nie gemocht, nicht wahr, Sara?«

»Von wem redest du?«

»Von meinem Mann. Spreche ich nicht mehr so, daß du mich verstehst?«

»Er ist ein Schlemihl.«

»Er hat mich geliebt, aber immer nur mit seiner Mutter geredet.«

»Das ist die Krankheit aller jüdischen Söhne.«

Sie lachten beide. Andrea staunte, daß sie es konnte, und Sara genoß den Klang der Freude, die das Sukkotfest gebot, als eine besondere Gnade dessen, dem sie diente. Sie entzündete die vierte Kerze. Schweigend warteten beide auf den Abend. Sara wußte schon Bescheid. Andrea ahnte noch nicht, daß sie die Flamme, die in ihr loderte, nie würde löschen können. Ihr war es im Moment des Aufbruchs wie Orpheus ergangen. Sie hatte, genau wie der unglückliche Sänger, dem die Geliebte entrissen worden war, in die Welt zurückgeschaut, die sie verlassen wollte.

»Ich habe dich das schon mal gefragt. Darf ich noch zu dir kommen, Sara?«

»Ich weiß es noch«, lächelte Sara, »und ich kenne noch meine Antwort. Du darfst nicht, Lämmchen, du mußt. Oder willst du dem Allmächtigen zumuten, daß er mir noch einmal ein Kind entreißt?«